粤
名家文丛
粤派批评丛书

本项目受广东省宣传文化发展专项资金资助出版

广东省作家协会
广东人民出版社
组编

林岗集

林岗 著

SPM
南方出版传媒
广东人民出版社
·广州·

图书在版编目（CIP）数据

林岗集 / 林岗著. —广州：广东人民出版社，2022.1
（粤派批评丛书）
ISBN 978-7-218-15386-5

Ⅰ．①林… Ⅱ．①林… Ⅲ．①中国文学—当代文学—文学评论
Ⅳ．①I206.7

中国版本图书馆CIP数据核字〔2021〕第235722号

LINGANG JI
林岗集　　　　林岗　著　　　　　　　　　　版权所有　翻印必究

出 版 人：肖风华

项目统筹：施　勇
责任编辑：陈　晔
责任校对：钱　丰
装帧设计：河马设计
排　　版：广州市奔流文化传播有限公司
责任技编：吴彦斌　周星奎

出版发行：广东人民出版社
地　　址：广州市新港西路204号2号楼（邮政编码：510300）
电　　话：（020）85716809（总编室）
传　　真：（020）85716872
网　　址：http://www.gdpph.com
印　　刷：恒美印务（广州）有限公司
开　　本：787毫米×1092毫米　1/16
印　　张：20.75　字　　数：327千
版　　次：2022年1月第1版
印　　次：2022年1月第1次印刷
定　　价：88.00元

如发现印装质量问题，影响阅读，请与出版社（020-85716849）联系调换。
售书热线：020-85716826

"粤派批评" 丛书编辑委员会

总　序

在近百年来的中国文坛，"京派批评""海派批评"以及20世纪80年代崛起的"闽派批评"已是大家公认的文学现象，但"粤派批评"却极少被人提起。其实，不论从地域精神文化气质，从文脉的历史传承，还是从批评的影响力来看，"粤派批评"都有着自己的精神气质和文化品格，有它的优势和辉煌。只不过，由于历史、现实、文化和地域的诸多原因，"粤派批评"一直被低估、忽视乃至遮蔽。正是有鉴于此，我们认为，以百年"粤派"文学以及美术、音乐、戏剧、影视等评论为切入点，出版一套"粤派批评"丛书，挖掘被历史和某种文化偏见所遮蔽的"粤派批评"的价值，彰显"粤派"文学与文化的独特内涵和深厚底蕴，这不仅能更好地展示广东文艺批评的力量，让"粤派批评"发出更响亮的声音，而且有助于增强广东文化的自信，提升广东文化的影响力，促进区域文化发展，从而在当前打造广东"文化强省"的进程中发挥积极的文化效应。

出版"粤派批评"丛书，有厚实的、充分的历史、现实、文化和地域等方面的依据。

1．传统文化的影响。岭南文化明显不同于北方文化。如汉代以降以陈钦、陈元为代表的"经学"注释，便明显不同于北方"经学"的严密深邃与繁复，呈现出轻灵简易的特点，因此被称为"简易之学"。六祖惠能则为佛学禅宗注进了日常化、世俗化的内涵。明代大儒陈白沙主张"学贵知疑"，强调独立思考，提倡较为自由开放的学风，逐渐形成一个有"粤派"特点的哲学学派。这种不同于北方的文化传统，势必对"粤派批评"的形成起到潜移默化的作用。

2．文论传统的依据。"粤派批评"的起源可追溯到晚清，黄遵宪的"诗界革命"，梁启超的"小说界革命"的倡导，开创了一个时代的风潮，在全国产生了普泛的影响。20世纪二三十年代，黄药眠在《创造周刊》发表大量文艺大众化、诗歌民族化文章，产生了很大影响。钟敬文则研究民间文学，被视为中国民间文学的创始人。中华人民共和国成立后的十七年，"粤派批评"的代表人物是黄秋耘、萧殷和梁宗岱。黄秋耘在"百花时代"勇猛向上，慷慨悲歌，疾恶如仇，高举着"写真实"与"干预生活"两面旗帜，大声呼吁"不要在人民疾苦面前闭上眼睛"。在中国当代文学理论批评史上，萧殷也许不是一流的评论家，但却是一流的编辑家。王蒙曾说过："我的第一个恩师是萧殷，是萧殷发现了我。"而梁宗岱通过中西诗学的贯通，建立起了现代性与本土经验相融汇的诗歌理论批评体系。新时期以来，"粤派批评"也涌现出不少在全国有一定知名度的批评家。如在广东本土，"30后"的有饶芃子、黄树森、黄修己、黄伟宗；"40后"的有刘斯奋、谢望新、李钟声；"50后"的有蒋述卓、程文超、林岗、陈剑晖、郭小东、金岱、宋剑华、徐肖楠、江冰；"60后""70后"的有彭玉平、谢有顺、贺仲明、钟晓毅、申霞艳、胡传吉、纪德君、陈希、杨汤琛；"80后"的有李德南、陈培浩、唐诗人；等等。在北京、上海、武汉及香港等地生活的"粤派批评"家的有杨义、洪子诚、温儒敏、陈平原、陈思和、吴亮、程德培、黄子平、古远清等，其阵容和影响力虽不及"京派批评"和"海派批评"，但其深厚力量堪比"闽派批评"，超越国内大多数地域的文学批评。如果将视野和范围再开放拓展，加上饶宗颐、王起、黄天骥等老一辈学者的纯学术研究，"粤派批评"更是蔚为壮观。

　　3．地理环境的优势。从地理上看，广东占有沿海之利，在沟通世界方面具有得天独厚的优势；同时，广东处于边缘，这既是劣势也是优势。近现代以来，粤派学者在中西文化交汇的背景下，感受并接受多种文明带来的思想启迪。他们视野开阔，思维活跃，不安现状，积极进取，敢为人先，因此能走在时代变革的前列。黄遵宪、康有为、梁启超、孙中山等是这方面的代表人物。他们秉承中国学术的传统，开创了"粤派批评"的先河。这种地缘、文化土壤的内在培植作用，在"粤派批评"的发展过程中是显而易见的。

　　"粤派批评"有属于自己的鲜明特点。

　　1．从总体看，除发生期的梁启超、黄遵宪外，"粤派批评"家不像北京的批评家那样关注现代性、全球化、后殖民等宏观问题，也不似"闽派批评"那样积极参与到"朦胧诗""方法论""主体性"的论争中。"粤派批评"家有自己的批评立场、批评观念，亦有自己的学术立足点和生长点。他们师承的是梁启超、黄遵宪、黄药眠、钟敬文这些大家的治学批评理路。他们既面向时代和生活，感受文艺风潮的脉动，又高度重视审美中的文化积累和文化传承；既追求批评的理论性、学理性和体系建构，注重文学史的梳理阐释，又强调批评的实践性，注重感性与诗性的个性呈现。比如，古远清的港台文学研究，饶芃子的海外华文文学研究，郭小东的中国知青研究，陈剑晖的散文研究，蒋述卓的文化诗学研究，宋剑华对经典的阐释重构，都各有专攻，各擅胜场，且处于国内领先地位。

2．中国现当代文学史写作，是"粤派批评"最为鲜亮的一道风景线。在这方面，"粤派批评"几乎占了文学史写作的半壁江山，而且处于前沿位置，有的甚至成为中国现当代文学史写作的高地。比如20世纪80年代，钱理群、陈平原、黄子平联合发表的著名论文《论"20世纪中国文学"》，其中的陈平原、黄子平均为粤人。洪子诚的《中国当代文学史》以方法先进、富于问题意识、善于整合中西传统资源和吸纳同时代前沿研究成果著称，它与陈思和的《中国当代文学史教程》被学界誉为中国现当代文学史的"南北双璧"。杨义的三卷本《中国现代小说史》是将比较方法运用于文学史写作的有效实践，该著材料扎实，眼光独到，文本分析有血有肉，堪与夏志清的《中国现代小说史》比肩。此外，温儒敏的《中国现代文学批评史》、黄修己的《中国现代文学发展史》、古远清的港台文学史写作也都各具特色，体现出自己的史观、史识和史德。

3．"粤派批评"还有一个亮点，即注重文学批评的日常化、本土经验和实践性。"粤派批评"家追求发现创新，但不拒绝深刻宽厚；追求实证内敛，而不喜凌空高蹈；追求灵动圆融，而厌恶哗众取宠。这就是前瞻视野与务实批评结合，经济文化与文学批评合流，全球眼光与岭南乡土文化挖掘齐头并进，灵活敏锐与学问学理相得益彰，多元开放与独立的文化人格互为表里。这既是广东本土批评家的批评践行，也是他们的共性和个性特征，是广东文化研究和文学批评的可贵品格。

"粤派批评"的这种特色，可以用八个字来概括：创新、实证、内敛、精致。

创新。从六祖惠能到陈白沙心学标榜"贵疑""自得"，再到康、梁，粤地便一直有创新的传统。这种创新精神在百年的"粤派批评"中也得到充分的践行和展示，这一点在当下应受到特别的重视。

实证。康有为的老师朱九江，其著述被称为"实学"，他倡导经世致用的实证研究，这一批评立场和方法，在后来的许多粤派批评家身上也清晰可见。

内敛。"粤派批评"虽注重创新，强调质疑批判精神，但它不事张扬作秀，它的总体基调是低调务实，是内敛型的。正是因此，它往往容易被忽视，被低估，甚至在某些时段被边缘化。

精致。"粤派批评"比较个人化，偏重民间的立场和姿态，也不热衷于宏观问题的发声和庞大理论体系的建构，但粤派批评家的批评实践具有"博"与"精"并举，"广"与"深"兼备，"奇"与"正"互补的特点，这形成了"粤派批评"细微却精致的特色。

建构"粤派批评"，不能沿袭传统的流派范畴与标准，而需要有一面旗帜、一个领袖、一套共同或相近的文学理论主张、一批作品或论著来证明、体现这些理论主张。事实上，在当今中国的文学语境下，纯粹的、传统意义上的文学流派或学派是不存在的。因此，"粤派批评"更多的是描述一个客观的文学事实，即"粤派批评"作为一个实践在先、命名在后的批评范畴，并非主观臆想、闭门造车的结果。它不是一个具有特定文学立场、主张和追求趋向一致性和自觉结社的理论阐释行动。它只是一个松散的、没有理论宣言与主张的群体。因此，没有必要纠结"粤派批评"究竟是一个学派，还是一个地域性的概念，但有一点可以肯定："粤派批评"已是一个特色鲜明的客观存在，即虽具有地方身份标志，却不是局限于一地之见的文艺理论家批评家群体。

"粤派批评"丛书不仅要具备相当规模，而且应做成一个开放、可持续发展的产品链，这样才能产生较大的规模效应，发出自己强有力的声音，并将这种声音辐射到全国。为此，丛书分为"文选"和"专题"两大板块。文选共38本，分"大家文存""名家文丛""中坚文汇""新锐文综"四个层次。

专题共12本。两大板块加起来共50本，计划在3年内完成。以后视情况再陆续补充，使之成为广东一张打得响，并在全国的文艺版图中占有一席之地的文化名片。

党的十九大报告指出："发展中国特色社会主义文化，就是以马克思主义为指导，坚守中华文化立场，立足当代中国现实，结合当今时代条件，发展面向现代化、面向世界、面向未来的，民族的科学的大众的社会主义文化，推动社会主义精神文明和物质文明协调发展。"在广东省委宣传部的指导支持下，广东省作家协会和广东人民出版社联合编纂出版"粤派批评"丛书，是贯彻落实十九大关于文化建设发展精神和习近平总书记关于文艺工作的重要指示的一项重要举措，是讲好中国故事、传播中国声音、阐发中国精神、展现中国风貌的一次文化实践。我们坚信，扎根广东、辐射全国的"粤派批评"必将成为新时代坚定文化自信、实现中华民族伟大复兴路上其中一块稳固的基石。

"粤派批评"丛书编辑委员会

2020年5月15日

作者照

作者简介：

林岗：潮州人，中国文学博士，中山大学中文系教授，主要从事中国现当代文学和文艺学研究。著有《罪与文学》（合著）、《边缘解读》《口述与案头》《诗志四论》《秦征南越论稿》《漫识手记》等。

目　录

第二辑　作家与作品

第三辑　短评、序文与杂说

代序——批评史里说批评

　　批评史上有一个有趣的现象：从认知文学开始，以规范文学告终。理论批评总是从认识文学现象开始的，随着人们认知的逐步积累，它又在已有认知的基础上逐步演变成规范性的理论。人们从认识文学现象过程中，逐渐积累了什么是好文学的认识，而这种关于什么是好文学的认识又推动人们从中进行取舍，取善弃恶，存优汰劣，并由此形成相对一致的规范，让写作遵循这样的道路。这种倾向或者说批评理论的这种演变是自然的，也是无可厚非的。盖因人心莫不如此，谁会取瓦釜而弃周鼎呢？可是在批评理论走向规范化过程中，也会遭遇到当初料想不到的问题。首先文学现象是变化的，好的作者都会在不同程度上超越前人。也就是说，文学现象自其有史以来就是鲜活变化着的，它不会按照那个既定的规范百分之百地遵行不变。这大概就是生活之树常青的意思吧。当然，现象可以变化，规范也可以修补。于是一面是现实情形推动的变化，另一面是规范在修补中以求其适应新的文学现实。如果规范修补滞后了，理论批评不能解释新的文学现象，规范不了从前未曾见过的文学的新奇怪异，那它就会逐渐失去对新起文学现象的影响力。如果事实证明文学的新奇怪异只不过是一时的时髦，那先前的规范理论又会焕发它的活力。

　　其次，写作从根本上说，它又是才华的比拼。写得胜过前人是任何一位有志于写作的人的最大愿望。布鲁姆将此形容为"影响的焦虑"。他的意思是后起的写作者多少都处于先辈笼罩的影响之下，如何向前辈师法并最终胜过前辈才是后来者在文坛站稳脚跟的重要考虑。由于"影响的焦虑"的影响，写作者对规范理论多较少看重，不是束之高阁就是各施各法。毋宁说规范理论影响读者远多于影响写作者，当读者对写作者构成压力的时候，写作者才会反躬自问，并向读者低头。写作者之所以对批评理论"离心离德"，与它们很少考虑写作本身的特殊性有关。做批评的人很少能与写作的人感同身受，除非两者是同一个人。于是写作的就会觉得做批评的是"另一回事"，与他们的写作事业相关性较少。这或许是"分工"不同而产生的隔膜吧。

批评理论从认知走向规范，既是事物演变的自然而然过程，又在这个过程中产生值得我们今天思考的问题。这个事物的发展演变过程以及它自身附着的问题，不但古代存在，现代也存在。在此稍作回顾，也许是有益的吧。

朱自清将"诗言志"看成是中国诗学"开山的纲领"。若是追溯这"开山的纲领"的由来，则无疑来自春秋时代贵族对诗的认知。处于社会上层的贵族圈子，社交活动频繁。举凡朝聘、会盟、誓约、嫁娶、宴享、祭祀诸活动，都产生相互之间的识别和认可的难题。是棋逢对手还是不入法眼？既要不失礼仪，又要探知对手的深浅，于是从这种社交需求中产生赋诗言志的贵族礼仪活动。借用培养年轻贵族的流行诗篇来完成社交环节的识别难题。因此诗句被认为是表达赋诗者内在心志的，于是可由所赋的诗句而探知赋诗者的内心秘密。这种高雅的赋诗礼仪衍生了关于诗的双重理解：在观诗者那里，循着赋诗者所赋的诗句来领会、推测、揣摩赋诗者的意图及至心志；而在赋诗者那里，本着对具体场合的领会和自我诗教养的储备，尽量不失优雅地传递、表达自己的意图。这种传递和表达，有时候是直白的，有时候是委曲的；有时候是真实的，有时候是隐藏的。在赋诗的礼仪活动中，无论是观者还是赋者，都要运用到诗句，都要借助对诗文本的理解。绵延数百年之久的赋诗礼仪风习，培养了对于诗的根深蒂固的认知：将诗文本和人的心志牢固地联系在一起。"在心为志，发言为诗"就是这种牢固认知的表达。它不是哪一个批评家阐述或发明出来的，完全是绵延数百年的赋诗礼仪凝结而成的贵族阶层的"共识"。

然而"诗言志"作为诗的认知是一回事，作为如何写出好诗的规范又是另一回事。虽然由认知到规范是一个自然而然的过程，它是随着人们对文学的认知增长而逐渐形成的，但它毕竟还是带来了新的问题。因为诗与志的关联，作为认知它反映了客观存在的真实面貌，但若将之作为规范要求，那命题实际上就演变为要求诗的作者"写诗抒志"了。一旦要求"写诗抒志"，新问题就来了。人各有志，此志与彼志不同。是各式各样的志皆在可言之列呢，还是有选择性的分别？什么志可言，什么志不可言？君子之志固然可言，小人之志也言之无碍吗？从"诗言志"命题的演变史上可以看到，春秋时代没有上述的困惑，当然也没有对写诗的规范要求，但是战国、秦汉情况就不同了。儒家的说诗者显然意识到对写诗的规范要求出现以后所遇到的新状况。例如《诗大序》所讲的"变风""变雅"的说法。在"王道衰，礼义废，政教失"的年代所出现的诗，很难说它们所言的志是值得肯定的，也很难说它们是好的诗。可是"诗言志"的命题已经固定，而产生于变乱时代的诗所言之志又有问题，于是只好把它们看成"变风""变雅"，意思是另类的风诗和另类的雅诗，它们不值得推崇又勉强列在言志之列。《诗大序》里的"主文而谲谏"说也是如此。来自各邦国的风诗，有的题材并不健康，所写之事，甚至不堪入目，不为社会道德所赞同。但它们又被列在属于"言志"的行列，儒家说诗者不能违背"言志"的大前提，又不能不指出其中的不健康倾向。于是一面肯定其动机，意在讽谏，尚属可嘉；另一面又指出其不值得颂扬的文辞，惑乱耳目，诡谲欺人。说诗者对这部分诗的结论是"言之者无罪，闻之者足以戒"。在动机良好这一点上暂时达成一致。

　　儒家说诗者对诗有期待，期望言志的诗都言大人之志，言君子之志。愿望固然可嘉，批评理论也必须这样要求，可是创作的实际状况却不是这样。岁月迁流，读者的审美观念也在变化着。在标准理论下那些"正风""正雅"的诗作不见得广为流传，而那些桑间濮上的"变风""变雅"诗作却是流传不衰。逐渐地，那些言了不该言的志的诗在不被"诗言志"理论首肯的情况下流传了下来，还获得读者的喜爱。例如古诗十九首之《青青河畔草》中那个发出"空床难独守"之坦言的"荡子妇"，以及《今日良宴会》中那位声言人生当"先据要路津"的作者，怎么看都大背社会道德，可当"淫鄙之尤"，然历代"无视为淫词、鄙词者，以其真也"（王国维语）。当创作的变化积累到这种程度的时候，就需要真正的站在写作者视角的理论出现，从写作者的角度探讨对诗的理解。我认为陆机的《文赋》就是在这种情形下应运而生的。陆机是深通写作的人，当时的文望极高。如今看来当然是才不及望。但他比之先前所有谈诗论文的人都更懂得写作的玄奥和甘苦则毫无疑义。如果有理论家的文论和作家的文论之分，那《文赋》当然属于作家的文论。他不再强调占据诗论中心的那个诗与志相联系的命题，不过他也没有违背这个渊源深厚的命题。他只是站在写作者的立场，认为"诗缘情而绮靡"。"言志"和"缘情"所论有差别，但没有想象的那么大，认为两者对立，更是离谱。"言志"是认知性的解释理论，"缘情"是写作者自道甘苦的心得。我认为"缘"字用得极好。诗语是循着感兴生发的情感又借助优美的文辞抒发出来的。陆机所讲的道理，将真情实感在诗中占据的位置明白道了出来，他的诗论的潜在读者是作诗者而不是读诗者。

"诗言志"和"诗缘情"其实都是有道理的，但前者本质上是一个认知性的解释理论，而后者则是以写作为中心的创作论。"诗言志"侧重在诗文本的解释，而"诗缘情"侧重的是写诗当遵循的法则。它们都是谈诗论文的批评理论，但侧重点却是不同。批评理论的这个差别似乎很少引起关注，特别是认知性的解释理论伸延至创作，成为要求作家遵行的规范，就会出现脱节现象，批评解释不了或者无关乎实际进行中的创作，最终蜕变为将自己悬置于高高在上而自说自话的境地。

上面讲的古代批评史的故事并不是孤立存在的，今天我们面临的文学情景也与古人有相似之处。我们今天对文学的认知当然比"诗言志"已经大大地推进了。现代科学思维的主导和知识的积累润物无声地进入到关于文学的思考里面。理论家早就习惯既从文本与整个存在世界的关系中思考文学，也从作家无不受一定的社会意识形态影响思考文学。尽管各家还有各说，但人们接受的有说服力的通行理论，还是反映论。姑且不论细分爬梳意义上反映一词是什么意思，文学作品确乎反映了文本之外的存在世界。这个存在世界可以是感官能够触及的客观世界，也可以是潜存于人的内心的意识或无意识世界。遵循这个属于哲学上认识论的思路去认识把握文学作品，并没有什么不妥。无论喜爱创作的人理性上多么拒绝这个认识论看待文学的思路，这样把握和认识文学的思维定式的影响力远远超乎估计。这与政治力的介入在一段段时期内有深刻的关系，但长远来看它与政治力的介入并没有根本性的相关。它存在的合理性在于离开了一个存在的世界，根本就说不清楚人对于这个存在世界的言说，不论这种言说是文学的还是不是文学的。思维和存在的基本划分是绕不过去的。假如承认这个划分，则势必顺着这个思路走到承认文学反映存在世界的结论。

然而事情又没有那么简单，不可以就这样浅尝辄止。说文学反映一个存在的世界，从根本上说它是对文学的一种认知性的解释。这个命题并没有包含比它如此这般解释文学更多的内容。可是当这种对文学认知性的解释被推广成规范性的原则，要作家按照反映一个存在世界的原则去写作的时候，就衍生出很多"节外生枝"的问题。在诸多问题里面，对作家写作影响最大的就是，究竟什么才是作家要写的那个存在世界？本来，作为认识对象的存在世界是无穷无尽的，也是不可定义的，可是当它作为作家需要描写叙述的对象的时候，立马就存在什么才是这个对象的可把握的真实面目的问题。因为让作家去写一个无穷无尽而又不可定义的对象，那是荒谬的，也是作家不能完成的。必须把这个对象转变成有时空限度的对象，作家才有可能把握。为了这个转变，像我们知道的那样，反映论作为规范要求落实为典型论。作家按照环境和人物的典型性要求去写，就被认为能够达到对一个存在世界的反映。中华人民共和国成立数十年来基本上是按反映论落实为典型论这个路子规范和要求作家的写作。结果如何？大家都有目共睹，其间的教训是深刻的，不必我再来饶舌。我的问题是，一个能够恰当地解释文学现象的现代理论为什么实践下来其结果远不能和它的合理性相匹配？不但作家不满意，感觉备受束缚，文学的实绩更不能令人满意，以至于"鲁迅走在'金光大道'上"成为一个非常时期讽刺性的象征。

在经历过20世纪80年代思想解放的今天提这样的问题似乎显得多余，但其实不然。以往的教训当然是和极左路线有关系的，然而除了政治的原因，还有认识上的问题，而认识问题是长期存在的。因为反映论是对文学现象进行解释的现代理论，它是有道理的。反映论的思维不但渗透到读者，而且也渗透到作家里面来。例如《白鹿原》的作者陈忠实至少不否认自己有写一部现代中国的"风俗史"的雄心。然而反映论作为对文学认知性的解释是一回事，作为创作的规范要求又是另一回事。认知不能简单地等同于规范，这里面的差异和关节点并没有引起人们的足够重视。解释性的文学理论与实际创作所遵循的法则，这两者其实是有区别的，应当认识它们的不同，并在此基础上健全我们对文学的认识。我认识一些作家，他们的写作信念比较简单，都认识到中国改革开放的伟大意义，对中国社会近数十年的神奇变化充满表现的激情，希望通过手中的笔写出这激动人心的变化。可是读这些作家写出来表现当今时代的作品，往往是失望的。他们的写作雄心与他们实际达到的还存在太远的距离。我觉得，其中一个原因是他们不懂得分辨文学所反映的生活和作家用笔去写的生活是完全不同的，不是将所感知到的生活搬到作品中来就可以完成对生活的反映。作家仅仅抱有"我要反映生活"这样简单的信念是不足够的。如果作家的写作起步于这样原则性的文学认知，那简直就可以说这对他的写作不起什么实际的作用。对文学的认知固然与写作有关系，但关系不是那样简单直接。作家自有作家的能事，写作自有写作的门径。将对文学的认知等同于写作本身，那是有问题的。

用一个解释性的理论去看待和规范文学写作在作家身上会发生，在批评家身上更容易发生。那些有关文学的原理性认知，弄批评的人更是驾轻就熟，用起来就好像医生的手术刀那样，随手挥舞，任由切割。作家常常抱怨批评家隔靴搔痒，说不到点子上，对实际创作没有什么帮助。分析起来，原因当然多样。其中经常会犯的毛病确实是按照文学原理的认知去规范和切割作品。批评家也应当明白解释性的理论和对创作有帮助的批评理论，两者既有联系，又有区别。用能解释文学现象的理论来规范作家具体的写作，往往收不到好的效果。因为无论多么熟练地掌握解释性理论，若是不能深入到具体作品的内部，若是不能与写作的甘苦有感同身受的体悟，若是不能指出作家的败笔之处，若是不能指出将现今文本修改得更好的具体路径和办法，所做出来的批评很有可能是隔山放炮。解释文学和批评作品的差异应该引起批评家深切自省，而批评应该追求有用性。所谓有用是指对作家写作有正面的推动作用。反过来，对文学现象的解释就用不着去追求类似的有用性。前者的场域是当下，后者的场域是过往。凡当下场域的，有用就是一个重要的标准。批评与作家写作要形成良好的互动，则有赖于批评的有用性。

批评的有用性标准在今天似乎受到更微妙的挑战。批评家的队伍原来是散处于各条战线的，近数十年来逐渐聚集于大专院校，院校成为批评队伍的绝对的重镇。而院校有院校的"学术"标准，批评通常被轻视或排斥，原因在于批评追求的对于写作的有用性是难以被纳入学术性的考量的。学术天然亲近"研究"而排斥"批评"。即便是现当代文学的论题，身处其中的人，与其取"批评"，毋宁偏向"研究"。这是院校在"学术"的重压下自然而然形成的趋势。应该说这个自然倾向是相当不利于推动批评事业向前发展的。批评与创作的隔膜也有一部分原因来源于逐渐形成的批评队伍院校化的格局。来自"学术"的压力使得现当代文学专业愿意做批评的人有意识地偏向"研究"，尽量少去"批评"。

回顾从五四新文学起始的现代批评传统也许会给我们今天一些教益。早期现代学术尚在萌芽期，"学术现代性"的压力远没有今天那么横暴，批评的卓见容易潜入学术的行列藏身。例如鲁迅那本《中国小说史略》今天为我们所看重的，就不是里面的考订知识，而是鲁迅的批评卓见。今人的研究已经远远超过了鲁迅当时的水平。但是《中国小说史略》依然有价值，今人无从超越的是鲁迅的批评卓见，如指出《三国演义》"欲显刘备之长厚而似伪，状诸葛之多智而近妖"；指出清末谴责小说"辞气浮露，笔无藏锋，甚且过甚其词，以合时人嗜好"等。如果以学术追求客观性来论，鲁迅所讲当然是主观判断，是文学批评的意见，但正是这些批评意见使这本近百年前的"学术著作"名垂至今。而同一时期或更早的文学史著作，纵然更"学术"，却早已绝迹坊间，不为读书君子所重。这个例子说明，"批评"与"研究"固然有区别，但真正有识见的批评是可以使"研究"熠熠生辉的，而无批评识见的纯学术"研究"，必日渐沉沦。

现代批评传统的早期批评与创作落实到人，常常是一身而二任的。即使分离，也是弄批评的寄身于杂志编辑的行列。这个格局对批评的发展更加有利。批评与创作两者分工而不分家。由于相互了解，距离贴近，产生过对创作有影响深远的批评。鲁迅是其例子，胡风也是其例子。鲁迅为作品写的或长或短的序文，鼓舞了多少作家，也使多少作家看到自身的不足。虽非学术，但于人世有益。胡风通过自己的批评介入左翼文坛，自办《七月》，团结一批作家，成为抗战时期国统区生气勃勃的文学力量。这种虎虎有生气的文坛批评现象，时代的因缘际会固然是一方面，但批评家与作家的双栖，批评家与编辑的双栖格局亦是一个重要的原因。中华人民共和国成立之后批评的力量虽然尚在文艺报刊，但其归属则逐渐转移至作协和文联，弄批评的掣肘增多，下笔谨慎，于是委顿者多而进取者少。最近数十年格局又一次改观，"学术现代性"的力量已经养成，批评的力量再由文艺报刊的编辑转移至大专院校，"研究"

与"批评"相互对峙的评价标准在同一体制之内此消彼长，萎缩了的"批评"难以与命运抗争。纵然还有版面的支持，怎禁得起从业者内心天平的倾斜？这一转变虽然有其顺应社会转型的自然趋势在内，但它所导致的批评与创作的彼此隔膜，则是日行日远。这说明，我们今天面对的批评局面不是更简单了，而是更复杂了。但无论如何，批评要达到与写作的甘苦有感同身受的境界，达到对作家的能事洞识入微的程度，才对创作有正面的推动作用。

《中国文艺评论》2018年第4期，现按稿本刊出

第一辑

文学与文学史

什么是伟大的文学

一

该用什么尺度看待文学作品？讨论这个问题的最终命运是可以预料的——聚讼纷纭，莫衷一是，逃不脱不了了之的下场。但是笔者认为值得借此机会再次提出，不是为了得出一个人人能够接受的答案，甚至也不是为了多数人认可的标准，只是为了加深我们对文学的认知。

我相信流布于人世间的文学和我们生存于其中的世界差不多，也是一样的鱼龙混杂。既有英雄好汉，也有蛇虫鼠蚁，当然亦不乏芸芸众生。在与这样一个世界打交道的时候，读者不得不秉持自己的取舍尺度，就像我们进入图书馆，不可能以"平等心"对待每一本书，我们都在寻找其他更好的书。尽管在图书馆的世界里，每一本书都是"平等"的，平等地摆放在书架上。尺度的问题实质上就是从身份的平等中发现，建构品质的不平等。品质的不平等是天然存在于文学领域的，是读者应对鱼龙混杂世界的必备法门，也是批评理论必须面对的。只是每个人心目中各人有各人的鱼龙混杂，正所谓萝卜白菜，各有所爱，其取舍的尺度难免有差异而已。当然在这篇短文中，笔者不可能探讨不同的人审美惯性的差异，而是想讨论在文学批评中显露出来的批评尺度问题。

"政治标准第一，艺术标准第二"的批评标准曾产生过巨大的影响，在国难深重的时代执行这个衡量文学的尺度，这是可以理解的。然而这个标准对作家的伤害和对文学现象的简单化，在过去的岁月里也是有目共睹的。它最大的问题是对文学的工具理性和实用色彩过于强烈，产生了对文学的强力扭曲，而且面对文学现象的时候，它也无法解释许多历史悠久的古代作品。那些流传不朽的古代文学以今天的政治尺度看，不少是消极的，甚至是政治不正确的。流传事实与批评尺度之间，出现了不可弥合的裂痕。为了使批评尺度看起来具有普遍的解释性，衍生出了荒唐无聊的理论命题，诸如"山水诗有没有人民性"的讨论。除了灾梨祸枣之外，这种讨论恐怕没有别的结果。

"文革"结束后，破除"两个凡是"的枷锁，思想大解放。批评界深感于过去批评尺度的僵化和文艺界受伤害之深，提出新的批评尺度，以真善美三者作为衡量文学水准的尺度。应该说这个20世纪80年代提出来的新批评尺度，比之政治艺术两标准已经大大宽松了。但是今天看来这个批评尺度还是存在若干问题。它缺乏批评尺度自身的清晰性，而且对好作品的解释空间还是不够。在古代世界，批评所要求的"真"从来不是指涉独立于作者之外的客观世界的，它只是衡量作者秉笔写作是否忠实于自我的感觉经验。这时的"真"是内心的、主观的标准。由于现代传媒产生，新闻意义的真实性要求逐渐渗透入文学中来，也由于欧洲现实主义文学思潮的影响和民族救亡图存的推动，独立于作者之外的客观意义的"真实"遂成为批评对文学最为强烈的诉求。随着救亡危机时代的结束和文学教条主义的破除，后一种意义的真实亦随之淡出写作和批评理论领域。因为它面临的是谁都说不清什么是真实的局面，最后只能不得不承认，各有各的真实。事至此，这意义的真实也就跟瓦解了差不多。"真"重新还原为内心的、主观的标准，"真"归并于诚。再者，对文学有善的诉求，很难说它是没有道理的。用这个尺度去衡量现实主义文学思潮以前的文学也是解释得通的。可是自从现代主义文学登场，作家着力表现称之为"荒诞"的感觉经验，批评就很难手持善恶的尺度衡量它们了。准确地说，绝大部分现代主义文学既不是善，也不是恶，它们在善恶之外。可是现代主义文学也出现了不朽的作家，如卡夫卡、乔伊斯、加缪。面对他们，还能手持善恶的戒尺么？况且，美的可以同时是恶的，早在王国维的时代就已经看出来了。《人间词话》第62则："'昔为倡家女，今为荡子妇。荡子行不归，空床难独守''何不策高足，先据要路津？无为久穷贱，辗轲长苦辛'，可谓淫鄙之尤。然无视为淫词、鄙词者，以其真也。"应该承认，道德意义的善与文学所表现的内心真诚有时是冲突的，至少有时不一致。文学表现人的心声，而心声不必皆善，这个道理本来并不深奥，但批评理论将善树立为衡量的标准，这就阻隔了理解此类"恶之花"文学的途径。

更重要的是批评的尺度应该在文本与文本的比较、甄别甚至是较量之中形成，而不是由几个被认为最可取的价值概念来统合。无论是政治标准、艺术标准，还是真、善这类尺度，其实质都是批评认为可取的价值概念。这些概念作为批评尺度无论多么高明，对文本来说它们都是外部性的。人类的文学活动是生生不息的，文本也是源源不断产生出来的。相对固化的外部性价值概念框不住前后相续无有止息且无限丰富的文本。像上文所说的那样，持现代的真实的概念，可以很好地解释现实主义文学，但对现代主义文学却束手无策；持善的标准大致可以衡量古代世界产生的文学，但到了现代或后现代社会产生的文学，已经逸出了善的标准所能规范的范围。其实根本还不在于这些标准自身的正确与否问题，而在于这些标准不是由文本与文本相比较中确定出来的，而是批评的力量从外部强加给文学的。

在笔者看来，批评尺度的形成应该回归到自然的道路，回归到文学本身，不要再用一些外部性的价值概念来衡量既有的文学，而应该让文本链条在前后相续的比较、较量中寻找胜出文本的共性品质，由此而形成批评的尺度。凡被视为文学的文本，失传的不论，历代叠加而成为一个文本的集合。在这个成为链条的集合中，每一文本皆不是孤立无邻。诗人皆向往独领风骚，而他们留下的文本却只是历代文本链条的一环。前环与后环是存在竞争关系的，竞争的就是不朽。它们凭什么不朽？凭的就是自身的品质。在通往不朽的惨烈竞争中，我们看到倒下的总是多数，不是被淹没在历史尘埃里就是还原为文献的面目；剩下不多的还在坚守阵地，偶尔在阅读中显露出生命来；而只有少数出类拔萃的进入了不朽之林。造就这种不同结局的唯一原因就是品质，文本自身的不同品质赋予它日后不同的命运。我们观察、了解、归纳这些使优胜文本进入不朽的品质就构成了我们的批评尺度。像文本链条是开放性的一样，这样形成的批评尺度也是开放性的。我们不能断定文学日后的演变，可是既有的伟大作品的共通品质已经可以让我们基本上了解我们的批评尺度应该是什么样子。笔者的这篇短文也试图提出三项衡量文学文本的批评尺度。第一项关乎句子的品质，能否写出在阅读史上有长久回响的句子；第二项指涉文本世界隐喻性的丰富和深刻程度，从中表现出或反映出不随时间而变迁的人生的本相；第三项是文本在多大程度上揭示了人性，揭示了千百年来人类生活本身的性质。作家在这三方面的努力不是均等的，有的这方面好一点，有的那方面好一点，但这三个尺度大致上能够衡量出作家的努力程度和他们才华达到的高度。

<h2 style="text-align:center">二</h2>

　　句子不是小事情。尽管到目前为止批评理论没有涉及句子问题，批评实践也几乎不去理会，但那是批评家的失败，不是作家的失败。如果以生命来比喻一个文本，那句子就是它的细胞。细胞的健康程度也许不能直接等同于机体的健康程度，但却很难想象一个充满生命活力的机体能够由不健康的甚至是病态的细胞来组成。文学是有修辞色彩的语言。一句话，但凡它沾染上修辞特征或经过修辞，都会带上文学色彩。所以文学性总是首先沉淀在句子里的，美感也首先显现在句子里。在古代，作家被称为才士或才子，在这个引无数才子竞折腰的文学王国里，才子们要竞的第一样本领，就是句子。古代中国是一个诗的国度，诗句的佳劣直接关乎诗的成败。好诗句为好诗的第一义，这个道理明白的人总是多的。所谓"吟安一个字，捻断数茎须"，就是这个意思。今词"推敲"即来源于贾岛驴背苦吟不知用"推"好还是用"敲"好的典故。也许有人说，这些诗人"苦吟"是因为文才不够，若是文才横溢，如赵翼《瓯北诗话》赞苏轼"天生健笔一枝，爽如哀梨，快如并剪，有必达之隐，无难显之情"，则何须苦吟？话虽如此，但争论不在要不要苦吟，而是好句子是否为好文学的第一义。文才横溢，如李白那样，信笔拈来即横空出世，当然无须苦吟。但若才华够不上横溢而又写诗作文，不着意经营句子，不在一字一句上下功夫而欲传之不朽，无异缘木求鱼。古人有"诗眼""文眼"的说法，所谓"诗眼""文眼"就是一句或一篇之中的点睛之笔。以点睛之笔带出全句或全篇的神气，能带出全篇神气的"诗眼""文眼"就是一篇之中的好句子。由此可以推断，虽不能百分之百正确，但大体不离左右，那些无眼之诗和无眼之文就是平庸之诗和平庸之文。

　　历史上那些伟大的文学，其中必有一些令你触目如触电的句子，而我们对那些文学的推许、佩服、崇拜也总是从这些百读不厌的句子开始。笔者多年前在英国访学，每逛书店，见收银台旁的书架上，都有几种好事者编选的诸如"莎士比亚金句"或"莎士比亚格言集"这样的书。这些书版式都很小，如半部手机，被称为pocketbook，大概是供闲时翻阅，打发时间的。当然光读莎氏漂亮的格言，未必见得能了解莎氏戏剧的成就，但莎士比亚所以流传千古，他剧作中的格言是最为充实的见证。莎士比亚既是编剧大师，也是台词金句的大师。每部剧作，尤其是后期的悲剧，都有令人眼前一亮、过目不忘的格言般的句子。《哈姆雷特》中的那句"To be or not to be, that is the question"（存在还是毁灭，这是一个问题），几乎读文学者无人不知。《麦克白》中背叛者最终时刻的叹息堪称人生的绝唱："Out, out, brief candle, life is but a walking shadow"（熄灭吧，熄灭吧，短暂的烛光，人生不过是一个行走的影子）。而《李尔王》中的那句"Tis this times plague, when the madmen lead the blind"（疯子领着瞎子走路，这就是这个时代的病态），亦引得我们读文学的人会心一笑。其实，如果文本是一个文学意义的大架构，修辞精美的句子就是那只小麻雀，虽小但五脏俱全。它集合了眼光、睿智、洞察、体验和修辞所有这些吸引读者的文学素质，并将它们浓缩在一个或几个短句子里。这是需要很高的文学禀赋才能做到的。如果要把文学还原切割到最小的单位，那它必定是用一个像金子般闪光的句子来表示的。它的光芒可以令我们斩钉截铁地说，这就是文学。仅凭几个灵光一闪的句子就足以令作家传之不朽，这在文学史上屡见不鲜。当然仅仅写出几个好的句子不足以被称为伟大的作家，但能被称为伟大作家的，就一定能写出跨越世代传至久远的那些句子。写出精美的句子乃至流传千古的格言，这是通向不朽的作家必须面临的第一道考验。

　　如果我们拿句子这个尺度衡量现代百年的中国作家，问一个简单的问题：是谁写出最多令读者过目难忘的句子？或者如果编一本格言集，最可能会选择谁？笔者的答案是鲁迅。作为一个作家，尤其是一个被赋予如此重要地位的作家，鲁迅是不是名不副实？我们很容易指出他作为小说家的弱项。首先他没有一部长篇，也仅仅只有一部勉强称为中篇的《阿Q正传》。其次他的短篇数量也不多，全部三种合成一册也不算厚。第三散文也不多，仅有薄薄的两册。不计杂感、杂文，鲁迅虚构类文学的创作数量，比起现代很多作家，要瞠乎其后。于是坊间有声音据此质疑，被称为伟大作家，鲁迅到底够不够格？

以本文提出的尺度，鲁迅不但够格，而且鹤立于现代作家之群。因为遍读作家文集，我们读到的那些精美而深刻的句子，没有人在数和质上超得过鲁迅。一想到现代作家贡献的流传不息的金句，我们一定第一时间就想起鲁迅。鲁迅是可以称为金句大师的那种作家。相比古诗，白话不便记忆，但若出自鲁迅的手笔，还是如同精美的诗句一样脍炙人口。例如："其实地上本没有路，走的人多了，也便成了路。"（《故乡》）又如："沉默呵！沉默呵！不在沉默中爆发，就在沉默中灭亡。"（《记念刘和珍君》）又如："勇者愤怒，抽刃向更强者；怯者愤怒，却抽刃向更弱者。"（《杂感》）鲁迅的好句子，论机智或许逊于莎士比亚，但却鼓荡着不甘沉沦、不甘就此被擒而勇于反抗的硬骨头精神，使勇者读之，猛然前行；怯者读之，幡然振作。这是中华民族现代版的浩然正气。就连鲁迅抒写自己的孤独、寂寞，落笔也是不同凡响，例如《野草》的题辞中的"当我沉默着的时候，我觉得充实；我将开口，同时感到空虚"。写到这里，笔者又想起《秋夜》的第一句："在我的后园，可以看见墙外有两株树，一株是枣树，还有一株也是枣树。"这个句子说不上是格言，但是神奇，让中学语文老师忙了几十年。其实这句话用不着解释，一解释就应了那句老话：你不说我倒明白，你越说我越糊涂。鲁迅的这妙句，多读几遍，自然就嗅到秋夜的静寂，以及从静寂的灯下显露出来的被浓浓的寂寞包围住的孤独鲁迅。作为小说家，鲁迅尽管有自己的弱项，但是作家与作家相较量的，不是数量，而是品质。数量的浮华，其喧嚣很快就会平息，能让读者想起来的还是作者的文本，而本文中最显露的、最活跃的、与读者最容易共鸣的，当然就是过目难忘的句子。

就句子层面的修辞而言，古代与现代不同。在古代，养成一支健笔，写得一手好文章，是由发蒙开始至头生二毛，数十年悬梁刺股勤奋不息的事业。因为书面表达另有规范，门槛甚高；文辞深奥，非经十数年或数十年的语文训练不能摸到门径。五四白话文运动后，书写语文大解放，尺度放宽，门槛降低，断文识字的困难大大减轻，加上国民教育的普及，如今中学的训练对于语言的自由表达来说，已经足够。这个格局，一方面是社会的进步、语文的兴盛，另一方面意味着写出精美句子的"精英意识"减退，意味着粗制滥造的泛滥。面对写作"快餐化"的趋向，那些追求流传不朽的作家其实应当警惕，所谓成也萧何败也萧何,就是这个意思。与文言不同,现代白话已经不需苦吟,文坛也没有苦吟派了。但这并不意味着白话不必追求精美而隽永的句子,相反,锻造漂亮的白话是现代白话登上舞台之时就被追求的目标,而精美的白话当从精美的句子开始。从这个角度看,鲁迅也是他那个时代最有锤炼精美句子意识的现代作家。那种认为鲁迅在百年中国文坛上的位置纯是政治权力抬举的结果的看法,是不符合事实的。不错,政治权力是抬举过鲁迅,但是在百年的阅读史上,这个曾经的事实与读者恒久的喜爱是不矛盾的。这得归因于鲁迅的文本,归因于鲁迅写出的无数精美的句子。写不出传世佳句而能不朽的文本,是不存在的。

三

文学,尤其是叙述性的文学,作者虽然可以天马行空,神游九霄,但其叙述都离不开具体的社会时空。文学究竟是怎样跨越时空传诸无穷的?或者换句话,那些伟大的文学是怎样跨越社会时空被后世读者喜爱的?这种跨越时空的共鸣现象落实到伟大的作品究竟藏有什么秘密?笔者以为,丰富而深刻的隐喻至关重要,它是伟大的文学不可缺少的另一项品质,隐喻性的丰富和深刻程度是衡量文本高下的又一个尺度。人们通常将隐喻当作文学修辞的手法之一,这当然是正确的。然而仅仅当作修辞手法,这未免是对文学的肤浅理解了,远远不够。好的文本都有似乎相反的两面性:一面是具体的、形而下的,另一面是普遍的、形而上的,它们完美无缺地融合于文本。这种两面性,用康德的语言来表达——我们对它们的思考越是深沉和持久,它们就越是唤起我们内心的惊奇和崇敬之情。应该说,这是有些神秘主义的,我们不清楚它们为什么是这样的,理智不能穷尽,可伟大的文本就是这样。为行文的方便,举《孔乙己》里面一个细节做例子。孔乙己教小跑堂"我"茴香豆的茴字怎么写,小跑堂一脸不屑,"懒懒地答他道:'谁要你教,不是草头底下一个来回的回字么?'孔乙己显出极高兴的样子,将两个指头的长指甲敲着柜台,点头说:'对呀对呀!……回字有四样写法,你知道么?'""回字有四样写法"一句,极其贴切孔乙己的身份、教养、学识,甚至性格,非孔乙己不能说出。这个便是文本

的具体、形而下一面。然而又正是这个具体和形而下的细节，传出了所有不能
与时俱进、悖逆潮流，甚至冥顽不化者的神韵。而这后一面又是普遍的、形而
上的文本面相。因为不能与时俱进者、冥顽不化者无代无之，尤其当他们处于
社会急速变迁的世代，于是读者可以从中照见他人，照见自己。《孔乙己》发
表于1919年，至今将近百年。当时鲁迅就说"大约孔乙己的确死了"，然而他
又对又错。那个科举时代造就的具体的孔乙己是死了，然而那个属于一切时代
不能与时俱进的孔乙己还没死。说实话，每当笔者在讲堂口若悬河叨念着晚清
文学如何如何变迁的陈年旧账，对着的却是一片呆若木鸡或刷手机玩微信的莘
莘学子，我就怀疑自己讲的是不是当代版的"回字有四样写法"。台下的学生
眼大无神，他们不正是当年那位咸亨酒店小跑堂的传人么？无心向学，一心等
着将来做掌柜。而我念念不忘那些乏人问津的"学术"，不正是隔代的孔乙己
么？不同的是——我的腿没有被打断而已。

　　上述讲法或者聊博一笑，问题是好的文本里具体的、形而下的一面是怎
样和普遍的、形而上的一面联通的？笔者以为，途径就是隐喻。这是一种广
义的隐喻，也许作者并没有明确地运用作为修辞手法的隐喻，但我们可以把文
本里的这两层之间的联通，称作隐喻，意在取隐喻由一物通达另一物的修辞关
系。叙述性的文本讲的都是具体的故事、具体的人物，为什么绝大部分都只
有娱乐的价值或文献的价值，而不能长久传世？原因即在于这些文本不能建
立这两个叙述层面的隐喻关系，或者两层之间的隐喻关系是生硬的、不高明
的。天才的作家总是不经意间就在文本的具体的、形而下层与普遍的、形而
上层之间搭建了绝妙的隐喻关系。我们知道，塞万提斯死于1616年，而他的不
朽之作《堂吉诃德》完成于1615年，至今四百余年。四个世纪过去了，应该说
里面很多西班牙那个时代的社会生活的细节，已经不是我们文学阅读的兴趣所
在，甚至故事里流露的价值观念也与现今大有出入。要不然，纳博科夫何至于
在《堂吉诃德讲稿》长篇大论塞万提斯的"残酷性"。这是因为17世纪初期的
西班牙，还因袭着中世纪以道德判是非的传统，社会鲜少博爱、人道主义的观
念，而纳博科夫则生活于人性、人道主义、博爱流行的现代，与堂吉诃德的时
代有相当隔膜，故读出了故事的"残酷性"。笔者的看法是，即使纳博科夫关
于《堂吉诃德》缺少人道关怀的看法可以成立，亦无损于这部伟大小说的不朽

价值。

　　塞万提斯笔下的堂吉诃德肯定不是一位出生就胸怀大志、光彩照人的大人物。他薄有家财，是位乡村小绅士，然而他善良，有点追求，被同时代的骑士小说迷了心窍，于是向往闯荡世界，一心想做名垂千古的游侠骑士。他收下仆人桑丘，一人骑劣马，一人坐蹇驴，穿一副祖传而生锈的盔甲，自封骑士。堂吉诃德异想天开，永远分不清幻想与现实的真实距离，故其所闯下的行迹、所行的侠义、所表现的勇武，滑稽可笑，荒唐不可理喻。例如与风车搏斗，挺着长矛冲入羊群如同挺入大军阵列，将羊皮葡萄酒囊当成敌人的头颅猛砍过去，"血流遍地"而得意洋洋等等，故事俱在，此处不赘。尤其是那位从未谋面，现实中根本不存在的美人杜尔西内娅，更是堂吉诃德"心灵的皇后"，终生的意中人。这真是塞万提斯的神来之笔。这位他人眼中的"疯子"，三度游历，皆伤痕累累而归，大限将至的时候才幡然觉悟。他说："我现在靠上帝的慈悲，头脑清醒了，对骑士小说深恶痛绝。""那些胡扯的故事真是害了我一辈子；但愿天照应，我临死能由受害转为得益。"说毕写下遗嘱，闭上双眼，无声无息地死了。漫游体的小说，情节当然散漫，结构更没有后来的高明。可是我读着一个接一个失败得头破血流的故事，忽然有了一种新认识：这写的不就是我自己么？我的人生，不多多少少都有堂吉诃德"发疯"的影子么？出身也不算高贵，受教育的时候，不知被什么东西蛊惑，也许是另一种版本的"骑士小说"，也许就是那位自己意中的"杜尔西内娅"，要立一番功业，然后接着就是滑稽、荒唐、失败。我自问没有做过和堂吉诃德一样滑稽的事儿么？做过。不要以为西班牙远在万里之外，又过了整整四个世纪，就不会有堂吉诃德式的荒唐了。想起犹在记忆中的"文革"期间"早请示、晚汇报"；吃饭之前都要先念一段"语录"才拿起筷子；半夜"蒙召"，进入黑灯瞎火的村子，敲开睡梦中老乡的门，向他们宣传刚颁布的"最高指示"；想起跳过的"忠字舞"等等，所有这些与堂吉诃德做的相比，那真叫一个半斤八两。而如今以为"文革"结束，经历"思想解放"，自问就从愚昧中觉醒了么？未必。只不过与堂吉诃德一样，要等到大限来临才知真相，现在尚是无可奉告。不朽的小说就是这样穿越时空。我不敢说文字的东西像古董，历久弥新，但至少它不会褪色。其中的秘密就在于堂吉诃德故事的高度隐喻性，塞万提斯的天才，让一个十六七世纪游侠骑士的滑稽生涯，成为所有不甘就此埋没一生、为了理想为了信念而历尽荒唐和坎坷的生命的写照。

最能体现塞万提斯将隐喻意味嵌入堂吉诃德故事用心的，笔者以为是堂吉诃德念念不忘又神龙见首不见尾的那位"杜尔西内娅"。他所以百折不挠、屡败屡战，就是一心为了获取这位美人的芳心。可是堂吉诃德连这位美人一丁点儿具体信息都不知道，何方人氏，住在哪里，统统阙如，甚至连名字也查无实据，只是他一向声称如此。每次应战，只要对手甘拜下风，堂吉诃德都要对手做一件事儿，就是替自己找到这位"杜尔西内娅"，向她报告喜讯。结局当然是不了了之，但他每次都言之凿凿，好像真的一样。不过，别人可以找不到"杜尔西内娅"，她在堂吉诃德心目中却是千真万确的存在。她的地位如同上帝一样，是堂吉诃德精神的统帅、心灵的皇后。有一次，堂吉诃德和路过的旅人议论起骑士。他说游侠骑士凡准备干仗，"心目中就见到了他的意中人，他应该脉脉含情，抬眼望着她的形象，仿佛用目光去恳求她危急关头予以庇护"。旅人不同意他的意见，以为不可能每个骑士都在恋爱，都有意中人。堂吉诃德立即反驳："游侠骑士哪会没有意中人呀！他们有意中人，就仿佛天上有星星，同是自然之理。历史上决找不到没有意中人的游侠骑士；没有意中人，就算不得正规骑士，只是个杂牌货色。"塞万提斯处理堂吉诃德与"杜尔西内娅"的关系，开始的时候，读者只以为作者又新开一脉，写堂吉诃德的滑稽可笑，读着读着，就会有不一样的感觉，"杜尔西内娅"甚至不是一个人物形象，而是堂吉诃德血脉、精神、灵魂化身的代称。滑稽依然滑稽，可滑稽之外增加了一些什么。随着情节的推进，"杜尔西内娅"的含义丰富了，改变了。它成了堂吉诃德精神世界的一部分，这改变了堂吉诃德，使得堂吉诃德与文学史上其他滑稽人物区别开来，他不仅滑稽，而且还被嵌入了隐喻的含义。套用堂吉诃德的说法，要是没有了"杜尔西内娅"，堂吉诃德在文学形象里，只不过是个"杂牌货色"。由于"杜尔西内娅"的照耀，堂吉诃德的滑稽荒唐，变得不仅仅娱情悦意，在娱情悦意之外，充盈着形而上的意味。作为文学形象，堂吉诃德之所以不是"杂牌货色"，很大程度上是因为塞万提斯天才之笔所创造的这位"美人"。

四

衡量文学是否伟大的第三个尺度是作品在多大程度上揭示了人性。当我们将文学理解成人自身的一面镜子的时候，从中能照出的其实只是人性。期望文学帮助我们如事实本来那样理解社会及其历史，这不是文学能做好的。将正确"反映社会现实"的任务放置文学的肩上，不但做不好文学，还降低了文学的品质。的确，文学的叙述和描写多少涉及社会方方面面的情形，如果作家将自己的叙述和描写用来"反映现实"，那么这样的文学只会留下一些关于当时社会现实的文献资料。作家的选择已经走入迷途，偏离了文学应有的航道。毫无疑问，文学不能信口开河脱离社会现实，但是出色的作家自会将笔下的"社会现实"服从于自己叙述和描写的意图，而这个意图就是揭示人性。不同文学文本的差异在于揭示人性可能抵达的深度和广度。文学里的人性与哲学或伦理学探讨的人性是有区别的，哲学或伦理学以善恶论人性，文学则揭示善恶交织的人，其人性的丰富性，揭示在各种概念、社会规范、体制所遮蔽压抑下使人视而不见或令人震惊的人性的阴暗和闪耀的光芒。

在这方面，俄罗斯作家陀思妥耶夫斯基无疑名列前茅，堪称典范。他的句子，粗看之下，毫无惊奇之处。以中文的美感形式衡量，他的句子不但太长，而且太过喋喋不休。他应该是笔者读过的最能喋喋不休的作家。深受白描传神的美感传统熏陶的人，要一下子就能欣赏陀氏的长句子，欣赏他创造的喋喋不休的美，是有难度的。如果控制不了迫切要看到精彩句子的欲望，很容易被他那些长长的、滔滔不绝的人物对话弄得心烦意乱，放过认识与中国美学传统不一样的美，放过这样一位文学的旷世奇才。读陀氏的小说一定得心平气和。一旦能够平心静气，随着那些长句子一句接一句，你会忽然意识到，他的滔滔不绝不是唠叨，而是像汪洋大海那样的美，其复杂多变令你应接不暇。唠叨是注水，唠叨是没有意义的多余，而陀氏的喋喋不休不是唠叨，而是用丰富大量的细节、瞬间转换的接连不断的隐喻带领读者走进人性的复杂与多变。以《卡拉马佐夫兄弟》为例，作为构筑故事情节基础的家庭伦常惨案，其实是映照出人性的堕落和阴暗。儿子和老子为争夺情妇大打出手；兄与弟都声称同一位美人是自己的挚爱；酗酒、争风吃醋、偷盗、残暴斗殴等等。作为孤立的事件在别的小说也能看到，然而读者看得出来，这些千百年来在人类生活里重复过的事情本身，不是陀氏叙述的意图所在，他之所以不厌其烦地触及这些骇人听闻的阴暗与堕落，其叙述意图是把它们作为展开救赎的大地。没有这片大地，救赎便如同说教。而陀氏的救赎更加不同凡响，它们是对峙的、冲突的。巴赫金把这一特征称为"复调"，十分恰当。反过来说，因为它们是复调的，叙述中展开的人性刻画，便达到无与伦比的深度。

　　就《卡拉马佐夫兄弟》而言，我们可以把陀氏假借伊凡之手捏造的诗剧《宗教大法官》看成是整个伦常惨剧故事的浓缩版。降临塞尔维亚的饥饿、无道、疾病、冒着浓烟的火刑柱，与卡拉马佐夫家的堕落一样，昭示着人类世俗社会不变的性质。一言不发而偶显神迹的那位"你"与相信面包和恺撒之剑能建成耶稣天国的宗教大法官代表着救赎的两极。我相信，这两个人物的对立，是西方基督教文明早就宣示的上帝与恺撒对峙的另一种说法而已。不过，甚至连巴赫金都没有注意到，《宗教大法官》里面的那个"你"是一言不发的，与代言耶稣神圣性的故事里的三弟阿廖沙甚少言辞极其相似；而大法官则殚精竭虑极其有作为，不辞劳苦地点燃一堆又一堆火刑柱的烈焰。他对"你"过往的所作所为的反驳精辟绝伦，对人类社会的见解堪称有社会科学一般的准确，但读者知道，异端是烧不绝的。这种有史以来人类文学所仅见的"复调"，陀氏让它们共融一炉，是不是意味着无所救赎？陀氏惊天的才华，对人性疯狂般的思考达到的深度，距离真正的疯狂，只有一步之遥。陀氏展现出来的人性的丰富性与深度，这是我们遍读哲学与伦理学著作所读不到的。不管是怎样的名垂千古的哲学王，他都不可能具有陀氏的丰富性，都不能如陀氏那样曲幽入微，烛照人性的洞府。文学所揭示的人性，如陀氏那样，不是概念，不是善恶分明，更不是扬善抑恶，而是人性的本真面目。如果人性有本真面目，它便只能出现在伟大的文学作品里。人世有各种各样的救赎，有耶稣的救赎，也有恺撒的救赎，如同"你"的救赎和宗教大法官的救赎。与人世的所有救赎不同，比人世所有的救赎更加动人心魄，逼人深思，也令人叹息，文学里的救赎如陀氏呈现的那样，它是复调的，因而是无所救赎的救赎。这无可救赎的救赎，不是救赎之后的救赎。如果把它理解为救赎之后的救赎，那就落入俗套，不是文学了。一句话，陀氏对人性的揭示代表了文学对人性揭示的标高，它见证了文学不朽的价值。

讲到文学揭示人性的深度，笔者想到了当代作家余华的《活着》。这部作品出现在中国现当代文坛，亦堪称一绝。自从晚清英籍传教士傅兰雅倡导"时新小说"，批评家和作家都以为小说能为人世的政治、社会提供有力助益。这个看法虽不宜厚非，但他们这样做的时候，注意力便为政治、社会吸引过去，遂将文学的本义忘记。于是无论故事情节还是人物，都以指陈时弊为务，谴责的文学、控诉的文学，更有甚者指出社会演变革新必由之路的文学，纷纷登台献技。作家以文字投入这个救世大业的同时，亦将文学降低到"宣传单张"和"奋斗史"的水准。因为他们忘记了描写人性，虽然笔下写的是革命，但回避、欠缺或斥退人性的革命，可能还是革命，但却远离了文学。然而，现代批评家和作家对文学的利用亦应了物极必反的道理，而有卓识的作家正是从对文学的利用中看出真文学应该描写人性。《活着》正是在这样一个重新反思文学的思潮中出现的佳作。故事简洁，人物经历了一连串灾难，作者有意不让福贵走好运。他一生，有钱的时候败家，无钱的时候亲人凋亡，一个接着一个，几乎都是死于疾病或飞来横祸，除了有庆之死是个模糊的例外。作者编造这样的故事，其意图一定是将人物遭遇的灾难与社会因素划分开来，在显然孤立的灾难中考验人物的德性。福贵与家珍生命力强韧，任何外在灾难面前皆以最好的姿态活在人世，他们人性的光辉，不正是从一个又一个灾难面前呈现出来的么？福贵与家珍的德性，与孔夫子两千多年前力图塑造出的德性如出一辙，可是现代中国人生疏久矣，忘之久矣。老夫子说过："岁寒，然后知松柏之后凋也。"福贵生于离乱多难之世，遭遇的人世艰辛难以想象，他不过是普通人，并无松柏那样高大，但是他和后凋的松柏一样，甚至胜于松柏，以一贯充盈的德性不凋于人世——活着。故事第一人称的那位采风者，夏日偶遇耕田辛劳的福贵而勾起的讲述，似乎暗示无知的新一代对这种中国古老的德性需要温故知新。

上文提出的衡量文学的三个尺度是可以再批评的，其本意充其量抛砖引玉而已。笔者觉得略有可取的是它们都是由文学自身的素质构建起来的。作为文学性的标杆，它们都是在文本链条前后相较相衡中树立起来的。与其说是三项衡量文学优劣的标准，不如说是认识文学、认识文学性的三条途径。与从概念出发，从定义出发，无法认识真文学一样，用外在于文学的标准来衡量文学的优劣亦无法说清楚文学真正的优劣。而文学作品的相互比较、甄别让我们看到伟大的文学拥有这三项共同的品质，其中最优胜的，当之无愧地被称作伟大的文学。

《小说评论》2016年第1期

焦虑的影响

　　读者看题目就知道这是冲着布鲁姆的名著《影响的焦虑》而来。是的，笔者反其道而用之。这缘起于令我纳闷的现象：有的学术著作推论漏洞百出而结论颠扑不易；有的学术著作解释头头是道，结论却十分可疑。前一种例子如马尔萨斯的《人口论》，后一种例子就是布鲁姆这本声名卓著的大作。马尔萨斯研究人口问题，他认定生活资料是以算术级数增长的，而人口是按照几何级数增长的；人类由食物生产所取得的可怜进展最终会被人口更快速的增长"吃掉"。其结论是人类社会永远面临贫穷的困扰，饥馑、疾病、战争无可避免。《人口论》发表于1798年，距今已经两个多世纪。如今生活资料"极大丰富"，假如平均分配，全球出产的生活资料其丰裕程度，足以让所有人免除饥馑和贫困，但人类却偏偏与这个"假如"无缘。据联合国粮农组织的统计，至今仍然有约12亿人口处于绝对贫困状态。不论造成这一绝对贫困的原因是什么，我们还得维持马尔萨斯《人口论》的"原判"。

　　布鲁姆这本大著恰好相反，它对现代诗歌史变迁原因的揭示，不但极富启发性，而且逻辑密致、解释合理，尤其符合欧洲现代诗歌史的实际状况。非大手笔不能写出如此洋洋洒洒的宏论。本来欧洲思想上，同行的晚辈对前辈学说，就爱好你说东而我偏说西，在辩驳求异中出新。例如哲学上柏拉图和亚里士多德这师徒俩，老师说唯心，学生就说唯物；又如诗论上指控和辩护双方就诗的性质、作用你来我往，指控辩护不休，一部欧洲诗论史主轴就是双方的辩控史。布鲁姆《影响的焦虑》显然属于这一思想原型。但他的做法比前辈更加缜密，他拈出焦虑一词，认为诗人的代际关系如同俄狄浦斯情结所暗示的那样，非"弑父"而不能成长。于是远去的前代诗人就是活着的当代诗人的焦虑对象，如同父亲是儿子焦虑的对象一样。此种焦虑导致诗人中的强者"以坚忍不拔的毅力向威名显赫的前代巨擘进行至死不休的挑战"。由于诗史内部紧张的代际关系，晚辈诗人皆以"误读"前辈的诗为创新的不二法门，由对前辈的"误读"来开辟自己成名立万的途径。布鲁姆据此认为"一部诗的历史就是诗人中的强者为了廓清自己的想象空间而相互'误读'对方的诗的历史"。他将所有的"误读"归纳为六种，称为"六种修正比"。布鲁姆反对普遍接受的"一个诗人促使另一个诗人成长"的理论。按他的看法诗歌史演变的真相倒是后起诗人因焦虑而反抗，因反抗而成长。以笔者对欧洲诗歌史有限的知识揣度，布鲁姆见解的前提和推论都是成立的，虽然它与"一个诗人促使另一个诗人成长"的理论对立相异的程度并没有布鲁姆想象的那么大，但布氏的看法仍不失为批评理论的卓见。然而自他的高论80年代末被介绍到中国，即点燃了文坛的焦虑之火，作家从此穿上了焦虑的"红舞鞋"。盖在布氏学术发现之下，前辈既成的一切只有"误读"的价值，晚辈需对此进行"至死不休的挑战"才能出头露面。作家被这种无时无刻不存在的焦虑所笼罩，如同笼中的猛兽焦躁不安，无时不想扑出笼外。学理的发现和文坛的实践就这样进入了怪圈。今日作家创新的焦虑，文坛呼唤大师的焦虑，出版社要出巨著的焦虑，当然也是现代性的种种，未必都可以算在布氏理论的头上。或者也是焦虑的演变史上的变本忘源吧，但是无论如何布鲁姆《影响的焦虑》是对此心理现象合理化的一道强有力的"加持"，也是让焦虑登堂入室的学术支撑。糟糕的实践与圆融的理论之间这种关系使笔者觉得有必要再思考之前被普遍认同的理论可以指导实践的命题，它的合理性的边界到底在哪里？

一

批评理论的合理性有两个标准，首先是逻辑的自洽，内部分析的圆融，然后是对现象的解释能力。布鲁姆的"焦虑说"，显然满足了第一个标准，但对诗歌史演变的解释度，笔者以为有限，仅局限于那些确实对前辈巨擘充满焦虑不安的诗人。然而诗人辈出，并非诗人都对前辈巨擘进行"至死不休的挑战"。此理如同弗洛伊德揭示"俄狄浦斯情结"一样，即便人皆有之，而世间弑父之人，毕竟少见。"焦虑说"为理解文学演变添加了新的视角，然而它对文学演变的解释度毕竟是有限的，只有满足诗人焦虑确实存在的前提下，它才是正确的。同时应当明白，批评理论原初目的并不在于实行和应用，批评家和学者只是为好奇心所推动，提出假说来解释现象。这和面向实行和运用所提出的对策、方针等有根本的差异，而批评理论之所以被拿来实行和运用，原因有多重。认为理论都是面向现实这一错觉，至关重要。尤其在写作和批评领域，笔者是不相信批评理论有指引作家写出传世巨献的价值的。写作更多的是作家对自己人生经验的咀嚼和语文表达的探索。批评理论则是解释文学现象，特别是提倡批评家以为可取的美学趣味和反对批评家以为不良的美学趣味。它能不能影响作家写作，在何种程度上影响作家的写作，大可不予置问。批评与创作虽然不能说是两股道上跑的车，互不相干，但也绝对不能理解为指导与被指导的关系。视批评理论可驾驭写作，自有指引创作的使命，在这方面20世纪中国文学史已经有深刻的教训，不需要笔者在此饶舌。至于某些批评理论如布氏的"焦虑说"在创作圈产生如此之大的反响，变成作家焦虑的加速器，笔者相信是由于布氏的说法鼓舞了充满错觉的写作者的斗志，以为向前辈"至死不休的挑战"本身自然带来文学表达的突破。殊不知，迷信于"焦虑说"更让自己落入焦虑，如同陷于玻璃瓶里的苍蝇，反倒无处突围。

其实存在两种推动写作探索的力量，一种发自作者内在的生命欲求，另一种则是作者为理论所"武装"、为思潮所鼓动而投身写作。两者的边界虽然模糊，但却判然可分。前者可称为自然，而后者则是人为。无论诗歌史还是小说史，从实践结果看都是自然胜于人为。凡出自作者自我生命的欲求，从人生经验提炼升华起来的作品，成为佳作的可能性，要远远大于那些被某种文学思潮或批评理论所鼓动而创作出来的作品。这个事实应当引起立言写作的人和批评界的重视。

《左传》所说古人立志有"立德""立功""立言"之别。凡笔涉文字皆可称为"立言"，而"立言"在中国传统的价值观里，不如"立德"与"立功"，排在最末一位。文字固然可以传诸久远，可以藏名山传后世，而仗剑立功免不了"风流总被雨打风吹去"。但世俗的价值排序，为王前驱、为民请命而扬名立功于当世，总是人生一件更加得意更加可取的事业。只有仕途坎坷，不遇明主，报国无门，满怀悲愤，又或一事无成，悔恨交加，因而百无聊赖，

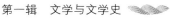

于是才走上"不平则鸣"的"立言"之路。那些胸怀大志的士大夫几乎没有人将立言作为人生的首设目标，他们立言有成传颂至今皆是退而求其次的结果。正是这种传统的人生价值观，使得立言写作的人有一个至今通行的亦扬亦抑、亦尊亦贬的称谓，曰文人。今称作家，古称文人，而他们都是做同一件事情的人，可这两个词的贬褒含义差异极大。褒贬含义的转变，似乎意味着古人不够公正，对立言写作的真意义有所贬损，认识不足。但是它至少可以使得立言写作的人，没有像现代环境下那种关于写作本身的焦虑——布鲁姆所赞赏的焦虑。中国文学开山第一位有名有姓的诗人屈原，本是楚怀王的"左徒"，官爵仅比相当于宰相的令尹稍低，也是"入则与王图议国事，以出号令；出则接遇宾客，应对诸侯"的重臣。虽然屈原早就"博闻强志""娴于辞令"，但是当他受国任事之时，接遇宾客应对诸侯之际，所行的辞令，大概都是场面上的套语，绝对不含后来的真情。司马迁因为感同身受，说得深中肯綮。他认为，《离骚》是"人穷则反本"之作。人生穷途末路之际必返本穷源，发出根本之问。司马迁说"屈平正道直行，竭忠尽智以事其君，谗人间之，可谓穷矣。信而见疑，忠而被谤，能无怨乎？屈平之作《离骚》，盖自怨生也"。可以想见，屈原所以成为一位诗人，完全出乎他自己的预料之外，甚至诗人之名对于他也是事后的封号。屈原是一个完全没有"影响的焦虑"的诗人，他的诗从自己人生惨痛经历中喷发。"影响的焦虑"对于他，全然是身外事。诗圣杜甫生于诗人辈出而诗大行于天下的时代，他也更像一位以诗鸣于世的有志者。然而说到人生第一志愿，当然也不是做一名诗人，而是"致君尧舜上，再使风俗淳"。杜甫应该知道他的诗写得比别人好，但这不足以使他将之视为平生最重要的成就。那些关于立言写诗本身的焦虑，如何使自己通过向前辈诗人进行"至死不休的挑战"从而奠定诗史上的威名。这一套围绕焦虑的"操作"，他完全陌生，也毫无必要。他在"衣袖见两肘"的困顿之际还要"麻鞋见天子"，这已经说明杜甫是如何看待自己的人生价值目标。

苏轼是北宋之后几乎所有遭逢不遇的士大夫的人生楷模。他遍行人间崎岖路，遍尝人间酸甜苦辣。写于离世不到半年的《自题金山画像》："问汝平生功业，黄州惠州儋州。"而那时他的名篇已经广传天下，但这依然不能让心系朝廷百姓的他获得丝毫的人生安慰。这是一种怎样的视诗为何物的态度！连列数平生的时候都忘了自己的诗，苏轼对于立言写诗能有什么焦虑呢？或许会提出曹雪芹，他与前者的人生观的传统不同吧？可回答是否定的。这位旷世不一见的小说家今天能找到的生平资料有限，我们不知道他早年是否有建功立业的大怀抱。兴许是没有吧。出生在那样锦衣肉食之家，他也不像是那种有大丈夫之志的人。不过值得注意的是曹雪芹不仅没有立功业的大志，也没有以小说或诗鸣于世的小志。《红楼梦》第一回开篇即自道心曲："今日风尘碌碌，一事无成，忽念及当日所有之女子，一一细考较去，觉其行止见识皆出我之上。我堂堂须眉，诚不若彼裙钗，我实愧则有余，悔又无益，大无可如何之日也。当此日，欲将以往所赖天恩祖德，锦衣纨绔之时，饫甘餍肥之日，背父兄教育之恩，负师友规训之德，以致今日一技无成、半生潦倒之罪，编述一集，以告天下。"曹雪芹是有文才的，也不能说写成之前的石头故事在他心里不是耿耿于怀。然而勾起撰述的念头绝对不是什么"影响的焦虑"，他更无须挑战前辈。《红楼梦》是横空出世的，而勾起它横空出世的当初一念，则是岁月随风飘去之际，曹雪芹忽然有了格外的伤痛和悔恨：当日楚楚可怜的女子，庸碌无为的自己。为了对得起那段只存留于记忆里的历史，才拿起笔写下给生命和存在的见证。如果认为曹雪芹身怀"影响的焦虑"而与前辈巨擘进行至死不休的搏斗才产生这部千古不朽的巨著，那是对他的轻蔑。站在今人的立场，古代作家这种立言写作的观念，似乎低估了文学的价值，也不够自觉。但是这种对立言写作的态度和认知恰恰奠定了写作的基础：生命的感悟和体验永远是写作的第一义。没有坎坷，没有伤痛，没有悔恨，哪里会有诗？当然有坎坷，有伤痛，有悔恨，未必会有诗，但那毕竟是文学的第二义。文字不是因为它可以不朽而不朽的。文字既可以不朽，也可以速朽。不朽的文字乃是因为它承载的生命体验获得后世连绵不绝的回响，而速朽的文字是因为它是无病的呻吟。

二

　　欧洲大陆19世纪初兴起的浪漫主义文学潮流创造了新的文学理念。浪漫主义文学观念与上述所论的中国传统的认知相距甚远，而中国晚清至五四新文学运动期间形成的文学观念大体上承继了欧洲浪漫主义文学观念。它在羸弱而衰败的晚清民初时代点燃先觉者的启蒙激情，让文学刺痛国民麻木的神经，所起的正面推动社会进步的巨大作用，无可估量。然而它并非金科玉律，它的末流衰变同样应当引起我们的再检讨。笔者以为，它正是当今写作焦虑的源头出处，而布鲁姆的"焦虑说"则是浪漫主义文学观念末流衰变的批评症候。

浪漫主义的文学观与那个时代的哲学观念紧密相连，由文艺复兴时期人本主义开始对个人、个性的发现到浪漫主义那里被推高到置于核心的地位。写作不仅是作家个性、激情的表现，更重要的是作家应当为了天赋的个性和激情而写作。由于浪漫主义与近乎神圣而高贵的个性与激情的天然联系，它对文学的理解和诉求带来了前所未有的文学观念，而个性与激情在诗、剧、小说最可能获得淋漓尽致的表现，故文学集一民族精英的个性与激情，被视为民族精神的灵魂。看一民族有无民族精神，有无灵魂，端看一民族有无文学；而一民族文学优异程度，则成为一民族的民族精神发展程度的标杆。正是在这意义上，鲁迅说"文艺是国民精神所发的火光，同时也是引导国民精神的前途的灯火"（《论睁了眼看》）。文艺既然取得民族精神生活如此核心和重要的位置，写作之人也就由落魄而酸馊的"文人"转身而为堂堂正正的"作家"。尤其中国现代经历漫长的革命，革命的洪流中它取得与"枪杆子"几乎平分秋色的另一尊号，曰"笔杆子"。20世纪五六十年代，这一现代作家渐进的"正名"历程达到了极点，那时作家有一个更响亮的名称，叫做"人类灵魂的工程师"。文学的观念改变了，作家的地位提高了，文学也被更深程度嵌入了社会体制之中。立言写作也随之由事功不遂坎坷崎岖之后个人重生的无可奈何的选择转变成如同"立功"一样的向着人生正途奋斗的事业。秉笔写作一样可以早策高足而扼守人生的要路津口。换言之，写作由失败者的自我疗伤、自我安慰转变为直接迈向人生成功的途径。"事功"与"立言"已经合并，浪漫主义文学观念之后实际上两者已经并无彼此，"立言"就是个人和社会意义上的"事功"。

立言写作这个现代演变，对作家来说的确是幸事。所有的人生获取包括名誉、地位、利益，都是当下兑现的——当然是否不朽是另一回事儿。从前，名誉、地位、利益与秉笔写作的关系不是没有就是不直接勾连。如今，它们是紧密相连了。写作之前，作家早已得知那些人生获取不但可期，而且可即。要说它不是幸事儿，笔者也不能认可。不说人类尚未找到"时光隧道"重回过去，即使时光可以倒流回去，想一想古代作家的辛酸、惨淡和孤凄，也应该有不忍之心吧。既有现世的幸福，即使读不到那么多不朽的名著，也不必感到太多可惜。不过，世间事凡有一利就有一弊，正如古人所说"福兮祸之所伏"。"立言"与"立功"的合一，虽然极大提升了文学与作家的社会地位、声望和影响，但也逐渐使立言写作演变成一个名利之场。在这个名利场，焦虑开始发酵，成为驱动写作的精神动力。因为事关名誉、地位、利益，步步为营的计算，忙碌进取的经营，标新立异的张目，这是避免不了的。在此种竞争状态之下，不由得写作者不焦虑。古人将"立言"摆在其次又其次的位置，在价值上未免有所贬损，可它无意中筑起了名利的防波堤，滋润了精神生活的纯粹性。立言者如果自我足够强大，建立起对立言写作的自我认同，则写作便类同"个人的宗教"，庄重神圣，油然而生。曹雪芹当日犹在"蓬牖茅椽，绳床瓦灶"而"举家食粥"的处境下笔书不绝，所依凭的正是这种不同于"影响的焦虑"的精神力量。笔者看到，在现代社会写作环境之下，那种植根于自我认同的写作日渐微弱，而源自于"影响的焦虑"的写作日甚一日地壮大。这可说"成也萧何，败也萧何"——写作因其"当下兑现"而福惠作家，作家因生焦虑而败坏文学的品质与趣味。

三

焦虑影响所及最为显著的现象是拉远了人生经验与语言表达之间的距离。本来，语言表达是依赖人生经验的。有感而发，所发才有意义，否则就是无病呻吟。古人论文，无不将言之有物摆在第一位，就是这个道理。但是当写作者为自身的角色、影响、地位而焦虑的时候，语言表达可以离开人生经验，写作可以为表达而表达的那一面就被发掘出来了。它被充满焦虑的作者放大了。当写作独立于人生经验之外的时候，它就成了远离人生经验的语言操作。宇文所安论及骈文和旧体诗时，看到它们为句式所限，写作者没有感悟或仅有那么一丁点感悟，或者半句就可以交代过去了，但又不足以完成句式，于是堆砌凑足字数而成联成篇。他用了一个词形容此种现象——"话语机器"。话语本身是一部自我生产的机器，与经验和感悟毫无关联，它源于自身，生产自身，不断膨胀，直至终篇。如唐人钱起试帖诗《省试湘灵鼓瑟》，以娥皇女英寻舜帝不见的传说怨诉思慕。中间四联对仗工稳精致，层次的推进十分鲜明："冯夷空自舞，楚客不堪听。苦调凄金石，清音入杳冥。苍梧来怨慕，白芷动芳馨。流水传潇浦，悲风过洞庭。"可惜这四联缺少诗最重要的东西——真情。诗的起点是那个传说，而传说并未被赋予诗人真切的人生体验。如果传说是"话语机器"的点火装置，作者就是点火者。一旦启动，即按照格式铺排，由文字填空补缺，凑足成篇。诗语织就一件华丽得体的盛装，但这件盛装无所附丽，它空空如也，不着肉身。"冯夷"为什么自舞？"楚客"为什么不堪听？怨诉为什么既是"苦调"又是"清音"？湘神的瑟声"来怨慕"是悲，而它"动芳馨"则是喜，悲伤易解而喜从何来？诗句所创造的均衡，与其说来自情感本身的自然状态，不如说来自律句对仗这一形式的要求。一切由"话语机器"铺排成就。

如果稍微扩展修辞的含义，不局限于修辞格而将诗的意象，戏剧的冲突、潜台词，小说的故事、人物、叙述、悬念等都包括进来，那文学内在的要素就是修辞了。饱含人生经验的文学可以借助修辞来表达，欠缺人生经验的文学也可以借助修辞来表达，形式是可以离开内容而存在的。实际上，语言的修辞运用离开人生经验，作者抒矫饰之情、写无物之语，这是自古以来就有的现象。然而当焦虑加入进来的时候，它迅速发酵，加速膨胀，使局面更加复杂。比如我们都可以观察到，写作所揭示的各种口号在现代文坛演变得非常快，一时这个口号，一时那个口号，数年之间可以面目全非。写作虽有世代更替，但世代更替并非必然要挂上各种名号才能进行。作家虽然有突破自己已经达到的水准转而追求更高写作境界的问题，但同样不必追附时流。写作的自我突破更多是个人人生经验的积累和艺术感悟的积累。它们是自然而然的无意演变，而不是某个文学口号感召的结果。口号和潮流的此起彼伏，对作家个人而言当然是外部性的，但是这种外部性所以能起作用，推波所以能够助澜，是因为作家被焦虑所笼罩，内应而外合，共同造就了现代文坛的此种局面。本来，应当是作家的人生经验引领写作的，经验的表达决定修辞的，但由于焦虑的影响，作家变身为焦虑的主体，外部性的文学口号、潮流乘虚而入，主导了写作；人生经验空置，而修辞、语言操作就成为了文学表达的"内容"。更堪忧的是，时髦潮流滚滚之下，空洞无物不仅不被视为不可取的美学趣味，反倒成了艺术探索的"先锋"。

又如，作家热衷写极端场面、极端事件，仿佛不写至极端就无以显示作者的才华，无以显露作者的个性。古人欲言又止，或不忍写的事和物，当代作家放笔逞才，不放过每一个毛孔，非得在光天化日之下写个一清二楚不罢休。凡是苦难、伤痛、酷刑、死亡、肉身、私处、偷欢、房中尴尬等都是如今作家喜欢的笔墨用武之地。表面看，这似乎推进了小说的表达天地。古人不敢言、不忍言的事和物，终于进入了当代小说的表达天地，算是扩展了小说表现的空间。但其实不然，小说表现空间的扩展一定要伴随人生感悟、经验，表达才有意义，否则只是一阵文字的狂欢。当今作家笔下所写的极端场面和极端事件，绝大部分都属于脱离人生感悟和经验的放笔逞才，没有什么美学的意义和价值。这类笔墨的泛滥，笔者相信写作者自身的焦虑起了决定性的作用。因为随着写作者的个性、独异性成为写作才华的辨识标志，追逐写作空间剩余而未曾触及的犄角旮旯仿佛就像一个新的尚待开辟的战场。其实，写作的空间是无限大的，但这要实实在在的人生感悟，实实在在的人生经验，才能将之开辟出来。焦虑的主体感知不到写作的这个真谛，反而把场面和事件的极端表达当成了同行中树立独一无二性的捷径，当成武林的必杀技。焦虑的影响所及，是把写作带上了无聊而狭隘的胡同。

也许《兄弟》适合作为余华的一个挫折来加以说明。这部小说的骨干部分与血肉部分是极不相称的。它的骨干部分是一个感人至深的人性挖掘的故事，而血肉部分则有太多的无聊、恶趣。它冲淡、遮蔽、败坏了这个故事本来可以具有的感人至深的悲剧力量。小说像一个正值壮年的人患上了阿尔兹海默症，四肢健壮正常但神情呆滞、目无所视，更要命的是忘记了回家的路。简而言之，余华将一个好故事写坏了。就故事的骨干部分而言，许多同代作家写的故事都比不上它。生活于基层的普通人在贫穷而充满敌意的人世凝结成超越血缘的兄弟之情，抱团取暖以抵抗人生的劫难，但比血还浓厚的兄弟之情却在发财致富唾手可得、人间敌意烟消云散的时代分崩离析。李光头、宋钢兄弟俩的故事不是英雄难过美人关的另一种现代版本，而是作家对人性和社会时代的透视。这是极有深度和潜质的故事，但它被写坏了。落入写作陷阱的原因有若干，有的是属于技术不够炉火纯青的原因。比如故事线索单一，篇幅过于长则显得叙述缺乏节奏。故事的复杂度大约只能容纳十余万字，但作者铺陈了40万字，如此势必有张无弛，叙述不能顿挫抑扬。但我觉得主要不是这个原因，因为作者所以极尽铺陈能事，是与随处可见的无聊、恶趣的笔墨穿插、描写紧密联系在一起的。作者对于这些场面的极端性描写的热情和偏好，包括那些不厌其烦的铺叙，拉长了篇幅。既显露恶趣的同时，又做了无用功。但问题是余华为什么突然变得偏好那些充满无聊感和恶趣味的极端场面，非将它们写至极端不可呢？答案是焦虑。焦虑于摸索表达的新异性，焦虑于追求同行之中独一无二的笔法，焦虑于发现惊悚和吸引读者的场面和事件。所有这些不必要的焦虑导致了对场面和事件的过度叙述，导致了对极端性写作的偏好，无聊和恶趣变得难以避免。

小说甫一开头就写了偷窥的场面，李光头一生悲欢的源头当然是针对那个禁欲时代的。写偷窥本不稀奇，也像是那个时代不时发生的事件。笔者中学时代就亲见其事。但稀奇的是余华的笔法："李光头那次一口气看见了五个屁股，一个小屁股，一个胖屁股，两个瘦屁股和一个不胖不瘦的屁股，整整齐齐地排成一行，就像是挂在肉铺里的五块猪肉。那个胖屁股像是新鲜的猪肉，两个瘦屁股像是腌过的咸肉，那个小屁股不值一提，李光头喜欢的是那个不胖不瘦的屁股，就在他眼睛的正前方，五个屁股里它最圆，圆得就像是卷起来一样，绷紧的皮肤让他看见了上面微微突出的尾骨。"余华写偷窥，似乎有一吐为快的津津乐趣。其实李光头看见了谁，看得有多仔细，一个还是五个，是肥还是瘦，是大还是小，像鲜肉还是像咸肉，与表现李光头性格及其悲剧性，完全没有关联。作者的叙述聚焦于偷窥本身，将偷窥尽可能详尽地呈现于笔端。大概余华是知道的，小说写偷窥的极少，即便有，也是一笔带过。于是就顺其道而为之，大写特写，写成绝活，便可胜于同行。顺着偷窥，余华还敷陈有好几章长度的故事，讲述李光头从自己的身败名裂中学会用这差一点就看到"女人的阴毛"的故事与镇上的爱好者交换吃了56碗三鲜面。我读到这里的时候，还以为作者为日后李光头发财做个铺垫，使故事更加圆通可信。然而李光头后来大富大贵并非辛勤致富，而是歪打正着，纯凭运气，与乱世之中学来的本领完全没有关联。这样看来，偷窥在故事上也是可有可无的。写之，固然有利于刻写这个乱世的无赖；不写，也无伤大雅。因为"文革"造出这种野狗一般的人物，途径多有，并非只有偷窥受辱然后才"发扬光大"。然而作者对偷窥不仅爱不释手，不仅写得够形而下，不厌其详，而且借题发挥，敷陈多章文字。这个只能解释为焦虑所产生的趣味偏好了。作者把写偷窥作为《兄弟》独树一帜的绝活，这是小说美学趣味最大的败笔，它为全书奠定了一个低俗的格调。随后小说写李光头的爹也因偷窥淹死在粪坑里，写所谓修复处女膜，写李光头套上坑道作业的头灯观看美女林红修复之后的处女膜，都与小说开头写偷窥表现出来的恶俗趣味如出一辙。作为场面和事件的讲述，这些都是够突破前人的，够独树一帜的。问题是写前人之所无，未必见得就是艺术的上乘。或许余华觉得文坛抒情的笔法太多了，换个谐谑的，让读者在诙谐一笑中见出人世的悲伤。但问题是小说中的诙谐与悲伤被作者的趣味处理成两张皮，不能重合在一起。那些作者以为谐谑的，恰好成了无聊和恶俗，而那些真正令人悲伤的，被一层无聊和恶俗掩盖了，就像珍珠被一层粪土掩埋了一样。作者在故事讲述中也只有短暂的瞬间才会忘记恶俗的笔法。例如宋钢卧轨自杀之前的那几段文字，这时余华才显出写《活着》的那种美的优雅。

焦虑既然是一种现代性的症候，也许每一个秉笔写作的人都没有与生俱来的免疫力。作家对影响力心照不宣的争夺或许也在文学的变迁史上留下若干痕迹，然而这些痕迹并非就是正面的。时至今日，写作者理性地认识焦虑，意识到焦虑本身所具有的副作用，意识到焦虑对写作侵蚀带来的损害，还是有益的。焦虑可以激发写作的某种改变，但这种改变与艺术的不朽是没有关系的。作者可以因焦虑而扩大同一时代的影响力，但却不可以使作品不朽。不朽是连续世代更替的共同回响，它与写作者本人是否焦虑无关。焦虑也罢，不焦虑也罢，作品都将在未来世代更替的回响中才能一试真伪。同时，焦虑也是有代价的。焦虑的影响所及归结到一点就是美学的倒退与坠落。

《小说评论》2016年第4期

文学与思想关系的历史观察

一

　　文学根本的特征有两点：第一是修辞，第二是文体。前者关乎语言，是构成文学的质料；后者关乎语言质料的编排惯例和规则。当然这两者也不存在截然的界限。修辞也是可以深度镶入到文体里面的，反过来某些场合文体也可以看成是修辞的运用。例如旧诗律体所讲究的平仄，其实是语调的修辞，要求诗在某个位置一定要出现某个声调，但声调的修辞又形成了诗句的编排规则，即律诗的平仄律，而这又成了文体。又如某些语词和句式的重复运用，这是修辞，而修辞又体现出风格特征，风格特征又被视为文体的一部分。反过来，诗的分行可以说是文体，但是这个诗句编排规则何尝不可以看作是一种非语言的修辞。至于小说必备的虚构、叙述、情节当然是小说文体的要素，但也是小说不可或缺的非语言的修辞手法。所以，修辞和文体的划分是为了认识文学之所以为文学，而划分本身只有相对的意义，没有绝对的界限。修辞和文体，欠缺了任何一方都不成为文学。例如，如果将各种修辞格孤立出来，有修辞色彩的句子可以说有文学味，庶几离文学不远，但终究不能算文学作品，哪怕最初步的作品都够不上。而把任何编排规则抽象出来，像中国旧体诗各种平仄格，读来朗朗上口，也有美感，但也终究不是文学。非得赋予修辞色彩的语言和某种文本以形式，文学作品才能出现在读者的眼前。例如新诗的文体规则只有分行，能称为新诗的诗必须分行。要是旧诗还要加上押韵，律体更得添上平仄和对仗。符合了这些形式规则的有修辞色彩的语言，我们才可以称之为诗。

二

从这个角度看，文学和思想（或者说哲理）的关系不是必然的。文学的根本特征并不同时要求哲理要素出现在它其中。无论古今都存在大量缺乏思想，或者缺乏严肃阅读所要求的对生活世界有所发现、对人生有见解的作品。这些作品很难被逐出文学圈子之外，也很难说它们不是文学。

人之所以运用修辞手法并且熔铸成一定的文本形式，根本上讲是为了表达情感和生活给予的体验。这又可以分为两部分，一方面是宣达所思所感，另一方面是赞美。前者或与哲理、思想有关，后者则没有关联。《诗经》中最古老的诗篇是赞美诗。周人赞美他们先祖艰难开辟、自西徂东的历程。《旧约·诗篇》中相当一部分也是犹太人赞美上帝。古希腊史诗《伊利亚特》和《奥德赛》最主要的内容也是有关战争英雄的赞美诗。韩愈把文学的发生归结为"不平则鸣"。人各有不平，有穷愁苦厄的不平，有迷茫不知所从的不平，也有对超越自身而有大能的事物情不自禁的崇敬赞美的不平。这些原因都使人发而为文，运用有修辞色彩的语言表达心声。显然，导致人心有"不平"的诸因素中，赞美比自己更有大能的人或神，是不需要思想和哲理要素介入的。赞美诗中，除了有匍匐跪地的崇拜敬仰之情外，读者是找不到可以称之为思想或哲理的东西的。可能是因为后世读者对文学是否具有思想提出了更高的要求，所以产生了"颂诗难作"的说法。当代写颂诗变成了一件吃力不讨好的事情。这或许也可以归入文学的变迁吧。总之，无论从文学早期发生的历史，还是从文学写作发生的根本原因来理解，思想和哲理都不是文学充分而且必要的条件。李泽厚引贝尔的说法，将美理解成为"有意味的形式"。落实到文学，这个"意味"也可以粗分两层：一层倾向理性思索；另一层倾向赞美深情。在这个意义上，我更愿意把文学理解成一套含有语言运用的形式规范的意义表达，它的形式规范就是修辞与文体。至于语言运用落实到文学史的具体情境，那就要分别对待。因为文学作品的意义表达不能皆视之为思想。赞美诗、通俗类小说也是文学，但不是富含哲理性思想的文学。或者直接说，它们是缺乏思想或无思想的文学。

三

　　哲理性思想与文学的结缘相当早，与文学的历史一样长久。因为人心"不平"的诸因素里，迷茫无知而上下求索的感觉恐怕与人成熟的语言表达同时出现，于是运用语言表达人生的惊奇与迷茫，寻求终极答案，这是人类理智成熟之后顺理成章的事情。如果将哲学看成是人生终极答案的求解，那这种最早期的哲学其实存在于最早期的文学文本里。在这个意义上，文学与哲学，准确一点，与哲理性思想一早就是不分家的，你中有我，我中有你，两者的常态是同为一体而互为表里。作为目前最早的写定本文学，苏美尔史诗《吉尔伽美什》为我们观察文学与思想的关系提供了一个范例性的文本。这部史诗由两个完全不同的主题组成，前半部分是英雄史诗，赞美战争英雄和他们之间的友谊；后半部分是人生终极问题的思考与求索。故事讲述乌鲁克国王吉尔伽美什在好朋友死后陷入了终极的迷茫：人有无可能逃脱死亡，永生是否可期？吉尔伽美什决定向经历大洪水之后的唯一永生者乌特纳比西丁请教永生的奥秘。他历尽千辛万苦，可惜功败垂成，与永生失之交臂——他的"永生草"到手之后却不小心被蛇叼走了。这条蛇很可能与伊甸园的那条蛇是同一条蛇，因巴比伦之囚时期犹太人接受苏美尔神话故事的影响。故事的字里行间藏着人关于生与死智慧初现时刻的光芒：人作为生物虽然永生可期但却难逃一死。《吉尔伽美什》的写定距今约三千年，它至少距今四千年就已经被两河流域苏美尔文明传唱。这说明思想与文学的结缘也是文学一出现就已经存在的事实。因为智慧大开，文明初曙第一道关于生命自身的亮光，必然是永生是否可期。既然存在这终极性的困惑，文学与思想的结缘也就是十分正常的了。

　　由文明初曙到雅斯贝尔斯所说的轴心时期，各大文明的宗教、道德伦理逐渐形成。关于人生终极的理解、关于孰善孰恶、关于是非准则，发展出相关的价值观念、训诫和教诲，它们与修辞、文本形式的结合成为一个普遍的文学现象。例如《旧约》中的《诗篇》和《箴言》、古希腊时期的《伊索寓言》、先秦诸子里的各种寓言故事特别是《庄子》各篇里的寓言，其实都是哲理观念、价值准则和训诫借用修辞和文本形式制作出来的。它们的本意不在于文学欣赏，而在于哲理观念的传递。所用到的修辞与文本形式是出于权宜的方便。

就像要小孩吃药，先给一颗糖丸，后灌一碗苦药。苦药与糖丸的关系，比较近似于哲理观念与文学形式的关系。

四

这时期的文学事实已经可以看出文学分流为"尚情"与"尚理"两种倾向。史诗、赞美诗、传记属于前者，而箴言、寓言、训诫故事属于后者。这两大倾向在其后的文学史中长期存在。唐诗主情，故浑然圆融；宋诗尚理，故思致见长。这个事实为研究中国文学史者所认可。钱锺书更在这个基础上提出"诗分唐宋"的命题。唐与宋不仅为中国诗的时期划分，也是中国诗的基本风格的分别。换言之，唐宋之后的诗人写诗可以宗唐，也可以法宋。宗唐而有成，写的诗就像唐诗；法宋而有成，写的诗就像宋诗。唐宋优劣论在诗评史上长期争论，就反映了这两种写诗的取向都有各自的合理性的事实，彼此并不能取而代之。这种写诗基本风格差异的底色就在于"尚情"与"尚理"的不同取向。同样，一个诗人写诗，如果他既有"尚情"的偏好，又有"尚理"的偏好，两种趣味兼而有之，那他的诗就可能兼含上述两种风格。比如陶渊明的"饮酒诗"就偏好"尚情"，而他的"玄言诗"就偏好"尚理"。在一个具体文本里，"尚情"和"尚理"也可能交集。"尚情"就不能有理，"尚理"就不能有情，这是说不通的。"尚情"与"尚理"的分别只是就文本的表达意味的侧重点抽象划分出来的。

文学史之所以存在"尚情"和"尚理"两种倾向，是因为借助语言以及它的形式规范传递出来的作者的"心声"本身就是混杂的，情感中有理智而理智中又有情感。"心声"的混杂一如感觉经验的混杂。印象、直觉、情感、理智、本能各种要素汇集在人生体验之中借助语言和形式规范表达出来的时候，一定也保持了各种要素的混杂性质。但是我们也要注意，这里说的混杂不是毫无章法的混乱，不是彼此不能分别的混淆，而是你中有我，我中有你的彼此融和。也只是在彼此融和渗透中显示出情感和理智的成分有强有弱而已。情强理弱，我们就说它是"主情"；而情弱理强，我们就说它"主理"。"主情"不排斥兼含理致；"主理"也不排斥兼含情志。若是情感与思理各极其致，前者

便是赞美诗，后者便是玄言诗。

基于上面的理解，我认为把文学定义为感情的表达，将哲学理解为纯粹的理念思考，这不够妥当，而过于简单。文学所表达的感情固然是感情，但它和丧考妣的哀痛和婴儿出生的哭喊那种感情是不一样的。好的文学所表达的感情既有历史深度，也有理智深度的感情。正是因为这样，我们才能在文学现象中分辨出"主情"和"主理"的差异来。同样，哲学的理念思考也不能说是完全脱离了情感的纯粹理智，比如说到本体终极，人类的情感肯定在其中扮演了相当重要的角色。否则，为什么它一定不能用逻辑语言表达出来，而一定要借助隐喻、象征等修辞手法呢？而且，说到底情才是真本体。李泽厚先生有"情本体"的说法，此说极其有理。盖宇宙万物、社会环境、进化历史所积淀和塑造的生命情感才是人作为个体的终极本体。其他如同逻辑、数理、自然定律以及物理世界等即使离开个体生命亦是亘古如斯。如果离开了有血有肉的个体生命，这个与人截然分开的世界可以说毫无意义，更无所谓本体问题的发生。正是因为血肉之情，人所生活的世界才是一个有意义的世界。具有丰富内涵的情感才构成血肉生命的终极本体。当修辞与文体形式触碰人的"心声"的时候，它必然是相互混杂的，不过轻重浓淡如同泾渭合流有所偏重而已。

五

从文体形式来观察，韵体文（文字产生之前的史诗不在其列）的大众性较弱且普及度较差，散体文大众性较强且普及度更广。尤其是市民阶层壮大以来——西方约略相当于中世纪晚期和文艺复兴时期，中国约略相当于宋代——散体文取得了实际上的主流地位。韵文的语言修辞色彩浓厚，文体规则繁多，制作复杂，对阅读欣赏的要求更高，这些因素导致韵文偏向"高雅"的一边；而散体文语言的修辞色彩淡弱，更多利用故事情节、虚构角色、悬念、叙事等非语言的手法去表达意味，因而吸引读者，易入人心，特别是对那些文化教养程度不甚高者或文盲，散体文都能满足其欣赏要求，于是散体文在趣味上天然偏向"通俗"的一边。

在漫长的文体形式演变史上，叙事文体在欧洲经历了史诗、中世浪漫传奇到近世小说的变化；在中文汉语世界则经历了叙事讲唱、俗讲演义、话本章回到现代小说的过程。以叙事为核心的散体文已经牢牢占据诸文体的中心地位。无论中西皆是如此。从这个事实可以得到一个看法：无论中西，以叙事为中心的散文文体都是从社会的基层开始孕育演变的。换言之，社会基层的大众对文学的诉求既是它产生的初始动力也是它持续存在和演变的主要根据。大众的美学趣味对此种文体的美学趣味有决定性的影响力，可以说它是因大众而生，媚大众而长。大众的影响力一直强烈塑造此种文体。这个事实直到今天还是如此。

以叙事为核心的散体文的性质决定了它里面含有的思想或哲理不可能是创作者个人的发现，相反它们都是以通行观念、意识形态信条和道德训诫的面目出现的。如果我们不对思想、哲理下很严格的定义，很难说这些通俗色彩强烈的作品没有思想或毫无哲理。与其很严格地定义，不如转而关注思想、哲理在作品里出现的面目。其实，所有叙事的通俗文学作品如果有思想和哲理，这些思想和哲理的共同本色都是似曾相识的。或者社会通行已久，或者人人熟知，又或者严肃经文高头讲义早已阐释透彻。作者只不过将它们化入其中再次演绎而已。一方面是似曾相识，另一方面是深入人心。这些类同的经义教条和道德训诫出现在通俗作品里其实一点都不奇怪。虽然似曾相识，对严肃思考发现真相是一个很大的弱点，但对大众则如老友见面，既熟悉又温暖。而简易入人则是通俗作品用非语言的修辞手法征服大众的不二法门。对基层的趣味而言，非语言修辞手法的接受认可程度远远高于语言修辞。明代以来，被认为好的话本、拟话本和长篇章回，大部分都是宣示传统伦理和佛学教条。思想无甚高明之处，但却流行不衰。包括至今广受读者认可的章回小说《三国演义》《水浒传》，它们所表现的根本的生活观念无疑是社会通行的、常识层面的。

文学是不是宣传，辩论了很久也迄无定论。这个问题的解答关乎我们怎样理解文学。如果我们对文学有规范性的诉求，那尽可排斥此类作品，斥之为非文学或劣质文学。然而若从事实出发，则势必得让它们在文苑中有一席之地。于是结论便是，文学是可以作宣传的，通行观念、经义教条都可以问文学借路走。而文学从不拒绝，更敞开大门向它们开放。这是为文学史无数事实证明过的，古今中外皆是如此。事情之所以如此，不是因为文学立场软弱，媚俗低头，而是文学根本只是有修辞色彩的语言与文体形式的结合。它本身有相对的独立性，可以融合于此思想观念、哲理，也可以融合于彼思想观念、哲理，从来无有一定之规，随具体的时势而转移。当然，我们也要知道，凡问文学借路走者，往往走向文学的歧途。

六

一种文体若是源自于社会基层而演变发展，到了它壮大稳定的时期通常会自下而上影响社会主流趣味，由此这种文体的美学趣味就出现分化和分流，旧的持续，新的另表一枝。这一方面是由于作品所表现的大众趣味借阅读而向社会精英扩散，另一方面是由于有严肃趣味的文人作者加入这种文体的创作队伍，从而改造了这种文体，提升了它的美学品味。唐宋之际词的演变发展是一个很典型的例子。其实小说文体何尝不是这样。不论中西，小说文体尤其是长篇小说都经历过一个文体分离的过程。原来的继续活跃于社会的基层，表现着大众的趣味，随着社会的演变它也改变着题材、写法等，但是其文学的品位则始终如一，属于大众层面。然而，新的要素也借助原有的载体萌发新芽，逐渐生长。套用说书人的套话，正是"花开两朵，各表一枝"。这新的一枝开始的时候还相当弱小，寄生在旧载体之上，当新的要素积累到相当程度，其基本的美学趣味就脱离了旧的轨道，成为趣味和风格都和原来的那旧的一枝截然有别的文学，由"俗"而变身为"雅"。无论欧洲还是中国，长篇叙事体文学的这种演变都发生在上溯大约四百年而至今的时段之内。长篇叙事体的这种演变给我们提供了一个极有意思的观察案例。

由中世纪浪漫传奇到塞万提斯的《堂吉诃德》的出现，这是欧洲长篇散体叙事作品由俗而雅的一个转折点。而中国长篇章回小说的这种演变则以吴承恩的《西游记》的出现为代表。《堂吉诃德》发表于17世纪初叶，《西游记》则出现于16世纪末。这两位伟大作家的生活年代相差不大，塞万提斯生于1547年，死于1616年；而吴承恩生于1501年，死于1582年，考虑到两部小说都各自出现于作家生活的晚年，这种时间的差异更不代表什么了。讲述中西长篇小说在各自文化背景下四百多年的演变，不是本文关注的焦点。本文想讨论的是开启相沿既久的长篇叙事文体另表新枝而意义重大的转变的新要素究竟是什么？因为这既关乎如何认识长篇小说文体，也关乎讨论本身的"文学与思想"的话题。

七

长篇叙事文体从原来母体中分离出来的新要素、新气质正是基于个人观察体验而获得的对生活世界的发现，这种发现是属于作者个人的。它与通行意识形态观念、教义、道德训诫分属不同的思想意识和观念领域。它的个人色彩强烈，可能与通行的意识形态、经义教条对峙，但也可能不存在对峙，端看具体情形。无论是其中表达的哲理、思想还是隐秘的体验，都只代表作者在生活世界里与众不同的发现，作者以自己的发现解释这个生活世界。显然，这种在十六七世纪出现的长篇小说新要素、新气质是与以往长篇叙事文体那种大众偏好的美学惯例和趣味是不一样的。前者以"个人性"独标，后者以"大众性"见长。前者代表了长篇叙事文体演变的新路向、新进展。在随后的长篇小说演变史里，这种新要素、新气质越来越壮大，被后来的作者广为接受，成为严肃阅读圈子内好的长篇小说的基本表征。

无论《堂吉诃德》还是《西游记》都带有强烈的俗趣味，它们与自身的文体传统还存在深切的联系。《堂吉诃德》里带有强烈生理色彩的怪诞狂欢写法、骑士历险记的故事框架、英雄美人的浪漫旧套等，都可以看出其源远流长的自身文体传统的痕迹。然而，它也有这个文体传统原来不曾有的新要素、新气质：骑士堂吉诃德历险的那个故事终点是人生的反省与个人的觉醒。堂吉诃德居然以彻底否定骑士意识形态的觉醒姿态做自己的临终忏悔。这不得不说是塞万提斯对中世纪骑士的生活世界的个人发现，他不失虔诚地否定骑士生活的价值。在塞万提斯的时代也许有人也有类似的生活体验，也有类似的"心声"，可是塞万提斯却将这种体验付诸表达。《堂吉诃德》被认为是欧洲第一部"现代长篇小说"，原因即在于它里面的新要素、新气质。它奠定了日后欧洲严肃趣味的长篇小说的基础。《西游记》的情形与此相似，这部借三藏取经敷衍以神怪妖魔的故事，一众师徒除唐僧属人外，其余皆有神魔法力。它被归为"神魔小说"，与《封神榜》之流等列，就说明它神魔故事的外形是最明显的存在，而这正是这部小说俗趣味的表征。然而，《西游记》隐微修辞暗藏的价值观的"反骨"也是彰彰明在的。过去人们对小说这方面的意义显然是低估的。在谐谑幽默的笔法里，小说挖苦讽刺所有高大而正面的形象，它们包括权威、秩序、帝王、圣僧乃至西天佛祖，努力显出其冠冕堂皇背后凡俗的本相。《西游记》以及后来的《红楼梦》虽然被归类为中国"古典小说"，但这并不妨碍它们在传统的长篇叙事小说的演变史里另表新枝的不凡意义。从文体演变的角度看，"古典"和"现代"的截然划分并不是一个适合文学史事实本身的视点。

八

欧洲现实主义特别是浪漫主义文学思潮兴起以来，长篇叙事体的新要素、新气质和新特征得到了加速的发展。小说越来越以作者对生活世界的发现为中心来构筑故事，作者对生活世界的发现越来越构成论定小说文学价值的标准。这一演变现象的加速，我认为是由现实主义、浪漫主义以及现代主义文学观念推动的。这些文学观念强调文学对生活世界的"批判"和"反抗"，强调作者在文学世界里的"自我"的极端重要性，都推动了作者依靠发现生活世界里前人所未能发现的地方构筑故事付诸写作。换言之，作者对生活世界发现和解释的独特性和个性越来越构成了决定一部作品文学价值的条件。

长篇小说这种演变的加速，使它越来越脱离娱乐消闲式的阅读，使小说阅读带上"启蒙""论辩"与"反抗"的特征，于是小说变得越来越能够"干预生活"。从前读小说主要是娱乐消闲，打发光阴。如今读小说则多是寻求发现生活的"真谛"，寻求发现人生的"真面目"，对严肃阅读来说，娱乐消闲退居到次要或可有可无的境地。中国新文学运动兴起时的现代小说就是受了欧洲现实主义、浪漫主义和现代主义文学观念的感召而登上文坛的。无论鲁迅把文学当成"国民精神的灯火"，还是文学研究会主张"为人生"的文学、反对把文学作为"消遣品"等，都深深地刻上了这些文学观念的烙印。

小说文体的这种变化意味着它与思想、哲理的楔入更加深了。与原来的小说传统不同，这种分离出来的小说新传统更加强调作者对生活世界的敏锐透视，强调作者对人生有穿透和洞察。这种能力非经长久的思考磨炼不能获得，非经对人生与社会进行宗教和哲学的透悟不能获得。小说作者虽然不是"人生导师"，也不是说教的牧师，但却一度被冠以"人类灵魂工程师"的美誉，这其实是反映了在这个小说演变趋势下严肃阅读对作者的要求。至于这要求是否恰如其分，那又另当别论了。

小说文体楔入思想、哲理而达到登峰造极地步的，我觉得应该是陀思妥耶夫斯基的"复调小说"和卡夫卡现代主义色彩的小说。虽然它们仍然是文学，可是从另一角度看，它们与思想与哲学已经相差无几了。他们的文本所呈现的对人性的思索、对人生之究竟所以然的追问甚至远胜过以逻辑和推理为工具的同类哲学家。

九

不过，针对这个现代小说四百年来愈演愈烈的趋向，或者可以一问：人性乃至生活世界纵然经得起作家无穷无尽的"发掘"，作家殚精竭虑地在这条独标创见为指归的路上到底还能走多远？写作关乎才华，才之为物，来无形，去无踪，所以笔者也不能回答这个问题。而所以提出这样类似"冒犯"的不祥之问，其实是基于阅读的感受。西谚有云，太阳底下没有新鲜事。话是极端了，却提醒我们，那些新的其实并没有看起来那么新。当作家越来越以对生活世界的独见为鹄的的时候，忘记了文学还有另一面：以情动人。小说还是要好看。笔者虽然不能像罗列经义那样说出几条标准来定义什么是好看，但读到那些仅追求生活世界的奥义、人性的幽深的小说，心内常升起一阵阵索然寡味之感。中国的旧小说如章回话本，那些好的作品虽然思想识见上也是卑之无甚高论，但文体讲究、修辞精妙，读来兴味盎然。旧小说的这些长处其实值得有心追求自己作品有更长久生命力的作家深思，仅仅挖掘生活世界的奥义，不停追求人性的深度并非作品不朽的不二法门。说到底，现代叙事文体的那种新要素、新气质根本上是为现代性所驱动的。以个人主义为核心的求新求异的现代性驱动着长篇叙事文体四百年的演变，然而它审美上造就的高峰已经达到，我们需要对这个趋势走向末流的变化保持清醒的认知。

《书屋》2017年第8期

思想史与文学史

　　文学史与思想史的关系成了学术界争议的话题。人们有理由担心思想史热会再次湮没对文学本身的关注，思想史的闯入会把文学的清水搅浑了。因为历史地看，"文学本身"的研究似乎是很脆弱的，不时有各种各样的闯入者。五六十年代，"阶级性""人民性"来搅和过一回，80年代"新学科""文化热"也来搅和过一回，这次轮到思想史，人们自然有疑问，它的结局会不会也和上次一样，蹚浑了水就悄无声息？当然，也有人乐观地期待，思想史的视域肯定会给文学本身的研究带来新的突破。因为虽然意识到存在"文学本身"，可是多少年了，似乎也没有人能够把"文学本身"说个一清二楚。这么看来，"文学本身"似乎就是一个巨大的迷宫，它有它自己的规定性，可是它的规定性如同一个谜，摸不着，看不透，正是它谜一样的规定性，吸引着四面八方局外"闯入者"前来探索，可是他们也没有办法从这个迷宫里找到出路：迷宫把他们吸引进来，迷宫又把他们排挤出去。这篇短文肯定是没有办法征服"文学本身"这个迷宫的，它只能够在担忧迷失与兴高采烈地闯入之间，提供微不足道的想法。

　　文学史无论是作为一门学科还是作为一种叙述出来的历史，形成目前的状态，恐怕和两样东西最有关系，一是现代大学讲坛的出现，二是学科分门别类的形成。当然也可以说它们是同一件事情的两面而已。讲坛的出现，意味着讲者要面对被假设为对专业知识无知或少知的一群学生。对于学生来讲，知识无论是启发式地接受，还是填鸭式地灌进去，总之是从外面进入到里面，要经历一个"内面化"的过程。而文学不同理工，没有什么定理，也不存在如何推导定理的讲授，那如何去传授作为文学的知识呢？唯一的办法就是"数家珍"了。把这些家珍拿出来，一五一十地陈列开来，让学生好好见识一下。对于什么是"家珍"，业内或者有争议，但要将它们按年代陈列出来这种方式是不会改变的。陈列的方法，当然就是历数作家作品了。更进一步的陈列方法，是在作家作品的座次之外，加上时代背景和对后世的影响等等。这就是为什么文学史的讲授离不开作家作品的原因。无论我们怎样地不满意于"数家珍"，既然不能不要讲坛，那就只好默认它的存在。翻检一下与新式教育相关的最早出版的各类文学史，可以证明上述看法大体不错。它们奠定的"数家珍"的格局至今没有大的改变。从胡适《白话文学史》到鲁迅《中国小说史略》，再到陈子展《中国近代文学之变迁》，都是如此。它们的区别在于对什么是"家珍"的判别理由不同，对"家珍"的鉴赏眼光不同。可是，无论如何，我们不难从这个叙述的格局中，看出那群无知而等待入门的读者对象的身影。

学科的分门别类也是随新式教育"东渐"而扎下根来的。一门学科的建立，意味着一个专业领域的形成。从专业的领域的形成中产生了一批从业人员，从业人员很自然地形成了自己的专业利益。作为现代人文学科之一的文学研究和评论，也就很难与从业者的专业利益撇清干系。有时候我们很难分清对学科边界的捍卫到底是来自学科自身的必要还是来自对专业利益的固守。因为学科一旦形成，它就会自动要求对学科边界的捍卫。一方面离开了捍卫，学科就无法确定它自身的规定性；另一方面，如果放弃对边界的捍卫，任由勇敢或无知的闯入者长驱直入，这种行为最终会降低或瓦解学科存在的合法性。这是专业利益所不愿意见到的事情。当文学史与思想史的关系被拈出来讨论的时候，我们既看到对学科自身发展冷静的思考，也感受到狭隘的专业利益潜在地支配着捍卫学科的声音。不过，无论是现代大学讲坛，还是因学科分野而形成的学科意识，除了纯粹的"学科"的一面之外，还存在着权力支配的另一面，至少我们不能否认学科中存在着权力的情形。

这一切正是后现代批评理论要反思和颠覆的。它们至少在初衷上是以揭示学术话语浮面所掩盖的权力支配为能事的，在它们看来，学科的建构等同于权力的建构，或者说，通过分门别类的学科建构，一个个领域的权力话语就这样建构起来，学科的作用在于讲述，在于把持它们各自的学科利益。那种伴随学科而生的知识，如同一篇辩护词，它决不像它自己声称的那样纯粹、客观，它主要是为自己的话语权力作辩护。后现代批评理论的振臂高呼，确实给"学科"带来很大的冲击，响应者虽说不上云集，但确实开启了一个新的学问方向。这门学问以反思乃至颠覆既有的知识体系为使命，所以有人视若洪水猛兽，它几乎在人文学科的所有领域，都掀起了颠覆的风暴。

批评理论对"学科"最有冲击力的，大概就是根本拆除人文学科的分界。在人文领域它可以横冲直撞，任何材料它都可以按照具体的陈述主题予以处理，从来没有越界的担心，也从来不掩饰自己"非分"的学术野心。它新树立的学术规范，把从前有着严格区别的文献、作品一概称作文本，无论是历史资料、思想陈述、文学作品，还是美术图籍；把所有诉诸语言的表意活动称作话语，无论是作品、批评、理论，还是文献资料。在这种视野之下，"学科意识"真是和"小农意识"相差不是很远。举个例子，如果要问福柯声名显赫的《性史》属于哪个学科，一定是有些困难的。属于性学？作为医学之一的性学一定不会收容这位出处不明的"野孩子"；属于历史学？信奉年鉴学派的史学家也一定不会赞同。我本人十年之间前后两次听过德里达的演讲。头一次是在芝加哥大学，那时芝大的英文系滑稽地把德里达作为语言学家邀请来演讲。他的演讲内容和我理解的语言学相差太远了，他来回磨叨解构英文的gift和present。说它们的能指和所指相互背离，表面说的是"礼物"，实际却是交换的意思，还举了很多原始民族的例子给予证明。若要作学科分类，德里达的演讲充其量可以勉强归于人类学吧。第二次是在北京的中国社会科学院讲学厅，这一回德里达是戴着哲学家的头衔来的，讲他回应福山"历史终结"的妄说而作的"马克思的幽灵"。同样他的演讲也很难说是哲学的，只能说是当代思潮批评。我举这两个例子是想说明，这两位后现代批评理论家像所有后现代批评一样，处理的文献是广泛的，讨论的问题也是别出心裁的。一方面他们不想自己画地为牢，确定自己在传统知识体系中的位置；另一方面，站在经典学科分类的立场，将他们归入哪一个学科都是难以名副其实。可是后现代的学问已经在学术界站稳了脚跟，喜欢也罢，不喜欢也罢，它已然是一种学问，而且是不可忽视的学问。尽管它不愿意走传统学问把持一方的老路，但它也不能拒绝在讲坛和诸学科中有一席之地。造反成了功，总得有一个正式的名号。这回轮到它不得不需要一个名号以跻身于它当初极力反思和解构的"学科"之列了。坊间通常的叫法是批评理论，也有的称作"社会理论"。我觉得新列一类，叫做

"思想"，总不会相差到哪里去。

思考文学史和思想史的关系这个话题的兴起，其实不可忘记后现代批评理论影响日渐深入的背景。它是原生于西方的后现代批评理论派生到亚洲特别是中国的人文领域而衍生的一个学术话题。"文学"所以要与"思想"结缘，不是因为"文学"如果不与"思想"结缘，文学研究就走不出一条新路；不是因为如果没有"思想"的照亮，"文学"的审美特性就无从阐明。同样"思想"所以看中"文学"，也不是因为"思想"的无知而胡乱闯入不属于自己的领地。严格地说，"思想"并不需要"文学"这片领地。站在传统学科意识的立场，学者大可以放心。"思想"不是要来收获"文学"的，它也收获不了"文学"。思想史所以和文学史闹得热乎，完全是因为西方批评理论的反思姿态、问题意识、学术范式、研究惯例再次"西学东渐"到亚洲特别是中国而形成的。对于这种视域下的文学史研究，其学术的贡献是可以期待的，而且也只有在这样的脉络下才能看清楚其学术的创新。

像我们所知道的那样，西方后现代批评理论是从反思何为"现代"（当然也包括"现代"所建构的诸学科）开始的。对于后起现代化的中国，在现代诸生长中最重要的当属现代民族国家的兴起，尤其是安德森从南亚诸国现代民族国家形成历程之中发现的"想象的共同体"理论的出现，在更加证明这个"现代"的起点的同时，又带给人们观察这个起点如何形成的新视角：出版物、报纸、刊物、电影等媒介的至关重要的作用。因为如果没有这些现代媒介，"想象"则无处安身；"想象"既无处安身，共同体也就无从谈起。而占据媒介中心角色的，无疑当属文学作品，包括小说、诗歌、散文、戏剧和电影脚本。至此，"思想"与"文学"的关系已经牢不可破。这里说的"思想"已经不是传统看法所指的诉诸一个逻辑表达形式的思想，当然更不是文学概论读本所说的内容性的思想，而是指文本承载的构成那个前古无有的"现代"的诸观念。正因为这样，思想史的英译不是History of thought，而是History of idea。中文显示不出其间的细微差异，而英文的不同则耐人寻味。假如我们以文学作品中传达的不是诉诸逻辑形式表现的思想，而去指责以思想史的方式叙述文学史；假如我们再重复李长之、李泽厚的说法，以鲁迅不是思想家而反对以思想史的方式切入鲁迅研究，那就是没有说到要害了。因为思想史的切入方式根本不在乎所谈论的对象是不是名正言顺的思想家，它只在乎文本所承载的，有没有构成所谓"现代"的诸观念。假如没有，哪怕文本再怎么诉诸逻辑表述的形式，陈述一个重要的判断，思想史研究也不会理会这样的文本。同时，在思想史的学术范式下，"思想"也不仅仅指文本对象里的现代诸观念，它同时也意味着要有思想地处理所讨论的文本。如果处理起来显得缺乏"思想"，背离后现代的研究惯例，哪怕讨论的主题属于现代诸观念，其研究也不算是思想史的研究范围。

以思想史的方式关注文学史意味着后现代的反思立场、学术范式和研究惯例的出现。当然后现代是一个纠缠的概念，存在令人说不清楚的麻烦，而且有的时候它通常带有不够严肃的"后学"的贬义，所以做思想史研究的人一定不愿意自己被戴上"后现代"这顶帽子。不过如果我们不是从反思和解构"现代"这样的新兴学问潮流来看待思想史话题的出现，也一定不能看清楚问题的所在。此处最适合作为例子，说明以思想史的方式讨论文学史的那种反思姿态和学术范式的，应该是柄谷行人的《日本现代文学的起源》。乍一看题目，很像是一本文学史的著作。不过细读过后才发现，根本不像我们读惯了的那种文学史，甚至根本不是文学史。他自己也在英文版的序言里面说："本书并非文学史，而是对包括古典在内的文学史之批判。作为通过追溯'起源'的方式进行的批判，同时也就是对'起源'进行批判。"他的立场很明确，他不是要叙述一段时间历程之内的文学史，而是要对一段时间历程之内的文学史进行批判。他的所谓批判就是解剖日本现代文学的现代性如何起源，如何与现代民族国家的形成休戚与共，相伴成长。他的姿态不是解释性的，而是批判性的；他指出现代文学的现代性是一副面具，他要解构这种现代性。由于这种反思姿态，尽管他处理的文本资料都是作家和作品，也尽管叫做"起源"，但他并不关注历时性，而是分别讨论他心目中的文学中的现代性诸观念，例如"风景""内心""自白""病态"等。此书写得最俏皮的是他的那一套解构操作，处理起来令人眼花缭乱。这种所谓"有思想"的构思，显然来自西方解构主义的学问。据说，柄谷这本书是70年代在耶鲁讲学时构思和开始写作的。他的文库版后记说，此书献给保罗·德曼，他的好友。而此人是当时耶鲁的解构主义大师。这本一纸风行的书到底属于哪一类，是"文学史"，还是"批评"，抑或是"思想史"？其实无关宏旨，但是其学术范式，毫无疑问是以思想史的视域来探讨文学问题的，而它的主题和写作方式都与广义的后现代批评理论存在密切的关系。

我相信，以思想史的方式切入文学，对文学而言它不是一个一般意义的闯入者。因为它有自己的一套立场、理念和操作，与其把它看成一种新视点、新方法，我更愿意把它看成一种新的学问，一种有自己独立价值、范式、惯例乃至传统的学问。在这个意义上，它实际上是与我们熟习的可以分门别类的各个学科的学问一样，具有一条与"他者"的边界。只不过它的划界方式与其他分门别类的学科太不一样，以致人们一时适应不过来，不知如何处理才好。这使得它只能暂时寄居在各个传统学科之内，于是难免发生关于相互闯入的"边界战"。就像柄谷的书给人启发一样，以思想史的方式切入文学史，也一定是一件值得期待的学术工作。它们的精进、勇猛和新锐，远胜于那种紧守传统学科边界的学问。我自己唯一的疑问是那种解构现代性的姿态到底有多大的真实性？因为我们也可以俏皮地认为，解构现代性也属于另一种现代性。现代性的奥秘之一是它能够容忍并且包容你的解构，最终使你的所有工作纳入到它的掌握之中。就像"市场"一样，它爱所有的人，包括站在它的对立面恨它的人。如果这是真的，那所谓站在对立面，就是一件虚幻的事情了。同样，对现代性的所有解构，也就成了一样学术的把戏。当然这是所有人都不希望看到的。

《天津社会科学》2006年第1期

什么是"当代文学"

　　屈指算来，"中国现当代文学"已成头重脚轻之势。若按照惯例由五四新文学运动开端算起，则其"现代"部分不过30年出头，而"当代"部分则将近60年了。一短一长，突显了重新检讨原来的划分的必要性。我们知道，原来所称的"当代"只不过是"现代"的合理伸延，如今这种当初合理的伸延随着时间的延长，其合理性应当被质疑了。这种现代和当代的传统划分的不合理性迫使我们思考到底什么是"当代"，以及当代文学合理的时间段落的界限到底在哪里的问题。

　　按照字面的理解，当代无非就是当前正在生活的时代的意思。当代这个词蕴含的语义并无难解的地方。可是问深一层："当前正在生活的时代"到底感觉上跨度有多大？它的时间段如何确定？这并不是不假思索就能回答的。比如，最近10年可以称为当代，但上溯到半个世纪之前的时间段，在人生的感觉上，还属于"当代"吗？当一个人到了耄耋之年回首往事的时候，他还会称他的童年乃至青年时期是属于他的"当代"吗？那段时期的生活还是属于耄耋老人"当前正在进行的生活"吗？虽然童年和青年时期所发生的事情与他相关，但显然在生命的感觉里那些事件已经远去，可以归入民间故事开头套语"很久很久以前"所指的那一类。它们与"当前正在进行的生活"的关系稀薄到可以忽视的地步了。人类生命的这种感觉告诉我们，所谓"当代"，纵使不能落实为一个精确如数学的时间跨度，纵使不能指实为一个时间度量单位，它本身也绝不是可以无限伸延的。超出一定的时间跨度，则不宜称之为"当代"。换言之，"当代"一词，虽然在字典意义上无法确定一个标准的时间跨度，但在语用上毕竟受制于人对"当前正在进行的生活"的那种时间感觉，因此当我们使用"当代"一词去指称一段离目前最近的生活时，它是存在大致的时间跨度的。我们应当遵循对当前生活的那种时间感觉去使用"当代"一词，而不应当把实际上离当下生活远去的时段继续称为当代。问题是跨度多大的时间段在感觉上是属于"当代"的呢？

根据经验判断，二三十年的时间段是比较符合生活上仍然属于当代的那种感觉的。因为人的生命受自然规律支配，其生理的发育成长乃至成熟的过程与学习人类社会积累的知识文化直至成长为一个可以立身出世的人的过程是基本上重叠在一起的，而后者要比前者时间略长，两者相合大概就是二三十年。这个个体成长的事实恰好揭示了生活中代际差别出现的原因。在这个时间段内成长的一代人，分享了共同的社会经验、氛围，建立了彼此有共识的社会关系。当新的一代人成长起来的时候，意味着他们分享了与上一代人的有差别的社会经验、氛围，并建立了彼此不同的社会关系。于是代际的差别，或称之为"代沟"的现象就出现了。以比喻来说，社会是从无始驶来，驶往无终的"公共汽车"。一方面在车上的人分享了一个共同的社会；另一方面却是不断地有人上车，有人下车。上车的人与已经在车上的人建立了社会关系，可是随着老面孔离去，新面孔增多，到一定程度就出现了代际差别的感觉。已经下车的人再也看不见了，只能出现在回忆中；而在我们上车之前就已经下车的人更只能通过他人的回忆出现在我们的意识里；而刚上车的人面孔陌生，或者时间来不及，或者秉持不同的理念，与之交往难免隔膜。当那种代际差别的感觉强烈到一定程度的时候，也就提示了曾经"当前正在进行的生活"慢慢离我们远去，它不再是"当前正在进行的生活"，因为它已经被真正的"当前正在进行的生活"所取代。所以，当我们理解什么是"当代"的时候，千万不可执着于当代这个语词。"当代"是一个变化的概念，它的内涵应当以吻合于"当前正在的生活"的感觉为依归。数十年前的当代，放在现在就不再是当代了。诸神应当归位。我们不可以为一段已经成长壮大的历史再穿上"当代"这件窄小的衣裳。再穿下去，庞大的身躯就撑破那件小衣裳。而这样描绘出来的"当代"就很难看了。

此处提出应当以"当前正在经历"的那种生活感觉来决定"当代"的内涵，不仅仅涉及目前学科之内存在的语词及其内涵的矛盾，还关涉到我们对"当代"究竟是什么的实质性理解。我以为"当代"对应的应该是历史，"当代"绝对不是历史系列中的一个部分。所谓"当代史"的说法是一个取便权宜的说法，而不是一个经得起学术推敲的说法。历史属于已经过去，而当代还在目前。所谓"已经过去"，它不是历法意义上的"昨天"或"去年"的意义，而是一代人的社会活动已经消失，其结成的社会关系已经消散无踪的意思。借用王国维的话说，就是"遗其关系"（《人间词话》）。什么时候演变到了"遗其关系"的时候，一代人的社会活动及其结成的社会关系就进入了历史的范畴。以历法意义的"昨天"或"去年"来作为什么是历史的判定准则，是把时间推移作为一个脱离人类活动的孤立度量而产生的误解。当我们要探究历史所指称的人类活动的时候，应当不是孤立地考虑其历法意义的时间推移，而应当将一代人的社会活动及其结成的社会关系与它们是否在时间度量中基本消失一并考虑在内。我们知道，人在当前正在经历的生活中所进行的活动和与他人结成的社会关系并不随历法意义的"昨天"或"去年"的到来而消逝，它们依然存在。所以这段时间跨度内的生活无法用历史的视角来观察和理解，它们自然也就不进入历史所指涉的范畴，而依然属于当代。历史的视角要求人们观察和理解人类活动要有一段时间的距离，这段时间的距离起码是一个完整的"当代"区隔。当代天然地不属于历史的范畴，反之亦然。准确地说，当代终结之处就是历史的开始。

如果上述的看法能够成立，我们就可以讨论"当代文学"的真正含义了。当代文学换言之就是还在进行中而未曾被历史化的文学，包括作家的写作以及这种写作活动还与当代的社会文化政治保持活跃的关系，呈现出丰富的当代性的文学。以这样的眼光衡量至今被划入"当代文学"学科范围内的文学，中华人民共和国成立后的十七年文学和"文革"时期的文学毫无疑问是已经进入了历史，它们的当代性已经消失得差不多了。把它们当作现代的一部分比把它们当作当代的一部分，更能呈现这个时期文学的学术意义，因此也更加合理一些。活跃于十七年和"文革"时期的作家到目前为止基本上退出了写作，这些作家和那时的社会文化政治结成的相互关系到如今也基本上烟消云散了。由于近30年社会文化政治氛围的转变，我们也更能将该时期的文学作一个合乎历史距离的理性观察。也就是说，时间的冲刷已经将该时期的文学推到了历史的沙滩上，它们已经不再属于"当代的洪流"了。至于继续将十七年文学和"文革"时期的文学置于当代文学这一学科之内，我们有理由相信这是由于教学和学术的滞后性。

无法或基本上不可能以历史距离来观察的文学在今天的眼光看来自然就是80年代以来的文学。这一方面是由于改革开放路线的确立导致了社会文化政治氛围的重大转变，使我们今天看到了它与"文革"时期的巨大差别；另一方面也是由于这个时期以来活跃的作家和评论家身处其中，他们与社会文化政治结成的关系依然是"进行时"，而不是"过去时"。对这段时间的文学我们可以评说、针砭，可以表明我们的喜好和厌恶，可以宣示我们自己的价值立场，但却无法在做这一切的同时做到"遗其关系"，因为不但我们自己身处其中，更重要的在于时间并没有提供我们以历史距离观察这种文学活动的可能性。时间仅仅提供给我们评论这种文学活动当代性的可能。换句话说，这种文学的历史性尚且潜藏于它的当代性之下，需要等待时间的冲刷，才能让它"芝麻开门"。任何想挖掘其历史性的论者看来必须要有足够的耐心，等待时光开启的契机。如果过于心急，忙于写作文学的"当代史"，则不仅史的本色荡然无存，更失去揭示其观照对象当代性的机遇。这说明处于今天的时间点，真正名副其实的"当代文学"只是"文革"结束之后的文学。

生活的感觉提示我们，中华人民共和国成立后的十七年文学和接踵而来的"文革"文学基本上进入了历史。这里所谓进入历史的意思并不是通常的"载入史册"的意思，而是它们随着时间的冲刷和我们当前的生活产生了"历史距离"，论说者可以站在历史的视角观察和理解它们了。也就是说，它们脱离了"当代"的范畴而进入了"现代"的范畴。它们更多的是中国现代史的一部分，而不是我们当前正在的生活的一部分。这个改变不仅意味着语词称谓的小改变，也同时意味着理解现代文学史的大改变。从前习惯上把中华人民共和国成立后的文学称为"当代"，"当代"与"现代"也自然就显示出学科的分界或理解不同时期文学的区隔。正是这种区隔将十七年和"文革"文学的历史意义遮蔽起来，使它们不能彰显在人们的面前。而将它们划入"现代"的范畴，其历史的意义也就赫然浮现。

比如，无论十七年文学还是"文革"文学都表现出浓厚的"后革命时期"文学的色彩。如果仅仅把它们当作"当代文学"的一部分，那就只会孤立地讨论它们与那个时期的社会文化政治的关系，或者将它们当成"红色经典"来理解，而无法将它们与持久及经历不同阶段的中国现代革命联系起来观察。从现代史的角度看，中国现代最为波澜壮阔的事件毫无疑问应当是革命。革命的对象和方法手段，不同的历史时期或有不同，但革命却是最浩大、最持久、影响最为深远的事件。不同的文学思潮或者是这个事件的一部分，或者是对这个事件的反应。这或许就是中国历经多年"西风东渐"所产生的"现代性"之一吧。我们现在知道得很清楚，革命作为大事件在20世纪70年代末算是结束了，国家的政治文化生活由此也展开了一番新的面貌。文学随之也就脱离了"革命主轴"，开始了多元的演变。这个多元演变的文学史意义，我们现在还无法看得清楚。但是一旦将十七年文学与"文革"文学放在现代革命的主轴下观照，其"后革命时期"文学的特征就很清楚了。换言之，这段时期文学的现代性质不再是模糊不清、不能清晰阐述的，而是有着确切含义的。当然要论述清楚十七年文学与"文革"文学的"后革命时期"特征，还需要作许多的学术分疏，此处作为论点提出来，只是抛砖引玉的意思。

文学"现代"和"当代"之分，不应当停留在习惯和常识的层次，这种划分如果是有道理的，那它代表着我们想认识清楚"现代文学"和"当代文学"究竟是怎样的事物，究竟有什么意义蕴含在内。因此，辨明"当代"和"当代文学"的内涵，由此而引发我们对"现代"和"现代文学"的新的解释，也就不是毫无意义的。

《扬子江评论》2008年第2期

文艺新局面下的普及与提高

　　毛泽东《在延安文艺座谈会上的讲话》将文艺工作的提高和普及作为问题提了出来。当时的国内局势是抗战进行中，"现在工农兵面前的问题，是他们正在和敌人作残酷的流血斗争，而他们由于长时期的封建阶级和资产阶级的统治，不识字，无文化，所以他们迫切要求一个普遍的启蒙运动，迫切要求得到他们所急需的和容易接受的文化知识和文艺作品"。由此，毛泽东作出结论说："对于他们，第一步需要还不是'锦上添花'，而是'雪中送炭'。所以在目前条件下，普及工作的任务更为迫切。"①毫无疑问，《讲话》的判断是符合事实的。

　　中华人民共和国成立后无论是创作还是评论，面对的局面发生了翻天覆地的变化，真正是"旧貌换了新颜"。特别是改革开放40年来，中国社会整体完成了从农耕社会到工业社会历史性的转变，处于由工业社会向信息智能社会迈进的过程。当年毛泽东所说的人民群众"不识字，无文化"的状况，已经彻底翻过去了。中华人民共和国成立后国民教育的普及一方面大大提升了人民大众对文学艺术的欣赏水准，另一方面又大大降低了进入文学艺术创作和评论的门槛，已经把昔日士大夫视为"独门绝技"的舞文弄墨大大地"白菜化"，成为了人民群众精神生活的日常需求。于是日常生活的文学艺术不再呈现高高在上的面貌，而是与百姓日用衣食住行融为一体。在社会已经实现历史性转变的条件下如何认识评估文艺的普及和提高这一问题，也是我们这些从事文艺评论工作的人需要再思考和再认识的。例如，普及工作是不是只有在"不识字，无文化"的条件下才摆在比较重要的位置？在国民教育普及的今天，文学创作和

---

　　①　毛泽东：《毛泽东选集》（第三卷），人民出版社1953年版，第863页。

评论是不是只有提高的工作可做？怎样使得我们对提高工作的认识更上层楼？怎样使得文艺评论在出精品方面发挥应有的作用？

一

其实我们不应该静态地观察普及和提高，而应当将它们放在社会发展进步的动态持续中来理解。不同生产力水平和不同的国家基本情况存在不同水平的普及和提高。动态状况下的普及工作有点儿像经济学里面供给和需求的矛盾，它只有平衡问题，没有完全实现的问题。特定的供给满足了特定的需要，但又产生了新的需求，新的需求又有待于新的供给的创造。步行的年代需要自行车；自行车的普及产生了摩托车的需求；摩托车需求满足了，汽车的需求就提到日程上来。因为需求永远是一个变化的概念。战争年代，推动普及的文艺，就是包括识字在内利用民间通俗形式所发展起来的说唱、秧歌、街头剧、口头诗歌等等创作；中华人民共和国成立后普及性的文艺工作，就是让解放战争中成长起来的记者、通讯员和民间文艺家组成创作的新队伍，写出社会进入和平建设年代的新的文艺篇章的工作；到今天普及性的文艺工作涉及面更广大，各地方文联作协当然包括评协在内，所做的一切工作究其实质而言基本上都是普及性的工作，因为它们都是为了维持一个地域之内的文学艺术创作以及评论的水准而显示出工作意义的。与过去相比，普及性的文艺工作不是完成了，而是还在进行中；不是做得多了，而是还远远不够，还需要更加努力以满足人民群众日益增长的精神生活的需要。总之，人民群众的文艺需求提升了，普及的具体内涵也就随之提升，但它本身归属普及这一范畴是始终没有改变的。不能因为人民群众的欣赏水准提升了，就认为普及的工作可以告一个段落。这样的认识是不符合实际的。

相比较而言，中华人民共和国成立70年来文艺工作普及方面取得的成绩是巨大的，尤其是近40年。无论是文学艺术创作还是评论，都卓有成效，成绩有目共睹。因为普及工作一要指导，二要队伍，三要资源。由延安时期毛泽东的《讲话》奠基，战争和建设的各个时期，党和国家领导人都对文艺问题发表了讲话，确定了不同形势下的指导方针。有了目标明确的指导方针，各文联和作协包括评协在内成为落实指导方针的健全而强有力的队伍。健全而强有力的队伍再加上资源的持续投入，可以说虽有不足但也基本上满足了人民群众对文艺产品的期待，让社会主义建设各时期党的声音和号召及时传递到基层。各文联和作协所做的推动文艺发展的普及工作，如果比喻成一片一片的马赛克，这些马赛克拼在一起，组成了一幅相当令人赏心悦目的文艺工作成效的图案。

由强有力的正确指导方针、稳定的队伍和有效的资源投入所构成的文艺工作之所以重要，还在于改革开放带来了市场机制参与到文艺生产中来所出现的问题。市场机制参与文艺，是今天的普遍现象。举凡自由职业的写手和表演者透过网络、出版和行走演出进入文艺领域，都可以归属到市场机制参与文艺领域所产生的现象。这些文艺生产以不违反法律法规为生存范围，以盈利为目的，至于它们的美学趣味、价值诉求和艺术水准则难以强求，难以符合或达到社会主义价值观的要求。一般而言，粗、俗、恶的倾向是难以避免的。社会越到基层，这个问题就越为突出。碍于人性和市场机制的作用，这种现象将长期存在。在追求法治的今天，用过去除恶务尽的心态和阶级斗争的手段对待这些出现于社会大众面前的文艺，显然是收效甚微的，而且得不偿失。笔者觉得，今天文艺的普及工作所以重要，所以存在不可忽视的价值，还在于它维持文艺生产一个正面的价值诉求、高尚的趣味和健康的文艺水准。因为它们较少地受到市场机制的制约，作者相对训练有素，有利于积极而正面的价值观和意识形态在作品中得到表现。我相信，有趣味和价值观有引领性的文艺与主要服从市场机制的文艺，两者共处于社会并构成一个共存的文艺生态，是我们社会主义文艺领域的实际状态。但是这种共存又不是像天平那样两端相等，必须是前强后弱、前正后辅那样的共存。因为市场机制同样会在文艺生产中发生失灵现象。就像经济领域有"市场失灵"一样，如果任由市场机制主导文艺，则势必造成粗俗、恶趣味文艺横行，如同网络文学里所谓"总裁文""女尊文"式的文学泛滥。这种现象未尝不可以看作文艺生态领域里的"市场失灵"。怎样预防文艺领域的"市场失灵"？怎样在"市场失灵"局部发生的时候有所纠正？鉴于过去文艺工作的教训，维持由社会主义文艺价值观指导下的依赖强大行政资源所推动的普及性质的文艺的存在，是行之有效的途径。因为文艺领域的"市场失灵"必待普及性的文艺工作与之对冲，才能保持有益的均衡，才能建设健康的文艺生态。

属于提高范畴的数量有限的精品是整体社会文艺作品构成中的最上层，而属于普及性质的文艺作品是它的中间层，那些依赖市场机制而生产的数量巨大的作品处于最基层。就像健康的社会结构需要存在一个强大的中间阶层一样，一个运行良好的文艺生态也需要存在强大的普及性质的文艺中间层。中间在某种意义上，也是中坚。因为社会治理总是需要上下通达，总是需要上行下效。党的方针路线方略总是需要以大众百姓比较能接受的方式传递灌输。普及性质的文艺正是扮演这个角色。古人讲教化，如今不大用这词，但实质是始终保持着的。唯有教化的成功、灌输的成功，才不至于让粗、恶、俗的东西在社会泛滥，通行无阻。教化和灌输的必要性是建基于对人性不过于理想化又导之向善的认知。普及性质的文艺正是落实这种认知的好抓手。站在今天的角度，我们的普及工作不是做得太多，而是做得还不够，还需要加大力度推动文艺普及事业的发展。

二

在生产力和科技高度发展的今天，文艺工作的提高问题则与普及性质不同，情形稍微棘手。我们看到出精品的诉求非常强烈，不但要有高原还要有高峰的呼吁同样强烈。一个在物质生产和科技发展取得骄人成就的民族，同时也渴望精神生产登上更高峰，无论它是呼吁、期待还是追求，都是合情合理的，也是能够理解的。可是实际上强烈的诉求与实际状态还是存在距离的。当然这也不是新问题，而是老问题了。所以今天我们可以换一眼光看待这个老问题。文学史告诉我们，经得起时光的检验而站得住的精品是水到渠成地问世的，单纯依赖行政力量而推动是难以想象的。精品的产生和普及工作不同，需要创作者更多本身自主性的持续用心和精雕细刻，特别是长久的努力，甚至跨越了行政任务所涵盖的时段。所以用"赶任务"的应时方式推动文艺工作，出普及性的作品或许行得通，但出精品难以奏效，或者适得其反。如果把行政的推动比作"人为"，把水到渠成比作"自然"，那笔者相信，"人为"手段用在推动普及型的文艺产品的产生比较合适，而精品需要"自然"孕育，"自然"生长。表达期待、呼吁的时候，精品可能不出来或者出不来；在你"众里寻她千百度"而不得的时候，"那人却在灯火阑珊处"了。经过这么多年的经验和教训，我们可能要明白一个道理了：普及性的文艺产品的产生机制和经得起时光考验的文艺精品的产生机制是不一样的，因而不宜用等同的工作手段对待它们。

普及性的文艺产品可以通过外生力量的规划来推进，而且外生力量的推动经常是必不可少的。然而文艺精品更多的是创作者内生努力的结果，外生力量的过度规划不但难以助力创作者，有时甚至起到反作用。柳青的《创业史》乃是公认的中华人民共和国成立后文学创作的经典巨著。如果我们追寻这部精品产生的足迹，柳青自己思考和开创的写作道路与众不同，这就应该成为理解这个问题的入手处。1952年，战争的硝烟才散去，社会主义改造和城市建设轰轰烈烈铺开的时候，他选择落户在长安县皇甫村，成为户口在村子里的村民。柳青一方面是作家、干部，另一方面是真正的村民。《创业史》第一、第二部的稿费，都用于村子的建设。连邻居都不知道他是作家。柳青一住14年直至"文革"爆发。他这罕见的选择对创作起了什么样的作用，可以从多方面挖掘。笔者想强调一点，他的弃城就乡起码让他免去了17年间频繁的文艺圈批判、表态、学习和赶任务的写作，起码让他有自主的时间贴近、观察、思考1949年后社会主义建设实际状况。《创业史》第一部没有轰轰烈烈的情节事件，只有大量细微的贴近生活的细节。用胡风的话说："几乎是完全凭历史真实性说话，没有被那些常见的观念企图所伪化，达到了读者在敌、友、我的具体生活纠葛中受到情操锻炼的艺术境界。"①《创业史》的优点是同时期其他几部长篇所不具备的。它们的差异既来源于作家艺术感受力的不同，也来源于具体写作道路的不同。柳青的写作道路更加"接地气"。不是说每个作家都要像柳青那样选择写作道路，但如果连自主的时间、贴近的观察和平静的思考等条件都不具备，精品的产生当然就是空中楼阁了。文学巨著的产生首先是作家不凡才华的结果。而文学才华不可能是重复的。即使柳青选择皇甫村落户是《创业史》得以问世的前提，那也并不是说柳青的选择具有普遍意义，别的作

---

① 胡风：《胡风全集》（第六卷），湖北人民出版社1999年版，第558—559页。

家就要效仿。笔者相信，就算有人模仿柳青的做法，也不一定能写出一部相当于《创业史》的小说。问题是写作的氛围应当是一个让作家的才华得以自主发挥的环境，而柳青则由于他长期思考摸索而在长安县皇甫村找到了这样的环境。皇甫村空间有限，但足以让他滴水而观沧海。

文艺精品孕育时间之长，作家所付出艰辛之多，超乎想象。更多的作家甚至缺乏柳青的好运气。为了精品不懈摸索，最终却倒在了跋涉的半途。广东作家黄谷柳就是其中一个。中华人民共和国成立前夕他用一部令华南一纸风行此后又盛传不衰的《虾球传》证明了自己卓越的艺术才华。就是在写作理想遭受重挫的60年代，他转写市井风情，也留下脍炙人口的《七十二家房客》。黄谷柳是一个有足够文学功力写出精品的作家，他也有此抱负。像柳青一样，为了解决"与新人物在一起"的问题，他踏上了漫长的摸索。他拟议中塑造的人物是从战争到建设时期逐渐成长的人物。为此，他在解放华南和海南岛的阶段，加入南下大军，当起战地记者。抗美援朝战争爆发后，他又作为文艺界入朝慰问团成员，在战争环境生活一年有半，是慰问团在朝停留最久的作家，足迹遍及阵地、坑道、地洞、战地医院以及百姓村庄。这一切超乎寻常的"深入生活"的努力，与柳青扎根皇甫村极其相似，都是为了解决新人物、新的时代和社会如何进行文学呈现的棘手问题。现实主义文学理念虽然一以贯之，未有改变，但社会毕竟已经是"从亭子间到根据地"了，对总体的生活从否定的态度转变到拥抱的态度。因为当作家处于对生活持否定立场的时候，个人的直接生活感悟会起作用，个人经验最终会自然而然引导作家到达现实主义所追求的艺术境界。但当作家对生活持拥抱态度的时候，个人经验的直接性就很难起作用了。因为拥抱者和所拥抱的不再是简单的同一，两者之间有了隔膜。作家对所拥抱的在很大程度上对作家来说是陌生的，陌生产生出分隔。或者说表面写写容易，有深度的呈现困难。这与古人说的"欢愉之辞难工，愁苦之言易巧"的写作原理仿佛类似。"愁苦之言"切近个人体验，而"欢愉之辞"总是离个人经验远一点。要写好"欢愉之辞"就需要用"深入生活"来补足个人经验的缺陷。黄谷柳所以在朝鲜战场停留这么长时间，乃是因为他充分意识到怎么写的问题在新的条件下有了更高要求。

黄谷柳把拟议中的小说取名《和平哨兵》。[①]他的入朝日记里留有小说的人物表，里面一位人物叫"夏球"，显然是脱胎于"虾球"。名字的改变暗示了人物从流浪少年到新战士的转变。黄谷柳放弃了《虾球传》流浪汉小说的写法，把《和平哨兵》写成一部"新人"如何成长的小说。看起来似乎万事俱备了，战地记者和入朝体验给他的创造打下了厚实的基础。然后他回到广州，从留存的资料我们知道，50年代不间断的政治运动里，他写完了《和平哨兵》，有30万字。1957年错划成"右派"，伴随着个人生活的坎坷和政治文化气氛日渐诡谲，直到"文革"来临，他觉得他的作品无法相容于这个世界，或者这个世界已经变得不再值得用他的笔来表达，他焚毁了《和平哨兵》。数十年殚精竭虑最终付诸一炬，笔者无法揣测"焚稿断痴情"的黄谷柳当时的心情，大概是哀痛和绝望兼而有之吧；也无法断言《和平哨兵》达到怎样的艺术成就，唯一能断定的是黄谷柳为了写这部小说而沥血披肝。笔者重提柳青和黄谷柳的故事，不是要泛论作家与时代社会的关系，而是想说明文学精品的产生，作家内生性的努力是至关重要的因素，它甚至是决定性的因素。无论是它最终问世了还是半途夭折，都改变不了这个道理。

　　文艺精品的产生与其依靠外生力量的推动，不如依靠创作者自身的摸索与努力。这样说并不是忽视或排除党的文艺指导方针的意思，相反它强调以人民为中心的创作路径，要通过创作者的自觉觉悟内化到创作者的思想和价值观里面，成为自身思想与价值的一部分，这样才能产生切切实实的作用。就像鲁迅当年形容自己的呐喊是"听将令"一样，这个将令不是哪个人的发号施令，归根到底是来自鲁迅自己痛苦的经验和改造旧文化旧文学的自觉认识，只不过那时的新思想已经汇聚为一股共同的潮流而已。文艺精品之所以不容易产生，就在于它必须具有天然流露的性质。对创作来说，与事件、材料、题材相比，创作者的自身素质、眼界、认知和禀赋永远更加重要。在大革命失败腥风血雨的1927年，鲁迅说："我以为根本问题是在作者可是一个'革命人'，倘是的，则无论写的什么事件，用的是什么材料，即都是'革命文学'。从喷泉里

---

　　①　黄谷柳著，黄茵整理：《黄谷柳朝鲜战地摄影日记》，解放军文艺出版社2011年版。

出来的都是水，从血管里出来的都是血。"①鲁迅喷泉和血管的比喻，贴切地指明了好文学最根本的原初那一点是什么，它就是人，创作者自身。

精品的产生多少都有点儿令人"意外"。所谓"意外"就是出乎外生的规划之外。平常望去，并没有渠，不知它在何处，有朝一日创作者的才华之水被激发起来，它顺着自然的地势，渠就出现了。对于伟大的文艺作品有所期待是正常的，但是实在不必过度"催谷"、过度规划，它有它产生的自然路径。行所能行，止所当止，面对复杂精神领域的文艺创作，恐怕也需要这种态度。

三

说文艺精品是水到渠成的结果而不能仅仅依赖于外生力量的推动，这并不意味着除作家自身之外的一切都不具有重要性。如果那样，就变成了"取消主义"，坐等天上掉馅饼了。基于对过往文艺工作成功的经验和失败的教训的观察，笔者认为文艺的普及和提高可能是性质不同的工作，普及有普及的路数，提高有提高的途径，两者混淆容易用错力气。但这绝不是说应该用"取消主义"的态度对待文艺精品的生产。文艺精品的产生，文学天才的出现，不是我这篇小文说得尽的。笔者只想站在文艺评论的角度说一点浅见：推动对作家有建设性的批评是十分重要的。虽然文艺精品的出现并非必定得有待建设性的批评，但建设性的批评却对形成有利于精品出现的创作氛围必不可少。它既是我们的目标，也是我们的职责所在。

作家只是写作的人。作家在投身写作的初期甚至很久之后，和投身其他行当的人没有什么两样，也困惑于自己到底有没有真正的才华对得起这个愿意投身的行当，也苦恼于自信心的不足，当然也还得独自摸索写作的门径。这时候，莫说传世的精品尚在幻想的天际，就算稍微叫好的作品也要"勤学苦练"才能得手。这是通常的情形——当然初啼便是"雄鸡一唱"的天才是例外的，也是罕见的。如果作家在初试身手的时候能遇上真正有建设性的批评和忠告，往往对作家的成长具有深远的影响。毫无疑问，在写作的路上，有正路，也有

---

① 鲁迅：《鲁迅全集》（第三卷），人民文学出版社1981年版，第544页。

旁门左道；有坦途，也有陷阱。前辈的经验和教训、批评，是写作者的良师益友，甚至前辈简单的鼓励，也能让写作者在困境中坚持下来。当时年仅21岁的肖洛霍夫第一本短篇小说集《顿河的故事》要出版了，他和出版人提议把校样送给绥拉菲莫维奇——鲁迅翻译过他名作《铁流》——过目。这时，同是出身哥萨克家庭的新老两代作家还不认识。绥拉菲莫维奇读过并作序言，称赞肖洛霍夫的短篇"像草原上的一朵鲜花，生机勃勃，色彩鲜艳。朴素、鲜明，所讲的故事使人感同身受，仿佛就在眼前。语言形象是哥萨克说话的那种富有色彩的语言……作者对于所讲述的事物具有广泛深入的了解，眼光敏锐，能抓住事物的本质"[1]。绥拉菲莫维奇鼓励肖洛霍夫扎根生活的土地，不要"操之过急"，认为他将来可以发展成一个"可贵的作家"。一位苏联社会主义文艺的奠基人为初出茅庐的写作者作序，这让肖洛霍夫欣喜若狂，他称绥拉菲莫维奇为"我的教父和导师"。这位苏联文坛前辈的肯定不仅鼓舞了肖洛霍夫继续走写作道路的信心，更重要的是指出正确的方向——不要离开生活的土地。果然一年之后的1926年，别人认为的机会来了。他被邀离开顿河下游的出生地维约申斯克小镇到莫斯科的杂志任职文艺部主任，他也去到莫斯科了，可他得到了答案："住在莫斯科或者莫斯科附近，我不仅不能写出长篇小说，甚至连两篇像样的短篇小说也写不出来。你自己想想：从十点到五点上班，到晚上七点以前（应为后——引注）只能待在家里，九点以前吃饭等，而午饭以后我的体力已不能工作……就这样，日复一日。如果这样下去，一般地说就应告别了作家的生活，其中也包括告别了长篇小说。而这对我来说是不能接受的。"[2]这时候，日后被称为继《战争与和平》之后的史诗巨著《静静的顿河》尚未动笔，只在酝酿之中，我们只看到肖洛霍夫对写作的自信与对长篇的热情，还看不到他身上大作家的天才气象，但可以推测，这种对写作的热爱与自信，与一年前遇到的"教父和导师"是密不可分的。这里特别要补充的是，日后无论肖洛霍夫有了多大的名声，甚至到了文坛泰斗的位置，他都住在那个生养他的维约申斯克小镇。1965年的诺贝尔文学奖得奖消息传到他家的时候，他不是守候在电

① 奥西波夫著，辛守魁译：《肖洛霍夫传》，人民文学出版社2011年版，第47页。
② 奥西波夫著，辛守魁译：《肖洛霍夫传》，人民文学出版社2011年版，第58—59页。

话旁静待佳音，而是干着自己另一至爱的活动——在顿河上钓鱼。

生活是文学作品的唯一源泉，作家当生活在人民中间，为人民而写作。这些话出现领导人的讲话、致辞里，似乎老生常谈，但真理确实是质朴的。也许不能回到从前，说这是生活，那不是生活，从而造成对作家不必要的限制。但生活确实存在可以扎根的厚土，也存浮在表面的泡沫。从中分辨两者，远离生活的泡沫，扎根于生活的厚土，这对有志写作的人是一个必经的考验。因为有这样的考验，批评可以大派用场。就像人会迷失一样，作家也会迷失。从热爱写作到写出传世精品，就如同长途跋涉一样，不是每一个人都走得到终点。当然很多是因为才华禀赋不足，但有才华的作家也会迷失，尤其才华初放之后，容易迷失在生活的泡沫里。做批评的人正可以与作家相互切磋，赞也好弹也罢，只有说得在理，对作家而言，或许能因此而把握住生活的脉搏，至少也有所触动。当然这种批评必须是善意的、有洞察力的，所以才称得上是有建设性的。在中国现代即20世纪三四十年代胡风主编《七月》和《希望》的时期，他的批评当得起左翼文艺阵营有建设性的批评。胡风的批评理念一大特色是站在作家立场说话。他的所行所言，力求对写作者有具体的助益，培养认识生活的洞察力来提高写作水准，这是很显而易见的。正因为这样，青年作家愿意跟他交朋友，形成志同道合的文坛圈子。至于日后被称为"胡风集团"，那是后话。热爱批评并从事文艺评论的我辈，胡风的批评境界是值得追求的。

针对创作中出现的问题有建设性地回应，这本来是批评的天职，然而近些年来我们也看到了评论日渐脱离创作氛围的倾向，变得缺乏建设性。本来，当代文学创作的评论队伍是强大的，至少从人数看是如此。但是近数十年社会演变，推动评论力量往高等院校文科转移，绝大部分从业者的托身之地，由以往传媒、出版、文艺团体等归拢至高等院校，而教育有自己的学术评价取向，这又推动了当前创作的评论脱离创作氛围转变成与作家创作无涉的自足的学术话语。从业者的数量看起来是多了，发表的阵地也是不少，然而对作家对创作有多少建设性呢？恐怕也只有极其有限的批评能真正助益作家创作，大部分还是脱离了创作，是自说自话的"学术"罢了。加上西方后现代思潮的传播，各种"后主义"在当代思潮叫阵，即使有心批评创作文本，也不得不来一番"学术"的打扮，最终将批评的文本切割成不折不扣的"六经注我"。站在高等院校学术评价的立场，这或许是迷失真性，又或许是无可厚非，笔者在此不作结论。但是非常明确的一点是，它绝不是我们值得追求的理想状态。无论如何，这是我们在新的文艺格局里遭遇的新问题。要推动文艺事业的发展，要出文艺精品，离开得力而有建设性的文艺评论是大成问题的。目前我们能够做到的，恐怕也只是将问题摆出来，引起注意和讨论，然后再寻求解决之道吧。

《中国文艺评论》2019年第3期，略有删节

从战地文艺到人民文艺

——重读《在延安文艺座谈会上的讲话》

    毛泽东《在延安文艺座谈会上的讲话》（以下简称《讲话》）是现当代文艺史上十分重要的文献，它阐述的文艺"工农兵方向"塑造了解放区和1949年后文艺的格局和基本面貌。这类引导文艺急速改变的事情不但在古代文艺史上绝无可能，就算《新青年》同人掀起的声势浩大的新文学运动，也不能如此大规模和深刻地作用于文艺事业的改造，并且使文艺创作、批评和出版达到那样高的一致性。由于《讲话》所提倡的"工农兵方向"起到的巨大作用，经历过20世纪80年代的思想解放，并且鉴于1949年后文坛若干深刻的教训，对《讲话》的理解通常被置于"整肃"文艺界和"规训"作家的位置上，将之理解为居高临下的政治权力在规模初备的情况下整肃文艺，使文艺成为政治所驾驭的工具。这种自由主义式的解读不得不说是偏颇的、违背事实的。不错，《讲话》塑造了当代文艺的基本面貌，但它阐明的文艺基本原理并非纯属规训，准确地说它是中国共产党从武装斗争历程里由自身战地文艺传统累积发展而来的。如果算上中国共产党先驱萧楚女、邓中夏和沈泽民等人于大革命前夜的1923年在《中国青年》中对文化学术和文学的理论探讨与展望，那战地文艺的理论和实践至1942年《讲话》之时，已经有20年之久。《讲话》不是突如其来发生的，它有自己的渊源和脉络，因而形成了自己特色鲜明的议题和推广历程。这与十月革命后苏联早期文艺界的情形既有相近的一面，又有很大的不同。《讲话》是战地文艺实践原理的归纳总结，是战地文艺传统的理论结晶。正因为这个文艺传统是伴随着残酷的战火考验而生长壮大的，它从一开始就区别于从前时代的文艺，并且改变了从前时代关于文艺的命题、对象和方式。当人民战争所向披靡的时候，战地文艺传统也获得强大的动能，拥有旺盛的生命

力，这个文艺的传统又被称为人民文艺。笔者尝试从战地文艺的角度认识《讲话》，深信这样的理解会有助于现当代文艺史获得更多符合历史事实的新知。

人民战争与战地文艺

与俄国十月革命城市暴动建立政权的道路不同，1927年蒋介石背叛革命，中国共产党走上农村包围城市的道路，并开始了长时期的武装斗争。这意味着在进步和革命的大潮流里，革命的文艺是分流演变发展的，发生在城市里的左翼进步文艺为一方，而紧紧伴随着武装斗争的战地文艺为另一方，双方随着形势的变化各有自己的路径和消长，然而彼此是分离的。周扬1944年选编《马克思主义与文艺》，他写的序言就提到这种分离和造成的后果。他认为这使得城市里的左翼文艺作家"离开了群众斗争的漩涡中心"①。当然直到抗战进入相持阶段前，能在全国范围内发生广泛影响的当然还是左翼进步的文艺，但另一方面，顽强生存于苏区根据地的战地文艺也在默默积蓄力量，渐成星火燎原之势。

《讲话》的中心点是文艺的工农兵方向，其他问题都是围绕这个根本论述来展开的。从共产主义运动的根本性质看，它既然是追求无产阶级和劳动人民的全面解放，那从这个运动中成长起来的文艺，当然是为了劳动人民的文艺。正是因为这样，《讲话》的根本论述与列宁《党的组织与党的出版物》所说的写作"不是为饱食终日的贵妇人服务，不是为百无聊赖、胖得发愁的'几万上等人'服务，而是为千千万万劳动人民，为这些国家的精华、国家的力量、国家的未来服务"②，存在基本精神的一致性。但是我们要注意的是，两者对这种一致性的论述是在不同的脉络中展开的。这不同的脉络就烙上了俄国革命与中国革命所走的不同道路的印痕。俄中革命历史实践的不同给了双方领导人从不同方向认识文艺的可能性。

---

① 周扬：《〈马克思主义与文艺〉序言》，见《马克思主义与文艺》，作家出版社1984年版，第9页。
② 列宁：《党的组织与党的出版物》，见北京大学中文系编：《马克思　恩格斯　列宁　斯大林论文艺》，人民文学出版社1974年版，第109页。

十月革命通过城市武装起义迅速建立起苏维埃政权，当局势平稳之后，如何面对众多的"山头"是摆在文艺界领导面前的头一道难题。这些山头有的是纯粹趋势而起的宗派，有的则是因文艺理念不同而结成的同人团体。它们纷纷扬扬，各擅胜场，看似众声喧哗，但不排除分庭抗礼。自十月革命前夕至1932年全苏作家协会成立，前后有"未来派""无产阶级文化协会""锻冶场""十月""列夫""山隘派""构成派""拉普"等文艺山头和宗派组织。林立的文艺同人团体和宗派，一方面是对新生政权出现后文艺走什么样道路认识模糊，对革命后无产阶级文化的实践尚需摸索，另一方面则表现出旧文人习气，拉帮结派，自我标榜，实则是资产阶级和小资产阶级文学趣味的表现。如果我们观察列宁和苏共文艺领导人这一时期对文艺问题的讲话重点，强调最多的无疑是文艺的党性原则，可以说文艺的党性原则才是那一时期全苏文艺问题的根本原则。上述列宁讲的写作是为"千千万万劳动人民服务"的话，是在陈述社会主义精神下的"写作自由"时谈到的。什么叫"写作自由"？在列宁看来，为少数人的写作，不是自由的写作，真正自由的写作是为了"千千万万劳动人民服务"的写作。列宁的原意与《讲话》论述的文艺"工农兵方向"，不但有语境的不同，还有强调重点的差异。历史实践的不同就是这样在领导人对文艺问题的论述中留下痕迹。虽然列宁的《党的组织与党的出版物》是1905年革命时发表的，但他敏锐地预感到革命之后全国范围内文艺斗争的中心问题将会是党性原则在写作中的地位问题。他说："党的文学的原则是什么呢？……文学事业应当成为无产阶级总的事业的一部分，成为一部统一的、伟大的、由整个工人阶级的整个觉悟的先锋队所开动的社会民主主义机器的'齿轮和螺丝钉'。"[①]理论从来都是对应着实践的，列宁所陈述的写作的党性原则，对应的是俄苏文坛早期的混乱认识和宗派问题，它们是横在社会主义文学前面的拦阻索。

中国革命走的是农村包围城市的道路，这不仅注定了武装斗争的长期性，而且还注定了这是一场人民战争。与一般战争不同，人民战争是中国革命

---

① 列宁：《党的组织与党的出版物》，见北京大学中文系编：《马克思 恩格斯 列宁 斯大林论文艺》，人民文学出版社1974年版，第106页。

过程里经历坎坷挫折而形成的带有自身国情的武装斗争。人民战争波及范围之内的历史进程也是人民获得解放的进程。人民战争不仅关乎军队打仗，而且也关乎百姓大众。举凡打仗和军需的一切，如补充兵员、征集补给、侦探敌情、伤员疗伤等，以及根据地政权建设，都需要人民群众的支持。没有人民群众的支持，战争寸步难行，更不可能取得胜利。也就是说，这场战争就是工农兵大众为了翻身和解放的共同奋斗，工农兵大众各人出身背景和从事的具体事情是不同的，但目标却是共同的。很多年前，我读《切·格瓦拉在玻利维亚的日记》，一个深刻的印象就是他领导的游击战与当地的人民群众无关。游击队会把武器弹药和粮草掩埋在计划发动袭击的附近山头，平时简装转移或在山洞躲避强敌，待袭击条件成熟时再到该地挖起武器弹药和粮草，而当地的百姓不参与游击战，更没有发动群众和建立根据地这回事。或许就是脱离人民而迷信武装暴动夺取政权的思路导致了最终的失败。格瓦拉的革命精神令人敬佩，但他没有把武装斗争的过程和人民大众翻身解放的过程看作同一件事并让它们密切联系起来。格瓦拉在玻利维亚的武装斗争只是个人英雄主义式的游击战而不是人民战争。

　　人民战争无疑需要文艺的深度参与，文艺是作为精神力量的表征而加入到这场战争中来的。文艺正是在这种深度参与中形成我们今天所称的战地文艺。人民战争中的文艺不仅要面对战士，鼓舞其士气，愉悦其身心，使其获取精神的力量以打败强敌，还要面对根据地和战火波及地域的人民群众，启发大众、动员大众，宣传党的政策方针，让人民群众觉悟起来，参与战争和政权建设。毛泽东曾经用"枪杆子"和"笔杆子"比喻人民战争中不可或缺的军事战线和文化战线，《讲话》称之为"文武两个战线"①。很显然，光有"枪杆子"的单打独斗是不能实现革命目标的，反之亦然。"枪杆子"和"笔杆子"相互配合，密切合作才能实现人民战争的革命目标。事实上人民战争的各个阶段，"枪杆子"和"笔杆子"都是各有功能、密切配合的，都经历了由小到大由弱到强的过程。待到抗战进入相持阶段，边区和解放区获得了稳定的生存，

---

　　①　毛泽东：《在延安文艺座谈会上的讲话》，见中共中央文献研究室编：《毛泽东文艺论集》，中央文献出版社2002年版，第48页。

战地文艺可以传之久远的文艺成果陆续显露出来，例如赵树理在太行山解放区发表的作品。然而战地文艺的传统远在苏区时代就已经孕育并逐渐发展。当我们观察战地文艺传统的成长壮大过程的时候，应该将苏区时代与延安时代并联合观，因为后者是前者的顺承发展。延安文艺所以能够大成气候，固然有赖于从"亭子间"加入进来的有较深文艺造诣的知识人，但它能创造出区别于城市左翼文艺的作品，根本就在于根据地已经存在一个属于人民战争的文艺传统，新人的加入不过是使这个文艺传统更加发扬光大而已。苏区时期的战地文艺尚在幼年，难以产出传之久远的作品，多是演艺、短剧、歌唱、快板、街头剧、改编民歌一类"下里巴人"式的文艺活动。这些文艺活动多是即兴的，旋起旋消，加上战事频仍，作品流传不易或不足以流传下来，但是我们不能因为这个原因就无视它的存在。这里存在一个从定义还是从事实出发认识文艺的问题。若是从定义的角度，固然可以将这些早期的战地文艺摆在一边，视若无睹，但从尊重事实的角度则不能不加以重视。因为它代表着中国文艺史上从前未曾出现过的新现象。它不但与古代文学不同，与五四新文学也不同，甚至与受革命思潮影响的城市左翼和进步文艺也不同。鲁迅当年作《门外文谈》，就以远在文字产生以前，人们劳作之时呼喊号子——"杭育杭育"为例。他以为"这就是创作；大家也要佩服，应用的，这就等于出版"[①]。苏区时期的战地文艺，大概类同文艺发达时代的"杭育杭育"式文学，无论如何不能因为它的幼小而否认它的存在，否认它的文艺属性。正是由于人民战争的锻造，战地文艺传统形成了自己鲜明的特点。首先，它以战争中的人为中心，一切艺术的形式与修辞都围绕着参与战争中的士兵与民众来进行，想他们之所想，急他们之所急，以他们当下的需求激发创作。战地文艺与从前文人写作为了抒发个人情志，期望藏之名山、传诸后世截然相反，文艺俨然勇士，为士兵和大众的急需两肋插刀。其次，作品注重意图的传递与灌输，艺术修辞要服从意图的传递。再次，作品采用的形式和修辞力求适应工农兵大众的欣赏水准，故需要向民间形式学习，同时也提升民间形式的活力。最后，战地文艺的实施机制是高度组织化

---

① 鲁迅：《门外文谈》，见《鲁迅全集》（第6卷），人民文学出版社1981年版，第94页。

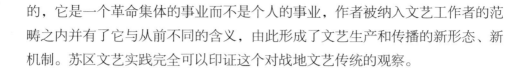

的，它是一个革命集体的事业而不是个人的事业，作者被纳入文艺工作者的范畴之内并有了它与从前不同的含义，由此形成了文艺生产和传播的新形态、新机制。苏区文艺实践完全可以印证这个对战地文艺传统的观察。

战地文艺传统中的作家

对投身战地文艺的作家艺术家最大的考验在于，在这个文艺传统中他们既是革命主体又是革命对象。这新角色是从前作家艺术家未曾扮演过的，在写作史上也未曾出现过。一旦参与到这个文艺传统中来，参与者就必然具有主体和客体混合的特点，概莫能外。因为它互为主客的混合性质，长期遭到自由主义式的解读，被理解为对作家的精神"绥靖"和"整肃"。我认为还是应该从人民战争的性质去了解战地文艺的传统。战地文艺既然在人民战争中形成，那它必定打上人民战争的深刻烙印。人民战争具有人民大众摆脱外在和内在的一切压迫，摆脱外在和内在的一切精神枷锁的性质。它一方面与外在的敌人作斗争，另一方面也要与内在的敌人作斗争。这样落实在每一个参与者自身的时候，他们必然是革命的主体，同时又成为革命的对象。这主客混合的属性同样也适用于文化战线的文艺工作者。正因为这样，战地文艺的任务一方面是教育人民，另一方面又是改造教育者自己，教育者不改造好自身就无法完成教育好他人的任务。愿意并勇于在与外在的敌人斗争中自我革命、自我改造的作家艺术家才能最终融入这个战地文艺队伍之中。革命队伍里各人所面对的使命都是一样的，这一使命之所以在工农兵大众当中并未引起多大的反弹而在读过书有知识有较高文艺教养的作家艺术家那里成为大问题，乃是因为后者长期形成的工作惯性和人生观所决定的。正如列宁意识到写作的性质那样，"写作事业最不能作机械的平均、划一、少数服从多数"①。从古至今的写作惯性使新加入战地文艺事业的作家艺术家难以适应这种古来无有的双重混合角色的考验。毛泽东显然比别人更加敏锐地意识到这新角色对作家艺术家的挑战性。《讲

---

① 列宁：《党的组织与党的出版物》，见北京大学中文系编：《马克思　恩格斯　列宁　斯大林论文艺》，人民文学出版社1974年版，第106页。

话》分为引言和结论两部分，前者时间是1942年5月初，后者是5月末。在引言部分，毛泽东劈头就提出"立场问题，态度问题，工作对象问题，工作问题和学习问题"①。这些问题合起来就成了结论部分的中心问题即"一个为群众的问题和一个如何为群众的问题"②。远在文艺座谈会召开之前，毛泽东致信初到延安的萧军，劝他"要注意调理人我关系，要故意地强制地省察自己的弱点，方有出路，方能'安心立命'"③。无论于公还是于私，毛泽东都意识到这个横在作家艺术家面前的难题。这是战地文艺传统发展壮大衍生出来的新问题。在引言里毛泽东现身说法，讲述自己通过与工人农民的接触，如何改变了自身的"资产阶级的和小资产阶级的感情"④。领导人尚且如此，何况他人？坦率地说，这个由革命者和革命对象双重混合角色带来的问题在学理逻辑上说清楚并不太难，难的是在实践中给出具体的判定和答案。无论如何，这都不是自由主义视角所理解的思想"绥靖"和"整肃"，而是战地文艺传统的题中应有之义。

应该说，鲁迅以他的敏感和对俄苏作家教训的观察，更早意识到这种双重混合角色的挑战。1927年他写下短文《革命文学》，奉劝作家不要以为写了"打，打""杀，杀"就算是革命文学了。他说："我以为根本问题是在作者可是一个'革命人'，倘是的，则无论写的是什么事件，用的是什么材料，即都是'革命文学'。从喷泉里出来的都是水，从血管里出来的都是血。"⑤既是在革命的潮流里，无人能置身事外。不是作家写了人民起来斗争，它就自然是革命文学了。关键在于作家还得是革命队伍的一分子，是革命人，其文学才配得上称革命文学。鲁迅还意识到，"革命人"是"稀有"的，想当

---

① 毛泽东：《在延安文艺座谈会上的讲话》，见中共中央文献研究室编：《毛泽东文艺论集》，中央文献出版社2002年版，第49页。

② 同上，第55页。

③ 毛泽东：《致萧军》，见中共中央文献研究室编：《毛泽东文艺论集》，中央文献出版社2002年版，第265页。

④ 毛泽东：《在延安文艺座谈会上的讲话》，见中共中央文献研究室编：《毛泽东文艺论集》，中央文献出版社2002年版，第53页。

⑤ 鲁迅：《革命文学》，见《鲁迅全集》（第3卷），人民文学出版社1981年版，第544页。

"革命文学家"的作家固然有，但终于当不成。鲁迅列举了诗人叶遂宁和小说家梭波里。十月革命初起，他们愿为革命尽力，"但事实的狂风，终于转得他们手足无措"①，不久便自杀了。教训是十分深刻的。鲁迅已经明白"革命文学家"和"作家"之间存在鸿沟，由后者迈向前者需要自我改造、自我革命才能跨越。那时鲁迅当然也无从讨论怎样才能做一个"革命文学家"。这个实践性的问题要留待战地文艺蔚为大观的延安时代由《讲话》指出未来的方向。可以说，由于革命的兴起，由于人民战争使得文艺有一个广阔的生长天地，投身这个潮流的作家艺术家便遭遇到前所未有的新挑战、新考验。他们要和投身这个潮流的所有人一样，在革命的同时愿意将自己摆进去成为革命的对象。有此大无畏的气象，方能"日日新，又日新"，以追赶革命的脚步。然而作家的考验又有其特殊之处。作家以"立言"为宗，写作无需他人协作，全凭一己秉笔，于是"听命"就别有一重事关写作的艰难。若是"立言"与"听命"怡然重合，天衣无缝，那就风正一帆，千里江陵。如果"立言"与"听命"发生了龃龉，有认识的不一致，或者有趣味和题材偏好的差异，那就只有两种结局，要不经历一番痛苦的磨合，要不遭受个人命运的坎坷。因为涉及意志的冲突很容易被放大，有心无心的放大都会由认识或趣味问题上升为立场态度问题。回顾历史，当初有些被判定为立场和态度问题的——如王实味和胡风，事后则被证明是认识和趣味风格的问题。虽然战地文艺传统发展演变过程中出现过类似与主调不一致的"误会"，但这些随机事件就整个历史过程看并无妨于主流进程，并未改变事态的内部属性。

人民文艺的壮大

《讲话》将"我们文艺运动中的一些根本方向问题"分解为"为什么人"的问题和"如何为"的问题。前者是立场态度问题，后者是方法路径问题。的确，作家艺术家除了要使自己成为"革命人"，还要使文艺实践面向工

---

① 鲁迅：《革命文学》，见《鲁迅全集》（第3卷），人民文学出版社1981年版，第544页。

农兵大众，写工农兵熟悉的题材，说工农兵能懂的语言，采用工农兵惯常熟悉的文艺形式，认同工农兵的欣赏趣味。毛泽东将这个"如何为"的方法路径问题置于普及和提高的关系里来论述。面对着与敌人殊死搏斗的工农兵大众，"雪中送炭"优先于"锦上添花"，即便"锦上添花"也是要沿着工农兵的方向"锦上添花"。文艺不是要孤芳自赏，它首先要面向广大人民群众。毛泽东所阐述的这一切，正是苏区革命以来战地文艺一直在实行的。毛泽东把战地文艺的实践上升为理论，极大地刷新和改变了中国现代文学的面貌。从延安伸延到中华人民共和国成立，战地文艺传统在新时代有了一个新的称谓，叫"人民文艺"。如同战火纷飞的年代它叫做"工农兵文艺"，建设的年代它叫做"人民文艺"或"以人民为中心的文艺"一样。无论是称作"工农兵文艺"还是称作"人民文艺"，其中战地文艺传统的血脉是一直贯通和流淌着的。它有着与从前世代的文艺不相同的性质和特点。

说到历史上大众欣赏爱好的文艺，不论哪朝哪代都是存在的。山歌、小调、地方戏曲、弹词、木鱼歌、话本、通俗小说等，都广泛流行于各个历史时期的大众生活里。显然这些通俗文艺形式是不能叫做"人民文艺"的。虽然它们被大众欣赏和爱好，也表达了大众的喜怒哀乐，但这些文艺的内容情感和趣味明显跟"人民文艺"相去甚远。简言之，那些流行于各个历史时代、为大众欣赏爱好的文艺属于民间的或通俗的文艺，而"人民文艺"归属严肃文艺的范畴。说复杂一点，用马克思引黑格尔"自在"和"自为"的概念可以解释其中的差异。通俗文艺是大众尚未自觉为自身命运而斗争的"自在的文艺"。这些文艺虽也暴露黑暗，写出老爷官吏的丑恶，却渗透着旧伦理、旧趣味。处于"自在"状态的民众被统治阶级的意识支配而不自知不自觉，为统治者的"文化霸权"所羁绊，故其文艺表现出旧伦理的内容和庸俗的趣味。"人民文艺"是中国人民在摆脱半封建半殖民地状态的斗争中得到的经过现代思想洗礼的文艺，是中国人民进入了为自己命运而斗争的"自为"时代的文艺。这个时代的文艺不但主题、题材、形式和趣味与以往判然有别，而且其文艺力量还进入了有组织的状态。作家艺术家不再仅仅根据个人的教养兴趣而写作，也不再三五同人唱和应酬，而是在人民文艺运动中组织成为一支整体性的文艺工作者队伍，以笔为旗，汇入到人民的共同奋斗之中。"人民文艺"既是礼赞人民群众、歌颂人民群众的文艺，又是启蒙人民、教育人民、激励人民的文艺。它是从人民生活中来，又回到人民生活中去的文艺。

历史地看，这个由人民战争催生的文艺传统在文艺史上刻下最深的烙印是促使作家艺术家眼睛向下，面向基层生活。作家艺术家从来都是以创作和寡的"高曲"为人生目标的，但是战地文艺传统则扭转此一历史的惯性，要求作家艺术家眼光向下，表现基层生活。《讲话》将此前作家追求阳春白雪的历史惯性置于从"亭子间"到"根据地"的心理距离来指出其中的差异，因为抱有这样的心理距离，写作人即使生活在根据地，也不爱工农兵"萌芽状态的文艺"——如墙报、壁画、民歌、民间故事等。为此，毛泽东殷切地呼吁："我们的文学专门家应该注意群众的墙报，注意军队和农村中的通讯文学。我们的戏剧专门家应该注意军队和农村中的小剧团。我们的音乐专门家应该注意群众的歌唱。我们的美术专门家应该注意群众的美术。"①这里五个"应该注意"全都是劝作家艺术家目光向下行动下沉的。普及优先的原则必然产生这样的要求，只有眼光向下行动下沉，才能"一方面帮助他们（指工农兵大众——引注），指导他们，一方面又向他们学习，从他们吸收由群众中来的养料，把自己充实起来，丰富起来……一切革命的文学家艺术家只有联系群众，表现群众，把自己当作群众的忠实的代言人，他们的工作才有意义"②。由于《讲话》的呼吁，兼且人民战争革命运动对文艺的基层动员有着巨大的渴求和需要，其后掀起了声势浩大的文艺工作者到前线到基层的文艺运动，成为延安时期乃至中华人民共和国成立后最持久、成绩也相当大的文艺运动。文艺史上或有个别作家兼采民间歌谣和口头流行俗曲的体制，加以裁剪改进形成清浅明白的风格，如中唐的元白新乐府，然而他们的作品与民间的感情和趣味还是有隔，其居高临下的姿态一望而知。与此完全不同，人民战争催生的这一轮"文艺下乡"开启了文艺属于人民大众的历史性新篇章。这拉开的文艺大幕，不仅仅是由作家艺术家将文艺带给前线和基层的工农兵群众那样简单，更重要的是这些文艺作品做到了表现人民大众在为自身命运而奋斗的过程里的切身经验，

---

　　①　毛泽东：《在延安文艺座谈会上的讲话》，见中共中央文献研究室编：《毛泽东文艺论集》，中央文献出版社2002年版，第67页。

　　②　同上。

包括他们的挫折和成就、失败和胜利。"解放""翻身"和"奋斗"等类型的故事构成了文艺作品表现的主要经验内容。新的文艺运动形成了新的文艺形态。整体地说,在提升工农兵大众的识字和语文水准,在普及工农兵大众的文化艺术教养,在铸造现代性的思想认知和国家民族意识方面,这种脱胎于战地文艺的人民新文艺发挥了巨大的历史作用。直至改革开放的今天,中国基层社会人民平均语文水准和教养素质依然受惠于战争年代和中华人民共和国成立初期铸造而成的文艺传统的滋养,其功莫大焉。与此前的文艺相比,人民文艺的最重要特点是它专注于多数人,关注、描写和表现作为社会主体的多数人。以文艺追求精致和流传久远的眼光衡量,人民文艺是另树标准,另立标杆。

结语

战地文艺的传统经过《讲话》的总结提升进而成为人民文艺,这个文艺传统时至今日有的部分逐渐远去——毕竟不是战争时期了;有的部分则沉淀至今,还在我们当下的精神生活中发挥重要的作用。从"工农兵文艺"到"以人民为中心的文艺",这就是这个文艺传统绵延过程中发生的变化。我们甚至能从语词的细微变化中感受到这种变与不变的历史的因与革。我们应当珍视这个宝贵的文艺传统,不仅因为它在革命战争年代所起到的"笔杆子"的巨大作用,更因为它影响并塑造了我们当下文艺作品的精神诉求,组织了当下文艺生活的实践形态。这个文艺传统不是曾经的过去,而是活生生的当下。习近平总书记在中国文联十大、中国作协九大开幕式上讲话,对当代形态的人民文艺作出了清晰的阐述并表达了殷切的期盼:"我们的文学艺术,既要反映人民生产生活的伟大实践,也要反映人民喜怒哀乐的真情实感,从而让人民从身边的人和事中体会到人间真情和真谛,感受到世间大爱和大道。关在象牙塔里不会有持久的文艺灵感和创作激情。离开人民,文艺就会变成无根的浮萍、无病的呻吟、无魂的躯壳。"①今春遭逢新冠疫情,各级文联和作协迅速发动,广泛动

① 习近平:《在中国文联十大、中国作协九大开幕式上的讲话》,《党建》,2016年第12期。

员，"抗疫文艺"出人意料成为一道亮眼的风景，发挥着鼓舞人民战胜疫情的巨大精神作用，就是人民文艺精神的一次成功实践。

然而文艺就其精神作用而言，既有动员激励的功能，又有传之久远的揭示心灵的价值。战地文艺既诞生于战火纷飞的年代，不可避免专重于动员激励的功能，多少忽略了自身揭示心灵价值的方面。这不是故意的视而不见，而是形势和环境的不得不然。有如"鱼与熊掌不可兼得"，人只能在有限的情景下做出对事物的选择。当一定的有限情景成为过去，不同的精神诉求就会随之改观。当动荡纷乱远离，生活重归它本来的面貌，对文艺作品"锦上添花"的诉求就不是那么不合理，至少不是那么难以容忍。正因为这样，"高原"和"高峰"就成为了很长一段时间以来热议的题目。这种热议一方面代表着人们对能震撼人心的好作品的热切期盼，另一方面也揭示出更深层次的问题。这就需要我们认识到不同的文艺有不同的产生机制，单一机制应对不了生活重归正常时期所产生的复杂问题。怎样发扬战地文艺传统的"雪中送炭"的动员功能和迅速普及的专长，又使文艺的环境和生态能成为孕育"锦上添花"的沃土，这依然是我们今天需要关注和摸索的。

《中国文艺评论》2021年第1期

现实主义终归是主流

2021年春我写了一篇探讨中国文艺批评标准的偏正格局的文章，与文学史讨论中古代是古代、现当代是现当代的惯常做法不同，一并打通来处理，认为批评标准的偏正格局是古今一贯的。但谈到现当代文艺批评标准的偏正格局之时，为篇幅所限意犹未尽，现借此机缘，作一些伸延的讨论。

所谓偏正就是主次、主流和支流的意思。现当代文学的整体格局也存在这样一个偏正的格局。一种美学趣味和批评标准处于正或主流的位置，其他美学趣味和批评偏好处于偏或支流的位置，各有其存在和生长的基础而不淆乱，各安其位，发挥各自的作用，从而构成一个文学和批评的生态格局。从五四新文学至今的文学事实看，毫无疑问是现实主义的文学趣味和批评标准处于主流的位置，而象征主义、现代主义、抒发个人情志的"自己的园地"的文学，还有通俗类型等美学趣味的文学及其批评偏好处于偏或支流的位置。这是一个事实，首先要承认这个事实，然后才能从这个事实出发去探讨从它伸延出来的问题。文学作品以及它的批评传统表现出来的美学趣味是一个观察的切入点，我们在其中看到它们不以人的意志为转移的一面。不错，作家是可以沿着自己的选择和偏爱的趣味方向写作，顽强坚持下去都没有问题。但长时段多数作家的努力，包括各种不同美学趣味的竞争，它最终竟然会形成一个大致偏正均衡的文学格局，这是值得关心文学的作家和读者深思的现象。

谈到现代文学三十年那些有定评的大作家时最通常的列举就是"鲁郭茅巴老曹"。这个排序或有争议，但大体合理并在当代重新得到肯定。有意思的是这六位作家里有五位是被划在了现实主义创作范畴里的。如果这个名单向当代伸延，笔者以为赵树理、柳青和陈忠实三位应该补进这个一流作家的行列，沿用上述句式补足成——"鲁郭茅巴老曹，柳陈赵"。值得关注的是这后三位作家的写作依然归属现实主义这个范畴，他们组成了现当代现实主义文学传统最优秀的范例。我的意思不是说凡采用现实主义（或称写实手法）的作家都能写出伟大的作品——其间也有不少作家朝这个方向用力但成绩平平——而是说现实主义的文学趣味确实深深影响了中国现代作家和读者的文学趣味，这个文学传统根基深厚，作家功力深湛，以至于能贡献出众多的流传不衰的一流作品。这时段的文学史确实没有任何非现实主义文学趣味的作家作品能与之相较或与之拮抗。夏志清《中国现代小说史》虽有发掘那些被偏见埋没的作家之功，但却以右翼偏见评价现代作家，抑鲁扬张。这不仅不符公望，更显露出一种无奈的"偷袭"。在现实主义文学传统深厚的氛围下，这"偷袭"注定不会成功——它只是少数批评家的一时趣味。理解现代中国社会这种现实主义文学趣味的强大与深厚最好的例子是这个文学传统的典范作家鲁迅。他1936年病逝，出殡的棺木覆盖三个大字——"民族魂"。这完全是出于崇敬者和知音发自内心的评价，没有任何党派意志参与其间。现代文学史上再也没有其他作家像鲁迅那样经受极端激烈的两面评价而始终屹立不倒。他既蒙受过偏颇的"神化"，一度被塑造成几乎"一手遮天"的"文神"；又蒙受过不怀好意的无聊丑化和攻讦，作品一度被列入禁书之列。但无论极端化的左与右的评价，都无损鲁迅在读者和理性批评里的崇高形象与文学典范的地位。现代出版史上以鲁迅作品之版本繁复、印数之众多无出其右者，可以旁证他受读者欢迎的程度。跨越世代读者的持续喜好和批评家批评趣味的持久选择，显然排除了这个过程中个人和宗派因素的影响，由此而造成为文学的典范。这种现象只能解释为其作为文学范例无疑是深深扎根于这个社会牢固传承的文化土壤的。

20世纪中国文学除了五六十年代受国际大气候影响而较为封闭之外，大部分时段其实是外向开放的，西风西学持续地东渐而来。出洋留学生和翻译家将原本产于西土的各式各样的文学"主义"介绍进来，引起了作家时起时伏的模仿追随，文坛一时斗艳争奇，好不热闹。这些不同文学趣味和"主义"的文学丰富了文学的百花园，满足了不同阶层和教养的读者的欣赏趣味，有助于艺术的相互借鉴和表现手法的丰富。但是说到底，这些非现实主义文学趣味的"百花"，虽也造成了文坛的一时风气，但最终亦难以避免仅是聊备一格的命运。而那些模仿追随西洋各种"主义"的，几乎都多多少少犯有"水土不服"

的毛病。现实主义文学传统之外，最有号召力的当数顺着古代抒发个人情志的传统而演变下来的自由主义文学了。周作人的文集《自己的园地》最能表现这一脉文学趣味的风韵精神。生在风云起伏的大时代，躲入"自己的园地"的小角落，耕耘着小小的宇宙。焚香品茶之际，谈龙说虎，吸引着一批同好者。其中有的也能耕出名堂来，如周作人、张爱玲等，文笔疏落中见精致，人心人性的发掘也见深度。而同归这一脉文学的小焉者（如鲁迅批评的弥洒社）就只能达到"咀嚼着身边的小小悲欢，而且就看这小悲欢为全世界"的境界了。90年代又有与弥洒社文学如出一辙的"小女人散文"，曾经风行一时，但终于也是时过境迁，不再为读者所喜爱。至于不同程度的"水土不服"者，远的如李金发象征主义的写诗实验，诗句要说的到底是什么尚待苦猜，甚而至于连句子都不通，也只有实验的价值而已。还有40年代上海滩的"新感觉派"小说，文学的成绩突不破小圈子的范围。近的如八九十年代，在长久的束缚一朝破除后，文坛实验的路径便是五花八门，国外凡有的"主义"几乎都能在文坛找到同声同气的后学追随。由于距今时间尚短，有的尚难论定，但大体上这场多路径的文学实验热潮最终除了个别能站得住脚之外，其他多是百花园里聊备一格而已。站在批评的立场，当然要鼓励作家转益多师，多方传承与借鉴，各种文学趣味固然有其自身的价值，彼此不能相互取代，但这并不妨碍那些有志气有才气有潜力写出更好作品的作家思考琢磨自己的文学路向和美学趣味的归宿究竟依归何处的大问题。不思考这个大问题是成不了大作家的。虽然这不是人生立场的问题，但究竟是自身艺术使命的最大关头。天下固然无包医百病的药方，但在攸关自身艺术使命的考题面前，向文学的历史卜问，不失为解答这个需要长久思考琢磨的问题的方案。一部作品比另一部作品更长久更为读者喜爱的原因，必然同这部作品更深地扎根民族文化土壤有天然的关系。墨家的逻辑非不严密，墨家的陈义非不高尚，墨家的说理非不透彻，然在儒墨的思想竞争之中最终落败，乃是因为它的学说植根不如儒家那样深厚，那样牢固，天纵之聪明本事终究敌不过无言的大势。思想学理的竞争是如此，文学趣味的竞争也同此理。盖因才智聪明终究不如大地那样厚重，既身为作家，思考何处安放自己文学生命之安身立命处乃是至关重要的。

　　这里涉及长久以来的一个美学信条——趣味是无可争议的。闭门抽象空谈学理，也许确是无可争议。因为美学趣味是感性的综合判断，那些能截然分出善恶是非的大节大处都被感觉经验的多方综合推至理性难以分辨的模糊远景，以至于彼此的辩护都缺乏说服力——谁都说服不了谁。然而这里面还是有看问题从抽象学理出发还是从事实出发的差异。所谓趣味无可争议是一个抽离具体社会历史情景之后衍生的美学命题。当我们把美学趣味还原到具体的社会时空的时候，至少是能分出数量上的胜负的，而且时空的延续更能告诉我们什么趣味是闹腾一时，什么趣味是经久不衰。结论就是美学趣味历史地看是可以争议的，而且应该争议。中国文艺史上持续存在的批评趣味的偏正格局正是各种表面上"无可争辩"的文艺趣味历经长时段大浪淘沙所造就的结果。古代文学史上"'实'以及相联系的风格"（钱锺书语）一直占据文坛的主流，到了晚清和现代我们径直管这种与"实"联系的风格的美学关怀和修辞艺术叫做现实主义，它在当代文坛也同样占据主流趣味的位置。这不就恰恰证明各种美学趣味之间是可以争议的吗？只不过这争议不是口舌之辩，而是由历代读者、出版人、批评家按他们各自认同的美学趣味挑选出来，因而也是跨越世代"争议"出来而已。作为生活在当下的我们不宜对文学趣味之间的"承认的斗争"不假思索和辨别，被那句抽象空洞的美学信条——趣味是无可争议的——蒙住了眼睛。古人有一种讲法，如若作诗，则当取法乎上。因为取乎上仅得乎中，若取法乎中则只得乎下。笔者自觉没有文才，不能验证取法乎上，是不是只得乎中。但就道理而言，无论得中得下，既然要取法他方，上策当然是取法乎上。若信服文学趣味无可争议，法上法中法下都无所讲究，看着顺眼就随它而去，亦步亦趋，那就是入门不正，非常容易陷入虚耗生命浪费才华的陷阱。

　　所以借古人的话头提出入门要正，是因为社会的演变正在经历未曾遭遇的文化挑战——后现代文化状态。经过40年改革开放和工业化进程，中国社会事实上已经跨过了工业社会的门槛进入了后工业社会。后工业文化状态的标志——以相对主义哲学观念为基础的多元文化主义，正在成为时髦的潮流。这意味着西方后现代文化不再像20世纪八九十年代那样仅仅是顶着先锋头衔的"舶来品"，它们如今也变得深具本土性，滋生在当代中国后工业状态的土壤里。欧美思想文化界经战后数十年反思后认为，两次大战的灾祸中乘风而起的多元文化主义对西方社会而言是弊害大大地多于助益。后工业时代的文化理念和文化趣味将欧洲文艺复兴以来数百年的"正统"几乎扫地荡尽，荼毒得一塌糊涂。文学艺术上种种匪夷所思的美学趣味大行其道，离奇古怪而且自我戕害的美学表征登堂入室，征服无数趋新趋时而心怀叛逆的后来者。西方当代社会文化状态这触目惊心的一幕正当引起我们对其"入门不正"所产生的严重效果的警惕。欧美所以陷入此种慌乱无序颓废无神的文化僵局，有远源，有近因，最为关键之处是多元文化主义寄生在后工业状态的社会土壤里，不愁无处滋生。既有存身的土壤，也就难以避免谬种流传。

如果我们不想陷入今日欧美那种混乱分裂的后现代文化状态，不想被多元文化主义绑架，则极宜有所思考，思考怎样的文化生态，怎样的文学趣味构成格局是我们所应当追求的。正所谓前事不忘后事之师，虽然抽象学理似乎支持趣味之间的争议性，但历史和现实均支持趣味问题上的偏正格局。现实主义文学趣味作为中国现当代文艺史的主流文学趣味，不仅是一个事实，而且还应当成为规范。现实主义的文学趣味在现当代中国拥有最大的公约数，艺术积淀深厚，名家代有其人，贡献了历史长河中最为杰出的作品。如果作家能有鉴于此，以此为从事文艺工作的出发基点从而进行现实主义的创作探索，亦必能走出一条自己的文学之路，而这正是古人"取法乎上"的不刊之教的现代含义。至于究竟是得上还是得中得下，关乎创作者天赋才情的浅深，无论如何，路子是康庄的、正大的，不是邪门的、剑走偏锋的。当然在文艺趣味的百花园中，除了现实主义外还存在众多其他美学趣味，这些趣味的文学艺术亦应有容身之地，有生长之机。现实主义即便是好，也不宜包打天下。因为人的本性、才情、喜好和教养是多面的，现实主义也不是合适所有秉笔写作之人，多种趣味的存在正说明各有所安，各得其宜。即便属于表现边缘社群趣味的多元文化主义艺术，只要我们明白它们是寄生在后工业社会之上的，事实上也就做不到赶尽杀绝。这些文化趣味必然追求顽强地表现自身的审美喜好，但只要这些边缘趣味处于整体格局中偏旁位置，也必定无伤大雅。事实上它们不但有益于安顿认同此类趣味的欣赏者的身心情志，而且有益于整体文艺格局的偏正相长，有益于整个文艺生态的健康。

长久以来现实主义问题一直吸引着众多论家，探讨其归根结底的真义所在。在众多的理解中，笔者觉得何其芳引高尔基的说法讲得提纲挈领：现实主义就是"按照生活本来的样子写"。这里所谓"生活本来的样子"不是一个本质概念，如果把它解作本质概念，就会滑向将现实主义朝写本质并与特定世界观联系起来的"创作原则"的方向去规范，一旦如此，现实主义就走向偏狭和排他。"按照生活本来的样子写"首先是艺术呈现尊重感觉经验的直观样子，即通称的写实。这尊重并不排除想象提炼，而想象提炼所依循的路径依然是感觉经验的直观样子。其次是这种写实的呈现渗透作者对生活的热情关怀。对人心世道有感同身受的激情，对人间遭际有切肤的痛痒，对人民大众有大爱，对民族文化有深情，才能体认这个"生活本来的样子"。因为文学所写终究是人，人心血脉、家国情怀，这就是文学艺术的"本来"，也就是生活的"本来"。"本来"不能离人而存在，离开人就是离开了生活，离开生活文学则无所本，只是空洞抽象的教条。基于此种理解，笔者试图避开抽象定义的角度看待现实主义，并尝试从事实出发，把现实主义理解成由历代作品、读者和批评家"按照生活本来的样子"表现和评价的美学趣味。毋庸置疑，从历代作品、读者和批评家那里也可以归纳分梳出别样的美学趣味，然而现实主义的美学趣味终归是主流，而且也应该是有雄心的作家努力的方向。

《文艺报》2021年1月8日

第二辑

作家与作品

论丘东平

　　丘东平是左翼文坛一位杰出的作家。一来因为牺牲得早，二来因为与胡风的关系，[①]他对左翼文坛的贡献得不到应有的估价，在文学史的独特地位也得不到应有的论说。随着胡风冤案的平反，《丘东平文存》的出版和他更多散佚作品的发现，一个左翼文坛别开生面的作家形象逐渐浮现在学术研究的视野。本文就是一个这样的尝试，也为缅怀这样一位为民族解放事业而捐躯的英勇战士。

一

　　丘东平走上写作之路，与左翼文艺运动的大背景息息相关。他开始写作的准确时间不容易确定。据郭沫若记载，1932年三四月间，他请郭氏看看自己的小说。[②]那时应是他秉笔写作之初，至1941年七月牺牲于苏北抗日战场，满打满算丘东平断断续续写了十年，流传下来的文字不算多，但开卷即见那扑面而来的现实感，粗糙有之，幼稚有之，但绝无矫揉造作，绝无无病呻吟。如果要讲写大众生活，写基层的众生相，尤其是写大革命，很多相同年代已经享誉文坛的高手，也无法匹敌。同是参加大革命，同是流亡日本，当丘东平把"习作"拿给新文学文坛的"耆宿"郭沫若看时，郭氏异常敏感，说是"在他的作

---

　　① 　胡风、丘东平两人在30年代上海文坛认识并成为好友。但周扬显然因为嫌恶胡风而对丘东平有成见。早在1950年周扬就说，丘东平"为革命牺牲是值得尊重的，但当作作家来看，那死了也并没有什么可惜"。罗飞：《〈丘东平文存〉编校后记》，见丘东平：《丘东平文存》，宁夏人民出版社2009年版，第381页。

　　② 　郭沫若：《东平的眉目》，见丘东平：《丘东平文存》，宁夏人民出版社2009年版，第337页。

品中发现了一个新世代的先影"①。这句话非常中肯地道出丘东平登上文坛的代际特征。"新世代"是相对于"旧世代"而言的。郭氏比丘东平长十八年，早登文坛十二三年，和五四的那一代作家相比，恰好构成了代际的差别。在这位直爽而质朴的晚辈面前，郭氏已经隐约感到一代新人的崛起。

　　郭氏的感觉其实是我们观察丘东平创作非常有价值的起点。在中国新文学的历史中，五四一代作家与受新文学感召、熏陶而成长的一代作家构成了鲜明的代际差别。五四一代作家，普遍有家庭背景的支持，受过良好的旧学训练，大都漂洋过海，从现代大学里"科班出身"，西洋文学的根底较为深厚，文字功夫较好。他们生活在晚清、民国初年动荡的社会环境之中，军阀混战，国家危机加深。他们登上文坛，诉诸文字，纯粹是社会和人生的苦闷的爆发。鲁迅两本小说集的名字《呐喊》和《彷徨》，非常清晰地把这种特征标示出来。一方面是为民族、社会的前途而呐喊，另一方面是个人追寻真理的迷茫与彷徨。当他们用文字表现自己对旧中国的"呐喊"和失望，表现对人生和真理孤独的探索的时候，他们的用笔是无与伦比的。但是紧接五四而来的大革命给新文学的第一代人非常强烈的震撼，对他们而言，如何确定自己在"革命坐标"中的位置，这始终是一个难以抉择的问题。叶圣陶有《倪焕之》，茅盾有《幻灭》《动摇》《追求》，十字路口的彷徨再次降临，不过这一次不仅仅是个人生活的十字路口，而且也是社会历史演变的十字路口。在这个紧要关头，新文学第一代作家与其说是"豁出去"，不如说保持了理智的审慎。这不仅因为大革命改变了社会氛围，革命从一个展望中的事物变成了血淋淋的现实，还因为大革命改变了写作的生态，叙述革命的"专利权"已经落在了亲历者的手里。五四一代作家因为思想立场的差异，感情上可以亲近或疏远正在兴起中的革命。但是对写作而言，无论亲近还是疏远，革命作为写作的题材，却与他们渐行渐远，新文学作家之间的代际差别由此而形成。

　　20世纪20年代后期，由"文学革命"到"革命文学"的转变，其背后的人脉基础正是后五四一代作家崛起文坛。他们大都与丘东平一样，生长于清末民

---

　　①　郭沫若：《东平的眉目》，见丘东平：《丘东平文存》，宁夏人民出版社2009年版，第338页。

初传统社会急速破产的时期，没有多少家庭背景的支持，仅在新式学堂习得"新知"的皮毛，文字训练有限，旧学根底浅薄，对西洋文学的熟悉也仅限于初步涉猎。他们几乎没有留洋的经历，虽然大革命失败后有人漂洋过海，但与其说去留学，不如说是暂时流亡海外。如果讲到文学素养，他们自然比不上五四一代作家，但是因为他们是在大革命的社会氛围中悟解人生和社会的，这是他们安身立命的起点，所以兴起中的革命对于他们简直如身体发肤，感同身受，须臾不离。这又是五四一代作家不曾经历过的。1927年大革命失败，他们虽然也四散逃生，但内心绝对没有懊悔、沮丧，而是一面积聚能量，一面暗中接头，寻找组织，一旦机会重现，立即从头再来。他们能枪则枪，不能枪则以笔为枪。左翼作家这四个字，对他们而言不是"左翼"再加"作家"，而是两者浑然一体，不分彼此。革命对他们而言，是一种日常生活，无时无刻不身处革命斗争之中，因而革命不是一种有待深入的"生活"，而是生活本身。所以，无论创作还是批评，他们都不愿意"听令"，不愿意在条条框框的指挥下写作。站在"组织"的立场，这种新派作风好像有点儿"个人英雄主义"，有点儿不听号令。其实这是不幸的误解。因为革命如果有号令，那号令就在他们的内心。听从内心的召唤，就是最好的服从"组织"，就是最好的为革命奋斗。理解了这一点，就理解了为什么胡风早在东京时期，就不喜欢由留洋学生组成的"创造社"的作品，也不喜欢茅盾的作品。他觉得它们没有普罗人民的真情实感，只是无病呻吟再加一点性刺激。[1]理解了这一点，就理解了丘东平为什么对自己的写作那么自负。他的傲慢、直率、自负，在他初登文坛时，一定传播给了许多人，以至于那位把他介绍给郭沫若的W君，称他"这是中国新进作家丘东平，在茅盾、鲁迅之上"[2]。郭沫若记下这句话，当然是觉得夸张，或许夸张到离谱。但丘东平的内心却不这样看，他自负有自负的理由。他觉得，在他那个时代"多数的老作家都在腐化中"[3]，而郭氏未必不包含在其

---

[1] 胡风：《胡风回忆录》，人民文学出版社1993年版，第1—2页。

[2] 郭沫若：《东平的眉目》，见丘东平：《丘东平文存》，宁夏人民出版社2009年版，第337页。

[3] 丘东平：《并不是节外生枝》，见《丘东平文存》，宁夏人民出版社2009年版，第310页。

中。"腐化"一说，可能言过其实，但却包含了对当时左翼作家状况的深切了解。一方面老一代作家功成名就，说不上尊荣富贵，至少不必写了稿子又得求名家指正，投了稿出去又四面碰壁。另一方面，现实的改变，革命斗争的重新兴起，"老作家"自然是无能为力，后生小子正因此而不遑多让。"倚老卖老的所谓文坛的权威们没有操纵文坛、垄断文坛的法宝了，年青的热情的文学者们可以自由发挥他们的才能了。"① 与丘东平"老作家腐化"说差不多，胡风也不满意左翼文坛"文化生活里面弥漫着的那一种精神状态"②。这种精神状态不能"刺破文化生活里的迷妄的罩子，从这里透露出现实社会的发展要求，政治斗争或社会斗争的具体形态"③。胡风、丘东平这一代批评家、作家的出现，并不是无缘无故的，而是应运而生的，这个运就是大革命兴起和左翼文坛的形成。

丘东平谈文学的文字留下来很少，但即使就是这不多的文字，我们也可以发现他对文学最基本的见解，都是建立在强烈的作家代际意识基础上。他强烈地意识到，他是一代新人，他有写作的新使命。他说：

> 中国的老作家们看来似乎已经不能负起这个任务了，因为他们不能深切地了解这个炸弹满空、血肉横飞的现实，他们的语气中，"战士""勇士""冲锋"，等等，使一些讽刺的、不能承认的、否定的名词，和敌人血肉相搏的场面，他们除了不了解，不承认之外，就不免要把它看作堂吉诃德和风磨的决斗了……中国的青年作家们，他们站在中国大众的前头，期待着抗日战争已经很久了。④

当然丘东平看不起"老作家"并不意味他认为和他一样的"新作家"一

---

① 丘东平：《在抗日民族革命高潮中为什么没有伟大的作品产生？——答塔斯社社长罗果夫同志的一封信》，见《丘东平文存》，宁夏人民出版社2009年版，第304页。

② 胡风：《胡风回忆录》，人民文学出版社1993年版，第35页。

③ 同上。

④ 丘东平：《在抗日民族革命高潮中为什么没有伟大的作品产生？——答塔斯社社长罗果夫同志的一封信》，见《丘东平文存》，宁夏人民出版社2009年版，第302页。

切都好。他批评"老作家"最主要的理由是"老作家"不了解已经变化了的时代，因而不能承担时代赋予作家的任务。但这也并不意味着"新作家"就自然熟悉这个烽火弥漫的时代，"新作家"也同样有让自己与时代合拍的问题。投入、拥抱乃至突进民族解放战争的伟大时代是作家最重要的使命，也是能写出伟大作品的前提。正是基于这样的认识，丘东平蔑视"老作家"，同时也批评"新作家"。他说，还有"许多弄文学工作的朋友，不认识战斗，为战斗多惊吓而噤若寒蝉"①，而更有的新进作家沉迷于在"有名无实的会议上鬼混"，做"无谓的应酬"。②丘东平非常清醒地意识到当时左翼新进作家的毛病，一方面是不熟悉实际进行中的革命，另一方面是缺乏主体自觉的意识。前者是"不认识战斗"，而后者是作家被战斗淹没了。特别是后一方面的认识，与胡风主张的"主观战斗精神"不谋而合。他以高尔基作为例子鲜明地提出问题：

> 俄罗斯当时有多少码头工人，多少船上伙夫，多少流浪子，为什么在这之中只出了一个高尔基？高尔基有没有天才我们不能肯定，但高尔基能够用自己的艺术的脑子非常辩证地去认识，去溶化，去感动，并且把自己整个的生命都投入这个伟大的感动中是铁一样的事实。这就要看自己的主观上决定自己是磁石之后，它就能够吸收了。不然，对于一块石头，钢铁也要失去存在的价值，中国的作家直到今日还说自己没有认识生活，没有和生活发生关系，我觉得这将不免是一种嬉皮笑脸的态度。③

这段话不但是对胡风"主观战斗精神"最好的解释，也一针见血地指出了左翼文学运动存在的弊端。作家缺乏主体自觉的意识，不能高扬自己的"主观战斗精神"去认识、溶化、感动眼前的生活，自己分明只是一块"石头"，

---

① 丘东平：《在抗日民族革命高潮中为什么没有伟大的作品产生？——答塔斯社社长罗夫同志的一封信》，见《丘东平文存》，宁夏人民出版社2009年版，第301页。

② 丘东平：《并不是节外生枝》，见《丘东平文存》，宁夏人民出版社2009年版，第309页。

③ 同上。

还说不能吸引眼前的"钢铁"。左翼作家主体自觉意识的瓦解带来一系列问题：对生活理解教条化、僵化，写作唯上级领导是从，唯文件是从，沉浮在文山会海之中，沉浮在无聊的应酬之中。这种左翼文坛的"幼稚病"，正如胡风说的，"战斗热情虽然衰落了，但由于所谓理智上的不能忘怀或追随风气的打算，依据一种理念去造出内容或主题，那么，客观主义就化装成了一种主观主义，成了一种非驴非马的东西"①。和这种左翼文坛"幼稚病"作斗争，光靠"深入生活"的号召是不行的，因为病不在是否深入生活，而在作家自身，要靠作家自身的"力"。在左翼文坛的"幼稚病"面前，如果说胡风是站在批评的角度大声疾呼，那丘东平则是用自己的创作，为左翼文坛吹来强劲的清风，用他自己身上的强力，打破左翼文坛的窘状。石怀池说得非常好："从'底层'爬出来的作家，他们往往是'力'的化身，给温文尔雅的文学圈子带来一个粗犷的灵魂，一股逼人的锐气。"②

二

丘东平流传下来的作品按时期划分，分为抗战前和抗战中这样两个时期。相比而言，抗战前的作品要从容一些，不显得那么急迫，可能因为大革命失败，反倒可以有多一点的时间从事作品的构思和写作。而抗战一起，他就全力以赴深入前线，战事的急迫，战场的炮火，都使他不可能有充裕的时间从容应对。而这就是为什么丘东平抗战中的作品所运用的样式起了很明显变化的原因。他更多地运用战地通讯、短篇报告、人物素描、甚至谈话录的形式来反映战争和战场的情况。即使是虚构作品，它们的虚构性也没有战前作品那样讲究。丘东平抗战中的作品，大部分是可以当成那段岁月的历史细节来读的。从文学性的角度看，我个人偏爱他战前的作品。然而，毫无疑问，他的作品是粗犷的。这粗犷既是短处，也是长处。短处意味着从文字到构思都显得有欠精

---

① 胡风：《关于创作发展的二三感想》，见《胡风全集》第三卷，湖北人民出版社1999年版，第11页。

② 石怀池：《东平小论》，见丘东平：《丘东平文存》，宁夏人民出版社2009年版，第366页。

细。比如他的不少句子，很有"新文化腔"的味道，他对小说的节奏讲究不够，几乎每篇小说都是渐进式铺排一段故事或一个人物，然后以一个出乎意表之外的事件做结尾。这个笔法，短篇是可以的，但稍长的篇幅就不行了，没有节奏的起伏，叙事就不能从容。例如战前的《火灾》，就有这个缺点。但粗犷也是他的长处，他的作品，无论小说还是通讯、报告，生活气息扑鼻而来，现实感非常强烈，细节中透露出冷峻和力量。左翼文学中那种"小资"味道，在丘东平那里是绝对找不到的。如果左翼有原汁原味一说，那他的作品从题材、文字到情感、思想就可算作原汁原味的左翼了。

左翼文学因为与其理念的天然联系，那些由校园到文坛而染上"小资"味的作家很容易陷入革命理念的条条框框之中。而丘东平成为左翼作家的背景全然不同，他少年即参加广东海陆丰农民运动，大革命失败后流亡到香港，先后当学徒、鞋匠、渔夫等，然后到上海，在左翼文坛崭露头角，参加淞沪抗战，其后加入新四军。从他的经历可以看出，丘东平是一手拿枪，一手拿笔的人。拿枪能战斗，拿笔能写作。他写的故事，其实大部分是他的亲身经历和体验，所谓虚构也仅限于组织材料而已。他的左翼理念完全是从他生命的热情里流露出来的，丝毫没有外部植入和强制灌输。

《红花地之守御》写大革命时代一个游击队总指挥，这个总指挥在他的笔下回归到朴素的本色：

> 他穿着一件黑灰色而有着极难看的黄色花纹的短衫，据说这短衫是在广州的时候，一个莫名其妙的车仔佬朋友给他的，而他的裤却是有点怪异了，那是一件十足的日本货，赭褐色，有着鲜黄色的细小的条纹，条纹上面起闪闪发亮的茸毛。这些乱七八糟的颜色涂在一个总指挥的身上，多少要使他变成一个戏子，在动作上显得矫揉造作起来的吧。①

---

① 丘东平：《红花地之守御》，见《丘东平文存》，宁夏人民出版社2009年版，第28页。

丘东平用了看起来挖苦的笔法和迹近讽刺的修辞，而真正表达的却是艰苦的游击生活在总指挥衣着上的烙印。这异乎寻常的用笔使一个在严酷生活中的游击司令——老大哥杨望——从生活的表面中浮现出来，反倒比直接的笔法更能凸现人物及其性格。丘东平又用这样一件事写他果断而不无冷酷的性格："有一次，杨望叫他的弟弟去放哨，他的弟弟是一个什么都不懂、驼背、鹭鸶脚，又患着'发鸡盲'的可怜虫。那一夜恰巧是杨望自己去查步哨，那可怜虫忘记了叫口令，杨望竟然立即一枪把他结果了。"[1]有了这个场景的铺垫，小说末尾那个令人震撼的收场，就显得有根有据了。仗是打胜了，俘虏了三百多民团。而严酷的生存环境和自我保存的需要，令杨望下了令人震惊而坚定的命令：枪杀全部俘虏。"——随着那数百具尸体笨重地颠仆的声音，整个的森林颤抖似的起着摇撼，黄叶和残枝簌簌地落了下来，而我们的第二轮排枪正又发出在这当儿。"[2]游击斗争的残酷，革命意志的坚定和人性的扭曲，尽在丘东平力透纸背的文字中显露出来。

丘东平另一篇小说《一个小孩的教养》，虽然题目用词并不准确，但是写来仍然令人震撼。永真像他的名字一样，永远天真。其实所有正常的孩子都是天真的，这是人的天性。然而在残酷杀戮的年代，连孩子都被卷进来。站在永真面前的保卫队"长官"，其实就是来抓捕他父亲并致他父亲于死命的人，永真并不知道这背后的一切。当他无意中说出"还有一个，那便是我的爸爸都猴友"的时候，便落入了"长官"设置的陷阱里。他的坦率暴露了父亲的去向，于是保卫队半途设伏。正是永真的童趣天真，招致了父亲"可悲的凶讯"。丘东平将一个未成年孩子的童趣天真，放在大革命年代严酷的阶级对垒、无情杀戮和凶险阴谋中去表现，也只有丘东平有这样的胆识和才华，在不到三千字的篇幅中，将孩子的天真、率性，及其悲剧表现得淋漓尽致，震撼心灵。鲁迅曾说："悲剧是把人生有价值的东西毁灭给人看。"[3]丘东平的这个

---

① 丘东平：《红花地之守御》，见《丘东平文存》，宁夏人民出版社2009年版，第26页。

② 同上，第35页。

③ 鲁迅：《再论雷峰塔的倒掉》，见《鲁迅全集》（第一卷），人民文学出版社1981年版，第191页。

短篇悲剧正是这样，短短的文字，大革命的严酷，底层百姓默默地支持乃至为革命牺牲，不用多着笔墨便表现出来，收到了无声胜有声的效果。

过去读革命战争作品或写英雄的作品，作者写到英雄人物的生死关头，往往大洒笔墨，写他们思想观念的转变，以突出他们不同于凡人的高大。这基本上成为一个通行的模式。丘东平享誉盛名的《第七连》，也是写人物在战争中成长的故事，但他便不落这等窠臼。我相信，丘东平的写法一定出于他本人战争中生死关头的体验，因为它更符合实际状况。淞沪抗战炮火升起，军校学生丘俊被派往前线，担任连长。初上前线的他心怀忐忑："一种不必要的感情牵累着我，我除了明白自己这时候必须战斗之外，对于战斗的恐怖有着非常复杂的想象。这使我觉得惊异，我渐渐怀疑自己是不是所有的同学中最胆怯的一个。我是否能够在火线上作起战斗来呢？"[①]未经炮火洗礼，生死关头产生恐惧，这完全是自然。但是，从恐惧到无畏可能并没有那么深的鸿沟，或许只有一步之遥。因为恐惧只是想象的结果，战火自然会使人受到洗礼，自然会促进战士的成长。作者借一位久经战阵的排长说出战斗与恐怖的关系："恐怖是在想象中才有的，在深夜中想象的恐怖和在白天里想象的完全两样。一旦身历其境，所谓恐怖者都不是原来的想象中所有，恐怖变成没有恐怖。"[②]果然，见识过敌人的炮火之后，"我再也见不到恐怖"[③]。从此这位连长成为一位坚守阵地、创出奇迹的勇士。常见的左翼革命英雄故事，往往要拔高人物，因而利用生死关头添加笔墨，丘东平完全反其道而行之。他并没有在人物的"转变"上多加文字，但这正道出了生死体验的真相，也道出了生死体验的秘密。实际上，丘东平作为一名转战多年的红色战士，生死考验经受得多了，也深明此中的奥秘。他正不必故作玄妙，只将自己的体验和观察如实道来就可以了。丘东平塑造的英雄，是平凡的英雄，也是真实可信而感人的英雄。

丘东平牺牲时年仅30岁，他的文学才华远远没有发挥出来。他的小说不仅写得有真情实感，而且有很深刻的观察，有的还包含有哲学思考在里面。这一层对左翼作家来说更加难得。丘东平曾经称自己的小说有"尼采的强音"

---

① 丘东平：《第七连》，见《丘东平文存》，宁夏人民出版社2009年版，第181页。
② 同上，第183页。
③ 同上，第184页。

和"马克思的辩证"。以书斋知识的角度看，他这两方面都有点过于自誉。然而"尼采的强音"和"马克思的辩证"并非一定要从书本上得来。丘东平一生在社会底层摸爬滚打，就算没有系统阅读尼采和马克思，也能靠自己的好学深思，得出与他们相通的认识。他抗战前的作品中有两篇小说，主题完全相同，但题材和篇幅相距甚远。一篇是《慈善家》，另一篇是《火灾》。《慈善家》只有四千字，而《火灾》是中篇，接近五万字。

　　《慈善家》选取的是乡间生活的小片段。一个慈善家，叙述者称他为"那老头"，"刚刚为了吃饭而把热度升高了的身体揉拂得一片清爽。他也不气恼，平心静气地骂了一声两声他的短工"①。他问同村一群路过放牛的孩子："你们还有鸟吗？"这一声询问，给"树林里突然罩上了严重紧张的空气，开始响出了一片恐怖的噪音，那绿叶子缩瑟地颤抖起来，终于摇动了全部树梢"②。遭殃的有一只斑鸠，这被捉住的斑鸠，伴随着其他鸟儿"巨大的震惊、损害和死亡"。还有一只"纯良、质朴的白头莺"，侥幸逃过一次"阴谋的暗袭"，却在回头张望的当儿，"小孩子嗖的一声把箭发射了，不偏不倚，这一箭正贯穿了它的盖着白色毛衣的胸膛"③。小孩子不放过树林里任何一只鸟儿，穷追不舍，东西南北四处夹攻，这些可怜的小灵魂，最后都以惨剧告终，"猛然碰在一枝横斜着的树枝上面，扑的一声落下了，它张开着那黄色的像苦竹儿一般布满着斑点的嘴，一丝丝吐出了些儿鲜血、些儿白沫"④。鸟儿蒙受所有这一切灾难，都是源于"那老头"的慈善行为，他向孩子收购活鸟以便放生。小说结束于意味深长的对话，"慈善家"问孩子还有没有鸟儿，孩子们爽快回答，"多得很呀""明天吧，明天就有了"。明天当然意味着鸟儿又一次劫难。与《慈善家》一样，《火灾》也是探索慈善和灾难之间的关系。一群饥肠辘辘的逃荒灾民与本村祭祀队伍发生冲突，酿出人命，灾民不依不饶，村民也恐惧惹官非，由本地"远近闻名的慈善家"出面，将逃荒灾民圈养起来。天长日久不是办法，"慈善家"打出"特种人工供应所广告"，阴谋将灾

① 丘东平：《慈善家》，见《丘东平文存》，宁夏人民出版社2010年版，第45页。
② 同上，第46页。
③ 同上，第47页。
④ 同上，第48页。

民一个一个卖出去当工厂佣工。但生意难做，连一个"特种人工"也没有卖出去。接着又起一计，将死去灾民的尸首卖为医学解剖的实验材料。消息走漏，圈养灾民的"篷厂子"突然着火，灾民全部烧死。小说写到最后，叙述者旁白道："凡是有慈善家的世界，就不能没有灾难。"① 人们通常认为，世界有灾难才催生慈善家出来救灾救难，然而丘东平的观察却有独到之处：灾难或许因慈善行为而起。他的观察至少为我们理解这个灾难频仍的世界提供多一个切入的角度。而他的深刻领悟，亦与古人的智慧遥相呼应："大道废，有仁义；慧智出，有大伪。"②

<h2 style="text-align:center">三</h2>

左翼文学最受人诟病之处，就是它的教条化、模式化，落入公式的俗套。从它出现文坛不久，这个毛病就为论者所指出，③ 不少现代学者对左翼文学的模式化追根溯源，认识更加深入。④ 不过，从文学史的角度说，公式化、模式化其实是文学的痼疾，非独左翼文学才是这样。曹雪芹当年指出的"更有一种风月笔墨""千部共出一套"⑤ 的明清才子佳人俗套，鲁迅所讥讽的"唯才子能怜这些风尘沦落的佳人，唯佳人能识坎坷不遇的才子"⑥ 的晚清鸳鸯蝴蝶派小说，都是文学史上写作模式化的例子。左翼文学的这种毛病之所以成为批评和学术探讨的焦点，乃是因为它牵涉到现代文坛争论不休的文学与政治关

① 丘东平：《火灾》，见《丘东平文存》，宁夏人民出版社2010年版，第98页。
② 老子：《道德经》，第十八章。见王弼注，楼宇烈校释：《老子道德经注校释》，中华书局2008年版，第43页。
③ 如甘人在《中国新文艺的将来与其自己的认识》一文中说："他们的见识太高，理论太多，往往在事前已经定下了文艺应走的方向，与应负的使命，无奈文艺全是真情的流露，一有使命，便是假的。"见上海文艺出版社编：《中国新文学大系1927—1937·文学理论集》（第二册），上海文艺出版社1987年版，第20页。
④ 朱晓进：《政治文化与中国二十世纪三十年代文学》，人民文学出版社2006年版。
⑤ ［清］曹雪芹、高鹗：《红楼梦》，人民文学出版社1982年版，第3页。
⑥ 鲁迅：《上海文艺之一瞥》，《鲁迅全集》（第四卷），人民文学出版社1981年版，第292页。

系的问题。无论当年与鲁迅争论的"现代评论派"陈源、"新月派"梁实秋，还是现代文学批评中"去政治化"的主张，其背后是一种根深蒂固的见解：文学是表现人性的，一笔涉政治便落入窠臼。这个大前提几乎框死了对左翼文学的评价，等于说左翼思潮与文学的结盟，就是文学的歧途；言下之意就是左翼出不了好的文学。而左翼文坛上屡见不鲜的"革命+恋爱"或写着"打打！杀杀！血血！"的作品，更给这种见解提供了似乎有理的佐证。

鲁迅当年是一人独当，两面开弓的。他既不留情面地讽刺左翼文坛公式化的幼稚，又一针见血地指出了陈源、梁实秋的主张貌似公允而背后却有充当"走狗"的嫌疑。[①]在鲁迅的文学观念里，他既不赞成作家主体之外植入式的"革命文学"，又反对在人性的旗帜下扼杀无辜者、弱小者的"政治呼喊"。鲁迅在革命与革命者关系的视角下论述文学与政治的关系，他讲得非常直白："从喷泉里出来的都是水，从血管里出来的都是血。"[②]文学并非天然抗拒、排斥政治和革命，它之所以往往走向歧途，问题是出在作家主体身上。作家如非革命者，便遑论什么革命文学；反过来，有真正的革命者，才能写出真正的革命文学。左翼文学所应该期待的，与其说是文学的"左翼性"，不如说是作家本身的"左翼性"。左翼文学并不因它的"赤色"而成为左翼，而因参与作家的左翼立场和左翼信念而成为左翼。如果我们循着鲁迅的思路看当年左翼文坛，就会发现参与这个左翼文学运动的作家，实在有相当部分是"小资味"甚浓的城市知识分子。他们为个人的苦闷或社会的苦闷所压抑而受左翼思潮的感召，对革命的理解十分肤浅，写作难免不唯本本和教条是从。但是除了这些左翼队伍里的"芸芸众生"之外，也有一些在大革命中摸爬滚打、出生入死而以革命为自己生命的作家。而丘东平就是其中最为出色的作家之一，他的作品彻底超越了早期左翼"革命+恋爱"的模式，彻底摆脱了左翼的"学生腔"和"小资味"，虽有不成熟和幼稚的地方，却没有一丝一毫的教条、公式的框

---

① 鲁迅：《并非闲话》（《华盖集》）、《"丧家的""资本家的乏走狗"》《"硬译"与"文学的阶级性"》（《二心集》），见《鲁迅全集》（第三、四卷），人民文学出版社1981年版。

② 鲁迅：《革命文学》，见《鲁迅全集》（第三卷），人民文学出版社1981年版，第544页。

框。他给左翼文坛吹进了一股清劲而质朴的风气，他的作品题材和内容均来自革命斗争和抗战的火线，来自亲身的体验，而他又能以鲜活、真切、感性的文笔感染读者，达到了左翼文坛第一流的艺术造诣。他是左翼文坛"新世代"最为优秀的代表。事实上，我们今天正应该以区别的眼光看待左翼文坛，不能因为那些落入了"革命俗套"的作品就以偏概全，不充分肯定左翼文坛对现代中国文学的贡献。

丘东平文学的幼稚是文字表达和故事节奏的欠成熟，但绝对不是文学的触觉、艺术的敏锐、作品的真情实感、作家立场和左翼信念的问题。以左翼文艺阵营的那些教条式的"创作原则"看丘东平小说，还真能找出不少"政治不正确"之处，但是如果我们能够超越那些僵化的条条框框就会看到，正是那些"政治不正确"的地方，展现了丘东平最为敏锐的艺术独创。这些艺术独创，既是文学的，同样又是左翼的。他初登文坛而令左翼批评刮目相看的作品《通讯员》，其中那个通讯员的形象不但说不上高大，他选择自杀的结局还颇有"自绝于革命"的嫌疑。如果从教条出发，那这小说可以诟病的地方真是太多了。既可以说它赞美了一个游击队里的懦夫，又可以质疑这样的故事何来鼓舞人民同敌人斗争的价值。但是这种肤浅的责备，不仅缺乏起码的文学眼光，对革命的艰苦卓绝也没有切肤之痛。通讯员护送那位文书通过封锁线，但缺乏夜行经验的文书弄出动静被敌人发觉而牺牲了，通讯员反倒因此而陷入内疚和自责，由此而陷入精神危机，最后吞枪自尽。故事几乎是无悬念可言，游击队伙伴也无人将文书的牺牲归咎于那位通讯员。通讯员当然不是通常意义的英雄，但问题正在于写革命斗争的小说一定要写英雄这样的"俗套"限制了批评对这篇小说意义的发现：丘东平正是通过这样的一个"极端事件"展现人性中良知的光芒。这故事显然有相当的人性深度，它表现了极端环境下的人性挣扎。谁又说这小说不够"左翼"呢？

丘东平那些写得好的小说都有这种特点，他似乎特别爱好"极端事件"并从中发掘它不寻常的意义。上文提到过的那篇《红花地之守御》其实写的是一个杀俘虏的故事。战争中这样"极端事件"虽然是稀松平常，但放到文学中来表现，显然和文学的人道立场有冲突。写敌方的残暴容易放胆直言，但表现己方的残暴不仁，以笔者的阅读经验，丘东平的这篇小说为仅见。作为作家，他就是有这个胆量剑走偏锋。他用半肯定、半讽刺的笔调来表现故事的主角——游击司令杨望。这样做既协调了文学的人道立场，又将生死存亡绝境之下的人性冷酷表现得跃然纸上。如果套上条条框框，尽可以说这篇小说暴露的不是敌人而是自己。但是，这既然是人性的一部分，暴露它又有何不可？这令人惊心动魄的刻画既是真实的，又是文学的。又如，细读丘东平写得最长的那篇《火灾》就可发现，他并没有完全贯彻"阶级斗争"的观念。灾民和村民固然对立，但灾民只想趁机敲竹杠而导致了自身的困境，他们本身并无"阶级觉悟"。村民仗着地头优势，开始是仗势欺人，一旦死了人，村民也怕惹官非，想息事宁人。这个双方的困境才引出了"慈善家"的调停。"慈善家"不但调停不了双方的矛盾，也因为这个和稀泥的调停，产生了更大的灾难。故事结局的言外之意当然多少偏向于激进的阶级斗争信念，但作者显然并没有以阶级观念为始终贯彻于故事中的人物关系，作者对人物关系的理解还是遵从了自己朴素的日常观察。从文学的角度看，丘东平朴素的日常观察显然胜过书本的"理论"。也正是因为这样，故事才发人深思。以上的分析说明，丘东平小说的左翼因素，完全是从他自己作为一个大革命的参与者自然而然流露和迸发出来的，不是理论教条从外部植入的。他叙述的故事未必能够吻合本本或理论说教，但依然不失为左翼。或者说，正是由于丘东平能够用自己作为革命者的信念和主观精神切入故事素材，才使得他的小说表现出迥异寻常的左翼趣味和艺术独创性。

丘东平的创作在左翼文学运动乃至现代文学史上的意义在于，它提供了绝好的范例让我们再思考被争论得沸沸扬扬而至今没有定论的文学与革命的关系。文学是一个绝对需要个人禀赋和才华的领域，革命者而兼诗人，不仅需要认同革命的信念、参与革命的运动，还需要有诗的感觉、诗的才华。革命和文学在本然的意义上并不是相互排斥的，也没有必然的冲突。但是若要成就真正的左翼文学，就要建立在这样的前提条件之下：对革命的信念和认识必须从诗人生命的内部流出，而不是由外部灌输进去。革命激情只是属于诗人生命主体的欲求时，才是真实的，否则它只是空洞的教条。革命与文学的关系，不能是革命去驾驭文学这样简单。左翼文学必须是诗人本身意识到、体验到革命而产生出文学欲求的产物；诗人必须是革命的发光体，须是光芒从自身生命发散出去，才能照亮大地，感染时代。诗人所写也只能是自己所领悟到的生命感觉和体验，而作品就是诗人自己生命感觉和体验的文学结晶。诗人纵然革命，但如果没有可以点染为诗的生命感觉和体验，那也写不出革命的诗。即便写出，大概也如同口号诗、宣传诗一般，不能长久。革命、战争、社会动员，可以搞"群众运动"，可是写作却没有办法这样做。这并不意味着诗不可以和革命结缘，而意味着革命诗人的个人创作是至关重要的。丘东平的创作就是最好的印证，他为左翼文学运动提供了正面的经验，他在文学上的贡献值得我们认真发掘和重视。

《学术研究》2011年第12期

从黄谷柳的文学足迹看"新人困惑"

——读《黄谷柳朝鲜战地摄影日记》

一

用明夏完淳《哭钱漱广》的诗句"千古文章未尽才"①来形容作家黄谷柳的人生和创作是恰如其分的。黄谷柳才华横溢而传世作品不多，为人时常称道的仅《虾球传》，但就此也足以让他跻身于大作家之列。在中华人民共和国成立前后写作以地域色彩见长的华南作家群里，他最为读者喜爱，拥有最为广泛的读者，而且文学成就首屈一指。虽然批评圈或因他的离去已久而评价不足，但那显然是低估了这位作家不凡的才华。《虾球传》第一部《春风秋雨》甫一出版即一纸风行，仅半年就三版付印。黄谷柳始料未及，在《三版题记》中用"惶恐"来形容，因为"这部小说的每一行描写、每一句话都有无数关切的眼睛在盯着看"②。大半个世纪已经过去，如今展卷一读，依然兴味盎然。文本的美学特质跨越时代历史风烟，还像当年那样呈现在读者面前，而这正是这部作品的不凡之处。就算他的人生50年代后期颠簸坎坷，可进入了稍微平静的60年代，他也贡献了根据同名沪剧改编的电影《七十二家房客》。正是由于他的改编，"七十二家房客"成为粤语电影、电视剧长盛不衰的题材，一直演到如今。虽说这后人的"翻版"，已经与他的原作没有多大关系，但正是他对题材的敏锐发掘以及他改编所塑造的美学风格，奠定了后人可长期模仿和袭用的基础。

---

① ［明］夏完淳：《夏完淳集》，中华书局1959年版，第118页。
② 黄谷柳：《〈春风秋雨〉三版题记》，《春风秋雨》，香港新民主出版社1948年版。

由夏衍主持的香港《华商报》1947年11月开始连载《虾球传》，至1948年12月30日第三部《山长水远》连载完毕。在黄谷柳原来的构思里，本来有第四部，连书名都起好了，叫《日月争光》。出人意料，他没有继续写下去，放弃了文坛声名鹊起的势头，没有像兰今作家一样"趁热打铁"，而是投入军旅生涯。1949年2月入党，7月旋即在组织安排下先到粤西打游击，迎接南下大军，后作为战地记者随军解放海南岛。这个变化，夏衍的解释是黄谷柳对先前描写较多的"旧社会的痛苦和伤残"，"已经不感兴趣了"。[1]这个解释固然不能说没有道理，但却离开了黄谷柳写作的脉络。《虾球传》的前两部，构思类似"历险记"或"流浪汉小说"类型，叙述流浪儿虾球在困苦中摸爬滚打的种种经历。到了虾球故事的第三部才在构思上转变为"成长小说"类型，叙述虾球如何从与其他小流浪汉"桃园结义"到参加游击队。按照这个脉络，第四部"日月争光"很可能是写虾球如何在战争环境中进一步成长为新人的故事。其实这个脉络，与黄谷柳从青年时代开始在底层社会艰难奋斗、追求光明和进步的经历高度一致。但是无论是作为追求光明进步的青年，还是作为一位作家，此时此地，却遇到了"从亭子间到根据地"的问题。他不熟悉"新世界"，也不熟悉新的人物。作家固然有虚构的特权，而黄谷柳肯定不想滥用这特权。此时搁笔，一方面体现了他严肃认真的创作态度和现实主义精神，另一方面反映了那个时代追求进步的作家普遍遇到的问题——如何写新人的问题，简称"新人困惑"。我们知道在《虾球传》广受欢迎的同时，也从香港左翼批评传出质疑的声音，如楼适夷曾发文不认可虾球这个人物的真实性。[2]黄谷柳1948年9月在香港《文艺周刊》发表《答小读者》，从自己的童年坎坷说起，语气委婉谦逊，其实是回应"大读者"善意的质疑。他说："震撼全人类的历史大事件正在中国的大地演进。没有一个人不或先或后受到这大事件的震撼。从一个最落后、最弱小无能的人物的身上去看看这个震撼给予他的身心影响是怎样，看看这震撼的力量是这样的深而且广。现实已经给出答案，但在某些区域的文学上，还是一张白纸。"[3]这就是他对现实主义写作精神的理解：从时代社会

① 夏衍：《忆谷柳》，见《虾球传》，广东人民出版社1979年版，第3—4页。
② 楼适夷：《虾球是怎样一个人》，《青年知识》，1948年第36期。
③ 黄谷柳：《答小读者》，见《干妈》，花城出版社1990年版，第230页。

大事件探入落后弱小人物的身心震撼，又从小人物的身心影响中看出时代社会的大事件。《虾球传》就是填写在区域文学"白纸"上的创作。同在这篇短文中，他意识到今后可能不一样了。因为"新中国在胎动中。新的人物、新的英雄，在不断地涌生"①。他决心要写"新人"了。

黄谷柳想通过亲身参与到为了解放的人民斗争中来获得第一手资料，然后才动笔写作。当然我们今天已经找不到他搁笔前后对文学创作思考和认识的直接文献了，但幸而他留下一部抗美援朝慰问期间写的日记。这部日记由他的外孙女黄茵女士整理而成，取名《黄谷柳朝鲜战地摄影日记》。其实它包含了两个部分，一部分是黄谷柳作为摄影爱好者的战地摄影，另一部分是他走访战地的日记。他的日记以记事为主，兼及点滴想法。虽然多是一鳞半爪，但对了解黄谷柳以及那一代人在新旧交替的时刻怎样思考、怎样既勇敢迈进新的时代又坚守自己的写作信念，是弥足珍贵的。

二

延安的出现对追求进步作家的写作来说到底意味着什么？这并不是毛泽东在《讲话》里形象地比喻成"从亭子间到根据地"，将此问题提出来就普遍地被认识到的。由于当时整风正在开展中，它几乎被认为除了作家的立场和世界观问题含义之外不存在其他含义的问题，或者说相当多进入解放区的作家是这样理解的。当然"从亭子间到根据地"有世界观和立场问题，但这个命题其实包含了比立场和世界观更多的内容。时代和社会的急速转变确实向那些坚持现实主义写作的进步作家提出了一个怎么写的问题。就算立场和世界观问题解决了，它们也不能自动就解决怎么写的问题。对写作来说，它比立场问题可能更迫切、更棘手。"亭子间"时代只写旧人物，而"根据地"时代要写"新人"了。"新人"是怎样的一种人？怎样在艺术上表现"新人"？"根据地"还有旧人吗？如果有，和"新人"是什么样的关系？作家被称为作家乃是由于他的写作。如果作家不能像胡风说的那样进入生活里面，与自己的人物在一起

---

① 黄谷柳：《答小读者》，见《干妈》，花城出版社1990年版，第231页。

搏斗，一起经历痛苦和欢乐，他又怎么能汲取大地的养分、生活的材料，写出能说服自己的作品？对于那些真正扎根大地而写作的进步作家，正是现实主义精神的驱动，使他们投入那原来不熟悉现在却扑面而来的"另一种生活"，哪怕暂时放下笔也在所不惜。

黄谷柳正是中华人民共和国成立前后意识到"新人"问题对作家的紧迫与丰富意味的作家之一。他想通过"深入生活"找到他需要的答案。1950年10月志愿军跨过鸭绿江到1953年7月停战协定签署，前后三年。三年之中，新中国赴朝慰问团先后组织过两次，第一次规模巨大，成员包含各条战线，多达五百余人。第二次成员多为文艺界，由作家巴金当团长。就笔者所知仅少数人参与前后两次赴朝慰问，而黄谷柳就是其中之一。他第一次入朝时间略短，1951年4月到5月。第二次从1952年3月到次年5月，黄谷柳在战火纷飞的战场共停留了一年有半。黄谷柳为什么一再入朝，是有关方面的安排，还是主动请缨，现已不得其详。再次赴朝的首篇日记写于3月17日，黄谷柳记道："二月十日抵京，到文联报到。"①此外没有交代。还有一个问题，就是黄谷柳第二次入朝慰问的停留时间那么长，显然超出了慰问的使命。因为最迟到1952年8月，艺术家慰问团的集体任务已经完成。8月19日，黄谷柳写道："巴金今天下连队，去两周回来便整装回国。"②为了写作的素材，巴金很可能都已经是推迟回国的了，而黄谷柳还多停留了大半年。这大半年中，日记没有涉及他和其他慰问团成员的集体活动，只有他的个人行动。他的足迹遍及朝鲜百姓的乡间田野、志愿军战士的驻地、战场的地堡和坑道；他和最基层的战士在一起，还去到了上甘岭、战地医院；他访问了战士，和113师文工团在一起。种种迹象看来，黄谷柳是借入朝慰问的机会，为了构思大制作而"深入生活"，和他笔下的人物在一起。这既是生活，又是写作的一部分。写作和这种生活密切地交融在一起，不可分离。

艺术家入朝慰问志愿军，其工作可分为两个层次。首先也是最重要的当然是用"战时文艺"去激励和鼓舞士气。举凡演唱、说书、弹词、快板、活报

---

① 黄谷柳著，黄茵整理：《朝鲜战地摄影日记》，解放军文艺出版社2011年版，第116页。

② 同上，第283页。

剧以及作家采写的通讯、报道都属于"战时文艺"。其次才是作家体验生活、采集战场素材，为日后构思反映这场保家卫国战争的文学创作提供基础。前者尚可应时，后者急就章是做不来的。它实际上是个软任务，做与不做以及做得如何，全在乎作家的个人处理。黄谷柳参与慰问活动，显然是能够分清入朝慰问的急缓轻重的。他写了许多反映英雄事迹或揭露敌人的急就短章，给国内的文艺刊物发表，如1952年5月5日写道："整天在寓写稿，寄出《英雄的妇女》《美国自由世界和毒虫在一道》两篇，另一篇《应该做什么就做什么》有点毛病，要改一改。"①5月14日写道："改好《祖国不远》一文。"②6月30日又写："下午写《人民的选择》，晚完稿。"③黄谷柳在朝鲜战场写的通讯、报告后来结集成《战友的爱》，由中南人民文学艺术出版社于1954年出版。他创作短剧、歌词给活跃于战场的文工团演出的同时，也没有忘记他心中的"大制作"。战地记者和作家的角色他都必须处理好——既当战地记者，又当作家；记者的工作是当下，作家的写作是将来。于是他一边积累日后创作的素材，一边思考将来的创作方向、构思将来的故事。1952年4月26日他写道："一个主题思想慢慢地孕育成熟了，初步决定，在五月份以内，就在砂川河畔把一个电影文学剧本写成，以后有时间，再写小说。"④由此看来，他之入朝，既为写鼓舞斗争的急就章，又为日后的"大制作"积累素材，不时琢磨，用心构思。或者有人将慰问理解成简单的"政治任务"和转变立场的"历练"，但是黄谷柳肯定不这样理解。他将入朝看成与新时代新人物新生活的拥抱，冀望由亲身的体验开辟文学写作的新境界。这和日后如柳青等作家远离城市扎根乡村的选择是如出一辙的。因为"新人困惑"在时代社会转折之际横在了他们的写作面前。

应该说，当作家对生活采取了拥抱的立场和积极正面的态度之后，如何实践现实主义的写作理念，或者说怎么写的问题不是隐退了，反而是更加突出

---

① 黄谷柳著，黄茵整理：《朝鲜战地摄影日记》，解放军文艺出版社2011年版，第206页。

② 同上，第212页。

③ 同上，第238页。

④ 同上，第187页。

了；不是更加容易了，而是更加困难了。因为作家对生活采取总体否定立场的时候，个人经验便引导着写作者通往对社会和时代的感悟，作家按照自己的感悟来写作便实践了现实主义写作的要求。深入与不深入生活反倒不是一个多么重要的问题，因为个人经验很大程度上已经定义了生活。只要有写作的才华，能感悟身边的生活，个人经验迟早会引导着写作者达到现实主义所追求的境界。但是，当作家采取拥抱生活的立场后，个人经验的直接性就难起作用了。因为拥抱者和所拥抱的东西不是简单同一的，它们之间的分隔创造了陌生。作家所拥抱的在很大程度上是作家陌生的，不能得心应手去写的。或者说表面接近容易，深入体验甚难。你以为你深入了生活，你以为你熟悉了你的写作对象，但这一切依然有可能是不真实的、不真切的。这与古人说的"欢愉之辞难工，愁苦之言易巧"的写作原理仿佛类似。"愁苦之言"切近个人体验，而"欢愉之辞"总是离个人经验远一点。"欢愉之辞"有可能只是集体经验。在写作上怎样表达这种集体经验确实是新问题。在黄谷柳的年代，他的认知就是要写好"欢愉之辞"就需要用"深入生活"来补足个人经验的缺陷，希望个人经验的充实能更好地通达集体经验。黄谷柳在朝鲜战场停留一年有半，远超过常规要求的停留时间。他充分意识到怎么写的问题在新的条件下有了更高的要求。从他的《日记》看，他和志愿军战士共同的生活，使他对如何写作产生新的思考。

入朝慰问期间，他与一位叫郭忠田的战士有过深入的交谈。郭忠田是战斗英雄，很多人采访过他。1952年9月12日的日记有点长，记录与郭忠田的交谈与思考。黄谷柳写道："郭忠田下午六时才回来，交换了一些有关记录英雄事迹的关键问题，他说，写英雄，不能光写他的优点，还要写他的缺点，不要写成一个神仙一样。他说以前许多人采访他，所以写不出文章来，主要是接触的时间太短，而且又仅仅是从英雄本身了解英雄，没有从旁的地方——如他的上级、同事、战友当中了解他，这样的了解一定不深刻不全面……他的这番话是有道理的。"①我们知道，能不能写英雄人物的缺点，成为五六十年代对

---

① 黄谷柳著，黄茵整理：《朝鲜战地摄影日记》，解放军文艺出版社2011年版，第290页。

作家写作具有考验性的课题。固然没有权威说过不能写，但只要有人写，就会有质疑之声。《虾球传》第三部《山长水远》就写过一个只会照本宣科的游击队里的"理论之王"老朱，但1949年以后是否还可以为继，黄谷柳也在摸索。这篇日记反映了他对现实主义精神的坚持。同年6月1日的日记，记录了坦克团副政委的讲话，严厉批评志愿军个别人"犯不守群众纪律、享乐思想、搞女人、不爱老乡、不请假……恐美"[1]的错误，可见黄谷柳头脑清醒，并没有因为拥抱生活而犯左派的"幼稚病"，并没有用一派阳光看待军旅生活。同年10月21日的日记，特别提到联共十九大马林科夫报告关于批评文艺作品缺少"冲突""矛盾"的看法。黄谷柳记下了自己的体会："从他的报告中体会到这么一条，越是强大的、巩固的社会，越不怕揭露自己身上的污点。"[2]黄谷柳对郭忠田大感兴趣，在日记里说："这个英雄的经历是不平凡的。为他的故事弄得很兴奋，一夜没睡好。"[3]从9月1日到18日，黄谷柳一直和郭忠田在一起，不停地听他讲童年故事。黄谷柳在日记里将故事梗概记录了下来，并保证把它们写出来，不辜负郭忠田的期望。黄谷柳对郭忠田的故事着迷，是因为郭忠田是英雄，但不着"英雄相"。既英雄，又平凡，是活生生的人。文学用语言反映生活，但文学也可以用语言遮蔽生活。特别是当写作者的语言远离或脱离了个人体验又没有深入到写作题材和人物的内部，感受它们所感受，体验它们所体验，作家就很容易落入胡风反复批评过的"主观公式主义"和"客观主义"的窠臼。黄谷柳的日记这方面的思考虽然只有片言只语，却看出了作家对文学认知的高度自觉。他的所为所思，是非常珍贵的。

三

　　革命、战争与人性的关系也是五六十年代文学创作遇到的大问题，任何一个写作人都绕不过去。革命、战争的立场是阶级论的，而人性的立场是人

---

①　黄谷柳著，黄茵整理：《朝鲜战地摄影日记》，解放军文艺出版社2011年版，第226页。

②　同上，第306页。

③　同上，第291页。

本主义的，两者的观念来源不同，看起来相互矛盾。作家在拥抱生活的大潮流下，多数选择小心翼翼，尽量回避人性与人道主义。黄谷柳写作出彩的地方是他没有回避，《山长水远》中有个人物叫三姐，她既是虾球游击队人生的引路人，又是曾经加入基督教的女青年，她的爱心感染了虾球。来到朝鲜战场，烽火连天，但黄谷柳还是敏锐地观察到生活里有人情味的细节。1952年4月14日的日记，黄谷柳记在座谈会听来的故事：朝鲜老百姓感谢志愿军解放家乡，三番五次请志愿军吃喜酒。战士碍于纪律，不敢去，老乡一直等到天黑。朝鲜老乡最后以人头担保，战士才敢前去。军政委说："遵守纪律要不违背人情，一定不去，那就是人情也失了，马列主义也没了。"作为军队的政委，能这样看待问题，打动了黄谷柳。他评论道："这句话说得趣致极了。"①理论上矛盾的，生活里不一定矛盾。作家如果按照本本来理解生活，写出来的人物就一定干巴巴的。黄谷柳5月18日的日记写道："郑三生师长是长征老干部，他爱读《恐惧与无畏》《日日夜夜》《真正的人》等苏联文艺作品，他对我国小说尤其是写部队生活的小说不谈爱情，大为不满。他说，难道军人就不懂得爱吗？"难怪在这同一则日记里，黄谷柳写道："自然界勃发的生命，给人一种永恒不倦、不断发展的真实感觉。"②应该说，黄谷柳通过深入前线，接触到战争中的革命者，意识到理论和实际的不一致。他虽然没有直白地表示自己的看法，但黄谷柳对此有所思考是毫无疑义的。真实的自然和真实的人一样，你只有深入到它们本身才能感受得到。当然，实际生活中并不是每一个人都是那么有人情味，那么有人性的亮色。理论教条和生活的恐惧也是能磨灭人性的。1952年8月17日黄谷柳见到一位父亲，他的女儿是大学生，遭美国飞机轰炸而死。他向黄谷柳叙述惨剧的始末。黄谷柳写道："李贞烈谈起他的女儿时没有懊丧之感，他以有这样的女儿为荣。看见他给我看的李永顺的童年的照片，我反而难过极了。"③一个是没有懊丧之感，一个是难过极了。显然黄谷柳不认同李贞烈，双方不在一个频道上。李贞烈也许是真实的，但这真实令黄谷柳觉

---

① 两引均见黄谷柳著，黄茵整理：《朝鲜战地摄影日记》，解放军文艺出版社2011年版，第150页。

② 同上，第221页。

③ 同上，第282页。

得反常。这是一个好作家的本色反应，对悲剧有同情心，对人的不幸有悲悯。黄谷柳明显赞同苏联文艺理论家斯珂莫洛霍夫的观点。他1952年6月11日的日记抄录了斯珂莫洛霍夫的一段话："每个作家都面临一道很繁杂的任务——作家必须用美术的手腕表达我们苏联军官、苏联战士内心的感情、广泛的多种多样的志趣；表达我们军人在政治上的成熟；表达我们军人对于生活、对于党、对于我们共产主义建设的态度以及我们军官和战士之间、上级与下级之间那种建立在铁的纪律下的新的互助关系。"①黄谷柳构思中的长篇《和平哨兵》是朝着这个方向进行的。

对写作来说，前辈的范本是最好的老师。就像练字从临摹开始，写作也从阅读揣摩历代名著开始。然而由于理论的高估，为新的社会前景的奋斗被认为是史无前例的事情。在这种理论氛围之下，历代文学的遗产到底还留有多少价值，这个问题成为新社会的争议点。笔者没有看到黄谷柳对古典文学的优秀传统有什么说法，也没有看到他加入批判继承古代文化遗产的讨论。炮火连天的朝鲜战场离这一切相当遥远，是理所应当的。但是当笔者读到他写于1953年的两则日记，还是禁不住心头一震。4月11日，他写道："读《红楼梦》二卷。"第二天，他又写道："敌机连日轰炸附近地区，炮团略有损失。读《红楼梦》，人物性格刻画入微，故事交代脉络分明，描写自然景物，笔墨不多，这都是值得学习的。"②这个时间点已经是黄谷柳回国的前夕，慰问团的其他同行，早已回国。《红楼梦》或者是借来的，或者是他随身携带的读物。历来只见历尽欢场沧桑过后读红楼，未闻硝烟弥漫的战场夜读红楼，这是仅此一见。黄谷柳是一种什么样的感悟和心情？战场的世界与红楼的世界存在天壤之别，黄谷柳显然不是要寻找这两者的联系。黄谷柳深入战场，体验军人的生死考验，固然是要和"新的人物在一起"，固然是要亲历新世界诞生的阵痛，但是他又时刻明白，他是作家，是手拿笔杆的写作者，他的职责最终还是落实在写出好作品之上。作家是要以作品说话的。于是好的作家既要在新的生活之中，也要在文学之中。因为生活并不能自动地使你成为作家，自动地写出好

———————
①　黄谷柳著，黄茵整理：《朝鲜战地摄影日记》，解放军文艺出版社2011年版，第231页。
②　同上，第349页。

作品。于是我们看到黄谷柳的朝鲜战场生活，一面与战斗英雄在一起，采访他们，了解他们，熟悉他们，另一方面潜心阅读揣摩古典作品的艺术精微，向不朽的伟大作品学习。从黄谷柳战地读红楼这一细节观察，他确实是个不同凡响的作家。他入朝慰问，不仅要写口一些通讯报道式的作品，以应战地鼓舞士气之需，更有准备素材、磨炼本领，日后写出传世巨作的雄心。

活在黄谷柳脑海里的巨作是什么，他对当初的"新人困惑"有什么样的文学实绩交代今天已经不得其详。他的日记留下了取名为《和平哨兵》的长篇小说的人物表。其中有"广东新战士"夏球，可能是获得了新生的"虾球"，两词粤语谐音。还有"战斗英雄"郭忠田，这当是主要人物。人物表里也有地痞流氓、日本鬼子、旧式官僚，当然也有政委、团长等新式人物。从人物表推测，小说有承续拟议中的《虾球传》第四部《日月争光》的地方，但总体上是脱离了《虾球传》的基本线索。这是一部大构思，表现由旧世界到新世界、由旧中国到新中国的蜕变过程。这部长篇，到"文革"前夕已经写完，有30万字，篇幅近于《虾球传》的前三部。就是说，即便50年代后期遭受错划成"右派"的打击，他也没有失去写作的信心，断续秉笔。直到"文革"来临，文化气氛更为诡谲，他觉得他的作品无法相容于这个世界，或者这个世界已经变得不再值得用他的笔来表达，他才亲手焚毁《和平哨兵》。数十年殚精竭虑而一朝付诸劫灰，笔者无法揣测"焚稿断痴情"的黄谷柳当时的心情，大概是哀痛和绝望兼而有之吧，也无法断言《和平哨兵》达到怎样的艺术成就。由"新人困惑"而来的"深入生活"，摸索现实主义创作道路怎样在新的时代社会里进行，到底能达致何种程度的文学收获？成功了呢，抑或只是一个理论的幻觉？依然不得而知。只是觉得黄谷柳的写作足迹，从赴朝慰问，亲历生死考验，到在战火中构思表现新人物新世界的作品，再到日后完成写作直至历劫成灰的悲欢，值得我们记取。

《当代文坛》2020年第4期

赤子情怀真挚文章

——读岑桑诗文的感想

我是因为自己的书稿才认识岑桑的。大约四年前我一时兴起，写了本探讨秦征南越的小书。稿子辗转递到广东人民出版社"岭南文库"编辑室，几个月后编辑小谢拿着稿子和一封信来找我说："书可以出，我们的主编岑桑写了几条意见。"她还补充道："他可是我们八十七岁的老领导。"看着苍劲曲折的笔迹，足写满了三分之二张纸，我心生感动，这是我头一次接到这么仔细认真的主编意见，而且出自一位伏枥老骥的前辈之手。虽然素未谋面，此前也没有读过他的书，我却心生好奇。这是一位什么样的人？他提的一条意见说，既然探讨秦征南越，那秦始皇为什么要征南越，总是要说一说原因吧。他的意见十分合理，可我却忽略了。这提醒十分及时。岑桑对岭南地域文化的偏爱和熟悉给我留下深刻的印象。后来又从图书馆借来了他广布人间的成名作《当你还是一朵花》、"当代岭南文化名家"丛书的《岑桑卷》、《岑桑散文选》，还有他手订的《岑桑自选集》。这些书和他近70年的编辑和笔墨生涯写的三百万字相比，仅仅是不多的一部分，读过之后有些感想，写在下面。

一

在中国现代史上，有整整一代人是很特别的。他们身上的青春激情至老而不衰，品格单纯如同白纸，一望而知。站在今天的认知，未尝不可以说这一代人显得初心"幼稚"。但也正是这"幼稚"帮助他们度过了中华人民共和国成立后多场政治风雨，也使他们在政治风雨平息之后经济大潮汹涌、价值观浑浊的时代一尘不染。不是说要不忘初心吗？"不忘"意味着要提醒，意味着要耳提面命。这一代人根本不需要耳提，不需要面命，他们本身就是那个"初心"。无论已是怎样的十指嶙峋，无论多少道皱纹上了眉梢，只要一息尚存，他们心里装的就是国家，他们手里做的就是工作。我觉得，没有比赤子情怀一词形容刻画这一代人精神内核的本色来得更加准确的了。这一代人如今的岁数，大致相当于我这个50后的父辈年纪。他们生于新文化运动之后到30年代前后，年少多难，风华正茂的学生时期又适逢抗战救国。五四的激情和进步思潮透过文学、舆论宣传进入他们成长时期的精神世界，而匹夫有责的抗战救国进一步塑造了他们共赴国难的民族意识。五四新思潮的价值观和抗战的淬炼共同塑造了这一代人的人生观和品格。追根溯源，这一代人的激情、纯粹和始终如一的坚持都可以在五四和抗战这两大历史事件里找到其"原型"。这一代人最吸引我的，不是他们的激情，甚至也不是他们的才华和功业，而是他们的单纯和因单纯而在政治风浪面前的坦然，还有在浑浊之世的无染。如果需要向某一个世代的前辈致敬，我愿意选择这一个世代，他们对我来说高山仰止。

毫无疑问，岑桑就是这一代人里极其出色的一位。他的文学活动最早可以追溯到20世纪40年代初，那时日军在大鹏湾登陆，而后广州沦陷，他从香港辗转流离到其时设在后方韶关的名校"志锐中学"读书，不过是十五六岁的中学生。他填了一首歌的歌词，取名《更夫曲》。歌词如下：

> 更夫啊　请告我那
> 时序迁流的预兆吧
> 啊　岁月将会交织
> 什么欢乐的信息
> 何时何日得高唱
> 那庄严嘹亮的乐章
> 更夫啊　请告我那
> 时序迁流的预兆吧

他自己将这首短诗称为"稚作"，而他当时的同班同学周湘玟相隔70多年之后还说："我最喜欢《更夫曲》。"应该说，歌词的句子不算修辞成熟，尤其语言与作者想传递的生活经验之间还有一定距离。随着时间的流逝，与那个时代的生活经验拉开了距离的读者，难以拨开语言的尘封领悟作者想表达的生活经验，获得共鸣，但是与作者一同走过的同辈人对此却毫无困难，单是歌词开篇的祈问就足以将他们带回那难忘的岁月。我今天读《更夫曲》，更多地将它看成是已经远去的历史借助清浅的语言而回归的帆船。尽管这样，我还是被它所蕴藏的东西所震动。在当年叫做大后方的韶关岁月中，很多人都是故乡沦陷，家人音讯渺茫，生死未卜；而学校生活清苦，人人饥饿，营养不良，面有菜色，更别说政治的昏暗，应该是生活的常态；国家、民族的存亡更在前途未定的奋斗之中。在这种无论大环境还是小环境都极其恶劣的情形下，岑桑第一声文学的啼唤，没有半句怨愤之词，没有半句一己的私吟。"时序迁流"短短四字，将所有环境给予的悲苦、不幸、流离一笔带过。如果我们不是回到历史的现场，所谓悲苦，所谓不幸，所谓流离，甚至不会附着在歌词句子的修辞之中。在有苦无乐，只有忍耐，只有牺牲的年代和环境，岑桑和他年稚的同学祈问和等待的只是"那庄严嘹亮的乐章"。这是一种什么样的激情？这是一种什么样的单纯？而我们知道，"那庄严嘹亮的乐章"还要几乎十年之后才在天安门城楼奏响。无论怎样问更夫，都是问不出来的。其实，是否问得出来无关紧要，紧要的是盼望，紧要的是有追求"预兆"的热情。

　　《更夫曲》像一条清澈的小溪从那一代人的心泉里流淌出来，也浇灌着他们的精神田园。而我的疑问依然是，他们在国仇家难如此恶劣的情形下，为什么只问"岁月将会交织什么欢乐的信息"？那当然是一个苦多乐少或简直有苦无乐的年代，要解释洋溢在那一代人身上的纯朴、激昂、向上奋斗的激情，仅从那时的现实社会情形或者"多难兴邦"的古代理由来理解，是不能完满的。在岑桑清浅的《更夫曲》里，我看见了五四新思潮的烙印。没错，岑桑那一代人不是召唤并推动五四的一代人，他们是接受了五四的洗礼，吸取了五四的精华而成长的一代人。五四新文学、新文化、新思潮，五四的白话文运动和社会运动，短短数年，一扫暮气横秋的中国气象，代之以青春少年的气象。"民主""自由""科学""光明""进步"，这些新词汇所代表的人生观、价值观和生活风貌，哺育和塑造了这之后长大并叩问人生的整整一代人。他们的人生底色就是由上述的词汇凝练而成的。岑桑《更夫曲》透露出来的清纯、昂扬格调就是五四的时代精神在抗战岁月的回响。如果我们喜欢《更夫曲》的昂扬、纯净和清澈，那也是五四新文学、新思潮的价值追求在国难当头的时刻塑造起来的昂扬、纯净和清澈；如果我们觉得《更夫曲》清浅、幼稚，缺乏劫后重生的深刻，那也是上述新词汇容纳的内涵本身就缺乏应有的历史深度而显现的清浅、幼稚。无论我们怎么看，也无论我们怎样感受那一代人，有一点是不变的，这就是他们是五四精神的产儿，血液里流淌着五四的血脉。他们的人生与价值，和五四精神气脉贯通，息息相连。

二

写了这么多，并不是想说《更夫曲》的文学成就有多么高，而是想说它完整地表露了一个人以及那个时代的本色，不但情怀、生活感受，就算是修辞，也是如此。而这本色并不随这段岁月的结束而消失。有意思的是它构成了岑桑此后文学生涯和写作不变的基调，这是十分难得的。中华人民共和国成立之后我们经历了三段十分不同的岁月。以10年"文革"为分界的中段，前有17年，后有改革开放至今40年。三段不平凡的岁月，酸甜苦辣，贫贱富贵，人间沧桑，应有尽有。这三段截然不同的岁月，足以将人塑造得昨是而今非，足以将人改造得面目全非。但在这沧桑巨变里只有一代人的精神境界和内心追求始终不变，就是岑桑所属的那一代人。

50年代对于刚好而立之年的那一代人来说，是一个简单质朴的火红岁月。一天的早晨，一年四季的春天，一生的童年，顺理成章构成岑桑《当你还是一朵花》抒怀寄望的对象。这就是胡风长诗《时间开始了》的那个"开始"的意象。"开始"就是那时社会和时代的象征，几乎所有的事物都翻开了新的一页。艰难、污浊和阴险不是没有，而是被放下了。正因为这样，我们在所有的"开始"里，看见了纯净。意象的纯净、感受的纯净和思想的纯净，统统都通过句子的纯净显露出来。作者看到一群早起上学的孩子会联想："只有你们出现的时候，早晨的美才会臻于极致。也只有你们尽情欢笑的时候，春天才算真的到来了。我看你们真像露水晶晶的花儿，开在伟大祖国万里葱茏的常青树上。"我认为就是这纯净，打动了当年阅读岑桑同名散文集而比他略晚一辈的读者。1949年出生的陈俊年在他的岑桑印象记《你还是一朵花》中提到自己成长中的一件事："读初中的时候，虽然很穷，但我还是凑够零钱，特意买来一本心爱的笔记簿，把整整一册《当你还是一朵花》抄了下来。"这是一个动人的故事，怪不得这本现在看来平淡无奇的散文集当年能六次再版，印数高达52万册。"文革"之后，读者再也读不到这么温馨和动人的故事，理由很简单，社会和人心不再纯净。不过，不再纯净不是没有纯净，而是纯净潜入到并非一眼就能看见的内心深处，而它的外表裹着洞见，略显沧桑。就像人长大了，不是统统都丧失了天真，而是当初的天真也一起成长了，不再像稚子那样表露出来，而是潜入内心，化为内在。

"文革"之后岑桑再次拿起笔。他还是写一天的早晨。这时候早晨在他的笔下就有点格外不同了。岑桑在《黎明再光临》中写道："黎明最伟大的功绩不在于他赋予人间以良辰美景，而在于他让人们看得见脚下坎坷和漫漫征程。"该文写于1981年，它与写于50年代的《当你还是一朵花》一样，饱含深情，激情澎湃，但是由于与国家的坎坷一路走来，经历风雨，他的深情更加成熟，更加具有思辨的厚度。黎明在一天中所具有的"开始"的意义有所减弱，而黎明对于前进中的生活价值却突显出来。还是写四季中的春天，1995年他写了《又是春天》和《春天的对话》两文。这时候，岑桑固然看到春天"冰化雪消，草木萌发，燕雀啁啾"的一面，但是他又看到了春天的另一面。用他的话来说，他也要说说关于春天的"大实话"。岑桑写道："这个向为诗人们情有独钟的季节，除了花花草草，还有与之俱生的芒刺蒺藜；除了蜜蜂蝴蝶，还有与之并存的虫豸蛇蝎。立春之后，在远方逡巡的寒流还会伺机而至。料峭春寒，路边仍难免有冻死之骨。"

世界本来是丰富的。就世象的事实而言，任何时候的春天虫豸蛇蝎都与蜜蜂蝴蝶并存，任何时候的春天都会有寒流间至。散文家的笔锋倾向错综的世象，显然是经历艰难之后世事洞明的结果。不过，并不是所有诗人在经历艰难之后都能将他洞明的社会人心的实相说出来。巴金将"文革"后秉笔所写的随笔取名《真话集》，含义至浅而深远。诗人要有真挚之心，有一如既往"实说"的情怀，才能将伴随着社会一起成长的"真话"借笔端抒写出来。与二三十年前的散文相比，岑桑笔下的世象是变化了，变得更错综更复杂。同是黎明，同是春天，它更加接近自然万象本身所具有的面貌，自然万象所隐喻的含义更加深广。不过变里依然有不变。不变的就是诗人纯净之心。岑桑"文革"前的散文，它的纯净之心和纯净的意象是重合一体的。"文革"之后的散文，其纯净之心上升为"大观之眼"而不出现在文辞的表面。唯有文辞意象的错综才能显出世象的本来面目，而唯有具备纯净之心的诗人才能感悟和洞识世象的本来面目。我以为，这是岑桑作为诗人和散文家跨越半个世纪的写作最可宝贵的地方。

三

岑桑有一类散文写得格外好，我很喜欢读。这就是他写自己的散文。这里的所谓写自己的散文不是一般意义上自我所见所感所思的散文，而是指经历坎坷伤痛之后反观自我的散文。诗人随着年增齿长，所见越多，所经历越曲折，笔下的世象越加丰富多彩，这或是题中应有之意，能够做到这一点的诗人也所在多有。但经历坎坷伤痛而又能够审视自身，则非有强大的自我不可。岑桑就是这样的具备强大自我的诗人。坎坷伤痛当然留下伤痕，易生怨愤，但若是沉浸于怨愤，自悲自伤，一如古代士子"怀才不遇"，文辞固然容易感人，但为文的境界终于是略逊一筹。好的散文当然不能脱离自身的际遇和经历，但又要能超乎其上，仅仅是自悲自伤则不能传递深广的感悟。一个足够强大的自我就能升华和深化生活经验，从而使坎坷伤痛传递出比仅仅自悲自伤远为深刻的意味。岑桑写自己"文革"经历的一系列散文就是这样的范例。

岑桑追忆"文革"里令人啼笑皆非的心酸记忆，写下《强记补锅》一文。今日读来似乎难以理解，而放在当日，能出此奇招，应该也不多见。被戴上"反动文人"的帽子，笔墨生涯当然是没有希望的了，一家老少的生计自然忧虑在心头。这时候住宅附近青砖墙下的小摊"强记补锅"，让岑桑发现它的另类价值。他动起了偷师学艺，日后补锅谋生的念头。文章生动地追忆了这个心酸的过程，他怎样暗中观察，怎样在家里模仿操作。这个故事今日写出来自然带有诉说命运不平的意味，但若仅仅如此，似乎还欠火候。出彩的是，模仿强记补锅，操作有成，自信心油然而生，岑桑笔锋一转写道："好，让我就选定这营生吧！想到自己将来可以自食其力，凭着这门手艺养活一家老少，并且得以远离恐惧与屈辱，抑郁已极的心境竟忽然变得平静起来，觉得命运哪怕再悲惨也没有什么大不了。"散文的境界要靠作者的人生品味来体现。在这里显然是岑桑强大的心内使他超越了自我悲叹，或者说这和仅仅悲叹命运不公不一样，岑桑在荒唐的年代荒唐的命运中显露了平常心，发现了小人物的价值。人间百艺，写作亦无非其一。能在屈辱不平之际自强自尊，不自悲自伤，一心自食其力，期望远离恐惧与屈辱，这其实就是佛说的平常心。不是提倡知识分子放下"臭架子"吗？与所有由上使下的"思想改造"不同，患难之中的自爱自强才是真正的放下。故事固然令人啼笑皆非，但非作者的人生境界超乎其上而无以致之。如果略为推开去说，岑桑学补锅的故事也可以归入岭南人逆境之中求生求存的倔强精神，谓之岭南风骨，丝毫不过。

　　"文革"焚书的火光相信不少人都见过。抄家焚书的一幕，我至今闭目即涌上心头。但是自焚书自毁书的故事流传下来不多。之前我听说过最为不可思议的，是社科院文学所的老先生范宁，将自己保存的罕世珍品全本明版绣像《金瓶梅词话》半夜丢到北京护城河里的故事。可惜范先生之后也没有留下此事的任何文字，或者哀莫大于心死，不说也罢。但作为晚辈，总想按迹寻踪，看看文明史也不多见的"破四旧"，在亲历者心里留下什么。恰好岑桑的《午夜焚书》记录了他"文革"中焚书的心路历程。凡是自焚自毁的书，其实都在存毁两可之间。被抄家者看见的，当然抄没；而自己焚毁的，至少是暂时避过了抄家的风头。避过了风头而悄悄自毁，当然是因为当时社会气氛传递到内心而生出来的莫名的恐惧感。岑桑将这一幕写得十分生动。"我的两箱放置在阁楼暗处的线装善本书，居然逃过了他们的金睛火眼。我为之高兴了不到三秒钟，便立即被一种难以名状的恐惧所镇住了。我深信勇士们会再来（后来事实果真如此），那两箱书将会加重我的罪名，使我受更多的皮肉之苦。"读书人视书为精神的家园一如农夫视土地为命根子。看着火焰吞噬父辈留下的书籍，看着心血化为灰烬，作者"先是泪流满脸，嘤嘤而泣，终于禁不住号啕大哭起来"。如此珍贵的书籍夜深人静之时舍得焚毁，当然是书籍的贵重敌不过生活的恐惧。焚掉是为了免除恐惧，而一旦"罪证"清除干净，是不是就一身轻松了呢？岑桑以动人的笔墨写出了自己从恐惧到犯罪感的心理变化过程。书烧掉了，"我如释重负。可是当我看见那两个制作精致的木箱已变得空荡荡，沉重的犯罪感便立即像铅块一般曳坠在心头。我后悔、内疚，责怪自己为什么慌张得不去选择另一种本来并非不存在的办法，而偏偏要出此下策"。我相信没有人会责备作者当年的一时软弱。古希腊哲人将人比作芦苇，风暴一至，不弯则折。作为读者倒要赞赏岑桑秉笔的勇气，能将这种透视时代社会的个人隐秘的经验和盘托出，没有强大而纯净的内心世界是不容易做到的。

类似的散文还有《抗拒从严》，忆述"文革"中痛打儿子的经历。当年做的事也许不明不白，而事后不能忘怀，浮上心头，正所谓痛定思痛。这篇散文就是岑桑痛定思痛之作，他的自我分析令人印象深刻。岑桑将之归结为"自己积淀于内心深处的奴性的一次恶性发作"。这不是简单的自责，而是在反省中折射出社会与人性。这是好散文必不可少的。岑桑那时的处境，刚好就是"抗拒从严"的对象，环境对于他的压力可想而知。必须学会驯服，至少是表面的驯服，方能生存。环境的这种压力复制入其处世方式之中，引发他对儿子如何做人的要求。儿子年幼，不能理解父亲的"苦心"，故而顽抗，于是招致痛笞。人性的软弱折射了社会的扭曲。这篇好散文提供了一个环境的横暴如何扭曲人格并将扭曲的后果强加给一下代的社会心理学案例。写到这里，我想起鲁迅《杂感》里的话："勇者愤怒，抽刃向更强者；怯者愤怒，却抽刃向更弱者。"惨痛之事落在他人那里，我们尚可以做个观察者，要是亲身经历，其痛楚可知。鲁迅是批评国民性，岑桑是自挖痛根；鲁迅是勇于指出，岑桑是沉痛反思、坦荡表达。五四所一脉相承的向着"光明""进步"的纯粹精神和勇气，在岑桑后来散文写作中就这样发扬光大。

一篇短文不能穷尽岑桑跨越半个世纪的写作。半个多世纪，社会变迁，人间沧桑，岑桑在不同时期的写作，其题材、笔法和视点当然不是一成不变的。读者可能更喜欢他80年代以来的写作，他的感受、思想变得更加深刻，视野更加开阔，知识亦更加丰富，因此散文也更多姿多彩。他在各个时期具体的变化固然值得评论者大做文章，然而更吸引我的，是他的写作贯穿始终的激情，写之不尽的家国情怀，一以贯之的赤子真挚。无论施之什么文体，诗也好，散文小说也好；无论哪个时期，十七年以前也好，"文革"结束之后也好，岑桑文学始终如一的本色，我以为是更可宝贵的。在观察作家写作史的时候，过去一个世纪里，不缺乏的是变化，看到太多的是随波逐流。于是在阅读岑桑文字的时候，字里行间的纯净，赤子般的坦荡，既让我感动，也让我想得更多。我愿意引用一段他理解文学的话结束此文。他说："文学的存在价值，主要在于它作用于人类的心性，使之世世代代不断潜移默化于美、于善、于爱、于仁、于义、于高洁和良知的氛围之中，从而清扫心性之中的阴霾和污垢，逐渐淡化未必不是与生俱来的劣性，使人类的精神境界慢慢变得清新、明朗，阳光普照。"

《粤海风》2019年第1期

致作家村水的一封信

——谈谈小说对生活世界的发现

　　寒假得闲，断断续续读罢所赐大作《下广东》，开始读得很不畅顺，曾经一度放弃。如果没有从头拾起再读，与你谈论大作之事就无从说起了。这一方面是因为我认为小说文本确实存在不够流畅的瑕疵，另一方面也是因为小说名声在外，连研讨会都在北京开过了，况且小说前序加附录共有五篇之多，我再来谈论，恐是多余。作者固然欢迎批评，多多益善，但坊间的评论多到一定程度，或属不甚正常。我也不愿再加油添醋，尽管我觉得小说故事提出值得我们再三思索、追求答案的问题，例如怎样理解我们所经历的时代，怎样理解小说写时代社会和写人的关系。但我又怀疑谈论这些连自己都没有答案或难以论定的问题到底有没有意义。所以，念起提笔之事就犹疑不决。只是30万言的长篇读到最末，你有一篇《告新桥同乡书》。它改变了我的犹豫不决，你对写作的雄心鼓励我将自己的阅读感想连同与其相关的问题一并写出来。有的批评说你是"无厘头"作家，因为你的语言风格多似"无厘头"，但就整部作品而言，它犹是枝节。"无厘头"的背后有认真执着，你的写作态度是严肃的。你想为30余年的社会变迁留下浓墨重彩，你把自己与时代社会的关系理解成"当代太史公"与新桥乡亲下广东奋斗史的关系，想法令我感动，也勾起我的表达愿望。不过，就算这样，我也没有对文字有多高的期待。我对文字笔墨的看法，大概与苏轼《将往终南和子由见寄》中的两句相似："唯将翰墨留染濡，绝胜醉倒蛾眉扶。"甚至连"绝胜"都谈不上，仅是"聊胜"而已。"绝胜"也好，"聊胜"也罢，它总是比追求另外一些东西更有价值。这或许就是我们之间以文字交往的基础。

　　从《下广东》人物关系的设置，可以看出你用心布局了一张很大的人物关系网。故事里的重要人物多具有较高程度的类型性或隐喻性，刻上了你对当下中国社会的思考与认知。例如那位未出场就已经牺牲却又无处不在的黄仰岩，他无疑是中国20世纪前半叶走过的历史道路的缩影。从他那里出发，母亲与蒋中发这一对冤家的爱恨情仇，怎么看都有当代中国"前三十年"与"后三十年"不同价值取向的影子。他们毕生的隔阂和纠缠，虽然结局有蒋中发在黄仰岩墓前的独白而暗示象征性的和解，但读者很清楚，那是小说而不是真实的生活。小说中着墨最多的三角关系——牛爱、沙某和水娇，很明显地交织着当下"改革开放"中的人生困惑：如果财富与德性本来就不是天生的一对，我们究竟应该何去何从？"下广东"不仅没有消弭自古以来鱼与熊掌的冲突，还把它放得更大。因为社会急剧变迁而把每一个人都逼到了退无可退的墙角，由此显露原形。那位原本美丽和纯朴的水兰，她的命运毫无疑问意味着与繁华和财富相伴生的阴暗和血泪，而无声无息几乎被人遗忘而独自躬耕的矮子为劳，则是那个日渐萎缩、破败的乡村传统的承载者。我不清楚你是不是非常有意识地这样去布局和设置人物以及他们的关系，你的经历或许无意中提供了这样做的便利。从福建长汀下广东，由新桥到珠三角，空间的错位并没有妨碍它反映同一个时代所发生的社会变迁的落差，反而恰到好处地提供了文学表现所需的集中性。不过无论如何机缘巧合，我也不相信一个对生活不上心、缺乏感受和思考的作者，能够如此自觉地将急剧变迁中的社会冲突、对峙和困惑精巧地编织进故事人物的关系网络之中。你期待自己做这个时代社会的"太史公"，这肯定不是"无厘头"，而是"处心积虑"，至少是用心良苦。这是值得大大肯定的。对于有雄心写出至今难以有服众"说法"的当代史，或写活几个人物显露出这部当代史真相的作家来说，这是一个值得嘉许的开端。没有能够承载复杂社会内涵的人物以及他们活动的关系网，要写好时代和社会，这无疑是空想。

　　然而，构思出这样有时代内涵的人物以及设置他们之间的关系网络是一回事儿，能够将他们尽可能完美地呈现出来是另一回事儿。这"另一回事儿"我觉得更能触及小说更为根本的地方，故想和你就此切磋一下，彼此交换看法。你可以反驳我，因为我毕竟没有写小说的才华，只是阅读比较多，在这样写好还是那样写好的问题上能提供一点儿看法而已。就我所说的后半截，即尽可能完美呈现有时代内涵的人物以及写好他们之间的关系而言，我觉得有两点是至关重要的。第一是作者需要对笔下的世界有一个完整的判断，能从纷繁杂乱的各种价值之中形成独有的发现。第二是作家要明白，小说反映社会反映生活是个批评的概念，而写好人物写活人物才是作家的看家本领，作家当以看家本领优先。因为读者对故事社会内涵的发现是通过所写人物及其关系而感知到的，越鲜活的人物越有助于读者感知故事的社会内涵。如果反映社会和反映生活的主观愿望优先而压倒写活人物，则小说的社会内涵就是干涸的、枯萎的，其美学趣味就要大打折扣。作者完整的判断和写活人物优先这两点其实也是彼此关联的。作家对笔下世界的判断越完整越鲜明，就越有利于写活人物；作家对笔下的世界认识越趋于时流，或者越混乱，则人物就越容易概念化，故事越容易成为传声筒。《下广东》在这两点上都是我深感惋惜的，你已经"登堂"，却让自己止步在"入室"的门外。且让我多铺陈几句，把话说清楚。

长篇小说无论中外都源自各自悠久的讲故事的传统，它们或寄身于史诗、浪漫传奇，或寄身于章回、演义。长久的文学传统成为惯例，形成它们追求的美学标准。这个美学标准我觉得可以用"好看"来概括。但凡"好看"的长篇，情节完整而跌宕、叙述安排精妙而语言趣味盎然，它们都有极大助益使长篇故事变得"好看"。这悠久的美学标准在现代长篇出现之后并没有被抛弃，它只是沉淀下来，逐渐减退了它在美学诸标准中的绝对重要性而已。事情最初的变化可以追溯到现代长篇小说的开端——塞万提斯的《堂吉诃德》的出现。在这部小说里，虚构故事隐藏着对现实生活世界的解释。虽然塞万提斯将自己的意图隐藏得很深，但这绝对是一个前所未有的变化，构成了现代长篇小说的亮色。是不是由于这个变化形成了现代小说"严肃"与"通俗"的分野，我不敢断定。但是如何解释人所遭遇的生活世界，这绝对是有志于写长篇小说的作者需要面对的头等重要的事情。当然作者可以回避如何解释生活世界的问题。一如以往追求"好看"，也是可以的，但写出来的作品多半会被归入"通俗"类。现代小说之所以为现代小说，即在于作家将解释生活世界的独特眼光灌注在故事里面，现代小说也因此而成为探索和发现生活真相的一种文学样式。都说好的现代小说与哲学比邻，包含另类的哲理，即由于此种演变的逐渐累积而成。

　　不过应当强调的是我们不能把作家对生活世界的解释看成与社会通行的意识形态或社会科学观念对社会的理解完全等同的东西。如果完全一样，那作家就是在用别人的眼光来解释自己笔下的世界了。作家对生活世界的发现是独特的，这种发现给予读者的启发和它的独特性很大程度上决定了作品的成就。胡风当年批评文学创作中的教条主义，提倡作家应该有"主观战斗精神"，就是反对作家用一般的政治理念代替自己对生活世界的发现。作家对生活世界的思考和发现是一个广阔的天地，它像生活一样无穷无尽。除非人类的生活形态到头了，不再有生命力了，那文学对生活的发现和解释也就止步了。人们常常把文学中的教条主义看成是政治力对作家的规劝、强制，其实我更愿意把这种现象看成是作者探索生活的意愿不足和思考力的退化。当你没有自己"手眼"的时候，借用别人的"手眼"，这是很方便的，同时也是懒惰的做法。借来的"手眼"显然就不能说是文学的探索了，不是吗？

　　从文学的事实看，作家对生活世界的解释不仅可以各不相同，你有你的眼光，我有我的眼光，甚至可以是"政治不正确"的。我们都知道《飘》的文化立场是反历史的。作者米切尔站在了南北战争的历史解释的对立面，但这并不妨碍《飘》成为美国文学史上一流的作品。我们熟悉鲁迅的《孔乙己》，科举制度对孔乙己伤害极大，不仅夺去了他本该有的财富、健康，甚至夺去了他的灵魂，使孔乙己变成一具人世间行走的躯壳。鲁迅透过这个人物对生活世界的发现是振聋发聩的。但是如果我们认为这就是绵延一千多年的科举制度在中国历史上的"说法"，这不但偏颇而且不得要领。然而如果认为鲁迅对这一生活真相的发现违反了历史事实，偏激而"愤青"，这又是离文学太远，显出方巾气，酸腐味十足。文学对生活世界的解释与通行的意识形态观念、社会科学的知识虽然有联系，但本质上却是不一样的。这是因为文学写人，具体的活生生的个人，而人是高度复杂的。但每个社会通行的意识形态观念和社会科学知识体系，它们是把人以及人的存在综合成忽略其个别性的一般要素，再加以提炼和表达的。若以后者为基础来写人，以后者来代替作家的思考和发现，依然是文学，但这种文学却不会感人。

　　印裔英国作家奈保尔对这一点有非常强烈的自觉，他在自传性小说《抵达之谜》里讲述了他如何寻找殖民地生活世界的过程。他是印度移民的第三代，自小生活在加勒比小国特立尼达。随着移民和世代变迁，本身的印度文化在殖民的土地上被稀释得不足以作为自身文化认同的内核，而因自身备受排斥，对殖民者的文化又格格不入。作为一个自小立志文学创作的人，何取何舍？他必须面对。道路似乎只有一条，就是认同殖民者的文化立场，模仿他们，追随他们，以殖民者的眼光为眼光，而殖民地的教育正是这样由殖民者灌输给像他一样的被殖民者的。换言之，这模仿是很容易做到的。可是他觉得这里面有问题，他说："这些思想基本上是在英国富强、稳定的社会环境中孕育出来的。为了成为那种作家（就像我解释的那样），我只能变得虚伪起来，我只能假装自己是另外一个人，假装自己是另外一种背景下长大的人。在作家身份的掩盖下，隐藏印度侨民血统的做法，无论对我的素材还是我本人都带来很大的损害。"①完全放弃自己的文化立场，假装自己是另外一种人，在中文世界里这种人早有名字，鲁迅早就写过了，叫"假洋鬼子"。奈保尔既不愿做"假洋鬼子"，又做不成完整的印度人，这个文化认同问题具体落实到写作就是写什么和如何处理笔下素材，如何确定主题的问题。作家通常要有自己的眼光，才能安排好素材的处理。他自己说，从牛津大学毕业之后才形成了一个作家必须有的对生活世界的解释，哪怕这种对生活世界的解释只是稳定的感触或者直觉。他说："终于明白了，我的主题既不是我的敏感性，也不是我内心的发展变化，而是我的内心世界以及我生活的这个世界。我的主题就是对我自己所不知道的世界作出的解释。"②他原来就生活在英国殖民地特立尼达，但却不懂得如何用自己应有的文学眼光解释这个生活世界，直到离开五年之后才琢磨出来。

他琢磨出来的观察和解释殖民地底层人生活的"眼光"最完美地表现在他的小说《米格尔街》里。他有十几本书被翻译成中文，《米格尔街》是他写得最好的。他写的是米格尔街的小人物，其原型来自于他童年至青年时期的家人、玩伴和熟人。奈保尔在诺贝尔文学奖颁奖仪式的讲话里把这些殖民地移民小人物形容为"一无所有"的人。事实上，英国殖民者对土著和移民不算刻

① V. S. 奈保尔著，邹海仑、张曙光、张杰译：《抵达之谜》，浙江文艺出版社2004年版，第162页。
② 同上，第164页。

薄。五年劳工契约期满可以得到五英亩土地，并在那儿定居下来。若是较真，这"一无所有"也不符合事实。可是奈保尔特指的是精神上的"一无所有"，而且更重要的是，它蕴含一种文学的眼光。在不属于自己的土地，在本民族的文化被连根拔起的殖民地，土著和移民只能做殖民者强势文化可怜的"模仿者"。奈保尔独特的文学眼光正在于他发现了他的生活世界的这一真相。这个发现使他对自己笔下的世界形成完整一致的解释。其实，我们都知道，这些被殖民活动将自身文化撕裂得支离破碎的精神流浪汉的灵魂会有多么可悲可怜。他笔下的曼门，那个想成为受公众瞩目的大人物以至于行为乖张的人，他能想到会受大众瞩目的方法是参与政治。而他的参与就是在选举季节贴出大大的照片，照片下写"投票"两字。在忍受了长期不受关注的沉默之苦之后，终于做出"壮举"，宣称自己是再度重临人世的耶稣，号召围观者、追随者往自己身上砸石头。还有那位自视最伟大诗人的乞丐沃兹沃斯。稍微知道一点儿英国文学史的人，就知道这位乞丐连名字都是模仿得来的。他成为伟大诗人的方法是"每月只写一行"。写了5年，还要再写22年，"我就会写出一首震撼全人类的诗"。他的结局可想而知。我读奈保尔的这本小说读得不时发笑，又觉得世事辛酸，和读鲁迅《孔乙己》《祝福》那种感觉差不多。两位作家都幽默，而鲁迅写得比奈保尔沉痛。奈保尔写殖民产生文化上时空错位给弱势人物造成的悲剧，鲁迅则写同一社会古今变迁给落伍者造成的悲剧。

　　奈保尔笔下的殖民地社会几近一无是处。社会不公、生活贫困、无秩序、草根人物精神涣散而无所归属，他对殖民的批判是深刻的。然而，如果从历史或社会科学的眼光认识自15世纪欧洲人海外冒险以来的殖民活动，则又比奈保尔的眼光复杂很多。至少殖民活动给受波及的地方带来了更为进步的科学、生产力和对人类生活更有解释优势的文化观念。从长远的观点看，殖民促进了文化的交流与演变，也促进了社会的繁荣。奈保尔从很多人都不知道在哪儿的特立尼达成长为一个在英语世界乃至全球都广有影响力的作家，这一事实也说明殖民带来的影响并不全是负面的。我不厌其烦地将作家解释生活世界的眼光与政治意识形态、历史和社会科学的视点并置起来，无非是想说它们是可以不一样的。两者的联系虽然切不断，但却不是同一回事儿。在如何看待生活世界的问题上，作家是有"特权"的，可这"特权"不是什么人赋予的，或天生就有的，它是作家在漫长的岁月中感受、琢磨和思考中形成的。不懂得行使这"特权"，没有自己看待生活的眼光，缺少对生活世界的发现，故事揭示生活的深度和感染力就要大打折扣。

我绕了这么大一个圈子，现在才兜回来，无非是想说清楚我读《下广东》比较强烈的感受：你似乎未能琢磨出属于自己的关于生活世界的解释，你的眼光欠缺统一性，在人物的性格和命运的叙述中显示出混乱。你十分敏感地捕捉到这一时期社会变迁的对峙点和矛盾，可你并没有消化这种来自生活的直觉，更没有从中提炼出属于自己的关于社会变迁的眼光。不是说你毫无这方面的眼光，而是在我看来，凝结在小说里的作者的眼光必须是统一和完整的，而我从小说的人物和命运中深深感受到作家眼光的混乱和破碎，这是美学趣味上一个很大的弱点。我没有迁徙弄潮的经历，但和你一样也生活在同样的社会时空。若是你要问我，作家应有的解释生活世界的眼光究竟是什么，可否直接告知？我会令你失望。因为作家对生活的发现不是理念形态的，而是文学形态的，它们连带着直觉和感受，或者说它是直觉、感受加上才华的产物。我不是作家，如果能够直接明示出来，我就直接写小说了，不会在这里批评。谁不想用自己笔下的人物去表现这一巨变的时代呢？这是批评的极限。读者只能说出不满意的地方，却不能指手画脚来教训作者该怎么写。批评不能越俎代庖。这个道理我想你也是明白的。

我想不会有人否认自改革开放以来中国社会发生的变化，可是这个变化意味着什么，却是言人人殊的。古人常用"物是人非"形容世道沧桑，可是谈到30多年来中国社会的变迁，却似乎应该颠倒词序，写作"物非人是"。人还是那些人，几乎就用一代人的时间，这个社会就从农业社会跨越到工业社会，从乡村社会迈入城市社会，这不是"物非人是"吗？环境、生活方式乃至价值准则，几乎面目全非，可还是那一代人。欧洲国家几百年的路，中国几十年就跨过去了。我自小生活在青山绿水的东莞，如今那里几乎全是厂房、住宅和道路，看不到农田。直至导航技术成熟之前，我不是如古人那样"近乡情更怯"，而是"望乡情已怯"，因为无法辨认回乡的路而怯于返乡拜访父老乡亲。几乎每次都迷路，最后停车路边等待朋友前来带路。说出来像是天方夜谭，可那正使我产生"物非人是"的感受。我相信类似的关于社会变迁的感觉还可以用其他语言来表达，这不是问题的关键。关键是它们意味着什么。一提到这种更深一层的理解，就来到了分歧或混乱的三岔口。作为事实存在，分歧和混乱也许就是常态，可是小说故事却不能一如事实存在那样分歧和混乱。如果那样，小说对生活世界还有什么发现呢？还会给读者带来什么对于生活的理解呢？你笔下的母亲和蒋中发本来是一对很有意思的人物，他们的爱恨情仇是可以铺陈出深广社会内涵故事的，可是却被你置于一个绝对的道德评判之下。蒋中发有什么风吹草动传到母亲那里，她都是那一声断喝"你给我跪下"。要说这没有一点儿喜剧和谐谑气氛，那也不符合事实。但是那一声断喝，如果在40年前还传递出若干高昂斗志的话，在八九十年代就未免带上外强中干的味道了。而这正是她作为一个人的可怜所在。你将她作为一个符号，而不是一个血肉丰满的人，所以没有将这种时代变迁带给人物的反讽传递出来。德里达晚年满怀激情阐述曾在欧洲大地徘徊的那个"幽灵"。在我的想象里，她就是一位这样"幽灵"似的人物。可反讽的是你把她写成了现实世界里的人物，这样她便不可能不是一个悲剧性的人物。然而你的故事却传递不出这一点。她的断喝令我想起18世纪乾隆80大寿发生的事情。英国特使马戛尔尼来叩门贺寿，见面的礼仪必须有下跪环节。乾隆也是这一声"断喝"，和你笔下人物的断喝，异代而同心。然而这一声"断喝"造成了外交僵局，这一僵局成为约半个世纪之后鸦片战争的远因。道德的高地是容易找到的，但历史和现实却像迷一样令你绕不过去。对待蒋中发这个人也是一样，你用一种省力的笔法去写，没有深入到人物内心的复杂性。你把他当成一个赶上时代潮流的新乡贤人物，这当然不是全无道理。问题是你回避了他身上与资本相连的特征，于是他同样成为了新时代人物的符号，而不是一个活生生的人。他比母亲形象丰满一点，这主要存在于他生命史的早期部分，至于后来"弄潮"而发达的部分，则依然干瘪苍白。也许你也感受到这个人物给你的困惑：他对生活前景的超前预判、他卓越的营生管理能力和他对乡亲的热情，如果把这一切与马克思所说的"资本的罪恶"联系起来，会不会伤害到这个人物的形象？会不会贬低他存在的意义？会不会"黑了"社会？这确实是一个问题，但是你切断了这两者的联系，他就只能是一个符号。在小说里母亲和蒋中发都是只有轮廓的人物，就《下广东》这个题目所暗示的宏大主题和题材而言，这两位都不应该只是轮廓性的人物，应该浓墨重彩去写。可惜你化不开笔，我把这一切归结为你未能做到对生活世界的发现，欠缺自己解释生活世界的独特眼光。

至于小说里写得最多的牛爱、沙某——他名字的谐音让人非常不舒服，恕我用某字替代，顺便说，这是美学上的失败，它是不可接受的——和水娇三人的爱恨纠缠，也和上文所说的弱点有关。既然要让蒋中发保持新乡贤人物的体面，新桥人浩荡"下广东"的发财史的阴暗部分，似乎就不便与他相连。然而你回避了这一点，这是连常识也不会同意的。所以你把与"资本的罪恶"相连的"题中应有之义"集中放在了牛爱身上。他下广东大展宏图，靠的是新时代的"两手"——吹牛和蒙骗。硬到无坚不摧的这"两手"几乎天下通吃。他也从山村的穷教匠变身为"中国民办教育的拿破仑"。在发财的时代你笔下的这个人物当然有他的喜剧性，他与马克·吐温笔下那些为了发财而疯癫了的人物也有相通之处。然而马克·吐温的基本风格是嬉笑挖苦，而你的基本构思近乎"正面强攻"，所以光有戏剧性是不够的。但牛爱本质上不是喜剧人物，仅仅在笔法上与喜剧沾边，就显得单薄了。他从山乡教师到下广东趟教育市场的浑水，霎时财色兼收，他的蜕变史应该包括内心的挣扎与痛苦。这种内心的挣扎与痛苦甚至伴随着他发财史的始终。可你只把他当成可笑的人物，尽情嘲笑一番。这算是美学的懒惰吧。这懒惰里面也透露出你对生活世界的发现还是不足的。牛爱的结局近乎鸡飞蛋打，我猜你想让这个结局显示出古老的正义。用心当然是良苦的，可我觉得太廉价了。与其坏人有廉价的报应，孰如坏人在荣华富贵中备受良心的煎熬。当然如果牛爱能在财色双收中坐卧不宁，那就很难说他是纯粹的坏人了。总之，一个具有多面性格的复杂人物更能够揭示生活世界的真相。日本作家夏目漱石的《心》也是写社会急剧变迁时代伦理价值观冲突的。他与你"正面强攻"的笔法不同，时代只是一个隐现的弱背景，但那个以牵强的理由安慰自己当年横刀夺爱的青年，在发达而成为老师的数十年后，良心的煎熬终于使他没有勇气再活下去。他最后决定与当年自杀的朋友黄泉相会。这也算是故事对正义的呼唤吧，但怎么看都比你笔下的牛爱大财得而复失又遭美人离弃的结局具有更深广的心理和伦理内涵。

看沙某的形象或许比较容易从德性坚持、做人独立不迁的正面去理解，我不知道这是不是你写这个人物的初衷。围绕着他的故事我倒读出在这表层之下的深层心理的意义，这使我阅读的时候产生了意外之喜。沙某的个人命运与其说同牛爱对比显示出道德光辉的色彩，不如说折射了成长于无知封闭的年代的个人私人生活备受挫折的悲苦。这是社会的问题，同时也是个人心理的问题。沙某有一个无比强势的母亲，却缺少父爱，从小被赋予苦读出人头地的重任，稍有不如母亲之意，即被那一声如雷吼的"你给我跪下"震慑到双膝发软，不由自主地下跪。俗话说，母强子弱，沙某的成长史精彩地演绎了这句有丰富心理内涵的俗话。母亲不但生他养他，更重要的是她在这个过程中取得了自然强势，使沙某实际上成为一个心理和人格不能健康发育的侏儒。虽然这个人格和心理的侏儒在职业的公众场合是以一个道德高尚的形象出现的，但这并不妨碍他实际上隐藏着人格发育的严重不足。这从他与水娇的关系中始终强烈地压抑本能，或者说始终不愿意用健康的方式接受水娇发出的异性信号中可以看得出来。童年至青年时期漫长的压抑，催生了对异性的恐惧。这种恐惧继续腐蚀着他的心理和人格。长期的伤害最终以变态的方式爆发出来。他向陷于人生污秽之中的弱女子水兰公开下跪求婚，以此为道德的宣示和拯救弱者人生的法门。从文本有限度的显露看，作者对此虽有视之幼稚的微词，但大体上是肯定其道德价值的。因为沙某从此不再"虚伪"了，从此做回阳光下的自己。但我却认为，这种写法不无可议之处。我不排除在现实生活中有人将怜悯当作爱情，但这肯定不是道德价值健全的表现。实际上这是人格和心理危机的爆发，从这个立意去处理素材，肯定使故事更加意味深长。因为自现代革命潮流席卷中国以来，性以及异性交往逐渐变成一个话题的禁忌，它无法出现在发育时期的青少年教育中，连文学表达也是避之则吉。这毫无疑问地成为了一代人的人格成长无可弥补的遗憾。沙某成长于这个时期的末端，而且有一个家庭地位简直如神一样的强势母亲，容易感染上社会封闭时期出现的"人格病"。当社会走上开放之后，感染了"人格病"的这一代人如梦初醒，为自己个人生活的无知、幼稚和混乱付出了代价。我阅读当代长篇小说有限，似乎还不曾见对这一主题有较深发掘的小说。《下广东》中沙某的故事在这方面是意外的收获，它折射的是整整一代人在"性"这个问题上的悲苦，揭示了封闭兼高压教养下时代和人格的双重症状。我的确觉得，小说文本关于沙某的故事是一个心理分析意义上的好文本，作者提供了一个好的案例。不过你在故事的结尾让他抱得美人归，这与写牛爱鸡飞蛋打的本意是一样的，好人最终也有好报，可惜就是有点廉价了。

我也在想，你笔下重要的人物为什么都存在较为严重的性格命运不完整、欠缺内部一致性的毛病，其原因何在？我认为，这和你对人物的熟悉，对生活的观察是没有关系的，相反对人物的观察是你的强项。你与乡亲交朋友，非常熟悉他们的喜怒哀乐以及变故。如果剔除了下文谈到的修辞的弱点，你的小说里不少细节生活气息还是很浓厚的。可是一个有生活积累的作者还要明白一点，一部长篇的构思应该围绕着人物及其命运来进行而不是围绕着反映时代和社会来进行。你也许摆错了写人物和写时代的先后次序了。你把时代变迁、新桥人下广东的奋斗史摆在了构思小说故事的第一位，把人物及其命运摆在第二位或者第三位，写人物从属于写奋斗史，这也许是造成上述缺陷的原因。这一构思缺陷体现在你要做新时代"太史公"的美好愿望里，也体现在人物的出现不循性格的逻辑而是呼之即来挥之即去上面。例如小说写到三分之二，之前一直没有提到矮子为劳，没有铺垫，没有伏笔，突然让沙某困顿中想起他，接着拜访见面，两人长篇对话。对情节发展而言，矮子为劳像天外来客。你大概认为，缺少了这个人，就像舞台缺少了一个不能缺少的角色，于是添上去，一台戏就完整了，就像社会有各种人，给它配齐了，各方面代表角色就出场完毕了。这种构思的出发点就是时代社会优先，它造成了人物遮蔽。我不认为写人物还是写时代在小说里是绝对矛盾的，但作者的出发点确实有一个先后的问题。文学通过写活生生的人而显现出时代社会和生活的面相，这和历史不一样。就算是司马迁也只有在笔法修辞的意义上才是文学家，《史记》的篇目编排、大的构思是从属于探究历代治乱兴亡而"穷究天人"的，这显然不是文学的。文学以人始，以人终，所以小说的构思要以人物及其命运为出发点，只有在人物的性格命运里参虑到一致的完整的东西，并且把它们参透，才能最终在叙述中把人物与故事聚拢在一起。这也就是上文所讲的对生活世界的发现。马克思有句名言——"人是一切社会关系的总和"。这句话放在经济学、社会学思维里没有一点儿问题，放在文学里却应该倒过来理解：一切社会关系投射在人和他的命运里。社会关系不是抽象的，它要在人物的性格命运里，在人物的悲欢离合里。这样的社会关系才是文学要求的社会关系，否则就是有名有姓的抽象符号。

　　你对生活世界的发现，对写人物还是表现时代社会的理解存在的落差，导致了故事讲述产生其他问题。比如人物对话冗长繁复，它们与情节推进脱节；故事只有背景气氛的近似而欠缺内部的情节统一性……这些恕我不展开了，否则就没完没了。不过我还是要说一下《下广东》的语言风格。小说的语言风格，真是用得上瑕瑜互见这个词。你对民间俗语、俚词、小调的运用，时见精彩。本为闽人，粤语词也用得很好，为故事讲述增添浓郁的乡土色彩。这种活泼生动的语言运用，说明你贴近乡土，善于观察的长处。然而小说中语言风格的另一面却是冗赘之笔太多，叙述臃肿，形容过度。用王国维的话说，一个字，就是"隔"。叙述语言非但不能使读者进入要表达的"意"，相反却造成层层阻隔。言词的大山阻挡了阅读的行者。冗赘之笔集中表现在太喜欢使用成语。也许你认为这样表达更加风趣，可以尽情挖苦，与无厘头的美学趣味相互配合。比如小说第十二章的句子："新粤商会的牛会长新官上任，春风得意，乘兴出击，仅凭三寸不烂之舌，小试牛刀，便让那帮农民大亨在一愣一愣之下，三下五除二，把一切都搞定了，让沙碧先前的万千烦恼，顷刻雪消，真的是停停当当，功德圆满。"这是糟糕透顶的句子，不知你意识到没有。要是你能用一个细节表现牛爱的本领与狡猾，这人物就有立体感了，何不胜过这隔靴的表达呢？像鲁迅写孔乙己"穿着长衫站着喝酒"，就这一句，胜过千言万语。语言既是能表达意图的工具，也是能遮蔽所表达的高墙。你让自己的句子变成了脱离表达意图的话语，它就变成不知何所指的语词链条。在词的所指和能指之中，所指永远是第一位的。脱离了所指，能指无非就是语词的碎片，毫无意义。让我举十五章的一句做例子："从还在老牛拉破车的闽西红土地突围出来，辗转到了高歌猛进的岭南金三角。"如果将它改写成："从闽西红土地突围出来，辗转到了岭南。"两句试比较，是不是删去了现成词语的后一句更加直截了当？再如"结局"的开头，你写道："烈日当头，黄尘弥漫，105国道上铁流滚滚，道路两边是日新月异、高歌猛进的现代化城市，甚至整个岭南大地都在摇撼和战栗。"夸张当然是必要的修辞，但这么高频率使用成语，这种夸张反而令作者离要表达的真义更远，令读者生厌。冗赘的句子简直就是骈指，不仅多余，而且有害，严重影响文本的美观。不管场合合适不合适，充斥成语、过度膨胀的句子在文本里随处可见。我不清楚你为什么这么喜欢使用成语，是不是职业偏好带来的？如果是，那便需要三思，因为它对文本的美感是有杀伤力的。

我也知道，写作说容易也容易，拿起笔就可以写，正所谓无中生有。可说难也难，让笔下的句子并句相连，产生感动人的共鸣，这委实是件非付出惊人努力而不可的难事。作者当有笑骂由人的淡定，走自己的路。而我作为读者写下上面的话，无非是想对你今后的创作有所帮助。有道理就吸收，没有道理的弃之可也。

《中国文艺评论》2018年第2期，现按稿本刊出

江湖·奇侠·武功

——武侠小说史上的金庸

一

　　武侠小说是通俗的文类，难登大雅之堂。但它难登大雅之堂并不意味着它不值得玩味深思。例如它比起某些现代的文学体裁——如新诗、话剧更有"国粹"的特质。我们很难想象英语文学会产生武侠小说这一文类，就像我们很难想象汉语文学会产生推理小说一样。中国文学与外来文学的密切接触算来已有一个世纪，许多体裁形式都被引进来，有的还开了花，结了果，但却不曾见稍有影响的汉语推理小说问世。中国文学也被介绍到外国去，但武侠小说的读者始终在华人文化圈内，局外人难寻其中三昧。说它是文学上的"国粹"，一点都不过分。它从内容到形式与民间文化、文学传统、汉语特质等中国文化因素存在密切的关系。它本身已经同这种文化打成一片，构成这种文化的通俗表达。

　　武侠小说作为一种文类，成熟于清末民国年间。但如果说到武侠之所以为武侠的特征，就源远流长了。比如"侠义精神"和侠士的武功，唐传奇就有比较初步的表现。《水浒传》某种程度上也有"武侠味"，清代的侠义公案小说，就是后来武侠小说的前身。但是，任何一种文类必得等到自身的特质因素比较成熟定型了，才能够自创门户，自成一格。刚刚形成的胚胎，终究是不能当作日后的生命个体。正如唐传奇《红线》中的聂隐娘，不能被当成武功盖世的大侠，因小说并没有多少笔墨写她的武功。《水浒传》虽有"武侠味"，但仍然不能被当作武侠来读，因"官逼民反""替天行道"的好汉故事毕竟易于将读者推回到现实中来。依笔者的看法，武侠作为文类的特质因素在清末民国年间算是定型了。若干大手笔的苦心经营和锤炼，对武侠定型的贡献是不可磨灭的。例如清末的文康，民国年间的平江不肖生、王度庐等人，特别是还珠楼主，他们的文才不一，水平也有差异，但他们的创作对推动武侠小说最终形成自己的文类规范，贡献不少。那么，武侠小说到底有哪些属于它们自己文类固有的特质因素呢？笔者认为，综合言之有三：江湖、奇侠、武功。这三者是武侠的神髓，是武侠之所以为武侠的根本所在。江湖是侠士借以展开复仇、逐鹿、寻访武功秘籍等英雄行为的虚拟"社会环境"。它来源于中古及晚近社会的帮派、镖行、秘密社会的传说以及相关说书传统和书面文学，取材于这些民间社会的活动。但是，武侠中的"江湖"绝不是镖行、帮派、秘密社会的写实"演绎"。已经有历史学者指出武侠描写出来的镖行与历史上的镖行实在是差别太大。[①]如果我们稍微熟悉中国的行帮、秘密社会的史实掌故，也可以知道武侠小说中的行帮、秘密社会与它们并不是一回事。一为史实，一为小说家的取材。小说家取它们为材，做成一个借以展开故事的"套路"，形成具有武侠特征的"江湖"。奇侠也是只有武侠小说才可以一见的人物形象。在其他类型的小说中，我们找不到如此着意经营的"侠"的形象。武侠作家无不以写出自己心目中的"侠"为使命。奇侠人物也和现实生活中的武林高手相去甚远。稍有心思的武侠写手，不但写出笔下大侠的"英雄气概"，而且亦使之兼具"儿女柔肠"。至于武侠小说中的武功，很容易使人联想起历史悠久的中国功夫。假如中国没有这一独特的国粹，读者恐怕也不会读到武侠小说。但是，武侠小说中的武功比起现实的功夫，神奇岂止十万八千倍。奇侠们的神奇武侠简直令功夫高手自惭形秽。耐人寻味的是武侠小说的作者只有少数人略为懂得武功。被称为民国武侠小说十大家的还珠楼主、王度庐、向恺然、赵焕亭、文公直、姚民哀、顾明道、宫白羽、郑证因、朱贞木，[②]其中只有郑证因、向恺然略识拳脚。而还珠楼主颇熟武林掌故，但讲到拳脚恐怕仍然是外行。如果给他们一个机会，具体演练一下他们小说描写的武功招式，这些武侠写手一定连自己都不知道笔下的神奇招式是怎么一回事。因为他们笔下的"武功"其实只是语言

---

① 见方彪：《镖行述史》及该书白化文序，现代出版社1995年版。
② 见曹正文：《中国侠文化史》，上海文艺出版社1994年版。书中称他们为"民国武侠小说十大家"，并附有十人的传记资料。

文字的魅力，可以诉诸想象而不能形诸实际。尽管江湖、奇侠、武功这武侠小说三大程序与小说所映照的现实事物有极大的差距，但它丝毫不减武侠小说的魅力。现实事物和武侠文类规范之间存在差异，这正说明了武侠小说在自己演变的历史中逐渐脱离它在题材、人物等方面的写实痕迹，形成标明自身通俗文类的特质。武侠小说家的任务就是着意经营开掘江湖、奇侠、武功这三大程序。它们仿佛一个舞台，提供给有志于武侠文类的写手，尽情发挥他们的天赋文才。

众所周知，通俗文学与纯文学的显著区别之一就是通俗文学一定存在一些类型化的程序套路，而纯文学则没有那些规范化了的程序。就像神魔小说有神魔小说的程序套路，侦探小说有侦探小说程序套路那样，而纯文学则无从进行类似的类型化写作。武侠此一通俗文类，它的程序套路就如上文所讲的"江湖""奇侠""武功"。离开了这三大程序套路，不走这类型化的道路，就不是武侠小说。多少沾一点江湖的边，人物有一星半点侠义，行为略显多少武功，便是带有武侠味的小说。当然程序套路对任何一个作家来说，都不是一条毫无伸展余地的羊肠小道，而是一个有规范限制的文学舞台。写手一方面要受程序套路的限制，不能离开江湖去表现他笔下的侠士，不能将侠士写得如凡人，不能写他笔下的侠士毫无三拳两脚的功夫。这些套路规范了武侠小说在场景、人物、故事、语言运用等方面的基本取向；但另一方面，程序套路并不意味着束缚作者的手脚。各人笔下的江湖可以各有不同，各位奇侠的性情行事更是千差万别，十八般武艺又是各有千秋。在共通的程序套路之下显示出不同的面目，正体现了武侠写手们的笔墨才华。武侠名家正是这样"戴着脚镣跳舞"①。

武侠小说习惯上分旧派、新派。②民国年间的属旧派武侠，50年代之后的

---

① 闻一多引布利斯·佩里（Bliss Perry）语。见《诗的格律》，《闻一多全集》第三卷，生活·读书·新知三联书店1982年版，第411页。

② 见冷夏：《文坛侠圣——金庸传》，广东人民出版社1995年版；曹正文：《中国侠文化史》，上海译文出版社1994年版，等。武侠分新、旧派，最初出于香港的论者。陈平原认为武侠分新、旧派，"更多的是出于地域和政治上的考虑，而不是由于艺术把握的需要"（见陈平原：《千古文人侠客梦》，人民文学出版社1992年版，第69页）。不过，在笔者看来，武侠分新、旧派更重要的是分析上的方便。

是新派武侠。金庸的武侠无疑是新派的代表。旧派武侠所处的民国年间，武侠创作异常活跃。史家以"武侠狂潮"四字来形容。据统计那个年代武侠小说作者多到168人，成书680余部。[①]当然真正有质量能流传后世的武侠名家是不多的。上文提到的还珠楼主、向恺然、王度庐、顾明道等人已是旧派中的翘楚了。其中还珠楼主的成就最大，他的《蜀山剑侠传》最有武侠味。他对武侠文类多有开拓。金庸为代表的新派武侠继承了旧派武侠的衣钵，而又有很大的创新。金庸从1955年开笔写《书剑恩仇录》直到1972年《鹿鼎记》写成封笔，期间18年，成书14部。他将每部书写名头一个字缀成一幅对子："飞雪连天射白鹿，笑书神侠倚碧鸳。"金庸武侠大大扩展和深化了江湖、奇侠、武功这三大程序套路，几乎在每方面都有别出心裁的独创。他将严肃的人生体验、佛教睿智甚至政治见解，融入武侠这一通俗文类之中，大大提升了武侠小说的品位，在严肃与通俗之间作了一个有意味的沟通。金庸的新派武侠实在当得起雅俗共赏这一赞语。因为他将"雅"的方面和"俗"的方面共同熔铸在小说之中。在扑朔迷离的江湖中可以看出现实社会的"影子"；而各怀绝技的武林高手的经历则透视出人生的磨难和智慧的戒熟；荒诞奇幻的武功在语言文字魅力的后面隐藏着中国文化的哲理。金庸的武侠有其精深博大的文化内涵，在新派武侠当中至今无人匹敌。当然，我们不可忘记精深博大的文化内涵是存在于通俗文类的形态当中的。从文学批评的角度，离开了"雅"和"俗"的任何一面，都不可能求得金庸武侠的正确解读。因为作者运用通俗文类进行写作的基本着眼点是严肃意味的通俗演绎。

二

"江湖"一词看似浅显，但实有可供玩味的深意。按辞书的说法，"江湖"是一个地理名词，原指长江与洞庭湖，或泛指有水网平原特征的三江五

---

① 杨义：《中国现代小说史》（第三卷），人民文学出版社1993年版，第708页。当时的新文学家对武侠小说一般是持贬斥态度的，见郑振铎：《论侠小说》，《海燕》，新中国书局1932年版。茅盾：《封建的小市民文艺》，《东方杂志》，1933年第3期。

湖。然而，江湖在实际使用中词义发生变化，由地理名词演变为文化名词。①
今天除了"江河湖海"一词中的"江""湖"还有地理名词之义外，在历史记
载和诗文中，"江湖"已很少地理含义。它的使用总是伴随特殊的情景，或
者因为避祸全身，或者因为逃遁隐匿，或者追求放浪形骸无拘无束。这时理
想的归宿总是"江湖"。《史记·货殖列传》记范蠡助勾践雪"会稽之耻"
后，窥破勾践"可与同患，难与同安"的性格，"乃乘扁舟浮于江湖"。这
里"江湖"的含义，既有五湖的意思，但更重要的是超然避世纵情适意的"自
我世界"的文化意味。高适诗赞"天地庄生马，江湖范蠡舟"（《古乐府飞龙
曲留上陈左相》）就是这个意思。"江湖"一词有时也在落魄落难，不能实现
"入世"志向时使用。杜甫"欲寄江湖客，提携日月长"（《竖子至》），杜
牧"落魄江湖载酒行，楚腰纤细掌中轻"（《遣怀》），黄庭坚"江湖夜雨十
年灯"（《复黄几复》）。文人墨客时运不济，命运多舛，不能"入世"，被
迫流落"江湖"，不免长吁短叹。于是"江湖"便有了与"入世间"不同的
"出世间"的意味，意指那个与"庙堂""魏阙"相对的天地。范仲淹《岳阳
楼记》将"庙堂"与"江湖"并举，"居庙堂之上，则忧其民；处江湖之远，
则忧其君"。在文人的理想中似乎存在两个天地，一个是庙堂、朝廷，它遵循
"君臣父子"的规范，于是有功名利禄的好处，但也有磕头作揖的麻烦；另一
个就是"江湖"，身在"江湖"无拘无束，遗世独立潇洒做人。但无名无禄，
于是落魄的避难地就被称作"江湖"。入世建功立业，人皆所欲，但不得已的
时候，毕竟有一个可以"退而求其次"的江湖。

　　把人生活动的天地设想成有"入世"与"出世"之分，存在着"庙堂"
与"江湖"的对立，这基本上是一种古代的世界观。直到近代社会红尘滚滚的
世俗化潮流淹没了古代的人生天地的两极对立之前，"江湖"作为人生活动的
另一天地，为那些写豪侠小说的文人提供了一个想象的源泉和灵感的天地。不
过有趣的是由唐到晚清这段期间，那些描写侠客活动的豪杰小说并不着意营造
作为人物活动背景的那个"江湖"。它们的立足点是刻画侠客的行迹，而这些
小说的"武侠味"主要是由与凡人不同的另类人"侠客"的独特个性传达出来

---

　　①　陈平原：《笑傲江湖》，见《千古文人侠客梦》，人民文学出版社1992年版。

的。如被誉为豪侠第一篇的唐传奇《虬髯客传》，其突出之处是透过"红拂夜奔""旅舍遇侠""太原观棋"三个场面，塑造"风尘三侠"，尤其是虬髯客的形象。把侠客作为一种异人，即具有神秘本性与技能的人来写，并不注重人物活动场所、人物关系等背景的因素。勉强说，"江湖"在豪侠小说中仅有一个雏形。又如对后世武侠有很大影响的《水浒传》，好汉们聚集一起谋划"替天行道"的八百里水浒和忠义堂能被看作是武侠意义的"江湖"吗？写实笔法描绘出来的"水浒天地"，毋宁看作与朝廷相对的隐形权力中心。众好汉志不在"水浒"而只是身在"水浒"。后世的奇侠身在江湖，志也在江湖。"水浒"与"江湖"，既有形的不同，也有质的不同。清末以前的豪侠小说，"江湖"只是被营造出来的侠客活动的很初步的背景。不过读者也看得出来，豪侠小说的背景刻画逐渐形成自己独特的氛围：远离官府和王法管治的民间，人物关系存在于个人武力的紧张之中，事件的发生笼罩着神秘气氛等等。这些都说明豪侠的"江湖"源自文人"退而求其次"的那个"江湖"。但文人的"江湖"没有豪侠的"江湖"那么多的杀伐之气。文人的"江湖"是自我和静态的，而豪侠的"江湖"是免不了仗剑行侠、刀光剑影。事实上，作为古代人生理想另类天地的"江湖"随着社会的世俗化进程崩溃消失之际，武侠小说那个想象和虚构的"江湖"才最终成形。在现实社会中无处觅江湖的时代，"江湖"才真正出现在一个想象和虚构的世界里。一方面，唐以来豪侠小说借用了文人文化中"江湖"的意念，另一方面又赋予"江湖"一些特征和含义，作为文学虚构人物活动的背景。晚清以后的武侠小说在此基础上继续扩展"江湖"的含义，终于创造出一个绚烂的武侠天地。

清末文康《儿女英雄传》对武侠境界的开拓是多方面的。例如民国武侠大都采取的武功盖世儿女情长的"剑胆琴心"模式，莫不出自文康首创的"儿女-英雄"模式：

这"儿女英雄"四个字，如今世上人，大半把它看成两种人、两桩事，误把些使气角力好勇斗狠的认作英雄，又把些调脂弄粉断袖分桃的认作女儿，所以一开口便道是某某英雄志短、儿女情长；某某儿女情薄、英雄气壮。殊不知有了英雄至性，才成就得儿女心

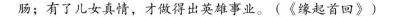

肠；有了儿女真情，才做得出英雄事业。（《缘起首回》）

无论文康怎样拉出"忠孝节义""人情天理"的大道理来壮"儿女-英雄"模式的门面，亦无论小说基本情节如何安排了金榜题名、夫荣妻贵的庸俗结尾，剥除了生硬配进去的"人情天理""忠孝节义"，正是"侠烈英雄"与"温柔儿女"的"拉郎配"，才创造了近世武侠的基本情节模式。这个模式最适合都市读者的趣味。在"英雄气壮""儿女情深"的情节安排下，文康十分注意刻画那个故事发生的"江湖"背景。荒郊、野店、山林、乡间、古寺，配合凶僧、歹徒、淫贼和神秘女侠等角色，表演一连串的行客落难、阴谋劫财、殊死搏斗、复仇杀贼的好戏，文学的虚构世界就这样离开了日常的平凡世界。在那个属于儿女英雄的"江湖天地"，读者感受不到洒扫应对的日常世界的那种逼真，而只能满足于一个词语构筑的想象空间。文康细腻的文笔使小说的景物、角色、行为无不充满武侠小说的那种"江湖味"。以小说写得最精神的"大战能仁寺"一段（五至六回）为例，看文康怎样描写那座能仁寺：

> 安公子在马上定了定神，下来，口里叹道："怎么又岔出这件事来！"抬头一看，只见好一座大庙，只是破败得不成个模样。山门上是"能仁古刹"四个大字，还依稀仿佛看得出来。正中山门外面，用乱砖砌着，左右两个角门，尽西头有个车门，也都关着。那东边角门墙上却挂着一个木牌，上写"本庙安寓过往行客"。隔墙一望，里面塔影冲霄，松声满耳，香烟冷落，殿宇荒凉。庙外有合抱不交的几株大树，挨门一棵树下放着一张桌子，一条板凳。桌上晾着几碗茶，一个钱筐箩。树上挂着一口钟，一个老和尚在那里坐着卖茶化缘。

荒凉破落的古刹配上一个卖茶的和尚，而和尚哪里是在卖茶！分明是在等待"猎物"，引诱过路行客上钩。配上前文提到此地名唤"黑风岗"，安公子走着走着听见千年老树上猫头鹰长嗥一声，仆人傻狗骂骡子："等着今儿晚上宰了吃肉！"一语双关。表面平静的野村古刹充满杀伐之气，短短数笔便衬托得跃然纸上。这正是处处陷阱的武侠"江湖"的特点。

民国以后，作为文人文化理想的"江湖"已经被世人的尘嚣所淹没，世间已无可供范蠡泛舟的江湖。由于武侠写手们的不懈努力，"江湖"这专利已被武侠写手们夺得。它成为武侠虚构世界的专有名词。举凡荒漠、丛山、悬崖、峻岭、险滩、密林、野店、古刹、道观等等，是这个虚构世界的地域符号；而凶僧、杀手、淫贼、剑客、女侠、武林高手等则是这个虚构世界的角色；劫财、猎色、追凶、复仇、寻访秘籍、修炼武功、体悟大道等就是这个虚构世界发生的事件。三者聚合统一便是武侠的"江湖"。民国年间的武侠作家无不致力于各自笔下的江湖，"江湖"一词从此专属于武侠。许多武侠小说甚至以"江湖"一词作书名，突出自己的形象以招徕读者。平江不肖生最喜欢用"江湖"一词作书名，如《江湖奇侠传》《江湖大侠传》《江湖怪异传》等，赵焕亭有《江湖侠义英雄传》，何一峰有《江湖廿八侠》《江湖历险记》，姚民哀有《江湖豪杰传》《秘密江湖》，张冥飞有《江湖剑客传》，达到了无"江湖"不成武侠的程度。

明白"江湖"为武侠写作的程序套路是一回事，能在这一程序下有所创新又是另一回事。真正对"江湖世界"有开拓性成就的作品为数甚少。顾明道的《荒江女侠传》名气颇大，但除了"琴剑模式"有可道之处外，文笔粗糙，依靠编造的追凶杀贼、单调重复的情节充塞篇幅，颇有名不副实之嫌。依笔者的眼光，讲到江湖境界的营造，旧派武侠中非平江不肖生与还珠楼主莫属。平江不肖生一生写过14部武侠，以《江湖奇侠传》最为可观。他摆脱了邪正两极相互杀戮情节构成基本线索的做法，转而将笔调的刻画放在了帮派关系之内。小说叙昆仑、崆峒两派争夺水陆码头为基本线索，不时穿插与主线无关的枝蔓，有喧宾夺主、结构散漫的弱点。但传奇色彩强烈，尤其铺叙帮派门户之争，在武侠小说的角色设计上是一个突破。此书被誉为"第一部演叙武林门户之争的长篇武侠小说"[1]。角色分派的变化带来人物关系的变化，关系的变化就有可能使作家在"江湖"上做出更多的文章。平江不肖生对江湖境界的营造对金庸有正面的影响。还珠楼主一生创作有目录可查的有36部之多，而有传世

---

[1] 曹正文：《中国侠文化史》，上海文艺出版社1994年版，第94页。

价值的还是那部洋洋五百万言的《蜀山剑侠传》。此书用笔奇伟，气势磅礴，特别长于烘托浪漫奇幻的气象。一方面它的的确确是幻想虚构的武侠江湖天地，另一方面，这个荒诞的江湖又有某种隐喻人间的"象外之意"。他将佛道思想引入剑仙世界，彻底排除了清末武侠的那种陈腐的儒家观念的外壳，使"江湖天地"更加纯净，纯净中那种隐喻意味才能体现出来。毫无疑问，金庸武侠许多地方都是从还珠楼主那里吸取了灵感与创意的。白先勇有一段话并没有言过其实，他说《蜀山剑侠传》"真是一本了不得的巨著，其设想之奇，气派之大，文字之美，冠绝武林"①。总的来说，"江湖"作为武侠小说程序之一，在民国武侠中已经定了型，从背景、角色、活动诸方面已经规定这个虚构世界的特征，使它明显区别于纯文学的那种环境人物关系的创造，也区别于言情、侦探等通俗文类的背景营造。同时，也有少数武侠作家笔耕于通俗文类而能突破平庸，提升"江湖天地"本身的艺术品位。

　　金庸武侠之写江湖，继承了旧派武侠对这个虚构世界的刻画描绘，其中地域气氛、武功人物的种种行迹，帮派门户之间的关系所构筑出来的那种"江湖"，与旧派武侠相比并无根本不同，但两者都有艺术的差异。武侠小说家的眼光常常体现在他笔下的那个江湖世界之中。它不仅关乎文笔的优劣，而且更关乎人生体验的深浅、做人境界的高低。以武侠场面为例，假如作者有一支妙笔，铺陈文采，形容生动，就能够娱乐读者，有相当不错的"武侠味"。但他仅有此妙笔写江湖却不行。因为它涉及人物布局，作者根据什么意图设计人物关系，以什么命运赋予人物归宿，这不仅是文笔更是人生体验和艺术品位的较量，这就非考验作家的眼光、境界不可。大多数武侠小说品味不高，就在于它们的江湖世界仅写出了虚构的娱乐趣味，而缺少这个虚构世界的隐喻意味。金庸是一个不甘心于纯粹娱乐读者的人。在运用通俗文类写作的同时，他总想把一些对人性的严肃洞见，对中国历史的观察等带入"武侠的天地"。特别是60年代以来，几乎每部武侠，都要寄寓一些严肃的思考。金庸仿佛要拿武侠这一文类来做实验，看看它在多大程度上能够容纳对社会人生的严肃观察。金庸的这种文类实验精神和探索的勇气在武侠小说写手中是不可多见的。正是由于他

---

　　①　白先勇：《蓦然回首》，见《白先勇自选集》，花城出版社1996年版，第303页。

的努力，提升了武侠小说的品位，使武侠小说能够表现的范围大大扩展了，居然在娱乐之余，还有令人回味深思的隐喻意味。掩卷深思，不得不佩服他驾驭通俗文类的能力。

金庸的捉笔弄武侠之初，并没有这般心思。早期武侠小说《书剑恩仇录》《碧血剑》还较多地沿袭旧派武侠小说的旧套，对江湖境界的开拓犹未见新意。《书剑恩仇录》中乾隆与红花会陈家洛的关系围绕"恩仇"来展开，恩仇故事可以说是武侠的老套子了，而探明自家身世的情节框架，与民间传说无异，没有什么寄托。值得注意的是小说中某种哲理的意味。乾隆临别赠陈家洛八个字"情深不寿，强极则辱"常常被评论提及。[1]这当然是作者对人生的体验。但这种哲理是外在于人物与故事的，它并未融入人物性格和人物关系之中，显示作者对通俗文类的把握还处在与旧派武侠相差无几的水平，但人生识见则颇有超迈独特之处。日后金庸勤奋经营，《天龙八部》《笑傲江湖》《鹿鼎记》诸书终于创造出属于自己的独特的武侠天地。其中《笑傲江湖》为奇中之奇，值得仔细分析。

认真的读者已经注意到《笑傲江湖》不仅与众多武侠作品，也与金庸此前的作品有明显的不同：没有清楚的时间背景，它的故事发生时间非常模糊，联系到作者十分擅长在具体历史背景之下虚构故事的手法，不得不认为小说里面模糊的时间背景实是有意为之。本来通俗文类中的时间背景只对故事展开有意义，其余并无多大价值。金庸连这个价值不大的背景也抛弃，无非想用非此时此刻的时间性来暗示它的永恒存在。小说所写的现象不属于一个具体的时空世界，而是跨越时空的普遍世界。模糊的时间发生的故事背景加强了读者的阅读印象：虚构世界中的人物行为是永恒的人性的刻画。金庸笔下的人物因不生活在此时此刻的具体时空世界而获得永恒的隐喻意味，他们可能活在一切时代，无论古代、现代，还是将来。正如他自己在《笑傲江湖》后记中说的："本书没有历史背景，这表示，类似的情景可以发生在任何朝代。"

金庸笔下隐括一切时代的江湖世界具有什么特征呢？以利益为依归的门户对立是这个世界最明显的地方了。举大处有邪正的对立，邪的代表是日月

---

① 冷夏：《文坛侠圣——金庸传》，广东人民出版社1995年版，第54—55页。

神教，他们被正道称为魔教、邪教。正道中则有五岳剑派、武当、少林、青城等众多门户帮派。邪正势若水火，双方厮杀经年。但正道中的诸派虽自认是对抗魔教而"同气连枝"，然而自身一样四分五裂，"一个个像乌眼鸡似的，恨不得你吃了我，我吃了你"（《红楼梦》语）。所谓"同气连枝"仅仅是表面的旗帜，为了吞并对方，阴谋之毒辣，手段之残忍，一点都不在魔教之下。这样来构筑正道之间帮派的关系，舍金庸外无第二人。举小处，同帮同派也并非铁饼一块。残酷的厮杀同样渗透在同一帮派之内。魔教内有东方不败与任我行前后两任教主之间的篡权与反篡权的搏斗；五岳之一的华山派内有剑气两宗你死我活的决斗，就算在同宗的师徒之间，岳不群也屡屡要置令狐冲于死地；即使在夫妻之间林平之对岳灵珊也无真正的情义，痴心的岳灵珊最终死于夫君林平之的剑下。殊死的对立和搏斗存在于江湖的每一个角落，只要身在江湖，无处是净土。真正的友谊与爱情只有离开江湖，窥破江湖，或者像刘正风与曲洋那样以琴箫相交的金盆洗手，或者像令狐冲那样的"身"虽浪迹江湖而"心"则不归属，我行我素无拘无束，实质为江湖中的"隐士"，才有可能。金庸为读者描绘了一幅你死我活的江湖政治地图，期间山头林立，互不相让。"邪魔""侠义"仅仅是无意义的符号，因为无论"邪魔"还是"侠义"所做的都是同一件事：争权夺势。金庸赋予江湖帮派人物这种品性，这些人物相互之间展开逐鹿问鼎的殊死搏斗这是很自然的。你死我活争夺利益是金庸笔下江湖的第二个特征。《笑傲江湖》的基本情节是围绕正道诸派争夺武功秘籍《辟邪剑谱》展开的。"寻访秘籍"本是武侠小说铺陈故事的常见方式。因为这种方式有利于制造悬念、交代头绪、吸引读者的兴趣，金庸亦在铺陈故事中证明自己是制造悬念的高手。故事开头神秘的林家灭门惨剧悬在读者的心头，直到故事将结束时，读者才知道各派的机心和手段，明白争夺秘籍的最终结果。但悬念写得好并不等于笔下的江湖能够经营布局得好。金庸借"寻访秘籍"展开写人写事的时候，有两点是他人不能及的。其一是刻画争夺秘籍时各派的手段和机心。武林中的好汉一般都是比武斗技。谁的武功好，谁就是当世高手。武林中免不了刀光剑影，但那只是比武比技时的刀光剑影。而金庸笔下的群豪仅有超绝的武功是不行的，还要有暗算敌手的机谋心计。为争夺秘籍、练得上乘武功，竟然奇谋迭出，简直到了匪夷所思的地步。嵩山派掌门左冷禅为盗得华山派掌门岳不群的秘籍，打破武林规矩，派弟子劳德诺带艺投师，实施孙悟空钻进铁扇公主肚子的策略，但为岳不群识破。岳不群来一个"假"籍"真"授，终于在"比武并派"之际刺瞎左冷禅双目。岳不群当上盟主之后，更以公开华山石壁上各派剑术的石刻图为名，诱得其他四派上山，聚而歼之。最后不意连带丧了自己的性命。用任我行的话，"这五岳剑派叫做天作孽，不可活，不劳咱们动手，他们窝里反自相残杀，从此江湖之上，再也没有他们的字号了"（第三十九章《拒盟》）。正道中人机心绵密，手段残忍，魔教中人也不例外。原教主任我行早知《葵花宝典》中武功破身伤心，乃故意授之东方不败，让他练成不男不女之身。任我行虽受几年牢狱之灾，但终于反篡复位，诛杀元凶，这正是谋略所讲的欲擒故纵之术。金庸在叙写邪正之争、帮派之争时突出机心巧智的较量。正如任盈盈劝令狐冲时说"江湖风波险恶"（第十三章《学琴》），江湖本来就是打打杀杀的地方，对侠客高手而言实如家常便饭，而任盈盈特标"险恶"两字，意谓江湖乃奇谋诡计密布之江湖。江湖的隐喻意味就在这些阴谋手段的较量中彰显出头。武林人物如此殚精竭虑斗智斗勇无非是为了独得江湖的霸权。无论是魔教的"千秋万载，一统江湖"（第三十章《密议》），还是五岳诸派的"连成一派，统一号令"（第三十二章《并派》），邪正不同但讲的都是同一回事：主宰武林。这种野心和贪欲驱使武林人物不顾一切达到自己的目的。金庸围绕"寻访秘籍"而刻画江湖的时候还有另一种笔法是他人不能及的，这就是对武功秘籍的理解。在《笑傲江湖》中秘籍关乎人性，并非是纯粹用于展开情节的工具。"寻访秘籍"的情节类型一般把秘籍作为故事的引子，到得秘籍水落石出之际，就是故事结束之时。而《笑傲江湖》则不是这样。《辟邪剑谱》虽有引导情节的作用，但它也隐喻着人性的贪欲：一方面可以其绝世武功独霸武林，另一方面得了这种武功定要付出戕损元阳走火入魔的代价。它是损人害己的双面利刃。书中有三个武林人物修得此种武功：魔教的东方不败，正道的岳不群与林平之。三人都没有好下场，可以逞凶于一时，然不能得势于久远。他们得到秘籍之时，就是他们走上死路之日。建立霸业的这种歹毒武功，就像人类根深蒂固的贪欲，把人引入命运的歧途，将自己异化为一个走火入魔的怪物，结果当然只能是毁灭自己。以这种眼光和笔调写武功秘籍，写谋得武功秘籍后的结果，只见于金庸的武侠，不见于其他。

　　为了笔下江湖的隐喻意味，金庸设计了几个"隐士式"的武林人物。以隐士追求的和谐的友谊与情爱来映衬江湖世界的险恶。这种对比手法虽无甚新奇之处，但对表达《笑傲江湖》的隐喻意味却必不可少，否则只有一个龙虎争霸的江湖，何"笑傲"之有？只有象征隐士们和谐的友谊与情爱的那曲《笑傲江湖》，才能把读者带入批评性的视角，欣赏武林奇幻争霸之余，掩卷深思：这幅武林争霸图不也是千年不变的人性图？和江湖人物大相径庭的隐士行迹，在小说的情节发展中起引导阅读和传达作者评价的作用。假如没有令狐冲、任盈盈、刘正风、曲洋这类隐士式的人物的言行作背景，《笑傲江湖》的隐喻意味就要大打折扣。一个追求永恒友谊和情爱的隐士理想，一个无情诛杀的现实江湖世界，相互映照。特别是刘正风"金盆洗手"的场面，实为武侠中不可多得的描写。衡山派大师兄刘正风精心布置，请来正道中各派群豪出席自己金盆洗手退出江湖的仪式。双手刚要落盘之际群豪的那一声猛喝"且住！"代表了理想世界的破灭。因为群豪认定的原则是"邪正不两立"（第六章《洗手》），而刘正风却琴箫会友，与魔教长老曲洋成为莫逆之交，由此而悟"双方如此争斗，殊属无谓"（第六章《洗手》）。但此种交情悖逆了武林规矩，而又为群雄识破。此情此景使他处于服从友情还是服从武林的两难选择。要么背情杀友，要么与天下为敌，他当着各派群雄的面说："曲大侠虽是魔教中人，但自他琴音之中，我深知他性情高洁，大有光风霁月的襟怀。刘正风不但对他钦佩，亦且仰慕。刘某虽是一介鄙夫，却决计不肯加害这位君子。"（第六章《洗手》）刘正风的凛然拒绝等于与群雄为敌，而他最后惨遭灭门之祸，自己也在群雄追杀之下与曲洋殉情而死。二人合奏的那曲《笑傲江湖》从此为绝响。金盆洗手这个场面将纯洁的情谊与江湖里的"侠义"对立起来，暗示江湖里并无"侠义"。"侠义"只是一个名号，在"侠义"的名号下屡见的正是最惨烈歹毒的邪行。金庸在这里与武侠小说的传统开了一个大大的玩笑。此前的武侠都是写江湖侠义英雄的，而《笑傲江湖》分明告诉读者：江湖无侠义。群豪声称仗剑行侠的那个江湖根本不值得真正的英雄向往，它只配被英雄"笑傲"。恐怕在这种意义上，《笑傲江湖》才被人认为是"政治寓言"，而非"武侠小说"。不过依笔者的见解，武侠而带有隐喻的意味，只是表现该作品在主旨、构思、人物关系、情节发展诸方面的个性，然而它仍不失为武侠小说。与其说《笑傲江湖》是"政治寓言"，不如说小说隐喻意味的发挥正体现了金庸对通俗文类的独创性的拓展。

金庸也不讳言，他之写武侠小说，是有更高一点的理想，像纯文学小说一样，"想写人性"。《笑傲江湖》则"企图刻画三千多年来政治生活中的若干普遍现象"。而"不顾一切的夺取权力，是古今中外政治生活的基本情况，过去几千年是这样，今后几千年恐怕仍会是这样。任我行、东风不败、岳不群、左冷禅这些人，在我设想时主要不是武林高手，而是政治人物。林平之、向问天、方证大师、冲虚道人、定闲师太、莫大先生、余沧海等人也是政治人物"（见《笑傲江湖》后记）。由此可见，金庸十分自觉地将自己对中国历史和人性的观察融入这部武侠小说中，运用通俗文类写出人性，写出数千年不变的政治生活中的普遍现象。从文学观点看，金庸所运用的技巧，主要是隐喻。隐喻是《笑傲江湖》沟通严肃的人性观察与通俗文类套路的桥梁。因为循着旧的武侠小说的习惯去写，则不能表达出作者内心严肃的观察与体验，但抛开武侠又是另一回事。要在武侠程序的基础上寄寓严肃的观察与体验，舍隐喻别无他途。金庸在人物关系、人物性格、人物行迹、背景衬托等几个方面发展出隐喻的意味，构成一个活脱脱的独特的"江湖世界"，在平衡通俗文类与严肃观察之间的轻重时显示出了很高的驾驭文学隐喻的才能。一部《笑傲江湖》既不悖于武侠小说，又有启人心智的严肃意味；既写出一个子虚乌有的江湖，从此一江湖中又能够品味到中国社会政治生活的某些普遍意味；既写出一群非凡的侠客英雄，又从群雄的性格中悟出某些普遍的人性。金庸以文学隐喻的手法拓展武侠小说的表现范围、提升武侠小说品味的尝试，获得很大的成功。这是通俗文类方面富有前瞻性的探索。

武侠文类能够在多大程度上容纳隐喻技巧，这是一个不容易处理得圆满的问题。武侠的程序毕竟有自己的传统和惯性。在某些方面它可能兼容于隐喻的运用，但在另一些方面则可能相悖于隐喻的运用，或限制了隐喻的意味，使它达不到作者意图中的艺术效果。以《笑傲江湖》为例，在人物关系和人物行迹方面，隐喻的运用就比较能取得圆满的艺术效果。武林人物各出奇谋，不顾一切争夺霸权，处于你死我活的那种关系之中，虽然与政治社会没有"逼真"的相似，但能够产生"隐喻"的联想。武侠小说中的江湖能够通过人物关系隐喻式地处理，与政治社会的某些特征发生契合，它的联想意味能够被读者接受，这就说明武侠程序中的江湖具有可塑性，可以容纳某些技巧丰富的艺术表现力。但武林奇侠作为武侠小说的另一程序，它的可塑性就小得多了。武林人物与政治人物之间不容易建立隐喻式的联系。尽管金庸声称他笔下的群豪在设想时主要是作为"政治人物"来写，但这些"政治人物"却难以体现出读者想象中政治人物的那种个性。无论正道诸派还是魔教中人似不能显示出个性的面貌，只有莫大、刘正风稍好。这是为什么呢？金庸是一个写人的高手。文笔拙劣解释不了这现象。笔者以为"武侠奇侠"只在很有限的程度内才容纳隐喻技巧的运用。通俗文类的规范在这里存在着紧张关系。当太多真实政治人物的言行引入"武林奇侠"的言行时，他们就不像武林人物。而武林人物之所以为武林人物，必得在言行举止方面似武林人物，"相似"的标准存乎于武侠小说的历史传统。例如，他们必须是与常人不同的"异人"，会一些他人所不能的"武功"，以取得武功成就为人生最大目标。因此，性格必定是单向度的，在乎简约而不在乎丰富。这些都是文学传统形成的惯例，它限制了作者将他们隐喻为"政治人物"性格的可能。虽然从金庸笔下的群豪能看到政治人物的某些影子，但其中的联想太过脆弱，或者稍纵即逝，或者拟于不伦。读者从武功师承看出帮派的归属，但若从政治人物的角度看群豪的差异，结果就只有失望。通俗文类毕竟还是通俗文类，读者不能有不符合其文体的期待，作者的艺术发挥也要受其制约，需要平衡其中的分寸。

三

与"江湖"相比，"侠"作为武侠小说的另一种程序套路似乎渊源更为长久。按照一般的说法，武侠小说就是讲述仗剑行侠的小说，就是"武"＋"侠"＝"小说"。而其中"侠"被认为是第一位的。梁羽生说："我以为在武侠小说中，'侠'比'武'应该更为重要，'侠'是灵魂，'武'是躯壳；'侠'是目的，'武'是达成'侠'的手段。与其有'武'无

'侠'，毋宁有'侠'无'武'。"①梁羽生最后一句或许夸张了些，"武"与"侠"，原是不可脱离的，无"武"何以有"侠"？当虚构故事写的是无武之侠的时候，它就不配称武侠小说了。不过，写出作者心目中的"侠"，在虚构故事中营造"侠"的形象，确实在武侠小说中占据重要地位。

谈论历史上的"侠"，一般都逃不过韩非子与司马迁。韩非子一句"儒以文乱法，侠以武犯禁"（《韩非子·五蠹》），为有记载以来记侠之始。我们知道这类人是以武力悖逆官府的禁规，为所欲为的。而司马迁的《史记·游侠列传》则为我们记载了那时代的游侠事迹。这些游侠"其言必信，其行必果，已诺必诚，不爱其躯，赴士之厄困"（《史记·游侠列传》），"救人于厄，振人不赡，仁者有采；不既信，不倍言，义者有取焉"（《太史公自序》），像韩非子说"侠"犯禁一样，司马迁也提到游侠的行为"不轨于正义"（《史记·游侠列传》）。司马迁这里说的"正义"当然不是justice意义上的"正义"，而是"正"的义，也就是朝廷官府设定的"义"。游侠要实行的却是民间的"义"，也就是被称为"侠义精神"的那种"义"。武侠小说里剑客的形象当然是把历史上的游侠作为原型。但是，人们不可忘记武侠小说的"侠"的出现，是游侠之风式微之后的现象。文学现象的侠出现在历史现象的游侠之后，如果人们按图索骥，以为小说中的侠反映了现实生活的侠，就犯了把想象当成现实的错误。民国以来武侠小说中侠客横行，仗剑锄奸，屡闻不绝，但在现实生活中早已连侠客的影子都找不到了。即使是在偶有游侠的唐以后的古代，文学想象中的侠，也显得与现实社会的侠有所不同。游侠带剑与朝廷官府对抗，韩非子所谓"犯禁"，司马迁所谓"不轨于正义"，说的就是这种情况。但唐传奇和明清武侠中的侠客形象，根本就没有这种特点。小说的剑客不是跟官府毫无关系，就是依附于官府，至少作为官府实行合法统治而力又有所不逮时的补充。在作者想象里侠本来的"犯"与"不轨"已经成了历史的"陈迹"。因为后来的社会变迁使原初的"义"作为想象经验远比作为实践来得重要。政治权威对社会的君临似无可避免，而从道德实践上直向其挑战已没

---

① 佟硕之（梁羽生）：《金庸梁羽生合论》，见韦清：《梁羽生及其武侠小说》，香港伟青书店1980年版，第96页。

有多少意义。于是人生的不平牢骚托之于文学想象，"禅杖打开危险路，戒刀杀尽不平人"（《水浒传》第二回），"手提三尺龙泉剑，不斩奸邪誓不休"（凌濛初《宋公明闹元宵》第九折），"安得剑仙床下士，人间遍取不平人"（《醒世恒言·李汧公穷邸遇侠客》），直到当今天下依然有人感叹"浩气千年剑一柄，直向世间问不平"[1]，显然，这里表达的感情经验已经没有必要与官府、朝廷或政治权威本身联系起来。"义"虽仍为重要的道德范畴，但已经没有"正"的"义"与"民间"的"义"的区别了。

纵观武侠演变的历史，秦汉游侠提供了文学想象的灵感源泉。游侠也作为人物原型为文学留下深刻的影响。它不但被确定为武侠虚构文学中心角色的地位，也为这些文学形象确立了行为准则。"侠"和"义"的不可分离性就源于秦汉游侠。尽管后来"义"的含义有所改变，但无"义"不成"侠"则是武侠小说中牢不可破的规则。"侠"这类人，行的就是"义"。一部武侠一言以蔽之，侠士行义的故事。由于"侠"与"义"的紧密联系，词汇里"侠"一词而兼二意，游侠的侠和仗剑行侠的侠，前者指一类人，后者指"义"。武侠小说是后来的名称，清末和民初均叫侠义小说。鲁迅《中国小说史略》开辟专篇《清之侠义小说及公案》。可见这类小说的名称表现了它们"侠"与"义"不可分离的根本特点。"侠"是指角色，"义"是指这类角色的德性与行状。套用梁羽生的话，"侠"是躯壳而"义"是灵魂。在武侠文类中要摹画好奇侠的形象，写出他的"义"之所在，就算达到很高的境界了。武侠写手在塑造武侠人物形象的时候，无不把"侠义精神"作为人物性格的中心环节，力求把他们写成活灵活现的侠胆英雄。但奇侠形象的精神境界可以说并未超过太史公《游侠列传》中关于游侠所讲的那几句话。因为已经类型化的奇侠形象并不要求性格的丰富性，而只要求性格的集中性，即把"侠义品德"表现出来就可以了。

以群侠为中心角色的《三侠五义》中刻画得比较立体的侠士白玉堂、蒋平、展昭等，虽各有个性，如白玉堂负气争强，蒋平机警刁钻，展昭风流倜傥，但他们都是见义勇为、忠义侠烈的英雄。至于《儿女英雄传》中的十三妹更是既有英雄侠骨，又有儿女柔肠。见安公子落难仁能寺二话不说便援手相

---

① 吕剑：《双剑集》，岳麓书社2005年版，第82页。

救，后知其不幸身世更千里护送落难的安公子并为他月下作媒，之后又妾事安公子。以传统道德来说竟是一位无可挑剔的"完人"。民国武侠多姿多彩，但除了还珠楼主等数人外，写人状物的文笔反而不及晚清的文康。武侠制作"都市味"较浓，偏好于怪、奇的场面和情节，刺激都市读者的感官；于人物性格刻画，肯用功夫的实在不多。借用平江不肖生的话——"以带营业性的关系，只图急于出货，连看第二遍的工夫也没有"（《江湖奇侠传》一〇七回）。不过，写得好的武侠人物，作者落笔刻画的重点，一样安放在人物的"侠义精神"上面。这一点可以说与晚清武侠没有两样。由于时代的变迁，民国武侠已经没有清末侠义诸如"朝廷""官府""夫荣妻贵"等陈腐烂套，而人物的侠义精神却始终如一。作者用心着墨讲述一个异彩纷呈的故事来刻写角色的侠义精神。以最善写人的王度庐为例，王在《宝剑金钗》和《剑气珠光》两部作品中，极尽写情妙手，为读者塑造"情侠"李慕白的形象。他设计了"一人而两名"的关节：李慕白又叫孟思昭，而李事前并不知此事。李慕白到俞老镖头家比武招亲，李虽胜出，但老镖言明女儿已许配与孟思昭，并临终托孤，让李认其女儿为义妹，万里寻找未婚夫孟思昭。其间又发生许多仗义行侠的经历。李慕白最终从好友口里知道自己就是那个万里追寻的孟思昭。尽管他极爱义妹，但因认义妹在先，岂能先妹后妻。侠士一言既出，驷马难追，不能为武林耻笑。李陷于情与义的两难境地，始终不肯破其千金之诺。李慕白的情侠形象，被认为是民国武侠最成功的人物形象。[①]王度庐借用新文艺的笔法，让人物处于内心情感矛盾的境地，在情与义的冲突中突显人物的"侠义心肠"。王度庐借来"他山"笔法，在武侠小说史上也可以说是一个突破。不过，总的来说刻画奇侠形象已经成了武侠小说的固定程序，角色翻来覆去离不了剑客。唐代传奇限于篇幅，剑客性格表现于精心构筑的细节和场景；清代武侠受评书影响，情节的重要性有所增加；自民国以来，武侠小说越写越长，大有情节压倒人物之势。然而，文采笔法俱佳的小说，奇侠角色的塑造依然占相当地位，尤其是"侠义精神"一直是作者营构人物的中心。由此看来，武侠的趣味性人所共认而文化内涵不足，角色的集中性强而丰富性不足，或与此不无关系。

---

① 陈平原：《千古文人侠客梦》，人民文学出版社1992年版，第111页。

金庸武侠篇幅浩大，屡获论家好评的作品均在百万言以上。《射雕英雄传》《神雕侠侣》《倚天屠龙记》三部人物故事关联的小说，合起来有三百多万字。好像篇幅越长越容易见出作者的水平。如此浩大的篇幅免不了以曲折离奇、变幻无方的情节使故事能够接连不断讲下去。金庸编造武侠故事的能力，其想象之离奇、情节之曲折变幻，怕是连还珠楼主也不遑多让。而且小说最初均在报刊连载，每日一篇，成书都要在两三年之后，同一故事情节不相连贯，枝蔓芜杂缺乏条理。看到情节没有什么好写，"笔穷"之后戛然而止另起炉灶的缺点，在所难免。或者为了迁就连载，故意编造，有意拖长，也偶尔可见。这也是武侠的通病。今天读者读到的金庸武侠，都是经过"封笔"之后十年修订的版本。这一来可见金庸对武侠文类的期待有相当严肃认真的一面，并非仅视之若"消闲说部"；二来十年修订也在相当程度上弥补了情节、人物、故事衔接不足的弱点。金庸武侠虽然情节离奇、枝蔓繁复，但他对写活人物这方面可说是十分注意的。他塑造出众多性格鲜明、个性各异的奇侠形象，如陈家洛、郭靖、杨过、张无忌、乔峰、令狐冲、韦小宝等等，这方面的成就虽不能说后无来者，但至少是前无古人了。金庸有很明确的写人意识，他在自己作品的序和后记里屡屡谈到这种小说家的"文学的自觉"。《金庸作品集》"三联版"序中说得很明白："我写小说，旨在刻画个性，抒写人性中的喜愁悲欢。"《笑傲江湖》后记中说："我写武侠小说是想写人性，就像大多数小说一样。"金庸这里说的"大多数小说"，当指那些优秀或比较优秀的小说作品，自然包括严肃文类在内。写武侠小说而有如此的"文学的自觉"，这在武侠小说家中是极有眼光的。在《天龙八部》后记中，金庸赞同陈世骧的见解："武侠小说并不纯粹是娱乐性的无聊作品，其中也可以抒写世间的悲欢，能表达较深的人生境界。"而在《鹿鼎记》后记里金庸认为"小说的主要任务之一是创造人物，好人、坏人、有缺点的好人、有优点的坏人等等，都可以写"。金庸这样看待武侠小说的写作，很大程度是继承了中国古典小说注意刻画人物的传统。他是这样认识，也是这样实践的。从故事情节的整体性看，金庸武侠虽然免不了过分的离奇和巧合，为了渲染和烘托环境气氛，枝蔓也过于繁复，使人物命运对角色的性格提示作用有所降低。但金庸用精心构思的情节高潮或小高潮去突出人物形象，展示角色的性格，相当程度弥补了上述缺失。数年时间经营一部武侠，不能够一气呵成，这是可以理解的。情节环环相扣、事件的接榫或许受到影响，但作者依然有可能数日或数周专注于故事情节的某个环节，写出故事"单元"的整体性。读金庸的武侠，时常感到整部小说的结构整体性不足，但某些情节单元却具有十分可观的结构整体性，特别在一段松散情节之后的"小高潮"，人物和事件的处理恰到好处，通过集中的事件刻画奇侠性格。尽管陈世骧以题旨的必要性来宽恕《天龙八部》的结构松散，但我认为还有一层未曾道破：结构松散是武侠文类的特点。因为这种文类要突出"武侠世界"的非现实性、非人间性。诸多的离奇编造，天人龙鬼和种种巧合就成了不可避免的"调味品"，没有它就调不出那个特定的"武侠世界"之味。诸般编造之后没有任何理由可以使故事情节具有严谨完整的面貌。这就是金庸说的"武侠小说的故事不免有过分的离奇和巧合"（《神雕侠侣》后记）一语中"不免"的意思。所以，如果读者抱定宗旨要欣赏金庸武侠乃至其他武侠小说故事结构的完整，结果往往是失望的。好在武侠小说的传统和读者的阅读习惯已经能够适应这种文类特点。而以结构松散来指斥武侠小说只能说明指责者对武侠文类的特点不甚了解，难免隔靴搔痒。笔者以为阅读金庸武侠，不要把注意力放在把握故事结构整体性来了解小说的意义，这是严肃小说的读法。当放过那些明显"编造"之处，注意作者精心营构的"情节单元"。这些"小高潮"其实和那些离奇编造是情节脉络中的一张一弛，构成武侠小说中特有的情节发展的节奏。金庸相当熟练地驾驭故事情节的节奏，集中笔墨在情节高潮中刻画人物性格。如《倚天屠龙记》二十一章、二十二章，写张无忌感于大义，以一人之身与天下六大门派交手，救濒于灭门的明教诸人；《天龙八部》末一章，乔峰困于契丹与宋的民族感情冲突之中，他苦思无良策后挺身而出，胁迫辽主换取辽宋和平之后以自刎身亡而成大义，成为悲剧的英雄；《笑傲江湖》第六章，以刘正风"金盆洗手"退出江湖为引子写尽江湖风波的险恶；《鹿鼎记》第三十六回，奉使西行的韦小宝浪迹到罗刹国，身陷绝境，居然能以早年说书弹唱里学来的一知半解的诡计，帮助被困的罗刹国公主兵变夺权，终于财色双收，衣锦荣归。诸如此类的精彩文笔，在金庸武侠中时常可以见到。金庸处理故事情节与人物性格的关系，既有天人龙鬼、上天入地的神来之笔，又有对角色性格的集中刻画，在情节的一张一弛的节奏中将奇侠形象树立起来。

　　论到金庸武侠中的奇侠形象，在凸显他们的"侠义精神"这一点上，与以往的武侠小说并没有多大的不同。奇侠性格中的"侠义"并不是作家塑造人格的理念，而是武侠文类的形式规范，是作家不得不遵从的写作套路。所以，从刻画人物而又创新的角度看，写出有立体感的奇侠人物并不算有多大的突破，只能算熟练地驾驭武侠文类，能够用其所长。要写出有深度的奇侠形象，仅仅凸显他们的"仗义行侠"是不够的，关键在于能否写出他们性格的丰富性和各具禀赋的个性，能否在他们命运中有深层次的寄寓。纵观金庸武侠小说中人物形象的刻画，我们可以看到一个渐次发生的变化：从执笔写武侠开始按部就班写好标准的侠士形象，到对武侠文类建立起自己的观念并探索突破传统的武侠文类对奇侠形象的限制。写出武林人物性格的丰富性，特别注重在人物命运里寄寓一些作者对人性、性格的观察和体验。套用古典的批评术语，金庸刻画武林人物形象，走了一个从"形似"到"神似"的过程，早期务求"形似"，中晚期则追求"神似"。在"形似"的阶段，金庸极力凸显奇侠人物那种"仗剑行侠"的侠义道，与传统武侠小说里的人物形象，人或不同，其侠一也。中晚期阶段，作者似不满足于仅仅写出武侠人物的这"形似"，作者试图把对人性、人生的体悟带到武侠小说中来，以笔下的武侠形象寄托这些人生的体验。因此，他追求笔下的形象不仅具有侠义性格，而且具有以前武侠形象所缺乏的丰富性，他们的命运融汇了前所未具的意义寄托。正是这种意义上我们说金庸后期的奇侠形象更为"传神"。相比于奇侠英雄这一文类的程序，金庸务求其"神似"。金庸这种对奇侠形象的开拓，在《鹿鼎记》中达到极点。韦小宝这个形象已经打破了武侠文类的形式规范，作为武林人物，正所谓太神乎其神而不似了。

　　从《神雕侠侣》的发表开始，金庸就比较有意识地将人性、人生体验灌注到奇侠形象之中。他的写作目标就不再是以往的"形似"，而是试图表达更高的人生境界。《射雕英雄传》后记可以作为上述看法的印证。后记写于1975年，那时作者已经封笔，距《射雕英雄传》的杀青也已有十七年。然而世人似乎更推崇《射雕英雄传》，从传统的武侠欣赏眼光看，郭靖、黄蓉实不逊于其后的杨过、张无忌、令狐冲，前者更像标准的侠士。但作者却不以为然，世人似未悟透《射雕英雄传》以后作者创造武侠人物的转变。作者在后记中特指出此点加以论说。金庸认为，"《射雕英雄传》中的人物个性单纯，郭靖诚朴厚重，黄蓉机智狡狯，读者容易印象深刻。这是中国传统小说和戏剧的特征，但不免缺乏人物内心世界的复杂性"。作者推测《射雕英雄传》受欢迎的原因是"人物性格单纯而情节热闹"。但作者却更重视《射雕英雄传》之后的几部小说。"我自己，却觉得我后期的几部小说似乎写得比《射雕英雄传》有了些进步。"作者的看法当然未必能作为定评。但金庸这里的《射雕英雄传》"人物性格单纯化"与后几部作品对举，至少可以看出作者不愿重复自己作品的那种探索的努力，"有了进步"当然是指人物性格的丰富和人物命运寄托的寓意。金庸是一个不愿重复自己写过的作品的人，在被问到为何《鹿鼎记》之后封笔，他的理由是"没多大兴趣"。之所以"没多大兴趣"，理由之一是"不希望自己写过的风格、人物再重复；过去我写了相当多，要突破比较难"。从作者的解释也可以证明，他对自己的写作要求较高，《射雕英雄传》之后的每部作品都力求有些个性禀赋不同的新人物、新意味。

金庸的武侠故事离不开一个"情"字，主要角色均卷入男女之情纠葛中，男女主角感情或性爱的纠葛往往是故事发展的主要线索。乍看之下似乎是文康"儿女英雄"模式或顾明道"剑胆琴心"模式的翻版。当然对通俗文类来说，男女私情的点缀似必不可少，"情"与"侠"在武侠故事中已经紧密相连，凡有故事而必言情实在不必大惊小怪。但金庸故事中的私情纠葛又不仅仅起点缀故事或推动情节的作用，私情纠葛中每每隐含人性观察和体验的意味。这是以前武侠小说家缺乏的地方。金庸在构思角色感情纠葛的时候，往往在异性自然吸引这个大题目下发掘那些不变的人性，发掘性格、修养、社会对男女私情的影响。在此作品中作者会探索此私情的纠葛和意味，在彼作品中作者又会更换笔调写出彼私情的纠葛及其意味。同为点缀，而每每点缀得各不相同，令人掩卷叹息。《神雕侠侣》中的杨过与小龙女，两人天生至性而天缘巧合，由始至终，破世俗尘念，先师徒而后夫妻，一生只有形离而始终神合，种种忠贞不渝的奇迹，颇当得起中国版的《霍乱时期的爱情》。写在《神雕侠侣》之后的《倚天屠龙记》的主角张无忌对情爱的观念又全然不同杨过。他对美丽的姑娘拖泥带水，犹豫不决，身边的四位女性周芷若、赵敏、殷离、小昭于他，亦似有缘亦似无缘。他与周芷若订百年之约，然赵敏及时出现的时候，终于演出"新妇素手裂红裳"的尴尬场面（三十四《新妇素手裂红裳》）。若问张无忌内心的真爱，恐怕他内心并无此念。所谓情于他，是依美丽和环境而转移的。而情对于《天龙八部》中的段誉则如同晴天霹雳一般。他是一个善于用情的情种，身边先后出现三位女子，钟灵、木婉清、王语嫣。在段誉可谓无愧于天地，而这三位女子竟然都是同父异母的妹妹，真是匪夷所思的"冤孽"，他承受父亲随处留情的"业报"。《笑傲江湖》的令狐冲则钟情于岳灵珊，而岳却情在林平之。当他情意缠绵于岳灵珊的时候，他是被束缚紧拘的。拘束来自心灵不自由，也来自与自己命运相通的另一个人。但当令狐冲解脱了与岳灵珊的情丝之后，又落入了与自己一样具有"隐士"志向的任盈盈精心布织的情网，任盈盈得到了圆满而令狐冲就是被情锁锁住的"大马猴"（四十《曲谐》）。爱情与自由是令狐冲不得不面对的"悖论"。《鹿鼎记》中的韦小宝对女人的情爱根本就没有形而上的层面，他只有未经文化教养修饰的原始的欲望。正因为这样他深懂两性游戏规则的实质内容。性的需要是共同的，女人缺少的是金钱与名分，而贵为鹿鼎公的他这两样东西大大的有。留情之后，他无不慷慨出手，绝对不会亏待女人。他与女人的关系，没有浪漫的虚文，没有真情假意的试探，没有死去活来的波澜，只有直探本源的"唯物"的真实。所以，在世俗的眼光里他最为圆满。七个女人跟着他，浩浩荡荡归隐而去，颇有受用不尽的艳福。情爱本来就是文学写之不尽的大题目。但一般来说武侠小说的情爱却是比较简单，不是表现英雄不近女色就是从道德化视角叙述感情故事。而金庸却为武侠带来一片五彩缤纷的感情天地。他执着于情爱这个永恒的文学主题，勤于探索这个题目所蕴含的人性内容。透过与小龙女的爱情故事，刻写那种超越时间的刻骨铭心的爱；在张无忌与四位女性的情意缠绵之中，蕴含了作者对男性心理中那种爱无定着随势飘移之特征的观察与体验；读者在段誉爱而不得的尴尬经历中，可以感受到"超度"是解脱"冤孽"万年不易法门这一亘古不变的启示；而令狐冲的情爱故事隐喻了异性感情游戏中爱情与自由不可兼得的"悖论"；韦小宝俗套而屡试不爽的手法，对玫瑰花式的浪漫是一个绝大的反讽，而读者从这一反讽中可以品到"世俗的智慧"和爱情本身的悲凉。武侠小说而有如此多姿多彩的情爱故事，金庸不愧为写情的大手笔。

武侠小说中的奇侠人物的"行迹"无非是寻访秘籍、浪迹学武、救人行侠等等，这也是武侠小说离不开的情节模式。作家不得不利用这些情节模式去表现人物的性格，但如果具体的情节展开与人物性格不是有相当关系的话，程序化的情节就很容易掩盖人物的性格。金庸在刻画人物的时候，一方面注意遵从一般的情节模式，使之不悖于武侠创作的法式，注意平衡事件与人物的关系，使人物刻画与事件叙述能够有机地结合起来；另一方面在叙述奇侠人物的经历，特别是某些场面和片断时，将它写得带有"人生隐喻"的意味。细品金庸笔下的奇侠英雄，几乎每一个人都经历了莫大的冤屈。金庸对抒写冤屈似乎有特殊的偏好，通常透过写奇侠的冤屈来刻画他们的形象。所谓冤屈无非就是他人无意的误解误会或他人有意的陷害。而冤屈正是我们人生经验的一部分，天下滔滔，谁人都免不了被冤被屈。金庸将武侠人物的经历写得类似于平凡人生的某种经验，大处不违武侠的情节模式，小处则写得有隐喻的意味，在虚构的情节模式与真实体验之间建立了联系，从而增添和丰富了武侠人物形象的社会人生内涵。由《神雕侠侣》到《笑傲江湖》，每一位大英雄都蒙受冤屈和苦难，每一位大英雄都在冤屈里成长。杨过孤身来到一处尽是枯树败草朔风肃杀之地，突见一莽汉鞭打拖着山柴的黄毛瘦马，不禁悲从中来。金庸写道，"杨过受人欺侮多了，见这瘦马如此苦楚，这一鞭犹如打在自己身上一般，胸口一酸，泪水几乎欲夺目而出"（第十一回《风尘困顿》）。后来杨过在重病之际惨遭郭芙利剑断臂的欺凌（第二十六回《神雕重剑》），但他终于能与神雕为侣，苦练武功，最终超越苦难，因爱生义而救郭芙一命（第二十九回《劫难重重》）。与写杨过一样，金庸也把张无忌写成一个蒙冤无数而能刚毅不屈的奇侠。张无忌在幼冲之龄即目睹父母之祸，而自己无辜受玄冥毒手，性命在旦夕之间（十《百岁寿宴摧肝肠》），随后又落入奸人精心策划的陷阱，受骗说出义父亡命之所（十五《奇谋秘计梦一场》），又被同门师兄误解串通奸人杀害同门莫七侠（三十二《蒙冤不白愁欲狂》）。金庸所讲述的张无忌的故事，确如他自怜身世时说的那样，"一生受了无数欺凌屈辱"（十九《祸起萧墙破金汤》）。段誉、乔峰也是无故而蒙冤受屈的好汉。段誉一生与苦楚折辱相伴，先受无量剑和神农帮的欺凌，为南海鳄神逼迫，被延庆太子囚禁，后给鸠摩智俘虏，在曼陀山庄当花匠种花。而更大的屈辱来自前辈造下的冤孽。冤孽的果报落到他的头上，而他只有以佛教的智慧来超度此一冤孽。乔峰的冤屈来自他生于契丹长于江南的身世。写乔峰面对丐帮诸长老，被误解暗通契丹，更听读先师临终遗言"乔峰更有亲辽叛汉、助契丹而压大宋之举者，全帮即行合力击杀，不得有误。下毒行刺，均无不可，下手者有功无罪"（十六《昔时因》）。此时的乔峰明白了自己的身世，面对滔滔世界，真是百口莫辩。他"想恩师一直待己有如慈父，教诲固严，爱己亦切，哪知道便在自己接任丐帮帮主之日，却暗中写下这道遗令。他心中一阵酸痛，眼泪便夺眶而出，泪水一点点滴在汪帮主那张手谕之上"。蒙此冤屈大可以呼天抢地，但金庸爱写的终归是忍人所不能忍的大英雄，乔峰就是这样一位大英雄。"霎时之间，乔峰脑海中思潮如涌，一时想：'他们心生嫉妒，捏造种种谎言，诬陷于我。乔峰纵然势孤力单，亦当奋战到底，不能屈服。'"乔峰屈辱蒙冤而力战奋斗的气概，令人想起"沧海横流，方显出英雄本色"的诗句。金庸在《笑傲江湖》中继续讲述奇侠蒙冤的故事。以令狐冲一生所受的困顿冤屈，如不是天生有超然的隐士品格，恐怕也是百身莫赎。他先是被诬偷窃剑谱，次被误指逍遥妓寨，再被侠义道诸派指认串通魔教，并屡蒙受业恩师岳不群猜忌，最终被革出师门。他与身边诸位女子的关系，秉持侠义，光明磊落，但屡被江湖诬指窃玉偷香。除得恒山诸人和任盈盈信任外，江湖上不以为非的恐怕就只有莫大一人了。而莫大亦是经过跟踪和偷窥才相信令狐冲的清白。滔滔江湖而令狐冲不得不面对的却是怀疑、嫉妒、冤屈、困顿，他只有在与几位纯情女子的交往中才寻觅到平静与信任。

金庸中晚期的武侠特别倾向叙述奇侠蒙冤的故事，正应了《天龙八部》里"无人不冤"的话。笔者有理由相信，金庸反复讲述的奇侠蒙冤的故事，在小说叙述里并不仅仅只有故事情节的意义，与民国武侠诛锄奸邪报仇雪恨那种老掉牙故事不同，作者正是透过奇侠蒙冤寄托人生的意味。金庸笔下大英雄的蒙冤及其反抗，并不是一个主导的中心情节，故事讲述人并没有把它们作为故事模式。在故事模式上，金庸大体遵从武侠小说一般的构思套路，而奇侠蒙冤只是中心情节中的插曲。它作为奇侠成长历程中不可避免的考验和历练，与我们平凡的人生存在相关的意味。这种笔法就是金庸所以为金庸，而他人不可及的地方。情节模式只是贯穿的线索，安排一些什么片断、场面让线索串起来，则很考验作者的功夫。因为同样的线索既可以串起珍珠，也可以串起瓦砾。能够与人生发生相关意味的就是珍珠，不能发生意味联想的就是瓦砾。读者在金庸武侠里，时常发现超越寻常意义的珍珠，它上面凝结着深刻的人生体验与智慧。金庸武侠的这种本文特点使我们一方面不可将金庸混同于一般的武侠小说名家，因为他以自己的天才探索把武侠小说的表现力提升到一个不寻常的高度，令它可以表现较为深刻的人生体验和社会意味。这是绝大部分武侠小说作者欠缺的。另一方面，又不可将金庸武侠当成严肃文类，因为这样就不忠实于文本，只从里面寻找微言大义而忽视了其中的"武侠味"。金庸武侠里那种奇侠"遍历"的人生隐喻意味，终究和严肃文类不同，它融化在武侠人物超现世时空的言谈举止之中，融化在不具有逼真性的武林场面里，欣赏起来另有一番"欲辩已忘言"的高致。金庸如此喜爱叙述奇侠蒙冤的故事，而且的确令人读后感慨万千，笔者推测这恐怕与作者的身世，与他用世不成而香港搏杀的人生体验不无关系。[①]正如《易》所云："作《易》者，其有忧患乎？"读罢金庸，掩卷长问：写大英雄者，其有忧患乎？行文至此，笔者当然不能猜测哪个人物里有作者自己的影子，但有一点可以肯定，有深刻人生体验的人，才有可能写出有深刻人性隐喻的作品。

武侠文类里当然没有"先锋派"这一说法，但金庸却当得起武侠小说中的"先锋派"的称呼。武侠文类与严肃文类的舶来品性质不同，它是土生土长的，由明清章回小说演变而来。新文艺对它的影响限于叙述手法等技巧性方面，它的体制方面基本还是传统的样子。例如行文当中的诗词点缀；亦诗亦词的句子在回目中的作用；故事时空远在已经过去的年代；传统而单纯全知式叙述角度；大致定型的叙述套路和情节模式等等，都是古已有之的东西。金庸亦说过"中国传统小说而没有诗词，终究不像样"（《天龙八部》后记）。金庸武侠短篇不计在内，除了《飞狐外传》《侠客行》《笑傲江湖》三部目次编排类似新文艺的体制外，《神雕侠侣》第二十九之前无称谓，三十之后则明称"回"，回目以四字表出外，其他作品或明确称回，或回目无称谓，但都是以联名或七字句作章回称谓。《天龙八部》更是以几首词作目次。这说明金庸有

---

① 见冷夏：《文坛侠圣——金庸传》，广东人民出版社1995年版。在诸本金庸传记之中，此传较为详尽。所提到的事情，亦似言之有据，惜乎文笔的"文学性"太浓。

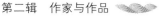

意识在体制上尽量保持武侠小说的传统特征。由此看来，若说金庸是武侠小说作家中的"先锋派"，一定难以为论家所认同。但术语不妨借用，如果"先锋派"是指在文类、艺术上不断探索，那么金庸就是武侠小说家中最具先锋特点的作家了。

像前文说过的那样，金庸开始写武侠小说，还是比较墨守武侠文类的传统成规的。这从《书剑恩仇录》《射雕英雄传》中可以看得出来。其后金庸则动了心思，力求表现一些严肃的人生内容。由此产生对武侠文类表现力的探索。金庸这番心思在《鹿鼎记》里达到顶点。不妨以此为例分析金庸此番先锋探索的得失。《鹿鼎记》一出，读者哗然。金庸在《鹿鼎记》后记里记下当时读者的反应。有读者写信问他："《鹿鼎记》是不是别人代写的？"金庸坦然承认这部小说"已经不太像武侠小说"，并为剥夺了某些读者的乐趣"感到抱歉"。但金庸也说他这样写是"故意"的。那位怀疑他人代笔的读者当然是以为此小说不可取，却有人又将《鹿鼎记》推为金庸武侠的"极品"。[①]这部小说存在很不相同的评价，它是金著中争议最多的小说。我以为，无论推崇或贬损均有隔靴搔痒之嫌。只有从作者的探索意图和武侠文类的规范两个角度来讨论，才能够认识韦小宝这个形象，求得对《鹿鼎记》中肯的批评。

金庸说《鹿鼎记》不像武侠小说，"毋宁说是历史小说"（《鹿鼎记》后记）。又有人认为是"社会问题小说"。以为小说"强调'无剑胜有剑'的武侠观点"，"让武侠小说进入'无剑胜有剑'的新境界，并突出武侠小说的政治内容和政治主题"[②]。把《鹿鼎记》叫做什么小说是次要的问题，重要的是金庸的文本告诉读者些什么。笔者认为，金庸写韦小宝这个形象，肯定不是强调"无剑胜有剑"的武侠观点。不错，从结果看韦小宝不懂武功而武功高手死在他手下，他靠的是匕首、宝衣、炉灰、沙子、蒙汗药之类的东西。但作者写韦小宝与别人搏杀并无武功对垒较量的意义。无胜有是东方深厚的传统智慧之一，《老子》一书就有出色发挥，所谓弱胜强、柔胜刚、愚胜智、拙胜巧之

---

① 倪匡为金庸十四部武侠作了一个先后排名，列《鹿鼎记》为第一。冷夏也以《鹿鼎记》为"巅峰之作"。见冷夏：《文坛侠圣——金庸传》，广东人民出版社1995年版，第173页。

② 冷夏：《文坛侠圣——金庸传》，广东人民出版社1995年版，第166页。

谓也。但它们并不能如文字表面那样理解，而是另有哲理在内。而无胜有意为当某种本领或技巧把它发挥到出神入化的地步时，就达到了随心所欲的至境，远胜过对它机械地掌握。而随心所欲的东西看起来是最平常的、简单的，看起来它就是"无"。"无"并不是"没有"，而是从心所欲出神入化之意。"无剑胜有剑"的表述，两见于金庸武侠。初见于《神雕侠侣》，杨过无意间得到前辈遗下的一口宝剑和剑谱。杨过默识"重剑无锋，大巧不工"的道理，"自此精修，渐进于无剑胜有剑之境"（第二十六回《神雕重剑》）。二见于《笑傲江湖》令狐冲得太师叔风清扬私授独孤九剑密旨："要做到出手无招，那才是踏入了高手的境界。""你的剑招使得再浑成，只要有迹可寻，敌人便有隙可乘。但如你根本并无招式，敌人如何来破你的招式？"（十《传剑》）可见在金庸武侠里的"无剑胜有剑"是武学的境界，这境界来自传统的哲学智慧。但金庸写韦小宝时，并非此种意义上刻画韦小宝无武功胜有武功。韦小宝的"无"是真正的"没有"。他所以能够取胜，不在于他"无"武功，而在于他能够相机行事，以机巧取胜。而这并不是武功意义上的较量。认为《鹿鼎记》强调"无剑胜有剑"的观点，不是从小说本文中得到的结论，而是出于对韦小宝做人行事的表面判断。康熙的武功就比韦小宝好，韦小宝就从来没有胜过康熙。因为他不可能以机巧对付这位"万乘之尊"。

那么，一部武侠中的奇书《鹿鼎记》是何用意呢？不妨看看作者如何安排韦小宝的命运。金庸笔下韦小宝的命运是颇有意味的，他出身勾栏瓦舍——丽春院。以中国社会的眼光看，可谓烂贱至极，然而半是机缘巧合半是天生本领，几经曲折，都是逢凶化吉，遇难呈祥，居然步步高升，官爵至一人之下万人之上的鹿鼎公。韦小宝是金庸武侠中仅见的成功人物。其他作品中的主要角色，从无韦小宝的能耐，虽然武功盖世，但到头来不是远遁荒漠归隐山林，就是遁入空门超度罪孽；不是悲壮身亡就是做平常人家。作者最后虽然也安排这位鹿鼎公不辞而别，带着七位丽人不知所终，但那显然出于作者的偏爱，出于韦小宝身兼武林中人的武侠小说套路。金庸花如许笔墨叙述一个与以往风格迥异的故事，刻画一位财色兼收的有"大能耐"的人物，意图显然在于透过他的命运探究他逢凶化吉之所以然。在笔者看来，《鹿鼎记》的文本已经很清楚了，韦小宝在江湖的芸芸众生里所有有惊无险遇难呈祥，就在于他的机会主义本性和见风使舵随机应变的机巧能耐。别人讲道理应付不来的事，讲规则应付不来的事，讲书本应付不来的事，讲武功应付不来的事，他统统迎刃而解，无不有实时的对策。金庸以一百五十万字的笔墨塑造这样一个人物，当是出于他对中国历史和社会的体认，出于对中国文化的切身体会。金庸为小说取名《鹿鼎记》，所谓鹿鼎，就是逐鹿问鼎之意。韦小宝凭着他的机巧、权变在江湖里摸爬滚打，逐鹿问鼎，他自己也成了名副其实的鹿鼎公。小说第二十六回记韦小宝流落异域，本已身陷绝境，他竟以平日从民间说书听来的仕途的皮毛，助人政变夺权，立了大功。金庸禁不住大发议论，写下一段话，实有助于我们领略作者写作《鹿鼎记》之旨：

> 中国立国数千年争夺帝皇权位、造反研杀，经验之丰，举世无与伦比。韦小宝所知者只是民间流传的一些皮毛，却足以扬威异域，居然助人谋朝篡位，安邦定国。其实此事说来亦不稀奇，清朝开国将帅粗鄙无学，行军打仗的种种谋略，主要从一部《三国演义》小说中得来。当年清太宗使反间计，骗得崇祯皇帝自毁长城，杀了大将袁崇焕，就是抄袭《三国演义》中周瑜使计、令曹操斩了自己水军都督的故事。实则周瑜骗得曹操杀水军都督，历史上并无其事，乃是出于小说家杜撰，不料小说家言，后来竟尔成为事实，关涉到中国数百年气运，世事之奇，那更胜于小说了。

韦小宝取胜固为小说家言，荒诞得无人相信其为实事。然而，荒诞所投影的正是历史和现实，映照出来的正是中国的历史事实。翻开一部二十四史，可歌可泣固然也有，然而，韦小宝式的机巧、智谋、手段，亦有之。金庸以《鹿鼎记》为"历史小说"，此之谓也！

如果上述对作者意图理解是有文本依据的话，就可以进而分析小说中存在的武侠文类规范与作者意图的冲突。总的来说，金庸不愿重复自己的不懈探索，在一定程度上超越了武侠文类所能容许的范围，武侠小说这种文体包容不下作者力图表现的意味。作者与读者均以为《鹿鼎记》不像武侠小说，原因也在这里。

传统武侠小说均以刻画武侠英雄人物为轴心，这已在武侠小说的演变历史中形成了定式。假如一部武侠小说不以创造武侠英雄为轴心，至少在这一点上已经不像武侠小说了。金庸对中国封建社会历史和文化里的机巧、权变、诡计、不讲规则、手段至上等特点的体认，其实并不是一个武侠形象及其命运所能包容和表现得了的。武侠人物形象的弹性空间并不足以容纳如此深广的文化内涵。但金庸恰恰选择了武侠文类来表现这样的意味，于是武侠文类本身的局限性就会限制作者意图的表达。作者设计韦小宝这个人物时，保留了他部分像武侠英雄的地方。金庸赋予他仗义疏财、对朋友讲义气的性格，这是凡为武侠人物都必定有的性格。假如金庸不赋予韦小宝这方面的性格，《鹿鼎记》就是彻底的非武侠了。但在小说文本里韦小宝的这种仗义性格，作者强行加进去的痕迹很分明。作者为了迁就小说武侠文类的品，于是在构思的时候作了调整，写他的侠义性格，使之看起来像侠义道中人。但事实上，韦小宝的侠义性格与他擅长机巧权变、见风使舵的性格，并没有审美的统一性，它们在美感的直观形式中是不统一的。尽管作者写了这样一个韦小宝，但读者仍然难以想象既是义胆忠心又是左右逢源的韦小宝。在金庸诸多武侠形象中，韦小宝是人工痕迹最重的一位武侠人物，其次就是段誉。武侠小说虽然免不了离奇与巧合，读者也能适应这种文类的特点，但离奇巧合得来却要求有美感的统一性。韦小宝作为武侠人物，问题并不在于以无武功屡胜高手的那种近乎神奇的特质，而在于这个形象本身性格矛盾给人美感上的不兼容。朝廷与天地会是对立的，韦小宝却能两面讨好又不失侠义，他的形象虽有文本的根据，却让人觉得生硬。像康熙说的那样，"一个人不能老是脚踏两条船。你如对我忠心，一心一意地为朝廷办事，天地会的浑水便不能再趟了。你倘若决心做天地会的香主，那便得一心一意反我才是"（第四十九回《好官气色车裘壮，独客心情故旧疑》）。为了小说的"武侠味"，金庸不得不写小桂子的侠义忠心；为了寄托文化内涵，必须写韦小宝的左右逢源。于是这位鹿鼎公只好两边"蹚浑水"。这"蹚浑水"便损害了人物性格的统一性，损害了形象本身的美感。

武侠文类自身是有意义表达上的限制的，相对固定的"程序"和"套路"的存在使它不能如严肃文类那样对经验有广阔的表达空间。寄寓在韦小宝这个形象上的深刻而独到的体验或许不易于以武侠小说的形式来表现，换一种

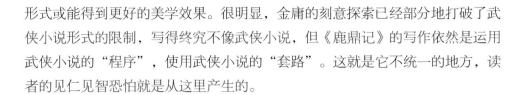

形式或能得到更好的美学效果。很明显，金庸的刻意探索已经部分地打破了武侠小说形式的限制，写得终究不像武侠小说，但《鹿鼎记》的写作依然是运用武侠小说的"程序"，使用武侠小说的"套路"。这就是它不统一的地方，读者的见仁见智恐怕就是从这里产生的。

四

武功也是武侠小说的一大程序。如要经营好一部武侠小说，离了比武斗狠热闹场面的描写和刻画，恐怕是难以做到的。纵观武侠小说的历史，似乎存在一个趋势，武打场面的营造占据的分量越来越大。这不但指篇幅的扩展，而且也指它在小说中所占的地位。唐人传奇中武功的成分较弱。《虬髯客传》《红线》均从侧面表现侠客作为"异人"的"异能"，没有武功格斗场面。《昆仑奴》与《聂隐娘》里的武功也是三言两语，几个比喻，意图突出剑客的神奇，并无拉开场面铺陈叙述的意味。《水浒传》里对垒格斗的场面营造稍细致了一些，但与唐人传奇一样，只有情节推进过程中的点缀作用，不像民国以来的武侠小说，武功场面往往是情节关目中的"眼"。有"眼"则有如点睛之笔，全篇为之"做活"，无"眼"则全篇死气沉沉。多少人物、事件的交代，多少铺垫承接，都是为了武功打斗高潮的到来。在武侠小说演变历史过程中，武功场面从处于故事情节的从属地位上升为情节的中心地位，它往往标志着情节的高潮。武侠小说大都情节散漫，没有中心结构，故事情节的组织大有神龙见首不见尾的架势。但不管故事情节怎样散漫，故事里的人物日常活动和比武格斗必定是交替出现的。日常活动部分，包括前因后果交代、群豪聚散、谈情说爱、琴曲高致、武功练习等等，它们构成故事里的"文戏"；而高手论剑、比武打斗、复仇杀敌则构成故事里的"武戏"。一会儿"文"，一会儿"武"，交替出现，造成一张一弛的节奏。武功场面在这种情节组织方式中获得了相对独立的意义。像故事里群豪磨炼武功，力求达到武学最高境界一样，武侠写手也极尽文笔所能，力图写出武功的新境界。

武功的写法一直存在"写实"与"写虚"的分别。所谓"写实"就是以朴实的文笔直写武打场面，写得较为实战逼真；而"写虚"就是以沉浸想象之笔，把武打场面写得玄虚神奇。武侠小说表现的是行走江湖的"异人"，这些奇侠异人又是有大"异能"的。"写实"的笔法肯定不足以刻画出他们的"异能"。所以"写虚"的笔法流传广泛，历史悠久，而"写实"的笔法竟不多见。《水浒传》写实，其武打的场面可以作为"写实"一派的代表。例如三十三回《施恩重霸孟州道，武松醉打蒋门神》：

> 蒋门神见了武松，心里先欺他醉，只顾赶将入来。说时迟，那时快；武松先把两个拳头去蒋门神脸上虚影一影，忽地转身便走。蒋门神大怒，抢将来，被武松一飞脚踢起，踢中蒋门神小腹上，双手按了，便蹲下去。武松一踅，踅将过来，那只右脚早踢起，直飞在蒋门神额角上，踢着正中，望后便倒。武松追入一步，踏住胸脯，提起这醋钵儿大小拳头，望蒋门神头上便打。

这段叙述以武松为主，严格按照事件发生的时空顺序，每个细节都有交代，细节与细节的关联符合事理，有武打实战的逼真性。这种笔法符合武松的形象。他只是一个孔武超勇又意气用事的英雄，毕竟不是侠客异人。"写实"的文笔写不出奇侠的神异，所以较为正宗的武侠小说作家喜用玄虚之笔，把武打格斗写得神乎其神。唐人传奇在武功描写上起了奠基的作用，对后世武侠小说影响很大。《昆仑奴》写一品派甲士围剿捉拿昆仑奴磨勒：

> 磨勒遂持匕首，飞出高垣，瞥若翅翎，疾同鹰隼。攒矢如雨，莫能中之。

又如《聂隐娘》写精精儿夜半行刺节度使，与聂隐娘格斗：

> 是夜明烛，半宵之后，果有二幡子，一红一白，飘飘然如相击于床四隅。良久，见一人自空而踣，身首异处。

唐人之写武功，与《水浒传》相去甚远。唐人用比喻表现奇侠的本领，或者抓住某一特征加以发挥，只写一点不及其余，无形中隐去了特定时空的逼真性。磨勒会"飞"，飞姿如"翅翎"，其快如"鹰隼"，甲士们的箭如"雨"下。一连串的比喻创造出奇幻的效果。聂隐娘与精精儿的格斗，变成红白幡子飘飘然的追逐。一场武功较量被短短几笔渲染得空灵肃杀，神奇不可方物。

　　不过，无论是唐人小说还是《水浒传》，无论"写虚"还是"写实"，作者有关武功的部分，文笔究竟比较简单，是以单一的叙述来表现的。单一的叙述表现不可能使武功部分在情节发展中占据独立的地位，只能作附属的点缀。如武松醉打蒋门神那一段，整回都在叙述施恩如何怕武松气力不济事，每日好酒好饭招待；两人定下重夺快活林大计之后，施恩又怕武松醉酒打不过蒋门神，如何不让武松喝酒，而武松越喝越有劲。相比之下，出战之日，如何一路将去快活林痛打蒋门神，只是围绕酒作文章写活武松性格的一个组成部分。武打场面在晚清武侠小说获得情节的独立意义，是依赖作家刻画武功场面由"叙述法"转向"戏剧法"而实现的。以叙述文笔写武功，不存在场面营构问题，而以"戏剧法"写武功，则一定要有场面营构；诸如人物对话，内心活动，双方过招等等。有场面就一定有人物关系，如同戏剧里人物冲突一样，虽然仍然离不了叙述描写，但武功场面的表现力吸引力就大大增加。武侠小说的趣味很大程度上就是由精彩的武功场面带来的。论家以为《儿女英雄传》写得精彩的是前十二回，尤以第六回为佳。[①]而第六回《雷轰电掣弹毙凶僧，冷月昏灯刀歼余寇》恰恰就是写十三妹与能仁寺谋财害命的诸凶僧较量的回目。文康的写法不再是三言两语，几个比喻就交代过去，而是铺陈文墨。有拳术的家数介绍，也有过招的种种仪式；有双方的试探和心理活动，也有奇侠凶僧对话的插科打诨；有细致的招式交代，也有神幻莫测的出奇制胜。以晚清武侠为开端，武功成为武侠小说一个单独的程序套路。因为"戏剧法"文笔大大地提高了武功的表现力，使它能够容纳以前所不能容纳的内容，表现以前不能表现的

---

　　①　"十三妹的形象前半部比较鲜明，富有侠义气息。"见游国恩等：《中国文学史》第四卷，人民文学出版社1964年版，第352页。"《儿女英雄传》前十二回在民间的影响很大，《悦来店遇险》《能仁寺遇难》历来是舞台和说书场上万千不衰的节目。"见管林、钟贤培：《中国近代文学发展史》，中国文联出版公司1991年版，第307页。

意味。由叙述式的表现转变为戏剧式的表现不仅仅是武功刻画的细致化，更重要的是武功刻画的细致化带来对武功本身的文化内涵、招式的语言趣味、武学境界的隐喻意味、人物性格表现的丰富性等方面的新发现。小说家逐渐意识到武功这一范畴，实是武侠小说未曾深入开采的宝矿，值得发掘，民国以后的武侠小说，武打场面的刻画异彩纷呈，有的成功，有的失败，但可以看出一个趋势：写手们各显神通，标新立异，力求在武功的写法上创出新意。

民国武侠小说中武功部分写得比较差劲的是《荒江女侠》。小说主角玉琴和剑秋练成"能在千里内取人首级"的剑术（第七回）。顾明道的写法，常受严肃批评家诟病，以为荒诞不经。[①]不过，武侠小说中的武功哪有不是荒诞不经的？小说中的武功本来就不是传统的功夫。用荒诞离奇来批评武功写得不好似乎未搔着痒处。顾明道的毛病是文笔涩滞，写来无生气。写来写去，不是"一道白光"，就是"一道青光"如何如何，不是人头落地就是将人罩住。例如"那道人听了剑秋说话，勃然大怒，一亮手中宝剑，跳过来向剑秋一剑劈下，早有白光一道，将道人的剑托住，乃是玉琴忍不住，已放出剑光来了"（第十三回）；又如，"玉琴的白光，宛若游龙。二人抵敌不过，趁各间隙，收转剑光遁去了"（第二十一回）；又如，"那真刚宝剑却使得寒光眩目，冷气逼人，好像一匹白练左右上下飞舞盘旋，风姑姑实在抵挡不住，便把双股剑虚晃了一阵，撇了玉琴向法明杀来"（第二十八回）；再如，"遂将手中宝剑一紧，舞得出神入化，变化一道青光。那黑衣少年也将宝剑紧紧迎住，上下翻飞化作一道白光，青白二光在庭中搅成一个大圈"（第三十五回）；顾明道翻来覆去只用比喻形容剑术的神奇，除此以外，似看不出文笔有什么新奇变化。文笔还在其次，关键在于作家能否写出自己的武功境界。顾明道以神奇为鹄的，只往"奇"字上去努力，寻来寻去，唯有取比喻形容才能达到描绘神奇的目的。但是，武功场面的营构在武侠中是一个巨大的弹性空间，它可表达的意味内容，远比"神奇"多。顾明道写得差劲，这与他未有深入发掘武功这一丰富的表现内涵有关。而还珠楼主的《蜀山剑侠传》中的武功场面就精彩得多。

---

① 杨义：《中国现代小说史》第三卷，第十章第一节《旧派小说之蜕变》，人民文学出版社1993年版。

作者极尽铺陈的能事，将复杂的较量娓娓道来，不时夹杂巧妙词语组合形容的武功招式，给读者无穷的巧妙想象。第二集第八回写余莹姑与许铖比武，一来以大段写景铺陈，二来以大段唇枪舌剑表现人物的语言机锋，三来以细致入微的武功铺陈，配合流畅顿挫的文笔，其中的神奇变幻真正表现出武侠的趣味。特别是他继承古代描写武功较量时的常见手法：巧妙组词形容武功的招式和特征。如形容余莹姑越女剑法招式："青鸾展翅"；形容许铖枪法架势："黄鹤冲宵""燕子飞云""怪蟒翻身"等。这种手法不独见于还珠楼主，《水浒传》《西游记》屡见不鲜，《儿女英雄传》中也有，但以还珠楼主用得最好。金庸描状武侠招式的时候，也屡用此法。金庸恐怕从还珠楼主处获益匪浅，鹿清有"降龙八掌"（《蜀山剑侠传》第二集第三回），而洪七公也有"降龙十八掌"（《射雕英雄传》）。当然，此种手法大盛于还珠楼主，但运用到出神入化的地步，还是金庸。

总的来说，武侠小说中武功场面描写刻画的分量和地位在演变历史中逐渐上升，为作家的文才驰骋提供了一个广阔的天地。民国以来的武侠作家大都十分注意营构武功的场面，冀图写出武侠之为武侠的趣味。当中有成功的经验，也有失败的教训。但这已经是一笔既往的财富，金庸在这个起点上继续探索，写出了武功的新境界。金庸写武功在下述三个方面都有独到和创新的地方：巧妙组词以武功及其招式的神妙，将庄禅哲理和人生智慧融入武功描写之中，使武功较量写意化。金庸能够继承武功写法的传统笔法而有所融汇贯通，所以能够自成一格，在武功写法上他不愧为集大成而又有开拓性贡献的作家。

巧妙组词以形容表达武功和招式的神妙是属于文字技巧的范围，举凡小说的叙事、描写、人物对话都要讲究文字技巧，本不独武功和它的招式为然。但形容武功和它的招式却特别地与如何巧妙组词，把玩汉语语素之间的奇妙组合的技巧有异常密切的关系，很能考验作家的文字技巧。换言之，武功和招式的形容，为实现和表现这种精妙的汉语语言技巧提供了一个广阔的天地。[①]

---

①　申小龙：《语文的阐释》，第八章《汉语的文化特征与汉语修辞学传统》，辽宁教育出版社1991年版。申小龙认为汉语是一种"具有艺术气质的语言"，把玩语素之间的组合本身就需要很巧妙的修辞技巧。事实上，这种修辞传统不但在诗文，在小说中也有广泛的使用。

当然，把玩汉语修辞技巧是与汉语本身的特点相联系的。汉语以单字作语素，每一语素自由独立但又可与其他语素自由组合，凭语素之间的意合而产生出无穷无尽的修辞组合。作家探究、把握、创造出新奇悦目的语素组合，就能够达到言简意丰的目的，给读者丰富的想象余地。把玩意合的修辞技巧在诗、词、曲、赋中应用最为广泛，在日常语言运用上也屡见不鲜，诸如"丹凤朝阳""花开富贵""龙衣翡翠"之类的菜肴取名。小说中讲到武打或两军对垒时这种语文技巧就特别派用场，仅仅几个词汇组合，就可以把事物形容得生动活泼。孙悟空就会使"高探马""大中平""叶底偷桃势"等（《西游记》见第三十一回），上文提到武松打蒋门神的拳脚叫做"玉环步""鸳鸯脚"（《水浒传》见第二十八回），十三妹也会使"开门见山"等式子（《儿女英雄传》见第六回）。任何一种武功，不论它是真实的还是作家虚构出来的，理论上都有若干招式，每一招式又有若干动作组合，每一动作组合又由身体变化去配合组成。若用完全描写性的句子去表达，一来不可穷尽它的动作过程，二来完全没有必要用如此冗长的文字去表达它们。删繁就简，向古典诗词学习，用一些语素组合加以概括表达，就能恰到好处。其一可以节省文字，以简胜繁，其二可以给读者留下想象的余地，孙悟空的"叶底偷桃"到底如何？武松的"玉环步"到底如何个走法？十三妹的"开门见山"到底如何个探法？恐怕只有读者自己去想象了。对中国语言文字越敏感、修养越好的读者，其想象必定越丰富，越神妙。当然并不是随便几个语素的组合就能令读者如醉如痴，语素的组合虽然靠"意合"，但作者终究要经一番"把玩"的功夫。文字技巧的高下就在"把玩"的功夫深浅上表现出来。例如，孙悟空的那几下手脚，"大中平"就远不如"叶底偷桃"。因为前者抽象而后者具象，具象才有读者联想猜测的发挥余地。大体上说，越能发挥读者联想的再创作活力的，越能发挥中国语文本身魅力的，越有虚玄穷究不尽意味的，就是越好的修辞组合。

以上述标准看金庸，他显然超过前人。不过他也是经历了一个过程才渐渐悟到文字的魅力，注意在这方面苦下功夫。金庸初试牛刀的第一部武侠《书剑恩仇录》写到第一高手陈家洛的武功，诸如"五行连环拳""八卦游身掌""百花错拳"等，其中的招式有"寒鸡步""倒撵猴""鲤鱼打挺"等等（见第三回）。设计得玄意不足，这些取名本身没有多少魅力，令读者想象发挥的余地不大。写到《射雕英雄传》的时候，作者这方面的文字日渐老辣，玄意无穷的武功取名与细致文笔的描绘相结合，写武功写到了炉火纯青的地步。小说第四回写"黑风双煞"练成的武功"九阴白骨爪"。由韩宝驹在月光下发现三堆头骨写起，次写各人均发现每个头骨上都有五个窟窿，排成品字形，再写柯镇恶突然醒悟头骨摆放与方位的关系。经层层渲染方画龙点睛，推出威力无比的毒招"九阴白骨爪"，加上写江南七怪与黑风双煞一场激战，更把这武功形容到神奇的地步。场面叙述如此得法，对文字技巧的领悟如此之深，非高手不能。此种技巧拿来与严肃文学相比，不遑多让。这个场面也是金庸武侠里最精彩最有武侠味的场面之一。其他如洪七公、郭靖的"降龙十八掌"，张无忌的"九阳神功"，段誉的"六脉神剑""凌波微步"，令狐冲的"独孤九剑"等，取名均十分考究。金庸自谦古典诗词修养一般，但在民国以来的武侠作家里已算上乘。从他武功的取名看，金庸对汉语把玩意合的修辞工夫，应当说是功力深厚的。

论家注意到民国武侠描写打斗已出现"内家功"与"外家功"的分别，将内功引进武功对垒，开创了武功描写的新天地。[①]在只有外功的时代，作者的想象无非是拳快如风，剑疾如电，想象究竟被限制在固定的时空领域。内功出现以后，又同中医医理挂上了钩，平添了无数的笔墨供作家去写气功、经络、脉象等半经验半神秘的东西。而中医的医理又与古典哲学相通。于是武功描写对于奇侠的意义就不仅是神勇超群和仗义行侠，还有他自己对武功的领悟，而对武功的领悟实在就可以隐喻对人生智慧的领悟。内功、外功隐藏的辩证关系可以象征人生的辩证哲理。由内功外功展示出来的奇妙的武功天地，在金庸笔下往往成为丰富的人生启示的喻体。当然，一方面是武功的题材扩大到令它们可以表达比以往更丰富的主题内容，另一方面也是武侠作者主动以更高的思想境界去提升武功的题材，令它能够表达出更深刻的人生意义。

《射雕英雄传》写西毒欧阳锋勇武过人，一心一意要夺得那部天下无敌的武功秘籍《九阴真经》，以练成绝世武功独霸武林。满足自己的野心是欧阳锋的目的，他对实现野心的手段没有丝毫的反省。但郭靖就不同，在练武中

---

①　参见陈平原：《千古文人侠客梦》，第五章《仗剑行侠》，人民文学出版社1995年版。

反省究竟所以然的道理（第三十九回《是非善恶》），以更高的人生理想驾驭武学，彻悟武学里辩证的道理。二次华山论剑的时候，作者编了一段意味深长的情节。论剑定乾坤之前，西毒欧阳锋急于争得"武功天下第一"的名号。他捉住黄蓉，逼授《九阴真经》。黄蓉胡乱说来，欧阳锋练得走火入魔，但武功过人，居然也能"自学成才"，华山顶上连败三大高手。在此紧急关头被机智的黄蓉利用他称霸的野心，激欧阳锋与自己的影子比武，结果落荒而去。因为求胜心切为欲望所驱，脉象已然混乱，神志已然不清，情急之下被一个简单的"我是谁"的问题搞得"全身经脉忽顺忽逆，心中忽喜忽怒"（第四十四回《华山论剑》）。欧阳锋最后疯癫发狂，一身过人的武艺用不到正处（《神雕侠侣》）。人生的手段、武艺需要以善的目的去驾驭，欲望终究不是人生的目的。像丘处机引先师重阳真人语劝说郭靖那样，"水能载舟，亦能覆舟，是福是祸，端的在人之为用……天下的文教武略，坚兵利器无一不能造福于人，亦无一不能为祸于人也"（第三十九回《是非善恶》）。欧阳锋亡于武艺，以祸人始，以祸己终。器用之为物，可不慎哉？武学本领必须被高尚的人生目的所掌握，可以说是金庸对武学的一个根本性的态度。金庸以佛法的眼光观照江湖的恩怨，贪欲即是邪念，倚仗武功独霸武林更是冤孽。邪念唯有克制、修养的工夫方能免去，冤孽唯有超度方能化解。武林中没有慧根的高手，不能持修向善的盖世绝才，终于逃不过佛法。《笑傲江湖》里岳不群、林平之，一个为了"一统江湖"，一个为了报仇雪恨，按《辟邪剑谱》"自宫练剑"，东方不败则神迷于《葵花宝典》，这三人修炼如此阴毒的武功，完全背离持修向善的人生宗旨，当然就不会有好下场。

武功讲究对垒较量，当然是胜负之争，旨在击倒对手而取胜。但作家亦可以从中生发出另一种理解，把它类同、暗喻人生中的竞争，形式上是胜过对手，但实质都志在超越自我。所谓超越自我，就是从武学行为中超度自身的贪、嗔、痴、爱等欲念，达到玉宇澄清的境界。这样武功的描写就与人生的启示有了隐喻式的联系。《神雕侠侣》中有一场武打写得很有特色。一灯大师的徒弟铁掌帮帮主裘千仞（法名慈恩）在华山顶上未能顿悟前非，终于恶念潜长，不能入于证道之境。一日提防溃决，以恩师为仇人。可是一灯只盼他悔悟，任由慈恩一掌一掌劈来。"劈到第十四掌时，一灯'哇'的一声，一口鲜血喷了出来。慈恩一怔，喝道：'你还不还手么？'一灯柔声道：'我何必还手？我打胜你有什么用？你打胜我有什么用？须得胜过自己，克制自己！'"此话说得慈恩一愣。杨过在旁感于大师舍身点化恶人的大德，使出独孤求败的绝技，以玄铁剑逼裘千仞于死亡边缘的绝境，使他从绝境中大悔平生。"慈恩挺腰站起跟着扑翻在地，叫道：'师父，弟子罪该万死！'"大侠杨过也由此悟人生境界："要胜过自己的任性，要克制自己的妄念，确比胜过强敌难得多。这位高僧的话真是至理名言。"（均见第三十回《离合无常》）比武固然求胜人，但它究竟只是较低的境界，一灯的一阳指并非胜不过慈恩，金庸写他忍住不出手，实在是要衬托出超越表面胜负的更高境界。超越了区区的胜负之念，才能成为一代大师。正如《天龙八部》中虚竹所想的，"学武讲究胜败，下棋也讲究胜败，恰和禅宗之理相反，因此不论学武下棋，均须无胜败心……《句法经》有云：'胜者生怨，负者自鄙，去胜负心，无争自安'"（三十一《输赢成败，又争由人算》）。金庸写武功，好以佛道哲理融入其间。如《笑傲江湖》风清扬授"独孤九剑"予令狐冲，秘诀为"无招胜有招"；《天龙八部》少林寺有七十二项绝技功夫，但第一绝技又有相应的慈悲佛法为之化解等等。从严肃文学的观点看，这些佛道庄禅哲理解说，亦不是多么玄妙。读者亦不必以参禅悟道的态度读金庸武侠，但从武侠小说的艺术看，这是一个了不起的突破。好的文笔技巧还要与对人性、人生深入的见解来配合，方能成就一部好小说。文康的文笔甚好，叙事从容不迫，对话甚有个性，语言技巧圆熟。但就是人生的见解陈腐，辜负了天生的好文笔。佛道庄禅的哲理，虽不是什么独得之见，但其中悲天悯人的情怀、慈悲为怀的处世态度、辩证思维的处事方式融于武侠人物的性格之中，融化在武打对垒的故事和场面描写之中，当能提升武侠文类的表现力和价值，给予人生有益的启示。

正如金庸自己说的那样，他写作不愿意重复自己。对于武功描写也是这样，金庸不愿意局限在飞镖、暗器、点穴、打坐、练气、拳法、棒法、剑法等直观的较量，他还追求把这些直观的对垒较量写出新意，而他这方面重要的手法就是写意化。融文入武，以文写武，琴棋书画、绣花女红，无不可以融入武功较量之中。如同中国画的写意法、京剧表演中的虚拟法，追求神似，不求形似。以琴棋书画、绣花女红之理点化武功，只求有"武林味"，不求是否经得起时空世界那种逼真性的推敲。本来中国语文特有的把玩意合的修辞就有写意化的趋势。这手法形容事物的方式就是抓住事物的神意而遗弃事物的形骸。金庸将之配合高手对垒，以"文理"来贯穿武打，整个场面就更加写意。这方面金庸同样开辟了一个武打的新天地。岳灵珊不时使出的一招叫"岱宗如何"。这招"岱宗如何"究竟如何？金庸写道："只见岳灵珊右手长剑斜指而下，左手五指正在屈指而数，从一数到五，握而成拳，又将拇指伸出，次而食指，终至五指全展，跟着又屈拇指而屈食指，再屈中指。"（《笑傲江湖》第三十三回）作者其后交代，岳灵珊屈手指是在计算对手的方位、门派、身长、兵刃等，之后再用剑击对手无有不中。这招"岱宗如何"颇似今日高科技之制导巡航导弹，计准攻击目标的数据方出击。这在事实层面是十分荒唐的，可能手指未及屈完，对手的拳头早已在眼前开了花。但读者不可能去计较这些，只知此招语出杜甫诗"岱宗夫如何，齐鲁青未了"（《望岳》）。招式出自上佳诗文，未必不增人想象。角色在玩武，叙述者却在玩文。岳灵珊与令狐冲同出华山派，且看金庸如何写他们二人对垒：

令狐冲无意之间使了一招"青梅如豆"，岳灵珊便还了一招"柳叶似眉"。两人原无深意，可是突然之间，脸上都是一红。令狐冲手上不缓，还了一招"雾中初见"，岳灵珊随手便是一招"雨后乍逢"。

恐怕连金庸本人也不知道"青梅如豆""柳叶似眉"是如何的出手法。然而读武侠之人如若深究，则难免有刻舟求剑之讥。武打的描写只要好看，有味就可为上品。这段文字正是上品，原因是有了文绉绉的联语。"柳叶似眉"对"青梅如豆"，"雨后乍逢"对"雾中初见"，十分工整，而且意象迷离，倍添想象。

金庸为人物所设计的武功，常有令人想不到的绝处。东方不败的制敌利器只是一根绣花针，绣花针可为兵器，在现实世界中当是闻所未闻的。金庸一支绝笔，就是要读者闻其所未闻之事，刺激读者的想象力。《笑傲江湖》中写东方不败与令狐冲交手，"东主不败'咦'的一声，赞道：'剑法很高啊。'

左一拨，右一拨，上一拨，下一拨，将令狐冲刺来的四剑尽数拨开。令狐冲凝目看他出手，这绣花针四下拨挡，周身竟无半分破绽，当此之时，决不容他出手四刺，当即大喝一声，长剑当头直砍。东方不败右手大拇指和食指拈住绣花针，向上一举，挡住来剑，长剑便砍不下去"（三十一《绣花》）。双指夹绣花针能拨挡利剑，这当是匪夷所思的事情，但武侠小说一向有不以逼真论高下的传统，读者也认同于这个传统。只要上下文铺垫得当，武功与人物性格吻合，愈离奇就愈有想象空间。东方不败神迷《葵花宝典》，已经自宫，修得不男不女之身，连样貌都变得妖异。这绣花针功自然吻合他的性格。以全篇小说的武功设计来说，如果人人都是一路拳法剑法，如《荒江女侠》那样，就要失色不少。这文绉绉而出乎意料的武功设计，正是武侠小说所不可少的。《神雕侠侣》第十二回、第十三回，写一灯大师的弟子朱子柳以笔为兵器，以书法为招式，与来自西藏的霍都对垒，比武竟然如临书帖。作者交代，"朱子柳是天南第一书法名家，虽然学武，却未弃文，后来武学越练越精，竟自触类旁通，将一阳指与书法熔为一炉"。霍都则读过诗词，略识书法。当朱子柳以一套创自《房玄龄碑》的招法与霍都对阵时，霍都识得此书法，守得井井有条，不落败阵。写到此时，金庸奇笔一转：

> 朱子柳见他识得这路书法，喝了一声彩，叫道："小心！草书来了。"突然除下头顶帽子，往地上一掷，长袖飞舞，狂奔疾走，出招全然不依章法。但见他如疯如癫，如酒醉，如中邪，笔意淋漓，指走龙蛇。

金庸这段文字，脱胎自杜甫《饮中八仙歌》的诗意："张旭三杯草圣传，脱帽露顶王公前，挥毫落纸如云烟。"仇兆鳌《杜诗详注》引《旧唐书》："吴郡张旭善草书，好酒，每醉后，号呼狂走，索笔挥洒，变化无穷，有若神助。"以诗之意写武打，金庸的笔意神奇，真是妙不可言。武打的写法如同角色的招式一样，力求多变，行文无变，则迟滞淤塞不通，不能吸引读者的兴趣。相比于武侠文类的其他规范而言，武功是最要求神奇变幻而又最能够衍生出多样笔墨的方面。武打写意化的手法，正是大大拓展了武侠文类的弹性空间，金庸在利用此弹性空间方面，无疑是最具创意与成绩的一位。

结语

金庸被论家赞誉为"侠圣""武侠宗师"。就金庸在武侠小说的成就论，当得起这样的赞誉，但毕竟需要从学理上多少给予批评和说明，才能有名副其实的感觉。本文从武侠文类的三大基本的程序规范，即江湖、奇侠和武功入手，论述这些规范的形成和变化。从文类规范的成长演变的角度来衡量批评金庸的武侠小说，笔者觉得这样比较能够说明金庸对武侠文类的贡献。假如文体有盛衰的话，金庸在武侠小说史上的地位就相当于李杜在诗歌史上的地位一样。一方面是个人天赋的才华，严羽"诗有别材"之谓也。批评只能指出才华的表现和所在，但并不能解释它的来龙去脉。毫无疑问，金庸是一位极有才华的作家，批评对这些天作之才只有叹为观止。另一方面，金庸也未尝不是生逢其时。要讲透作家的生逢其时，就要从历史、从文类的传统和积累来说明。以金庸为代表的新派武侠，刚好在武侠文类积累了相当成就，奠定了一个大发展的基础之时破土而出，这是一种幸运。所以从这个角度也可以说金庸生逢其时。他把武侠文类的基本规范推至辉煌的顶点，每一程序套路均已发挥得淋漓尽致。对后来者而言，自然就没有那么多的回旋发挥的余地了。看来，金庸之后，武侠的式微是合乎道理的。因为这个舞台的主角金庸已经做定了，别人再来参演，恐怕只能做跑跑龙套的配角。当然，人类文学未走到尽头一日，都不能说得太绝。或许会有化腐朽为神奇的天才出世，一扫颓风，重振甚至胜过昔日的声威。但这个假设只好由时间去证实。在未证实之时，笔者只能认为，因为有了金庸，武侠小说已经没有多少写头了。

《金庸国际学术研讨会论文集》

想象世界的道德秩序^①

金庸的十四部小说，除了《鹿鼎记》不太像武侠小说之外，其余的十三部无疑是归入武侠范围的。武侠小说作为一个源远流长的本土文类，与其他诸如言情、历史、侦探（推理）、科幻等通俗文类一起，构成了一个与严肃文学对峙的大本营，长期以来，通俗文类以文学上的成就，一样获得广泛的读者。

金庸小说的想象天地无与伦比，单就文学想象力的运用而言，自从《西游》《封神》和《聊斋》问世以来，无疑又是一个高峰。陈世骧说金庸小说是"终属离奇而不失本真"^②。各行各业的人，无分年龄，无分雅俗，皆以金庸小说为好看。就像"有水井处，即能歌柳（永）词"一样，当今世界是有华人处，皆有读金庸、论金庸者。凡有好奇心者，如阿里巴巴惊悉"芝麻开门"，他的哥哥亦甚向往之，强盗就更以为本门不传的秘辛。^③好奇心是人类的本性，同时，好奇心也是历史的产物。在社会生活中展开的好奇心，一定打上了历史文化的印痕。武侠小说是好奇心满足的途径之一，而想象力的运用是创造出神奇的武侠世界的重要条件。想象力所创造出来的那个超乎日常经验以外的神奇武侠世界，是吸引读者的诱惑。这种诱惑抹平了出身、教养、年龄、职业的差别，给予读者好奇心极大的满足。这或许可以解释金庸小说广受欢迎的部分原因。

然而，金庸武侠的想象世界又不是天马行空，又不是神龙见首不见尾。想象力所创造的人物和故事，必须归结为一种意义；就像好奇心刻上历史文化的烙印一样，否则就是拼凑出来的荒唐，它不会吸引读者。武侠作家手眼的

---

① 凡文中所引金庸小说原文，均取自《金庸作品集》，生活·读书·新知三联书店1994年版。

② 见陈世骧给金庸的信，见金庸：《天龙八部》，生活·读书·新知三联书店1994年版，第1977页。

③ 纳训译：《一千零一夜》第六卷，人民文学出版社1984年版。

高下即在于将自己的"想象世界"归结为何种意义，得之深者为高明，得之浅者为庸陋。毫无疑问，金庸属于前者。像其他武侠作家一样，金庸也是将笔下"想象世界"的基点落实在道德秩序的基础上。但是，金庸对"想象世界"的道德秩序有自己独特的理解。他在两个层面上展开笔下的道德秩序，首先是"侠士们必须遵行的伦理道德观念"，其次是"一套众所公认的是非标准"。①前者相当于侠士的个人信念，后者则是江湖世界的秩序，就像人间所谓"正义"一样。侠士如果违背江湖世界的道德秩序，纵然武艺高强亦必为武林所不齿，身败名裂，为武林所唾弃，是他们的下场。侠之大者，虽未必都有常人以为的那种圆满的结局，但侠之奸者、侠之恶者，则毫无例外最终均呈其奸恶。不过，金庸所展开的这两个层面的道德秩序，并非等量齐观。对于前者，他倒是一如既往；而对于后者则充满"正义"迟来的悲悯，同时也表现出形而上的厌倦和失望。笔者觉得，这正是金庸高明的地方，因为它表现作者对人性和社会的锐见。

一

在武侠、言情、历史、侦探（推理）、科幻五大通俗文类之中，与想象力的关系深浅不一。言情和历史虽然不免虚构，但是无论何种程度的虚构，言情和历史都需要在一个相似于现实人生经验的时空框架之内展开，想象力要受到经验的时空框架的制约，不能逸出这个时空框架之外。如果拿言情和历史文类的虚构想象与现实经验来比较的话，前者就是"未然"，后者就是"已然"。但是，"未然"绝不意味着无限的可能性，因为"已然"的时空模式规制着那个虽然未成为现实的"未然"。正是在这种意义上，亚里士多德将诗看成"模仿"现实。因此，言情和历史文类是与纯粹的想象力关系比较浅的文类，或者说想象力的运用要局限在经验的时空框架允许的范围之内。侦探（推理）文类乍看之下与现实人生经验所展开的时空模式十分相似，所叙述的侦探

---

① 金庸：《"说侠"节略》，见刘绍铭、陈永明编《武侠小说论卷》（下），香港明河社出版有限公司1998年版，第715页。

故事、推理故事只是比我们经历的日常经验更加神奇而已，除了它们的神奇，其余部分还是可以作为日常经验来接受的；如果我们的人生有足够的运气，说不定一样可以经历侦探故事和推理故事叙述出来的那种神奇。不过，在笔者看来，这只是一种"幻象"。侦探（推理）文类其实与我们日常经验的距离远比想象遥远，它们甚至是与我们此在世界的日常经验无关的故事，它们与日常经验世界的近似，仅仅是形貌上的近似。侦探和推理故事当然需要一个"案件"，以一个"案件"为题材。但是，仅仅把它当成一个"案件"，哪怕是一个比现实"案件"更神奇的"案件"，都不能说是清楚地了解这种文类。侦探和推理文类所提供的想象空间，我以为要比言情和历史更为广大。因为它们提供的想象空间是指向智力逻辑的，这种文类纯粹是对智力逻辑的偏爱，借助近似的日常经验做"外壳"而将它表现出来。因此，侦探（推理）文类中的想象力，不是受到日常经验模式的制约而是受到智力逻辑的制约，它是人的智力逻辑制约下的想象力的运用。

武侠和科幻与纯粹想象力的距离似乎比言情、历史和侦探（推理）都近，就是说，想象力诉诸武侠和科幻文类时受到的限制相对较少，想象力发挥的空间相对较大。想象武侠故事唯一不能违反的只是关于武侠的文化历史传统。在这个传统中，江湖只是一个想象的、与"庙堂"或"朝廷"生活方式相对的那种生活的场所；侠士则是关于一种早已绝迹的历史人物的回忆；武功来源于道、佛两家养生内外功夫的神化。在真实的日常生活场景中，既不存在江湖，也没有侠士，武功则可以随意发挥。可见武侠文类的想象空间是非常广大的。同样，科幻故事唯一不能违反的是技术，但是，技术在现代社会意味着发明的无限可能性。只要符合人类到目前为止的科学发现的原理，任何在此基础上的技术想象都是言之成理的。

有意思的是在这五种文类之中，侦探（推理）是半舶来品，而科幻是完全舶来品。古代有"公案小说"一科，与侦探接近，但从来没有推理小说。推理和科幻小说是最没有民族和传统根基的文类，到今天还是这样。以汉语写作的推理和科幻小说，其成绩远不能与言情和历史比拟。尽管今天现代教育已经大大普及，科学技术在社会生活中的地位也颇为显赫，但是，推理和科幻小说依然没有走出小圈子，以科幻为职志的作家在公众中的影响极为罕见。推理和科幻受阅读界的追捧甚至还比不上清末刚刚被介绍过来的时候。那时，一切都是"新"的，依仗着新鲜劲还能吸引到相当的注意力；如今推理和科幻不再新鲜，缺乏民族和传统根基的弱点显现出来。本身虽为通俗文类，但在它们生长的异地并没有大众的基础。这种情形恰如武侠小说在非汉语圈子受冷落。由此可知，通俗文类也打上语言、文化传统的烙印。不同的语言、文化传统会产生自己的通俗文类。如果要在汉语和英语中各自列举一种通俗文类作为代表，我以为武侠和科幻应该能够入选。武侠是汉语世界最有代表性的文类；而科幻是英语世界最有代表性的文类。

然而，更有意思的是，虽然武侠和科幻与想象力的关系都极为密切，想象力为这两种文类提供了广阔的发挥空间，但这两种文类中想象力安放的基础却完全不同，或者说想象力发挥的取向完全不同。武侠文类的想象力完全落实在道德秩序之中，作家对道德秩序的体验支配了武侠小说想象力的运用；武侠的世界完全不见日常生活的"踪影"，但这个想象世界最终还是有道德的一个世界；作家对道德秩序体验的深浅决定了这个想象世界之中道德秩序的面貌。科幻则不然，科幻文类的想象力落实在对不确定的未来的探究之上，就是说，对未来的追问、探究支配了科幻小说想象力的运用；无论科幻世界如何远离日常生活，如何离奇荒诞，但它是作家基于技术进展而对人类未来的一种想象；科幻急于寻求的，不是世界的道德性，而是世界的可能性。想象力创造的科幻世界，或者是美好的，或者是丑陋的，但关键在于，它是可能的。科幻世界的出现反映了人们对于技术的展望，也反映了人们对于技术的不安。技术越来越支配人们的日常生活，与此同时技术也塑造了人们的生活面貌，它越来越像一股无形的力量，迫使人们想知道在技术的塑造下，明天的生活会是怎么样的。在一个技术领先的语言文化中，对未来的疑问、焦虑正是科幻文类广受欢迎的文化心理基础。也许因为汉语文化不在技术上领先，它只是技术的追随者，人们没有那种因技术领先而来的对未来的焦虑，倒是安心于自己拥有的日常世界。既然是日常世界，那就意味着它有千百年来都是如此的秉性，人们对这个世界不太可能有关于它未来的焦虑，倒是有生活于其中的此在世界是否可欲的疑问。武侠文类中想象世界与道德秩序那种根深蒂固的联系，正是根源于这个疑问。如果说对技术的展望和焦虑是科幻文类想象力基础的话，那对日常世界

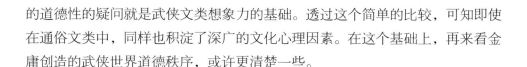

的道德性的疑问就是武侠文类想象力的基础。透过这个简单的比较，可知即使在通俗文类中，同样也积淀了深广的文化心理因素。在这个基础上，再来看金庸创造的武侠世界道德秩序，或许更清楚一些。

二

假如要在华人生活的社会列举最容易达成一致的道德规范，我想，"孝"应该排列在第一位，第二位的是"义"，然后才是"忠"。人伦社会，神没有地位，故只得讲究人伦秩序。怎样才使人间社会显出伦常秩序呢？人间的伦常规范是不可缺少的，在"家"的范围之内，就是"孝"；出了家门，进入社会，与朋友相交，就是"义"；与代表社会秩序的国家相交，就是"忠"。"义"和"忠"，对象不同，性质则一。所以，古人往往"忠""义"并称，而《水浒传》其中一个版本的全名是《忠义水浒全传》。民间社会并不总是涉及"忠"的场合，而一举手，一投足，无不牵涉到"义"；洒扫应对，待人接物，离开了"义"，则语言行为无所依归。在民间生活的场合，"义"的影响力和深入人心的程度，甚过于"忠"。可以说，"忠"是那些为国为民、做大事的人的道德规范，而"义"，则大人者如是，升斗小民也离不开。概而言之，讲义讲信，在很大程度上塑造了华人社会的民间生活。

在金庸创造的亦幻亦真的武林天地，"义"也是武林人物所遵行的首要道德规范。正所谓江湖义气，没有义气，就不成江湖；江湖就是武林人物由义气而结成的独特的活动天地。如《笑傲江湖》中所说，"武林中人最讲究'信义'二字。有些左道旁门的人物，尽管无恶不作，但一言既出，却也决不反悔，倘若食言而肥，在江湖上颇为人所不齿"（三十五《复仇》）。在金庸构筑的江湖世界，侠者的武学有正、有邪，人品有善、有恶，但的确找不到不义的人。正派的武林英雄、侠者不在话下，就算那些在正派眼里是大奸大恶的侠者，起码在他们生活的小圈子里是有情有义的人。或者可以这样说，大信大义，他们沾不上边；但小信小义，还是站得住脚的。武林世界之中，人有邪正而凡侠皆义，这是金庸想象世界的一个重要特点。它使笔下的人物形象有充分的复杂性，善恶截然两分的看法，不能完全包举。

武林之中，自是武力横行，话不投机，就挥拳相向。但是，武力横行并不等于侠士没有一些基本的道德约束。热闹的打斗场面自是好玩有趣，而人物的侠义勇气也使阅读者知所去取。《飞狐外传》中写了一个横行乡里，鱼肉弱小的恶侠凤天南。他是五虎门的掌门人，仗着掌门人的威势，镇霸一方。有一回，他败在少侠胡斐手里，儿子亦被胡斐捉住，任由宰割。他却不是逃跑，反而挺身而出，对胡斐道："一身做事一身当，凤某行事不当，惹得尊驾打这个抱不平，这与小儿可不相干。凤某不敢再活，但求饶了小儿性命。"说完就要横过单刀，往颈中刎去（第五章《血印石》）。怜爱小儿，虽属私情，但也足见这个恶侠是一个血性男儿，知耻知义，危急关头才会显出江湖汉子的气概。

《射雕英雄传》中"西毒"欧阳锋，为人可谓歹毒，看人不顺眼，即出手杀人。但三十八回有一个场面，甚值得讲究。先是欧阳锋落入沼泽，要郭靖救命。他对于郭靖是害死恩师和心上人的仇人，但是，武林之中，乘人之危出手，未免胜之不义，更兼有饶他三次的盟约，像郭靖这样的大侠，当然不会干这些背盟兼不义的事情。于是，小说写郭靖出于不忍的仁心，救欧阳锋出沼泽。欧阳锋出得险境，乘郭靖不备，反过来占了上风。但这时欧阳锋也不杀郭靖，当然不是他的歹毒生性想折辱郭靖，而是在高手面前，使出这等功夫，也是胜之不义，日后在江湖里，也要传为笑柄。欧阳锋因自身品性而恨郭靖，但他爱武功，故又佩服郭靖的武学修养，想从郭靖那里学到最上乘的武功。出于这些原因，他不能杀郭靖，不但不杀，还向郭靖学起"易筋经"。于是，两人就在荒郊野外亦敌亦友般比试起武功来。人品截然不同的两大高手，却尊行同一样的道德规范，或至少在同一道德规范之中，寻找到"共识"。这是武林世界的"奇遇"，但这种情形何尝不是民间社会的"常情"。

坊间的通俗小说，写人物容易一好皆好，一坏皆坏。像曹雪芹当年嘲讽的那样"千部共出一套"。皆是因为坊间作者对人性缺乏体验，不能明白道德的相对性。金庸笔下的侠者只有丰满和单薄的分别，却没有英雄和纯粹恶人的分别。英雄是有的，恶人也是有的，但恶人也必有他的"义"之所在，并在某种场合显示出来。金庸笔下的恶人的善根并未完全泯灭。人世间的善和恶固然是不变的，但什么是善，什么是恶，却随具体场合而有转移。武林之中，道各不同，固然各善其善，各恶其恶，但难得的是作者能够超越这种局限眼光，写出邪侠也有他的"义"。由此看来，这套通行江湖的道德观念，不仅是作者"设计"的，这种虚构的"设计"也与人世间的道理相通。《笑傲江湖》的几个恶侠，似乎比其他小说里的恶侠性格上更有"社会内容"，但即使是这样影射人性和历史的侠者形象，也同样有行走江湖的义气。一心想建立武林"霸业"的左冷禅，在中原五大门派合并争霸的比武中，已得先手之利，眼看霸主之位就快到手，却被岳不群使出阴功刺盲双眼。弟子纷起鸣不平，左冷禅却说："大丈夫言而有信！既说是比剑夺帅，各凭本事武功争胜，岳先生武功远胜左某，大伙儿自当奉他为掌门，岂可更有异言？"（三十四《夺帅》）人虽是野心家，但终究不失武学大宗师的身份气派，拿得起，放得下，不愧为武林中的侠义之士。邪派教主东方不败使尽阴谋，夺得教主大位，练《葵花宝典》上的秘功，天下第一。遭任我行、令狐冲等四大高手围攻，四人本不能胜他，怎奈任盈盈攻击他毫无武功的相好"莲弟"，引得东方不败方寸大乱。他临死前相求的一件事就是保住这位"莲弟"的性命（三十一《绣花》）。东方不败与"莲弟"之间的感情，虽然是畸形的，但终究情深，深到令东方不败不顾自己性命，临危显义。由此看来，东方不败也是一条江湖汉子。岳不群阴邪虚伪，为人奸险，但他早年收养令狐冲，让他位列诸弟子之首，可见并非一开始就是冷血人物。后来走入奸邪一路，一来是偏执武学，走火入魔；二来是醉心权势，失掉人性。岳不群后来的行径，当然算不上是江湖汉子，可是他先前收养孤弱，悉心栽培弟子，也算曾经有情有义。

金庸小说中演绎武林中的"义"，最充分的是两个人品性格截然相反的人物：《天龙八部》中的乔峰和《鹿鼎记》中的韦小宝。一个是大丈夫，另一个是小滑头；一个是武功盖世的奇侠，另一个是只懂出邪招取胜的小侠；一个临危取义、为国为民而捐躯，另一个危急关头遁迹山林。如此不同的人物，居然都符合信义的道德，表面看来匪夷所思，可是细细看去，却合情合理。信义作为道德大节，虽然含义一样，但人生在世，有大信大义，有小信小义。为国为民者，为大信大义；为友为朋者，为小信小义。乔峰一生所演绎的，正是为国为民的大信大义。而韦小宝一生所演绎的是为友为朋的小信小义。乔峰生为契丹人，血脉里流淌着契丹人的血液，但又自小成长在中原，为丐帮前帮主悉心栽培，做了丐帮接任的帮主。中原的文化哺育了他，然而他不幸生在大辽征宋之世。站在契丹人的立场，他希望自己的民族强盛兴旺，但站在汉宋的立场，他不愿见到中原遭兵燹之灾。这个两造不共存的处境逼使他只能以牺牲一己的方法保存信义的道德规范。他和其他高手一起，阵前劫持辽主耶律洪基，逼他许下"于我一生之中，不许我大辽一兵一卒，侵犯大宋边界"的诺言。完成这件造福大宋的义举，他发觉自己无法向契丹人交代："萧峰是契丹人，今日威迫陛下，成为契丹的大罪人，此后有何面目立于天地之间？"于是，折箭自尽（五十《教单于折箭，六军辟易，奋英雄怒》）。乔峰的大仁大义是道德原则高于生命的证明。当然，这种大仁大义不是每一个人都能做到的，在金庸小说中，这样的大英雄也不多见。

韦小宝天生聪明伶俐，是个幸运的机会主义者。但这并不意味着他没有自己的道德原则，他十分认同"江湖上好汉，义气为重"（第四十三回《一纸兴亡看覆鹿，千年灰劫付冥鸿》）。一失掉义气，就再也没有在江湖上立足的余地。他就是靠着这点义气，以及逢凶化吉的运气，才受到朝野两面的看重。在康熙的身边，他是朝廷命官，贵为大内侍卫总管；在江湖好汉眼里，他是反清复明的天地会的青木堂香主。这两种身份乍看之下极其对立，可是在韦小宝那里并不是水火不容。因为他从不以抽象的眼光分敌友，康熙在他的眼里，是小玄子，好朋友，是可以取无穷富贵的皇帝；天地会群雄也是好朋友，好哥们儿。不是他不能容纳朝廷和天地会两大势力，倒是这两大势力的对立搅得他不能安生。为了康熙性命，韦小宝可以舍身护卫；为了群雄的安危，韦小宝也可以冒险通风报信。朝廷和天地会不共戴天，是因为他们将这种对立赋予意识形态性，而韦小宝看不到，也不懂得这一点。他从来没有生活在意识形态的世界，他只生活在个人化的世界，靠着他领悟到的"义气"，把这些人脉关系通贯起来。康熙也好，天地会的群雄也好，都是讲"义气"的人，既然都讲"义气"，就是一路人马，他势孤力弱的韦小宝为什么不能周旋其间？至于他们的对立，是他们自己的事，于他韦小宝何干？"义气"这种道德，在韦小宝的人生处境中，被发挥到淋漓尽致的地步。或许可以这样说，韦小宝不是一个深明大义的人，但对于人生小义小节的理解，没有人比他更为透彻。韦小宝在"义气"名目下的机会主义生活态度，要在对立的双方不撕破脸皮进逼的情况下，才能有善终。因为你固然可以回避意识形态而生活，但是，你不能阻止意识形态强行闯进你的生活。一旦后者发生，脚踩两只船的生活哲学就面临瓦解。果然，当康熙说出"小桂子，一个人不能老是脚踏两头船。你如对我忠心，一心一意的为朝廷办事，天地会的浑水便不能再蹚了。你倘若决心做天地会的香主，那便得一心一意的反我才是"的时候（第四十九回《好官气色车袭壮，独客心情故旧疑》），当天地会群雄苦劝他自己做皇帝的时候，无异于宣告了他江湖生涯的结束。

金庸似乎对作为道德规范的"义"情有独钟，十四部武侠之中，始终贯穿对"义气"的正面评价。笔下的人物无论善恶，唯独"义气"是必不可少的。大忠大善的大英雄如此，大奸大恶的大枭雄也是如此。这种写法使得武侠人物的性格更有复杂性和文化内涵，在艺术上是非常成功的。刘再复先生曾经在80年代提出"人物性格的二重组合原理"，以为文学作品的人物形象应该具有多面性和复杂性，这样才能够表现更为基本的人性，也才具有生命力。[①]金庸笔下的武侠人物与刘先生的看法，可谓不谋而合。当然，作家所以能够使笔下的人物形象丰富、生动，并不纯粹是一个艺术手法的问题，更为基本的是作家对人性的深入理解，不囿于日常的偏见，才有可能做到。

三

武林的世界是一个有道德的秩序，可是这个有道德的秩序并不如我们当下生存的现实那样。现实社会的道德秩序是由人们认同的道德规范和推动或强制执行这些规范的力量共同构成的。比如在现实社会里那些不遵行共同的道德规范的人和行为会受到舆论的谴责和司法的制裁。在武林这个想象世界，江湖人物背离道德的行为并不会受到舆论的谴责，也没有司法力量的制裁；虽然书中有所谓"为江湖所不齿"的议论，但那是另有意指所在，并不能构成约束力。那么，作家是怎样表明想象的世界也存在道德秩序呢？换言之，是非标准的公认性是怎样显现在一个想象世界之中的呢？我以为是透过人物的命运来显示道德秩序的确在性的。作家只有安排人物的不同命运来告诉读者这个想象世

---

① 参见刘再复：《刘再复集》，黑龙江教育出版社1988年版。

界也是有是有非的，舍此别无他途。因此，观察人物的不同命运就可以透视作家想极力表明的那个道德秩序。

由于人物的命运有这样的功能，因此，人物命运的讲述也存在浅尝辄止的陷阱：肤浅的讲述者通常安排好人圆满的结局，安排坏人凄惨的下场，以此来显示关于恶行的"报应"和邪不胜正的秩序常轨。讲述者要跨越这个陷阱是不容易的，因为舍弃人物命运的安排无以显示一个如星空运行般的秩序常轨，而若好人不得好死，做尽坏事而大富大贵，则秩序的道德性何在？所以，超越流俗的人物命运讲述一方面要对"好人圆满"的结局有独特的解会，另一个方面对坏人的下场，也要有独特的理解。金庸在这两点上都做到了。读者在他描绘的武林世界里，既看到了邪不胜正的道德秩序，又跨越了因果报应式的老套，使人物命运显示出深远的意蕴。

金庸笔下的邪侠、奸侠、恶侠一般以两种结局收场：意外失手和自取其咎，甚少看到正派人物对邪派人物惩罚式的处理。当然，所谓意外失手和自取其咎有时是混合在一起的。在金庸的武林世界，秩序道德性的彰显不是通过"正战胜了邪"那样简单的方式，而是通过邪恶败于意外和邪恶因自身的邪恶而失败的方式。如果说意外失手多少是出于人世的无常和情节结束的需要，那自取其咎的结局就体现了金庸对道德秩序独到的体验。《雪山飞狐》中做尽了坏事的凤天南不死于少侠胡斐之手，而是死于奸情败露之后的"恶吃恶"，可谓一世奸雄，死于一时之不慎（第十九章）。《笑傲江湖》里的东方不败，多半属死于非命。他练出来的武功已然"天下第一"，四大高手本不能夺命，但因练了邪门功夫，发展出畸形的感情需要，成为致命之伤。弱点被偶然捉到，一时失手身死（三十一《绣花》）。邪教教主任我行的结局也类似。小说写到末尾，中原的五岳正派已经因为争盟主的内斗，亡者枕藉，不复成派；而阴毒的邪派教主任我行复辟成功，正准备进剿中原正派残余。如此一来，至少在情理上便无法交代邪不胜正。于是，金庸让他"忽然从仙人掌上摔下来"，"只过得片刻，便断了气"（四十《曲谐》）。一代枭雄，意外亡身。五岳剑派中的左冷禅虽然死在令狐冲的剑下，但他当初只为杀仇人岳不群，潜入华山洞中，不意碰上令狐冲，格斗之中不敌身亡（三十八《聚歼》），可算是个意外，况且当初令狐冲也没有一定要诛灭奸邪的意思。意外失手的写法虽然可以使人联想到休咎无常，天网恢恢，奸邪也不能免此天谴，但毕竟感染力度有限。不过，它可以快速结束情节，用此手法也未可厚非。

如果邪侠、奸侠和恶侠都被大侠、侠之英雄者剿灭，那就是一种简单的因果报应的写法。相比之下自取其咎的写法更显示秩序的道德性：邪不胜正并不单纯来自力量对比的公式化信念，而是来自恶行的最神秘的惩罚：恶行自己对自己的惩罚。正所谓恶贯满盈，自取灭亡。金庸小说的恶人往往是以自取其咎收场。他们向往武学而其心不正，想练成打遍武林无敌手的功夫，掠取最大权力来满足个人私欲。这时候他们所练的武学正是斩伐自己身心生命的工具。《射雕英雄传》中的"西毒"欧阳锋，一心想练成武功天下第一，无论多么伤德损生的事情都做得出。他的武功固然无人能敌，但他因练《九阴真经》上的武功而不识经文的意思，以致走火入魔，发了疯，自己和自己的影子斗法比武（第四十回《华山之巅》）。《天龙八部》中的梵僧鸠摩智几乎就是欧阳锋的翻版，崇拜武功霸道，以力取胜。所不同的地方是他为了那本记载无敌武功的《易筋经》跌落深井而内力全失，武功尽废之后，能够翻然彻悟："如来教导佛子，第一是要去贪、去爱、去取、去缠，方有解脱之望。我却无一能去，名缰利锁，将我紧紧系住。今日武功尽失，焉知不是释尊点化，叫我改邪归正，得以清净解脱？"（四十六《酒罢问君三语》）同书其他恶人，如"四大恶人"之首段延庆，最后知得段誉是自己儿子但作恶太多而不为儿子所认，亦喜亦疯，行为失常（四十八《王孙落魄，怎生消得杨枝玉露》）。日夜图谋复辟，一心想做皇帝的慕容复，最后竟然痴心成疯（五十《教单于折箭，六军辟易，奋英雄怒》）。《笑傲江湖》中的岳不群，为了做五岳派盟主，练最阴鸷的《辟邪剑谱》，搞得众叛亲离，竟然死于自己精心策划的阴谋（三十九《拒盟》），真是苍天有眼，以合乎情理的方式惩罚了恶人。金庸所写的那些恶人，因其恶而自取灭亡，包含了非常正面的人生哲学：武学如同才华、能力，本身不是生活的目的，它必须被德行所驾驭。德行高于武学，恶人所以为恶人，在于他们不理解或根本罔顾这道德的律令，以为纯粹的武力可以使自己"天下第一"。于是，神秘的惩罚因其邪恶信念追踪而至。

武林世界里的恶人罪有应得固然说明了其道德秩序的一面，但好人也要有圆满结局才能印证另一面。中国传统的戏文、小说多以大团圆结局，大概也是基于这种看法。综观金庸小说大侠的结局，当然不能说他们不圆满，但是，至少金庸对圆满本身是有自己独特理解的。他笔下的圆满绝不是大团圆式的圆满，更多的是超凡脱俗式的个人生命的圆满。因此，观察金庸小说的义侠、英侠、侠之大者的结局，就会觉得金庸在其中显示了某种超越人间秩序的哲思，或者说，他对武林中的道德秩序本身有深深的怀疑、失望。这种怀疑和失望不是对道德或德行本身的怀疑、失望，而是对道德落实为一种秩序时的怀疑和失望，归根到底，是对善恶兼有的人性的怀疑和失望，并将怀疑和失望的情绪寄托于可以超迈绝尘的个人生命。金庸小说里，无论是大侠的事业，还是邪正的对垒，最终都渗透了事业不成、对垒转空的氛围。从他第一部武侠小说《书剑恩仇录》结尾陈家洛为香香公主墓冢写的铭文"浩浩愁，茫茫劫，短歌终，明月缺"（第二十回），就可以看出那种人事无常、转眼成空的浩叹。《碧血剑》里的袁承志，无疑是一位大侠。他毕生的事业是辅助义军，灭明抗清，可是，他慢慢发现，他辅助的李自成义军，除李岩之外，竟然一如明朝官员贪婪、暴虐；他要抵抗的清朝鞑子，居然明白事理，颇为爱民。他的义侠生涯，目睹了"十年兵甲误苍生"的现实，在"空负安邦志"之后，"遂吟去国行"，和旧友张朝唐一道，远征异域，离开中原（第二十回）。《雪山飞狐》的结尾，少侠胡斐于绝境处意外得宝刀，杀出重围，然而，他的心上人程灵素已经为救他的生命而死，正应了圆性念出的佛偈："一切恩爱会，无常难得久。生世多畏惧，命危于晨露"（第二十回）。《射雕英雄传》的结尾是郭靖和成吉思汗讨论什么人才是大英雄。郭靖以为成吉思汗杀戮太过，不算真正英雄。成吉思汗却认为郭靖幼稚。成吉思汗死后，郭靖南归，看见一路上"骷髅白骨散处长草之间"，正是"兵火有余烬，贫村才数家"（第四十回）。这种景象无疑是暗示所谓"英雄事业"的荒唐。

　　《笑傲江湖》的结尾颇耐人寻味。经过一番搏杀，枉死的枉死，作孽者也受了现报，令狐冲和心上人任盈盈结为夫妇，一片祥和升平。但是，这个结局却是反"武侠"的。全书的叙述已经十分明显地说出，江湖的本性在于"一统"。人人争权，派派暗斗，都是为了这个"一统"带来的权力与荣耀。现在却太平气象，由"千秋万载，一统江湖"，改变为"千秋万载，永为夫妇"。侠士弹琴，优游于温柔乡中，那么，侠士也不复侠士，江湖也不复江湖。这个结尾是作者对江湖本性的批判，它超越了江湖，超越了武侠。可以说，正是因为金庸有了这种"笑傲江湖"的觉悟，才在后来写出《鹿鼎记》那样似武侠而非武侠之作。《鹿鼎记》中的"江湖"没有《笑傲江湖》里的"江湖"那么险恶，但也是充满杀机。红花会要反清复明；朝廷要剿灭红花会。两大仇家势不两立。韦小宝可以苟且于江湖一时，但不能得志于永久。在左右夹攻之下，他也只好装死，与妻妾一起，远离是非之地，逃逸到山林，隐逸起来。作者通过韦小宝的命运，用意之一显然是对江湖秩序的强烈不认同，他的成功和他的逃逸，都说明这个江湖世界的缺陷。它并不是理想之地，理想之地何在，作者大概也和读者一样没有明确的答案。作者只是用人物的命运来映照人间的不圆满。

想象的世界与我们生活着的现实世界一样，也有一个道德秩序，只不过彼此通过不同的途径表现其秩序的道德性而已。综观金庸创造的武林世界，他比较钟情于民间普遍认同的"信义""忠孝"的道德规范，并且把它们当作武林人物立于天地间的普遍准则；无论人品的善恶，都一体遵行，并无非议。然而，金庸对于江湖秩序本身的正义性，虽然是基本肯定，不失乐观主义的期待，实际上则颇多怀疑。在前期的作品，这种疑虑只是一种气氛，一种人世无常的渲染；到了后期，由疑虑而转变成失望。武林人物的命运暗示江湖世界的道德秩序可能只是可望而不可即的远景，义侠和侠之大者的盖世武功和绝顶聪明，并不能使这个世界更符合道德性，更符合正义性，他们的努力既不白费，然而也决不能改变他们身处的江湖世界。如果他们有更高远的理想的话，这种理想也只能是关于他们个人生活的，而不是关于社会的。要实现这些关于个人的生活理念，唯一的办法就是从江湖世界中逃逸出来。这或许是一种更为可取也更为现实的生活理想。

《厦门文学》2004年第2期

在两种小说传统之间

——读《白鹿原》

　　一部作品受当代读者的欢迎程度可以从它在书架上的状况反映出来，而且比评论说得更加靠谱。要是它整整齐齐，簇新如故，大概就是乏人问津，不受待见。作者的名气再大，那也只是评论圈的看法，与普通读者无关。要是它七歪八扭，甚至残破不堪，那它虽然未必就是惊世之作，至少也是一部赢得读者的作品。陈忠实的《白鹿原》无疑属于后者。我那天到自己执教大学的图书馆借阅，它在书架上的状况让我大吃一惊。架上共有三本，封面都加了牛皮纸，四角翻卷残破污损。一本被翻至中间断裂，仅靠牛皮纸粘连，另一本末尾残缺十余页，污损不堪。我挑了最好的第三本，也是封面乌黑，末尾六页有残损。文学图书被读者"折磨"成如此的惨状，我的记忆里只有金庸、梁羽生的武侠有近似的"待遇"。对作者来说，这是无声的肯定，也是最高的礼赞。产于中国黄土地带的作家，虽然各人才情禀赋不同，但大多数有庄稼汉精神。庄稼汉种地舍得全副身家性命，不惜日日脸朝黄土背朝天，干活比别人卖力，洒下汗水也比别人多。这种庄稼汉精神用今天话说，就是作家自持的定力，写出精品的意识。陕西作家由柳青到路遥，再到陈忠实，一脉相传。陈忠实写过的作品不算多，到《白鹿原》问世而一锤定音。他前期写作的探索、铺垫和准备终于有了大成。《白鹿原》是20世纪中国长篇巨构之中的不朽之作，它被誉为反映20世纪前半期中国社会时代巨变的史诗。粗看之下，恰当其评，但细细看去，史诗一词包含着"史"和"诗"两种成分。笔者以为，"史"的丰富性和杂多性，《白鹿原》是充分具备的，甚至是淋漓尽致的，而"诗"的纯净性、单一性则有所不足。或者说在一个现代的长篇架构中两者的关系没有处理好。这个弱点既源于现代长篇小说的传统的矛盾，也源于作者对现代中国社会变迁

见解的价值混乱。

一

小说，尤其长篇小说在西方是与印刷术流行、都市媒体出现、市民消闲阅读兴起这三者并行的产物。小说在西方世界的身世注定它与案头阅读的天然联系，就是说小说是写给彼此空间隔绝的一个一个读者无声默读的，这种读者环境造就了小说文本的案头性。于是故事情节可以曲折跌宕，但作者叙事一定要紧扣人物和事件的情节一致性，务求每一个叙述节点保持其内部因果的统一性，摒弃与统一的因果链不相干的叙述成分，哪怕它们作为孤立的叙述节点也不乏精彩。若是容忍那些无关主旨的叙述节点的出现，那对西方小说传统来说就是败笔了。对读者而言，阅读的惯性必然是沿着作者叙述所提供的因果链条逐步解开叙述节点构筑的环扣，最后通达对故事主旨的领悟。这个阅读过程近似于智力游戏，读者能够得到身心愉悦、心灵净化的前提是作者能够在文本中提供一个不旁生歧路的游戏路径。历经数百年的这种西方小说传统使结构散漫叙述杂多不纯成为写作的大忌和失败的标志。正是在这种意义上，史家陈寅恪很不满意于中国传统的章回长篇，他在《论再生缘》一文中说："至于吾国小说，则其结构远不如西洋小说之精密……如《水浒传》《石头记》与《儒林外史》等书，其结构皆甚可议。"陈寅恪以西方小说的结构观念衡量传统章回小说，其合理性的边界在哪里，这又另当别论，却有助于使我们回到章回小说产生的源头观察古代小说的传统。

话本和章回小说直接承接口头宣讲、演唱佛经故事的民间说唱传统而产生，而讲经说唱与其说是为断文识字的士大夫预备的，不如说是面向远离文字的普通百姓。今传以四大奇书为标志的章回长篇虽然明中后期已经整理、增删、定篇成文，但数百年的口头流传在其写定文本里依然留下分量不容忽视的口头痕迹。口头文学的传统天然容许甚至鼓励文本的歧义和杂多性，因为听众的此来彼去、趣味不一、修养高下有别而共处同一的空间，使讲唱说书者无法在叙述中追求因果链条的一致性。相反叙述节点和片断不时灵光一闪的小高潮是说书者所追求的，哪怕在一个相连时段中前后彼此含义是矛盾的也无妨碍。

这种杂多性和它们传递的多意涵正是陈寅恪批评章回小说结构散漫和不够精密的原因。但是在古代，这不是章回的缺点而正是它们的长处。然而近世西学东渐，口头讲唱传统日渐式微。五四新文学之后，为读者写的而不是为听众听的现代长篇无疑占据了文坛的主流。笔者从未听说哪位作家曾经为了口头说书而写作底本。西式长篇文体虽然占据了主流位置，但是毕竟进入中国的时间短，根基不够深厚。这从20世纪长篇的状况也可以看出端倪来。新文学运动后产生的长篇绝大部分都可以用叙述散漫结构不够精密来形容，而叙述精密因果链条清晰的长篇，其作者基本上都是接受唯物史观的作家，如茅盾、柳青等。这个现象不是没有来由的。因为这种供案头阅读的长篇需要作者强大的心力脑力来驾驭统筹材料，尤其需要作者在叙事中保持因果链条的一致性。而唯物史观虽然有简单化历史进程之嫌，但实际上却有助于作者在纷繁的叙述材料中获得统筹驾驭能力的提升。笔者的意思不是说不接受唯物史观就写不好长篇，而是西来的长篇文体本身就内含了作者社会观、历史观明晰性的要求，内含了作者形象思维逻辑的一致性的要求。这个要求是从长篇文体产生的传统中积淀而成的，只是在中国现代社会环境中唯物史观的传播起到了推动这种长篇文体成熟的作用而已。直到今天，我们对《子夜》传递的意涵可能别有评价，但无可否认它是现代小说中结构最精密、讲述最清晰的小说。

明白了古代章回小说自身的积淀和西方现代长篇的传统以及两者在中国现代文学史上的交织和融合后再来看《白鹿原》，就非常有意思了。毫无疑问，陈忠实想写的是给读者看而不是给听众听的小说。他的写作意图接近于来自西方的那个长篇传统，这从扉页上作者引用巴尔扎克的话"小说被认为是一个民族的秘史"当题词可以看得出来。史在中国文化脉络里，是端庄严肃的，而小说是正史的"对立阵营"。巴尔扎克的说法鼓舞了陈忠实唾弃这一陈旧观念，依靠自己的艺术才华再次建立它们之间的联系。白鹿原上半个世纪的世道沧桑和风云变幻始终是作家耿耿在怀、不能稍忘的。否则，为什么小说里那位品行高尚、料事如神的"关学大儒"朱先生最终修史呢？他半个世纪最显赫的事业，就是修成了一部囊括古今而又秉笔直书的滋水县志。那本子虚乌有的县志与读者可以展卷的《白鹿原》之间有一条息息相通的秘密通道：陈忠实是以修史的意识来写小说的。当然这个意图完成得怎样，以及这个意图在多大程度上是合理的，那我们可以来讨论。

陈忠实意图写出真实历史的雄心勃发，读者也能感受到他艰辛的探索，可是笔者始终认为，《白鹿原》的实际成就主要来源于与古代章回小说相联系的那个传统，其文本叙述节点的丰富性、杂多性在当代长篇中至今无出其右，忠孝节义、智勇仁爱、奸淫邪劣、官匪黑白在长达三十四章的故事中无不悉备，淋漓酣畅。我相信这些久违了的中国小说传统的亮点也是《白鹿原》广受读者喜爱的关键所在。至于《白鹿原》与西方小说传统相联系的那个部分，例如讲究叙述节点服务于叙事意图，叙事因果链条的严密性与一致性等，则是小说比较薄弱的地方。假如把它看成历史，这部历史混乱而驳杂。著史而缺乏内在的一致性，则让人茫无头绪，难以适从。《白鹿原》的一强一弱，正显示了小说美学趣味的中国与西方、传统与现代的那种差异。这部小说注定会获得中国读者热切而持久的喜爱与回响，而难以获得海外关注中文阅读的那些人的青睐。

《白鹿原》的开篇非常有中国味。这是杂多性运用得极其成功的例子，也是作者能推陈出新之处。陈忠实花了三章的篇幅来写小说的开头。表面看白嘉轩娶一个女人死一个女人直到娶至第七个才有好结果的故事是游离于之后主要情节的，但正是这种游离才是传统小说开篇楔子的精义。从第一章第一句"白嘉轩后来引以为豪壮的是一生里娶过七房女人"直到第三章末尾仙草的"两只奶子像两只白鸽一样扑出窝来"，是为楔子。这个开头无楔子之名而有楔子之实。传统章回的开篇必有一个情节脱离主体故事的小故事作开端，俗称"楔子"。它短则一回，长则数回。它与主体故事看似藕断实质丝连，情节无关而隐括后文故事。在这样的闲笔中将主要人物一一推出，描出个轮廓，于杂笔中旁生岐趣。《白鹿原》开篇的艺术水准完全能够达到这个境界。作者把楔子的故事展开在白嘉轩与七房女人之间，看似无非床笫之私事，除了哈哈一笑，无甚大意。但作者正是利用故事离奇谐谑乃至荒诞的喜剧效果，使读者过目难忘，而暗中传递了小说关乎文化传承的主旨。建立在家族制度上的文化传承，一半任天，一半任人。白嘉轩这位承载家族文化的传人，与六房女人，有始无终，天不垂顾，任人无功。中途泄气之际，获得父亲临终嘱托的加持，顽强再娶，待到第七房吴仙草的到来，终于生儿育女，开枝散叶。作者将一个私欲满足的表面故事写出了它兼含的"文化奋斗"的意味。离奇谐谑之笔，讲着讲着，主要人物朱先生出来了，鹿家也出来了，又带出了兼含象征文化传承的白鹿传说。有道是万事起头难，长篇的起头则是难中之难。要是不能在开篇的叙述节点中立刻吸引读者，十之八九小说是失败的。然而，开篇的艺术，各有其妙。陈忠实神来之笔，做到的是化"床笫"之腐朽为神奇。此种艺术的功力令我想到当年孔子删诗定篇之际，毅然拔《关雎》为三百篇之首，而《关雎》讲的正是关于男女夫妻之道的故事。陈忠实与两千五百年前中国文化的圣人，正是英雄所见略同。

陈忠实与他所钦敬的前辈柳青都是那种扎根于生活大地的作家，不过他与柳青不同。柳青从生活大地汲取的是新社会新时代所鼓舞升华起来的"时代精神"。然而这种"时代精神"时过境迁，终归缥缈，而陈忠实从生活大地汲取的是民间知识、民间价值和民间趣味。传说当年《白鹿原》甫一问世，就被批评涉色过多。作者自己辩解是所写都与人物性格有关，为塑造人物性格所必需。然而按迹循踪，这个辩解多处可以成立，但少数还是不能成立的。例如第二十四章写鹿兆鹏与白灵假扮夫妻而弄假成真，房东辛亥元老魏老太太对初涉欢爱的白灵有一番男人比女人"多那一泡屎尿"的教诲。这与充满献身热情的白灵性格无关，也看不出与塑造辛亥元老的形象有什么必要之处。其实作者的辩解不过"正当防卫"而已，真正的理由恐怕是陈忠实对这类民间知识和趣味的热情和熟悉。饮食男女，长篇小说多不能免，而作者的用意五花八门。有的将此作为诗意的精华，有的则作为故事调味的作料，更有的以此为招徕的不二法门。《白鹿原》肯定不是后者，但又不同于前二者。我觉得陈忠实无意中将故事关乎饮食男女的部分写成了民间知识意义上的"秘戏百科"，它们各有不同而各极其妙。如果只带着"有色眼镜"来看小说中的风月文字，那当然就不能够欣赏里面的通观、生动与盎然趣味了。要知道，中国的小说传统本身是容忍和鼓励小说传递这种不登大雅之堂的"小道"的。这是小说追求杂多性的题中应有之义，而陈忠实深得其妙。

二

不过，陈忠实毕竟是当代作家，他喜爱和熟悉中国小说传统的同时，也深受西方小说传统的熏陶。无论他怎样熟悉古代章回小说，他不是罗贯中、施耐庵，更不是兰陵笑笑生。他多年潜心闭门写作《白鹿原》，现代历史风云的真实样貌一定在他心目中占有最重的分量。他追求故事叙述能够抵达历史的真相，而古人笔涉历史却不敢存有这样的雄心，罗贯中也只敢说自己的书是正史的"通俗演义"，即根据正史通俗地敷衍铺陈一番的意思。不过生在古人之后，兼之西方小说传统东渐而来也已百年，陈忠实有这样的写作抱负也是顺理成章的。然而实按文本，《白鹿原》到底有没有将作者的这一叙述意图落到实处呢？笔者的看法是文本比之作者的雄心大打了折扣，小说并未恰如其分地将作者意图贯彻始终。陈忠实对半个世纪以来中国乡村传统备受政治风云冲击而衰败的叙述，颇像荷马笔下返航途中的水手，因半途听到女妖塞壬美妙的歌声而忘却了返回故乡的目的。塞壬的歌声就是陈忠实喜爱而熟悉的乡村传统、百姓日用，它们以杂多的面貌出现在小说叙述中；而遥远的故乡可比作他的叙述意图。这个叙述意图在他的笔下写着写着就偏离了、弱化了，或者被旁行插出的叙述所取代，出现了混乱，以至于对白鹿原上历史变迁的前因后果的揭示没有达到应有的深度。以小说的历史感来说，《白鹿原》看似大气磅礴，实则中空不足。原因在于作者对乡村传统的衰败以及政治风云激荡的叙述抱有混乱的观念和矛盾的思想，导致缺乏一个始终如一的视点，于是不能使所有情节及其发展受到整一周密的控制，而多视点的侵入则使叙述产生了对意图的偏离。

晚清到20世纪前半叶中国乡村传统确实是经历了逐渐破落、衰败的过程，小说也给予了一个生动、丰富、曲折的呈现。这个乡村传统最为辉煌鼎盛的时候当然是故事开始不久县令将"仁义白鹿村"的石碑送来的时候，而白鹿两家修祠堂立乡约开学堂，朱先生晨诵讲学的辛亥前后也是白鹿原上的好时光。虽有白狼之害、兵痞骚扰而终于风平浪静，虽有白鹿两家暗中比拼竞争而无伤大雅，但自此之后，灾难迭次袭来。先有鹿兆鹏发起的"风搅雪"共产农运，还有土匪劫掠，行政当局横征暴敛，后有抗战以及新思潮吸引乡村新一代离土离乡，最后是解放的终极廓清，白鹿原上乡村传统的两个代表人物朱先生、白嘉轩，日甚一日黯淡、委顿，终至佝偻龙钟。这个乡村传统的精髓——"学为好人"，终于沉入无声的大地。然而，当读者要追问这个在作者笔下焕发道德光彩的乡村传统为什么会最终式微的时候，就不能满意于文本所暗示的回答——

它太过表面化了。姑且不讨论导致它衰微的外部因素，因为所有的外部因素传递到原上简朴的乡村生活的时候，都被简化为道德诉求，看它是否符合"学为好人"的理念。故事告诉读者，由于存在太过强大的力量阻拦白鹿原上的百姓"学为好人"，从代表行政力量的白鹿仓总管田福贤、为富不仁的大户鹿子霖、不能克忍私欲的黑娃到被新的主义所吸引而离经叛道的鹿兆鹏，他们所构成的瓦解力量远胜过朱先生和白嘉轩为代表的乡村传统的正面力量，于是无论白嘉轩怎样身体力行，朱先生怎样谆谆教诲，终于孤掌难鸣。但是这个文本透视出来的解释到底在多大程度上符合中国20世纪上半叶的历史进程，多大程度上被作者道德化的历史观所简化，这是我们需要分辨清楚的。

乡村传统的衰落固然有令人惋惜的地方，但它的衰落不可以被描绘成一个至善至美的事物因世道变迁而被抛弃的故事。这样写故事不是历史主义的，作为一个具有现代眼光和洞察力的人尤其不可如此迷恋乡村传统的魅力。这个乡村传统在20世纪90年代寻根的氛围中其实是被神化了，这种神化似乎影响到了陈忠实的写作。我们知道，以"学为好人"为宗旨的那个乡村传统的衰败，的确与外来势力和文化冲击有关。但中国不能自外于现代潮流，故亦不能长久地将外来的现代思想、观念看作外部因素，它们融入中国的土地，或迟或早也是中国自身的。以这种观点看乡村传统的现代命运，它就不是纯粹由外部冲击而走向衰落，而是由它的内部不足，由它缺乏现代素质而发生不适应，所以走向无可挽回的自我衰败。虽然不排除从乡村传统中产生的道德教诲日后可与新的生活形式相结合而重新焕发活力，但是这种可能性的存在并不构成我们在它重生之前就无条件为它辩护的理由。任何作家如果笔下描绘中国乡村传统的衰落而缺乏大历史的眼光，就只能让故事停留在挽歌的水准。

《白鹿原》第十章写白嘉轩出面说服黑娃放弃他带回来的媳妇。他开出这样慷慨的包票："你只管丢开她。你的媳妇我包了，连订带娶全由叔给你包了。"他以族长的洞察告诉黑娃"你拾掇下这号女人你要招祸"。白嘉轩的劝告可以说是势利眼，反倒不如黑娃有堂堂男子汉的担当："我一丢开她，她肯定没活路了。"当然，或许现实生活中，如白嘉轩那样的一族之长并不稀奇，他的做法亦是出于"学为好人"的教诲，甚至可以说是人之常情。但当代小说不能这样认同现实，不能面对这个场面而欠缺批判精神。如果陈忠实写出白嘉轩所抱持的这些人生准则与他所代表的乡村传统衰落的相关性，那才是真正的现实主义。因为时间节点已经来到这里：读者看得出白嘉轩是势利的，黑娃是有担当的，而田小娥是无辜的，但作者却把白嘉轩当作捍卫文化的英雄。类似的非历史主义写法再次出现在第十五章，狗蛋效仿鹿子霖吃田小娥的"天鹅肉"而不成。为了这个流言，白嘉轩毫不含糊，在家族祠堂祭起了家法。齐集本族男女于祠堂之后，他"从台阶上下来，众人屏声静息让开一条道，走到田小娥跟前，从执刑具的老人手里接过刺刷，一扬手就抽到小娥的脸上，光洁细嫩的脸颊顿时现出无数条血流。小娥撕天裂地地惨叫"。文笔具象，毫无漏洞可言，凛然的"正气"和他的形象——"挺身如椽，脸若蒙霜，冷峻威严"，配合得恰到好处。作为现实生活里的白嘉轩，这是毫无问题的，可是作为文学形象的白嘉轩，读者期待看到他会为自己的行为而悔恨。可是他不会。白鹿原的故事即将结束，白嘉轩遇到已经癫疯的鹿子霖，承认自己一辈子只做下一件"见不得人"的事儿，愿来生还债。文本没有明说什么事儿。笔者猜想当是故事开头诈买鹿子霖的坡地葬父而时来运转的事儿，因为白嘉轩把鹿子霖的倒霉看成自己夺了他的风水宝地。这种"吾日三省"的临末一笔，显然是为了完成白嘉轩"学为好人"的一生而添加上去的。在笔者看来，他一生"见不得人"的事情所在多有。他对不起黑娃，对不起田小娥，也对不起他儿子白孝文，更对不起他的女儿白灵。这些绝情、凶狠而近乎无人性的行为，统统挂在"学为好人"的名下。作者应当比白嘉轩站得更高，然而文本表明作者和白嘉轩站得一样高。于是作者没有写出这个历史进程的真谛：20世纪上半叶中国乡村传统的衰落，肯定是与它在具体生活形式中表现出来的绝情、凶狠和近乎无人性密切相关的；它固然受外来因素冲击而衰败，但更是自我衰败。读者有理由期待笔涉这段历史的作者能够在人物形象和故事中写出这种历史的因缘来。可惜没有。其实作者对这个乡村传统并非没有思考，否则白孝文重新认祖归宗返乡之时，怎么会跟太太说"谁走不出这原谁一辈子都没出息"呢？只是作者太偏爱作为文化英雄来表现的白嘉轩，于是偏离了自己对乡村传统的认知。

《白鹿原》的人物有一耐人寻思的现象：凡是偏离乡村传统而生活于乡村的人物，作者会写得特别好，而作者用心刻画的乡村传统的正面人物，倾注心血却写得不好。故事里写得最生动而有血肉的人物，非黑娃和田小娥莫属。

尤其是鹿三发愤除害，提着"梭镖钢刀子"摸黑到田小娥的窑院，"对准小娥后心刺去"，她"惊异而又凄婉地叫了一声：'啊……大呀……'"。这简直就是神来之笔。她凄婉的声音说明她是无辜的。从她作为举人老爷的小妾开始，她就是这个乡村传统祭台上的牺牲品。从刻画她的种种笔法可知，作者显然不想把她当作世俗的淫妇来写。她的内心并非歹毒，亦知爱知恨，只是由于无知无能，遂落入他人股掌之中。她的牺牲品角色反倒使作者放得脱，写得开。只是没有提高到用她的遭遇反衬乡村传统的绝情、欠缺人性这一点，殊为可惜。相反，作者着意塑造的正面人物白嘉轩就刻板得多，尤其是那位朱先生。笔者读到他类同神迹的种种言行，就想起鲁迅嫌罗贯中拔高孔明，谓"状诸葛之多智而近妖"。陈忠实写朱先生，庶几近之。之所以造成这种局面，笔者觉得，作者过分偏爱白鹿原上的乡村传统，未能真正洞识它衰落的前因后果有以致之。

三

亚里士多德在《诗学》里认为：艺术作品中"美的事物"是由它的"整一性"的程度决定的，而"整一性"取决于各个部分有恰当的"一定的安排"。他举荷马为例，认为"唯有荷马在这方面及其他方面最为高明，他好像很懂得这个道理，不管是由于他的技艺或是本能。他写一首《奥德赛》时，并没有把奥德修斯的每一件经历，例如他在帕尔纳索山上受伤，在远征军动员时装疯……都写进去，而是环绕着一个像我们所说的这种有整一性的行动构成他的《奥德赛》"。亚里士多德所说的整一性其实就是叙事的人物和事件的安排按照严格的因果链条来进行，一句话——人物和事件的安排严格服从和体现因果律。这个说法可以看作是西方叙事传统最经典的美学说明。无论是悲剧还是历史叙事，这个要求都体现在其中。希罗多德的《历史》还早于修昔底德《伯罗奔尼撒战争史》问世，但修昔底德被奉为西方"历史学之父"，就是因为他的著作是按照揭示事件因果的原则来组织行文的。他的战争史不仅呈现延续二十七年的希腊同盟与斯巴达同盟的战争历程，更重要的是他让文字的呈现置于他所理解到的战争原因的揭示之下。他要写出一部让人动脑筋思索而不是让人用耳朵欣赏的历史。在这个意义上，修昔底德的战争史要远胜过希罗多德的《历史》。笔者的看法是亚里士多德所说的叙事美学原则并非是叙事时必须遵守的金科玉律，亦不是叙事追求达到一定美学境界的不二法门。但是如果叙事者追求揭示历史事件的前因后果，像修昔底德那样写让人动脑筋思索的叙事作品，那就以亚里士多德所讲的叙事美学原则为佳。

　　陈忠实是一个主观追求讲述历史的整一性而实际上却长于讲述历史的杂多性的作家。《白鹿原》的文本多处出现这两方面的裂痕，那个希望付诸实现的整一性的想法，随着情节的推移又被赋予与原初意义不相同的意味。多重不同意味的叠加站在杂多性趣味的美学立场，毫无问题，然而它却模糊了原初既定的整一性。文本有四处提到白鹿，作者显然是将白鹿精灵作为某种愿望和理想的象征。这个笔法本来非常高明，可以使得书名更加含义深远，使得故事情节更加粘连紧密，还有助于读者思索故事的内涵。然而，这四处白鹿精灵所隐藏的意味，却前后不一。白鹿作为传说而第一次在文本出现的时候，似乎是象征着"万木繁荣，禾苗茁壮，五谷丰登，六畜兴旺"的"太平盛世"。但紧接着刚死完六房女人的白嘉轩独自发现大雪之后的奇迹，去求问朱先生所见奇迹的意味。经由朱的提示，白嘉轩将奇迹与白鹿精灵联想起来，于是时来运转。这时的白鹿精灵又似乎是他个人福运开启的示兆。第二十三章白灵在革命低潮之际入党的请求终于得到批准，宣誓完毕，鹿兆鹏问白灵想起什么。白灵说："我想到奶奶讲的白鹿。咱们原上的那只白鹿。我想共产主义就是那只白鹿？"鹿兆鹏赞同说："那可真是一只令人神往的白鹿！"这样说来，白鹿精灵又被赋予一个世俗的政治理想的含义了。第三十二章故事接近临末，朱先生来日无多。朱白氏给他梳头说："你成了一只白毛鹿了……"过不多久，朱白氏"忽然看见前院里腾起一只白鹿，掠上房檐飘过屋脊便在原坡上消失了"。朱白氏大惊失色，丈夫长眠不醒。这似乎暗示白鹿又成了朱先生的化身了。赋予白鹿多重象征的意味，在具体的情景里它们当然都是成立的，亦无不当。可是如果将整个故事连起来，其象征意味随场合而变，就损害了亚里士多德说的整一性原则了。

　　整部《白鹿原》似乎有三个故事，即三条贯穿始终的线索。乡村传统在现代风云的冲击下逐渐式微的故事；白鹿两个家族比拼财富，争夺原上影响力的故事；鹿兆鹏为代表的新潮流逐渐崛起壮大的故事。这三条线索发展出来的情节完美程度是不一样的。后者最差，前者欠缺犀利的历史眼光，中间的最为可观，也几近完美。当然作者讲述这三个故事的时候彼此是有交集的，三条不同的线索并不意味着故事散漫。但问题是这三个故事呈现了相当程度上的视点分离，原因是欠缺一个统辖和驾驭这三个故事及其视点的主脑。第一个故事的主调似乎沉浸着挽歌的气氛，以朱先生平静而悲壮的离世结束。第二个故事则属于亘古不易的乡村家族竞争的故事，以白家的胜利和鹿家的失败暂告段落。串起这个漫长的竞争故事的观念祝点却是因果报应。正如旁观者鹿三看到鹿家长子鹿兆鹏婚姻的不幸而评论的："勺勺客毕竟祖德太浅太薄嘛！"而白家先祖靠"一个木模一只石锤去打土坯"，并且"早出夜归"，一个铜子一个麻钱，挣下了土地和厦屋。由此看来，日后的一成一败，从祖德就种下了因缘。这是典型的果报眼光。至于第三个故事，作者基本上将新生崛起的故事看作是暂时的停滞，证据就是朱先生"鏊子"的比喻。这个近乎饭后谈资的历史眼光被看成严肃的解释，其本身的合理性姑且勿论。三条线索，三个故事而又兼三种眼光，本身的视点彼此毫无交集，更不相容，这就不能不说减弱了美学的内部一致性。

近世西学东渐，中国融入世界，落在长篇小说的小领域，事实上是并存了两种小说传统。它们的章法要求、美学趣味乃至叙事观念，都存在较大的差异。这种情形直至如今无论作家还是评价界，似乎自觉不足。相比较而言，与章回相联系的那个小说传统当然是处于弱势了，但通过《白鹿原》笔者依然看到它还有强大的生命力。如果作家的生活经验、文笔教养偏于中国固有的小说传统，则大可不必将西方的长篇传统当作唯一的"正统"来师法，甚至国外学界是否叫好，或有无反响，都大可不必理会。在时机未曾成熟，土壤还未具备之际，过度师法西方的小说传统，并以之为不易的正鹄，反倒对自己的所长是一个伤害。美学趣味的演变注定是漫长的，只要读者欢迎，文本自然就有它的生命力。

《小说评论》2016年第3期

后革命时期的革命历史叙事

——读《日瓦戈医生》与《旧址》

十多年前，笔者还在写作《罪与文学》的时候，就深为帕斯捷尔纳克笔下所写的俄国革命折服。他对20世纪改写人类历史进程的大事件举重若轻，笔下诗意淋漓酣畅，故事荡气回肠，贫穷、贪婪、血腥、残暴与激情、诗意、理想兼而有之。如果革命是对现实世界的救赎的话，帕斯捷尔纳克史诗般的革命历史叙事就是对俄罗斯革命的救赎。那时笔者曾闪过一个念头：不知道中国革命在中国作家的笔下是如何书写的。拿俄苏作家与中国作家笔下的革命历史叙事两相比较，这应该是一件很有意思的事情。那时笔者孤陋寡闻，也因为没有适当的机缘，念头归念头，一直按下未表，但却挥之不去。在我看来，文学是生生不息的现实世界曾经存在过的见证，它不一定能干预现实世界的进程，也不一定能"反映"现实世界的真相，但作为这个现实世界的见证人却是胜任的。无论是俄罗斯革命还是20世纪中国革命，都已经过去了。如果要为历史作证，见证已经尘封的往事，那文学就是最好的选择。然而，见证与见证是不同的，关于那场渊源相同性质近似的革命，究竟俄苏作家的见证与中国作家的见证，各自作出了何种证词？揣着这样的念头，一个偶然的机缘，笔者得知李锐的《旧址》被美国作家Lisa See称为"中国的《日瓦戈医生》"。我一见之下，大喜过望，于是急忙借阅《旧址》。读过之后，惊奇有之，失望有之。于是草就这篇小文。

一

《日瓦戈医生》最耐人寻味的是日瓦戈身上那种哈姆雷特式的气质。他对周围发生的巨大历史事变满怀热情又犹豫、迟疑、延宕，仿佛系不住自己的命运之舟，而他日后也正是随波漂荡以致最终沉没在革命掀起的波涛之中。日瓦戈的哈姆雷特气质最集中表现在故事结束之后的第十七章。这一章作者冒日瓦戈之名附上25首诗，其中第一首就叫做《哈姆雷特》。诗以第一人称写就：夜深人静之际，"我"倚靠门框，仰望星空，细听往事的余音，揣度今后的半生。夜色像望远镜对准了"我"，"亚伯天父啊，如果可以的话，免去我这一苦杯吧"。以下引的是全诗核心的一节：

> 我珍视你既定的意图，
> 甘愿担当这一角色。
> 但现在演出的是另一出戏，
> 求你赦免我这一回。

一个怀抱企求赦免的心情而生活在世上的人是不可能决断坚定的，因为他意识到他的命运是被掌控的。我的问题是作者为什么要将这种气质赋予日瓦戈？或许有人认为这是人物的小资产阶级立场所致，对革命动摇徘徊，是日瓦戈的人生观、宇宙观决定的。其实，这种看法既没有看透和准确理解日瓦戈的形象内涵，也误解了帕斯捷尔纳克的叙述意图。我们通常说的小资产阶级在革命中的动摇、彷徨，乃是来源于社会大变动中人性的恐惧以及个人利益的考虑。这些眼光短浅的人无法预见自己在社会动荡中的得失，不懂得如何站队或不愿意站队，因而瞻前顾后，首鼠两端。这种基于个人前途利益考虑的动摇，与帕斯捷尔纳克赋予日瓦戈的哈姆雷特气质，完全不是一回事儿。小说中的日瓦戈面临个人选择的关头从来没有动摇过，也不瞻前顾后。相反，他为了生活的理想，早早就做好了准备。他出生在富裕而有教养的家庭，学业优异，从医学院毕业出来，就是一位出色的外科医生。他有美满的家庭，准备用医术来服务社会。正当他要推开社会生活的大门，按照他的理想过平凡生活之际，扑面而来的却是料想不到的另一种生活——革命。但就算革命来临，他也没有乱了方寸。无论是被征召奔赴前线救治伤兵，还是在尤梁津躲避战乱被游击队掳走做军医，他虽然身不由己，但却尽职尽责。直到他目睹了太多的杀戮，出于对妻儿的思念，才逃离游击队营地，返回避难之地。在动荡生活中的镇静与勇敢，日瓦戈是从来不缺乏的，而畏惧革命的小资产阶级不可能具备此种内心充满诗意的特质。

那么，究竟是什么原因让帕斯捷尔纳克赋予日瓦戈这种迟疑、延宕的精神气质？作者为何用漫长的篇幅讲述日瓦戈这个在动荡的革命年代的哈姆雷特式人物的故事呢？我认为，答案就在上面引述的以他的名义写的那节诗里。日瓦戈顺从被尊为神意的"既定的意图"，并且"甘愿担当这一角色"。这意味着日瓦戈准备过的生活其实就是千百年来基督教伦理所教诲的生活。这种生活无论他实际上是否拥有，但首先他认定这是人类正常的生活。然而，就在他做好准备要拥抱此种生活之际，他面临的却是另一种生活。帕斯捷尔纳克用隐喻的笔法，称之为拿到了另一个剧本，被要求参与演出"另一出戏"。这是一个他完全不熟悉的剧本，人生猝不及防而拿到的剧本，也是一出他不愿意演出的戏。于是，准备好要过正常生活与实际上被迫演"另一出戏"，在日瓦戈的内心世界构成了摆脱不掉的冲突，表现为迟疑、延宕的精神气质。换句话说，想演的剧本拿不到，拿到的却是他演不好，也不想演的剧本，一生处在这样的煎熬中。在企求赦免的心情中将人生这出戏越演越糟糕，直到演成一出令人心碎的悲剧。姑且不论帕斯捷尔纳克将人类生活划分出一个正常的生活而将革命排除在正常生活之外是否符合千百年来人类历史的真相，他的这种对人类生活的洞见我不得不说是一种诗意的发现，也是天才的发现。正是由于这一发现，他笔下的文学才超越了对俄罗斯革命纯粹的指责与控诉，成为对那个历史大事件的救赎。试想一下，如果帕斯捷尔纳克写的日瓦戈内心里没有对于什么是值得追求的美好生活的理解与理想，没有对"既定的意图"的坚定信仰，没有"甘愿担当这一角色"的无畏勇气，而从1905年俄国革命到1917年十月革命以及其后俄国内战的历程，日瓦戈医生都只是一个备受不幸的悲惨角色，那他的苦难除了对这一系列革命的控诉、谴责，还剩下什么？这样一个毫无精神光辉的悲苦人物，如何能以其一生见证复杂而多面相的现代革命？帕斯捷尔纳克是天才的，他明白现代革命有杀戮，有血腥，革命中的人的命运也有不幸，然而作家写杀戮，写血腥，写不幸，却不能没有诗意，因为诗意照亮了它们，升华了它们，也超越了它们，使杀戮、血腥和不幸不像在现实里那样纯粹和赤裸裸，而正是诗意的加入，使得我们在其中的生活得以其本来面目在艺术中呈现。

帕斯捷尔纳克生于1890年，他的人生与阅世，恰好伴随俄罗斯革命岁月从酝酿、爆发到尘埃落定。小说动笔于1948年，因受批判而一度中断，写成于赫鲁晓夫解冻时期的1956年。他意图表达的历史事件距离他实际动笔写作已经将近20年，他所站立的时间点正是后革命时期。我不知道是什么原因使帕斯捷尔纳克对俄罗斯这段革命动荡时期的生活的观察，区分出人类正常的、本来该有的美好生活与非正常的、不期而至的"革命生活"这样两个不同的层次。也许扎根于俄罗斯大地的东正教伦理起了至关重要的作用，也许还有他身处的后革命视点起了相当作用。无论如何，笔者深知正是这种对俄罗斯革命时期生活的洞见，给他的小说叙事带来了无与伦比的深度。作者对革命时期的俄罗斯生活有多方面的观察思考，这里不能面面俱到，只能挑一两个点来说一说。比如，革命给社会带来什么伤害？这是后革命时期作家和读者经常议论的问题点。帕斯捷尔纳克也不例外，把叙述的焦点对准了它。在他看来，革命造成的伤害不是那些可数的、在物的层次可以计算的东西，例如死了多少人，毁坏了多少生产力，造成了多么严重的贫困等等，而在于它颠覆了人类存在的核心根本——美好生活，使得它不再可能。革命把正常社会状态下实实在在的美好生活从现实变成了空中楼阁，向往它的人只能望洋兴叹。小说的主干故事围绕两对夫妻，日瓦戈和托尼娅，拉莉萨与巴沙。四人中的三个人都被革命造成的离心力抛出了正常生活的轨道，只有托尼娅一人得以幸免，而日瓦戈与拉莉萨更因社会的动荡而相识，成为相互爱慕的"乱世鸳鸯"。这不是因为他们的私欲，而是因为他们向往的，在他们各自生活中曾经存在过的合乎善的目的的正常的家庭生活已经被革命摧毁了，在支离破碎的空悬盼望中他们上演了一出"乱世之恋"。小说十三章《带雕像的房子对面》，日瓦戈不明白拉莉萨为什么深爱自己的家庭而又委身于他，拉莉萨这样回答他："我这么一个孤陋寡闻的女子，怎么能向你这么一个聪明人解释现在一般人的生活和俄国人的生活发生了哪些变化，很多家庭，包括你、我的家庭，为什么支离破碎？唉，看上去好像是由人们的性格相投不相投，彼此相爱不相爱造成的，其实并非如此。所有和生活习俗、人们的家庭与秩序有关的一切，以及由此派生的、为此安排的一切，都因整个社会的变动和改组而化为灰烬。整个生活都被打乱，遭到破坏，剩下的只是无用的、被剥得一丝不挂的赤裸裸的灵魂。……现在你和我是这几千年来世界上所创造的无数伟大的事务中最后的两个灵魂，正是为了怀念这些已经消失的奇迹我们才呼吸、相爱、哭泣，互相搀扶，互相依恋。"这段话堪称经典，但更经典的是帕斯捷尔纳克。如果他不是怀有美好生活的诗意来观察俄罗斯革命时期的生活，日瓦戈提不出他的疑问，而拉莉萨也说不出这段话，文本更不可能由此而让读者触摸和思考尘封已久的革命。至于真相意义上的革命造成了何种社会后果，也许这是一个长久争议的问题，但是帕斯捷尔纳克提供的洞察，值得我们长久回味。

与思考革命的社会后果相联系，革命释放了什么样的人性？这也是后革命时期常常被提出来的问题。帕斯捷尔纳克自然无法回避这个追问，但鉴于他的叙述意图和处境，他也无法正面充分写出来。《日瓦戈医生》里面有个正写不多，常侧面出现于他人言谈中的人物。他就是巴沙，身任红军政委之后改名为斯特列尔尼科夫。这个形象应该是有点儿苏联内战时期红军总司令托洛茨基的影子。帕斯捷尔纳克是不是有意通过他影射这位曾经的红军总司令，笔者则无从考证。但巴沙和内战时期的托洛茨基有一点非常相似，就是坐在专列上指挥军队，东征西讨。我读着小说里的斯特列尔尼科夫就联想起传记里的托洛茨基。巴沙出身莫斯科铁路工人家庭，自小博闻强记，聪明非凡，属于被侮辱与被损害的人群。大学毕业后与妻子去了乌拉尔地区做老师，正当美好生活向他开启大门之际，革命和战争的炮火，勾起了他对旧秩序的怨恨以及平凡生活的厌倦。他先弃教从军，然后摇身一变成为内战时期的红军政委。他指挥的部队勇敢、凶狠，杀戮无情，远近白军闻风丧胆。内战平息之后，他的功劳随风飘逝，反而因为历史污点遭到追查，于走投无路之际自杀。巴沙以暴力始，以暴力终。虽然很难说作者接受了因果报应的观念，但帕斯捷尔纳克写这个人物，很明显传递出对俄罗斯革命时期生活的观察：有的人是能过上虽然平凡但依然美好的生活的，但是因为人性中的不安分，更因为社会的动荡让旧秩序崩坏了，使他们看到暴力下的人生"新机会"。这种社会混乱让他们释放出人性中的恶。暴力与杀戮泯灭了人性美好的一面，让他们成为嗜杀的人，而嗜杀最终也让他们毁灭于嗜杀。他的妻子拉莉萨的话代表了这种观察："如果斯特列尔尼科夫再变成巴沙·安季波夫，如果他不再疯狂、不再造反，如果岁月能够倒流，如果能看到我们家的窗口，看到巴沙书桌上的书和灯光，哪怕是在天涯海角，我就是爬也要爬去。"

小说里主要人物的命运，无论是日瓦戈还是拉莉萨，虽然悲剧但远说不上悲惨，只能说是心碎。这是令人心碎的悲剧。帕斯捷尔纳克有意避免渲染社会动荡与悲惨的关联，而正因为如此，小说叙事才指向更深远的精神世界。悲惨只能使人同情，激起义愤；心碎却能使人回味，引发思考。

二

1848年，《共产党宣言》发表。这股自西欧兴起的19世纪社会革命思潮，在它的兴起之地只产生了有限的回响，却在与西欧距离遥远的东方造成了滔天的巨澜，深刻地改变了俄罗斯和中国这两个国家20世纪社会演变的路向。这场先后塑造这两个国家20世纪社会秩序的大事件理所当然引起了生活在这一时期的作家的回响。那些贴近革命时期颂歌式的写作姑且不讨论，多少能站在后革命视点涉及这一重大历史事件的写作，相比较而言我们能够想起的俄苏作家比中国作家似乎更胜一筹。除了帕斯捷尔纳克之外，还可以数出肖洛霍夫和他的《静静的顿河》。而中国作家能够正面描写这一历史事件的大概就是李锐和陈忠实了。在汉语文学的范围内，李锐的《旧址》，也许加上《银城故事》，和陈忠实的《白鹿原》，都是相当出色的。可是与俄苏作家史诗般的巨献相比，就不能令人满意了。如果人类历史上发生的伟大事件都需要文学立碑见证的话，那俄苏文学比之俄罗斯现代革命，两者是相称的；而至今为止汉语文学所提供的美学典范与中国现代革命相比显然是不相称的，前者所提供的美学经验不但丰富性欠缺，深度上也严重不足，总体而言是苍白的。今后若干时间内，如果读者还是读不到类似《日瓦戈医生》或《静静的顿河》那样史诗般的作品，我个人会认为中国作家的表现也许要对不起这场现代革命了。因为他们已经写出来的革命历史叙事，不足以让读者从诗意的角度重温这场革命，尤其不足以与这场实际上影响那时代每一个人命运的革命的深广程度相匹配，就是说历史走在了审美的前面。我希望自己看法是错的，但却无法改变这样的读后观感。也许《白鹿原》需要另外讨论，笔者期望另文再述。而《旧址》是一个合适的文本，让我们了解中国漫长的现代革命在后革命时期的作家笔下成为一个怎样的美学碑记。

首先得承认，李锐的构思和驾驭语言的才华罕有其匹。如果拿《厚土》与《旧址》来同时对读，你很难相信那是同一位作家写的。我开始都不大相信，虽然理性上知道它们同出一人的手笔，但风格的区别也太大了，大到不像是同一个人写的。这与艺术家、文学家由于经验的积累而转变风格，尝试创作上的"变法"不同。这是罕见的"两副手眼"，左右兼擅。我不知道当代作家里还有谁尝试过像李锐那样用"两副手眼"写作，也许他在这方面的才华是不可能有意识复制的，也是无法模仿的。《旧址》除了不时出现的有样学样的马尔克斯式的句子读起来觉得不合中文水土之外，其他方面如语言、悬念、叙事章法等几乎无懈可击。四川方言虽然不多，但惟妙惟肖；情节安排的传奇性，比起一流的侦探推理小说毫不逊色；悬念铺排着情节，情节推进构成更大的悬念，其紧凑程度可以一口气读下来；叙事的节奏时快时慢，安排得章法有度，甚至可以看见一种数学的精确性；文字没有丝毫的骈枝杂质，干净利索明快。李锐的文学才华真是令我佩服到嫉妒的程度。然而小说的弱项也许恰好被李锐本人这个强项所加强：情节安排越富有传奇性，越是依赖悬念推动故事进展，作者处理的这个本来具有多个意义面相的故事素材就越被规约成为意义单一的讲述；作者越追求故事的集中、传奇，本来可能具有的多种艺术可能性就被排除在外了。当然我不是说李锐的文学才华造成了我认为的小说的缺陷，而是说作者对于故事素材的意义单一的领悟也许是与作者对故事传奇性追求的审美趣味是同步的。读者可以从文本表现出来的美学趣味反推作者对于故事素材的意义领悟的单一性。

《旧址》的时间跨度相当大。故事以盛产井盐的小镇银城为背景，从1927年乡村暴动一直写到1988年李氏家族后人李京生与姑姑在异国的见面。数十年社会动荡与血腥残杀使当年富甲银城的李氏九思堂最终成为废墟旧址，亲身经历的三代人及其周围人物几乎无人可以幸免，死的死，走的走，仅存的寥寥也只是作为大毁灭的旁证而出现在故事的末端。故事里面的人物，奋斗也好，挣扎也好，坚忍面对也好，聪明刁滑也好，他们的命运统统通向毁灭，通向与原初期待相反的绝望。李锐对毁灭似乎有不可逆转的偏好，使它成为了叙事承载的经验的核心。与毁灭同时出现的当然是杀戮，作者极力渲染杀戮的血腥。当然在追求表达极端经验的当代文坛，这并不是唯一的，但是《旧址》渲染血腥的程度还是令我吃惊。小说第一页写的就是集体枪决，而且行刑队长还粗通文墨，仿水浒粗豪的数目，从可杀之人中圈出一百单八人处决。九思堂成年男子除参加革命的李乃之以外，全族三十二人被诛杀，做了枪下的冤鬼、新时代开幕的垫背。然而这个场面，震惊是够震惊的，但行刑队长"戏仿"水浒，令读者开篇即感觉文不对题，牵强而过犹不及。接踵而来的是暴动失败的农民赤卫队首领陈狗儿被活活生劏，场面之惨酷，不忍引述。然后是暴动的幕后主脑地下党员赵伯儒被砍头，两颗头颅被装进木匣子高挂银城的门楼。最不可思议的残暴出现在第七章，李乃之受命暗杀主持"读书会"的地下党员陈省身。陈对党而言是叛徒，对李而言则是老师。"三个人像豹子一样猛扑上去……李乃之扑上去紧紧压住了那两条乱踢乱蹬的腿……教国文的陈先生只勉强挣扎了几下，就随着一阵阵浑身的痉挛丧失了一切反应，失禁了的大小便当即从他身上散出一股刺鼻的臭味。"故事的主角李乃之一路目睹死亡而不改初衷，奉命潜返银城策动盐行的袍哥暴动。他大义凛然的举动除了一腔热血英雄无悔之外，事实上却是幼稚的以卵击石。袍哥的义气与他从本本中学来的理念只有偶尔的交集，但根本上是两股道上跑的车，并非一回事儿。应该说小说这部分的叙述蕴含有作者对中国社会和中国革命闪光的发现。可是作者很快就又按下不表了，把目光移向了毁灭。李乃之苦心经营袍哥革命，与当年他的精神导师赵伯儒一样，换来的只是身死名灭。日后的党史资料上，多了十四个殉难者的名字。李乃之因妹妹与军阀头子的裙带关系得以身免，而这个血缘亲情在家族覆亡前最后的奉献，也埋下了李乃之"文革"审查无法说清楚的夺命伏笔。他一生革命，死前的遗言竟然是革命两个字的九次重复，与李氏九思堂的"九"不谋而合。专案组和军代表可以读不懂他的遗言，可是读者却读得懂。

简言之，《旧址》故事对已经过去的革命历史的叙述，意图无非是表达暴力制造毁灭，不断重复的毁灭除了得到枉然和无意义之外，不可能得到其他。这个叙述意图作为审美经验的表达，无所谓正确，也无所谓错误。它与对错无关，但其中传达的美学趣味，却有丰富与贫乏之别，深刻与浅陋之别。革命固然有毁灭，也有枉然，但将本身具有多重意义的人类社会现象——革命——简化归结为无非一场绝望与大毁灭，这无论如何是观察与体验上的简单化。就像周知的那样，革命中的杀戮与毁灭在后革命时期凝结为沉痛的感情，这种锥心的痛感左右和代替了作家旁观、冷静的观察。我觉得李锐欠缺与自己沉痛经验的内心和解，故而笔下只见其一，不见其他。帕斯捷尔纳克笔下的日瓦戈对俄罗斯革命就有多样的感受。出诊途中的风雪交加之夜，日瓦戈得知十月革命的消息，他其实并不如布尔什维克人那样理解这场革命的意义，但却用自己的专业术语给予惊呼："多么了不起的手术！巧妙的一刀，一下子就把多少年来发臭的烂疮切除了！""这是前所未有的事，这是历史的奇迹。"按说日瓦戈的觉悟并不高，他对旧世界并没有多少怨恨，他自己也不会走上街头。他只是觉得旧世界因不公义而腐烂衰朽，革命起来将这个"烂疮"切除，这是符合基督教诲的。日瓦戈能够从人间公义的角度去感受来临的社会风暴，至少比任何枉然与怨恨的表达更有美学的价值。比较李锐笔下的李乃之，因为他置身革命之中，对旧秩序只有仇恨，对民众的麻木只有悲愤，无从透过这个人物的言行将读者带入对革命冷静的观察。而他本人最终也被自己动手掀起来的革命夺去性命，这个悲惨的结局更无法用诗意去见证和超度革命了。

本来李锐是有机会的，我觉得他在构思银城九思堂家族故事的演变脉络的时候，曾经动过念头以慈悲和坚忍来应对暴力的杀戮与血腥，用另一脉的情节线索与人物将读者带入从人性的角度反思革命的思路，证据就是作者设计了李紫痕这个人物。她的存在让小说大大增色，否则就算《旧址》情节紧凑，悬念不断，但最多就是"拍案惊奇"类型的小说。李紫痕父母双亡，一弱女子处家族男权环伺之下，为了弟妹学业前途，忍心毁容不嫁，从此一个佛字，一尊观音，守住不离，因此也守住了父母的血脉在李氏九思堂的地位。从此，九思堂在银城与其他家族为财富的倾轧、暗潮涌动的革命与反革命的较量……总之世俗的一切她都超然在上。如果作者将更丰富的思考与超越家族意识的情怀赋予这个人物，《旧址》的故事会升华出动人的诗意，小说的革命历史叙事也因此而建立在超越的维度之上。可惜的是这个女人所做一切的动机只是出于守住家门，这未免过于狭隘地看待这个形象可能具有的慈悲与德性的力量。笔者以为，小说写得最出彩、最动人的地方出现在第十二章。这一章所写的弱女子李紫痕的举动为故事添上了浓墨重彩。银城解放，李氏九思堂男丁一个个被五花大绑，身陷囹圄，而众姨太太吓得呼天抢地乱了方寸。这时候，镇静的李紫痕出现在身陷死牢的族长李乃敬的面前，怀里抱着刚出生的他的嫡孙。李乃敬自知难逃一死，骨肉面前依然冷漠。他对李紫痕说："六妹，现在你何必再来做这种事情。"李紫痕对答："我要把这娃儿养大。"李乃敬拗不过堂妹枯心流出来的眼泪，给娃儿取名"之生"。而李紫痕向新政权的军政首长提出要去监狱见李乃敬的时候，他们不理解这位固执女人的奇怪要求。于是有了如下一段对话：

> "六姐，都是些反革命有啥子看头？"
> "我不晓得啥子正革命反革命。"
> "六姐，九哥晓得了会说你没有觉悟，要生气的。"
> "他蹲监我也看过。都是一样的，气啥子？"
> "情况不同了嘛，时代不一样了嘛。"
> "啥子时代也是一副肩膀挑起一个脑壳。"

最后这一句真是掷地有声。虽然不论什么时代肩膀挑起的脑壳都有政治，都有党派，但李紫痕作金石声的回复超越了所有的政治，透露出超然政治的人性和诗意，而这正是文学的力量，审美的力量。我读到这里，曾经觉得小说写到这里，其实可以考虑结束了，后面的那个尾巴，再铺陈下去，亦无非是花样翻新的雷同。和我的想法当然不同，故事远没有真正结束。李锐还继续铺陈了李紫痕与水夫东哥结缘抚养之生的故事，以及后来的日子他们如何一个一个走向死亡的故事。我看着这些续貂出来的笔墨，忽然觉得作者真是太聚焦于毁灭了，以为非毁灭无以显示这场现代革命的悲剧和绝望，况且中国现代革命的悲剧性也不是毁灭就能穷尽其意义的。作者似乎不理解对于这场为那个时代每一个中国人烙下不同命运的革命，与其穷尽形相，不如以类似李紫痕这样的局外人旁观革命。如果这样，当读者沿着文本返回虚拟的历史现场的时候，会有一个观察的高点，而心灵会得到诗的震撼，而不至于仅仅是惊异于种种不同的人生毁灭。李紫痕的死彻底破坏了历史叙事的这种可能性，而且作者为她的死，竟然铺陈了那样一个前半截华丽后半截污秽的荒唐的结局，真是可以说有点儿残忍，当然这仅仅是叙事的残忍。这样的笔法严重损害了李紫痕这个人物形象已经具有的精神高度。她本来超然世俗，但她走投无路的自尽，除了让她之前生命的坚忍大打折扣之外，除了显示她原来就有的精神高贵最终化为虚无之外，我看不出还有什么其他的意义。作者已经写了那么多毁灭，也许想再添上一个绚烂的死，以显示出毁灭的多样性，然而这在美学上是蛇足。我不明白李锐为什么如此执着于毁灭，看来唯一的解释只能来自他对毁灭的偏好。这种偏好让李锐付出了美学的代价。一个好形象写砸了，本来可能有的深长意味消失了，可能有的精神高贵烟消云散了。我为之扼腕叹息。

上文讨论的有限例子，也许不能反映俄苏作家与中国作家在后革命时期的革命历史叙事的全貌，或者连轮廓的程度也达不到。如果管中窥豹式提出问题，问两者的差异在什么地方，笔者会觉得，不在修辞的功夫，不在文学的才华，而在一点儿精神。若说修辞本领和文学才能，中国作家可以贡献非常上乘的作品，但就是欠缺提振人物和故事最后那一点儿精神和诗意。这种精神深度缺乏的现象似乎可以归结为思想、伦理资源的贫乏。思想、伦理资源的匮乏导致作者过度执着于悲愤的情感，过度执着于现实的伤痛，而不能站在旁观、超然的视点观察中国20世纪革命的历史。而俄苏作家叙述俄罗斯革命的时候确实没有那么表面化，这背后是有思想和伦理的力量支撑的。例如，读者能够感受到帕斯特纳克的诗意深受基督教伦理的影响，作家能够将它们转化成一个超越的维度，使文本带有救赎的力量。可是，为什么俄苏作家能够从自己的文化传统中吸取思想和伦理的养分滋养文学而中国作家却还未做到呢？是中国自身的文化传统本来就不存在这种可能性吗？笔者没有答案。宁愿把它作为一个问题留待有心的作家和读者自己思考。

《小说评论》2016年第2期

地域传统与自然的启示

——读《额尔古纳河右岸》

  由于民族和历史传统的原因，中国大地自古以来就形成了塞内和塞外的二分格局。这个二分格局不仅在地理地貌、农作物产、民族风土以及生活方式上表现出差异，也在语言、宗教、民间信仰和文化观念上显示出两者的区别。历史上，塞内与塞外一直交流频密，相互渗透、相互影响。它们的纠缠、交织和融合，在华夏历史进程中构成一个壮观的民族与文化的大熔炉。这是一个漫长而丰富的历史过程，至今尚在进行中。但是总体而言，它们在各自区域已经积淀形成的均质性要高于两者相较的同一性。过去的文学批评，不常意识到这也构成一种眼光或者说视点，来观察地域更为广袤辽阔、更显示出多样性的塞外文学。虽然也曾使用"少数民族地区文学"或"边疆文学"这样的词。但词汇反映出来的，不是视点，而仅仅是一个有区别的地带。其中的原因不难解释。50年代建立起来的国家意识形态一统江山，将所有差异现象纳入了"全盘解释"的框架之中，所有地方信仰、不符合意识形态的观念和文化诉求统统都被压抑在"全盘解释"的框架下，阻隔在舆论和批评的视野之外。我们还记得，那时期有一个提起即令人生畏的词——"四旧"。它在不同的地域文化中有不同的具体含义，要之就是那个被意识形态解释框架压抑的地域文化。除了某些地域文化元素改变原始的形态拐弯抹角偶然传递出来之外，它们几乎都在文学表达的天地里绝了迹。

  当"文革"结束，思想解放和改革开放的方针确立之后，思想文化领域形成了多元的局面，而文学上，塞内和塞外的差异也随之凸显出来。一般而言，塞内作家更多地将目光投向海外，追慕和师法欧美和南美作家流行的创作观念和表现手法。将自己的生活经验与向外模仿得来的观念手法结合起来，成为了20世纪八九十年代塞内作家写作的主要趋向。可是塞外作家却与此有所不同，他们的地域、语言、风土、民间信仰乃至文学传统在一个开放的环境之下造成的却是向自身地域传统的回归与认同。将人生体验与地域传统结合起来开辟创作路径，成为他们不约而同的追求。举个例子，藏族作家扎西达娃在他创作的活跃期，被批评界视为"先锋作家"，他的魔幻与荒诞表现手法被暗示与那个时期在塞内文坛颇为流行的魔幻现实主义存在关联。也许是吧。可是藏族史诗《格萨尔王传》里，类似神魔幻化的荒诞表现手法早就是故事叙述的艺术惯例，屡见不鲜，无待于外来的各种"主义"。即便如此，塞外作家颇受西风东渐的影响，但因其熟悉自身民族的文学传统，那些西来的手法只是"英雄所见略同"。扎西达娃那本为人赞誉的《西藏，隐秘岁月》，我甚至怀疑它的叙述意图与贡噶多吉《红史》一类民族史著作是一样的，至少作家的讲述雄心是被类似的对民族命运关切激发起来的。所不同的是贡嘎多吉是据闻记实，平铺直叙；扎西达娃采用寓言式、隐喻式的讲述方法，将一段漫长的民族史浓缩在一个简洁的寓言里。而迟子建的《额尔古纳河右岸》又是一个相似的例子。她不为风靡流行所动，从北国丰饶的大地吸取叙述的养分，终于借鄂温克人命运的讲述实现了对自然的发现。

<h2 style="text-align:center">一</h2>

迟子建生活的大兴安岭大地是另一个神奇的地域。记得很多年前随学生从哈尔滨到海拉尔，火车沿滨洲铁路横穿大兴安岭山脉。我们乘坐的绿皮火车缓缓穿行于山脉之中，眺望窗外，眼前的山跟我认知中的山完全两样。它没有高耸险峻，更没有悬崖绝壁，也没有灌木丛生。放眼远外，平缓绵延的山坡之上，清一色的针叶松林，无边无际，壮阔如同海洋，随山势如波涛起伏，广袤浩瀚。火车就这样蜿蜒爬行于这在我看来不像山的山里。穿过主峰山脉的隧道之后，就是无休无止的连续下坡，算了一下，足足有上百千米，好像没有尽头一样。还在一个山间小镇的车站，看到砍伐下来的原木堆成小山，一个接一个。那是我这辈子看过最大的"木材山"。这片土地既有草原森林的辽阔大气，又有丰饶之地的精致细腻。怪不得迟子建对这里的自然景色和人文故事写

之不绝。土地哺育了作家，颠扑不破。孕育于这片辽阔地域的文学确有它格外不同之处。我虽然阅读有限，了解不多，但确被它深深震撼过。按当今的民族划分，大兴安岭地域生活着鄂伦春、鄂温克和达斡尔三个少数民族。迟子建写得较多的是鄂温克人。仅就我所知而言，他们的信仰和精神生活具有高度的一致性。至于那些细微的生活方式的不同，我弄不清楚，就像我也弄不清楚自己所学的文学搞出那么多"二级学科"的原因是什么一样。对我而言，称文史之学已经足够。谈论到北国的少数民族，笔者觉得正史的说法其实并非一无可取。历史上，大兴安岭大地闻所未闻的新部族、新民族层出不穷，代有更迭。而历代正史提到他们的先祖族源，都是那句老话："东胡、肃慎之后也。"

达斡尔人的英雄史诗《绰凯莫日根》①讲述"日出的地方"的英雄神箭手绰凯到了"太阳降落地方"的纳日勒托莫日根家寻找美丽姑娘安金卡托的故事。纳日勒托不愿女儿真正出嫁，而是以此诱骗绰凯，借他的勇武神威剿灭他家周缘各式各样的恶魔。史诗称这些化身成狮子、老虎、巨蟒的恶魔为"莽盖"。当所有"莽盖"都被绰凯除掉之后，纳日勒托就设计除掉绰凯，以便得到他"七十万匹马"的财产。因爱而盲目的绰凯落入了"老丈人"的陷阱，被钉在棺材里，可是安金卡托救了他，阴谋最终没有得逞。简略的复述远远追不上故事情节的曲折跌宕。最令我震惊的一幕出现在最后：安金卡托指着父亲的鼻子说："从今天开始，对我无父，对你无女！"她和绰凯一起宣判："把他往阎王地方，决定送去了！"纳日勒托的下场是四马车裂。人类学的解释是故事反映了部落时代财产争夺的残酷现实。可是它令我震惊不已的，并不是这个故事反映的历史，而是这个故事的直观：正义凌驾于血缘亲情。这是深受儒家文化熏染的塞内作家不可能正面肯定的价值观。人或有大义灭亲之事，但转变到故事的讲述，就是人伦颠倒了。由女儿来宣判父亲的死刑，如此决绝，如此肯定正义高于一切，笔者未曾读过。可是掩卷一想，笔者也深深佩服达斡尔人对正义的执着，而正是正义高于血缘亲情的价值观使达斡尔民族生活犷厉雄健、富有力量。达斡尔史诗所讲述的别开生面的故事，深深扎根于大兴安岭的土地。

---

① 莫日根意为神箭手。

　　类似的阅读感受再次出现在读迟子建《额尔古纳河右岸》的时候。故事讲述了鄂温克人在殖民、战乱和建设开发等近代社会变迁面前遭受离散、衰亡、凋谢的命运。这类故事很容易写成厌弃当前追怀消逝的挽歌文学，就像文学史上屡见不鲜的乡愁诗、乡愁散文和桃花源类型小说一样。我不是说作家不能这样处理题材，就算写挽歌也有好文学，而是说中国文学已经有了那么多乡愁诗，已经有了那么多乡愁散文，已经有了那么多桃花源类型的小说，再增添一部？它的意义就仅在于再增添一部而已。应该说，《额尔古纳河右岸》的故事，尤其是下部，它是有挽歌色彩的。或者人面对离散面对凋谢，很难抑制感叹韶华已去的挽歌情结。但是这部小说吸引我的地方就在于它远远超越了挽歌，超越对离散凋谢命运抑制不住的眼泪和哀愁。迟子建的故事有一种坦然的力量。它写了一个接一个生命的凋谢，却超度了凋谢。在人世无常而生的悲欢里面，迟子建发现了高于命运悲欢的东西。而这正是使得《额尔古纳河右岸》在相近题材的小说中成为一个异数———一个罕见的异数的原因。小说光彩夺目的地方也在这里。故事里呈现的那种坦然的力量来自哪里？是鄂温克人的精神世界本就如此吗？还是它本身已经融入了迟子建本人的生命体验？笔者以为，真相已经不重要了，重要的是那种坦然的力量投射出来的超迈而壮丽的美能够让读者分享。例如，迟子建借故事中"我"父亲死后的感受，写下一段优美至极的文字："父亲走了，他被雷电带走了。从此后我喜欢在阴雨天的日子里听那'轰隆隆隆'的雷声，我觉得那是父亲在和我们说话。他的灵魂一定隐藏在雷电中，发出惊天动地的光芒。"自然夺走了生命，但"我"并没有怨恨雷电，更没有诅咒雷电。眼泪归眼泪，挚爱归挚爱，而人生活在其中的自然永远是人的"在上者"。它因包容、跨越生和死而成为万物的家园，也成为万物最后的归宿。人也因为意识到这一点而让生命的终结变得不那么难以忍受，从而赋予生和死一种超验的意义。

　　如此的笔法再次在尼都萨满的死中出现。这是一个感情深挚、品行高尚而有自我牺牲精神的萨满。他奉自然之名施行神迹。与所有的萨满一样，他行的神迹有验也有不验。作者并没有因现代教育而养成的实证眼光将萨满看作行将逝去的民俗，而是用笔复活了人与自然的亲密关系。尼都萨满面对日本人的挑战，赌上生命完成了一个神迹：跳神跳死了日本人的马，跳没了他腿上的疤痕。尼都萨满的生命也因此耗尽了。作者安排了一个生死同在的场景，写道：
"我知道，尼都萨满走了，可我们的玛鲁神还在，神会帮我渡过早产的难关
的。我没有让依芙琳留在身边，在尼都萨满住过的希楞柱里，我觉得光明和勇
气就像我的双腿一样，支撑着我。当安道尔啼哭着来到这个冰雪世界时，我从
希楞柱的尖顶看见了一颗很亮的发出蓝光的星星，我相信，那是尼都萨满发出
的光芒。"生和死都是自然的召唤，归于它，便归于坦然。迟子建笔下的死亡
是伤悲的，却不仅仅是伤悲，她借助对自然的理解超越了死，于是便超度了
死，让人在死亡面前获得坦然的力量。很显然，迟子建对鄂温克人的信仰深有
"同情的理解"。小说的中部《正午》有这样一段话："我们祖先认为，人离
开这个世界，是去了另一个世界了。那个世界比我们曾经生活过的世界要幸
福。在去幸福的世界的途中，要经过一条很深很深的血河，这条血河是考验死
者生前行为和品德的地方。"我不知道人类学意义的鄂温克人信仰与这段话的
说法有没有差异。即使有，也不是要害。因为小说家是有特权的。在这里，或
许是迟子建用自己独特的理解复活和照亮了鄂温克人的信仰。它最有价值的地
方在于认为，个体生命是有限的，而自然却是绵延无限的。借助了自然的绵延
无限，个体生命在想象中克服它的有限性，进入类似自然的无限绵延，而德性
正是"再生"的前提。通过这种信仰，生命与自然便紧紧地联系在一起。自然
的力量在这里被超自然化、被亲和化了，它与人的生活是耦合的。即使有表现
为对峙的时候，也通过祭祀仪式将人与自然力量的冲突"美化"成一首诗。就
像小说里出现不止一次的《祭熊歌》唱的："熊祖母啊，你倒下了，就美美地
睡吧！吃你的肉的，是那些黑色的乌鸦。我们把你的眼睛，虔诚地放在树间，
就像摆放一盏神灯！"

二

　　人无不生活在自然之中，离开自然的人类生活是不存在的。然而，呈现
在不同文化和地域传统的价值观和想象世界里的自然却是不一样的，可以说
同一的自然却以千姿百态的面貌出现在人的面前。这一方面是因为不同地域传
统里的自然确实存在地貌和物理特征的差异，它引导着生活于该地域的人选择

性地朝着某个方向"人化自然"，选择性的重复积淀演变为惯例和传统，于是自然在想象的世界里呈现为相对固定的面目。另一方面，已经存在于某个地域传统里的文化价值观持续地塑造着自然，或者赋予它某种性质，或者取消它某种性质，使被塑造的自然表现、流露和呈现出与一定文化价值相适应的意味，于是自然成为人自身生活世界的一部分。这种自然与文化双向的渗透、融化，哲学家归纳为"人化的自然"和"自然的人化"。实际上这只是一个理性的区分，而在具体历史进程中它们是分不出彼此的。这个自然和文化的双向运动随着人类生活的永无止息而持续进行。于是，我们就在人类想象世界的时间和空间向度都看到自然形象具有可变性的有趣的现象，它或者随历史进程而改变，或者随不同地域传统而改变。而对自然的呈现可以看到作家在何种程度上发现了自然以及发现了什么样的自然。

　　青藏雪域高原的地貌别具一格，凡旅行过的无不熟知。超越生理舒适极限的高海拔苍莽原野之上再拔地隆起数千米高的雪峰，绵延天际，望不到尽头。它们给我的第一感觉是其不可征服性和自我的渺小微不足道，然后才是康德关于崇高作为美感经验的说法——巨大体积所唤起的审美直观。奇怪的是自从欧洲人将登顶雪峰示范为"征服自然"以来，国人亦络绎不绝地追随这种为商业时髦鼓动起来的可笑行为。在雪峰之巅站个十秒八秒，摆个姿势。这征服了什么自然？这算什么英雄？况且这一点可怜的做作都是拜山民肩扛手拎所赐。天下最无益最荒唐之事，莫此为甚。抱持这种现代的病态自然观的人正应该好好向祖祖辈辈生活于雪峰之下的藏民学习。在西藏的文化传统里，"征服自然"的观念不仅陌生而且毫无位置。正好相反，这个地域传统里其自然观的基础是自然的神圣性，甚至自然本身就是神，自然与超自然同为一体。它与人世正相对峙，人只能匍匐、膜拜和屈膝在自然的脚下。任何人生的灾难和不幸都被看成是对神化了的自然的亵渎和冒犯。人世间是有规则和秩序的，但它的规则和秩序是神化了的自然秩序的伸延。正因为它们是自然秩序的伸延，所以才被赋予了至高无上的权威性。人和自然的交融、渗透构成了一个完整的因果世界。不用说伤害了鸟兽虫鱼，就是伤害了小草碎石，因果链条效果之深远，不在你命运的这一生显示它的大能，也能在你的来生投下阴影。

　　当代西藏作家里能够这样发现西藏的自然，将这种自然观表现出来的，还是扎西达娃。他的《西藏，隐秘岁月》如此描写自然的景观："哲拉山顶是一片浩瀚无垠、静默荒凉的大平原，光秃秃地一望无尽，地上布满坚硬的土块和碎石，平原的一侧紧挨着另一座叫嘎荣的雪峰，融化的雪水沿峰座下的浅沟从平原边缘的豁口流下，穿过深谷半山里的幽静的廓康飞跃到山脚，然后缓缓淌过江岸那倾斜的沙丘地带汇入江水中。平原另一侧是望不到底的深渊，邦堆庄园就在悬崖下面。"哲拉山是自然的世界，而邦堆庄园是人的世界；一个浩瀚无垠，一个龟缩于大山之下的一隅。故事中的米玛一生恭敬，只因狩猎时眼花无意中枪击了山间一尊菩萨雕像，只因排泄的粪便掉落山底一个闭目修炼的僧人头上，即面临村庄毁于山崩、母亲死于无疾的惩罚。深悟因果的他弥留之际向佛祖叩问："三宝佛法僧啊……莫非是我米玛今生未能积满二资粮所应得的报应？"即便如此虔敬，也更改不了因果的铁律。米玛虽然享年高寿，但"他的尸体飘出门外后，则沉重地坠入山脚下，落入了雅鲁藏布江中"。在西藏的地域传统里，尸首落水意味着生时罪恶，意味着死后坠入地狱受煎熬。类似的写法又见于米玛与察香生下的女儿次仁吉姆的命运。她秉彩虹和雨露而生，天赋度母般聪慧与纯净，只因某年被路过的英军上尉吻过脸颊，"从此她的目光不再像以前那样透射出神明的聪慧，也不会再画沙盘，更不用说跳那神秘的金刚舞，总之体现在她身上的种种度母化身的迹象从那以后全然消失"。似乎只有她的母亲察香是个例外。因为察香数十年如一日，延续先祖传下的行为。每隔一个月，她便向岩石下藤蔓缠绕的小黑洞送食物。据闻一个隐居修行的大师住在里面。可是谁也没有见过这位不见踪影的大师。他们相信，大师可以不出来，但他的灵魂会在世间漫游，化身成各种生灵，故万物都有可能是大师的显灵，因而万物都不可伤害。由于只有察香信守一生，所以她合上双眼之后，拜洞中高僧念经超度，她的"灵魂从头颅飞出升向天界"。自然和人间在这片神奇的土地就是这样结成令我们迷惑不解的因果链，它牢固如磐石。它不仅解释了一个完整的生活世界，还构成了众生的人生信念和行为规范。笔者相信，佛教的传入并不能完美地说明青藏高原大地上精神生活的这种特异之处，必须加入自然因素才能理解这个因果的世界。自然的神圣性远在佛教传入之前就已经深刻地塑造了藏民的信仰世界。莲花生大师的努力，只不过令青藏高原的信仰世界添加了理性成分而显示出神秘的千姿百态而已。

与自然在藏地的神圣、超验地位相对，自然在塞内汉地又呈现另一番面貌。自然的神奇虽然在民间信仰里还留有些许残迹，但整体上说自然已经在人的历史进程里被持续地去神圣化、去魅化了。自然的神圣性和应予敬畏的观念，在这个文化传统里是相当陌生的，至少在主流的精神生活里是没有地位的。从战国时起"人定胜天"的观念就牢固树立。随着大规模治水、筑城防卫和农耕精细化的进展，自然虽然还没有被作为征服对象那么显示出对峙，但随之演变为一个予取予求的对象。因为在这个地域传统里人对自然施加的驾驭程度随着技术生产力的提升越来越达到人在它面前可以无所畏惧的程度。人的能力的提升似乎可以使人对它放肆，对它肆无忌惮，对它随意安排。自然只是人间的另一部分，就像我们的居室，既有睡房，也有客厅一样。在这样的持续历史进程里的确很难想象自然还有什么神圣性，还有什么超自然性。历史在这片大地上昭示了人及其力量的一路凯歌，于是自然在人面前瓦解了它的整体性，被分解为山水、田野、树木、溪流等生活世界的景象。自然通过个别而不是整体呈现出来。由于自然不再神圣，不再神秘，它在想象世界的另一种可能性被发现了：这就是自然的真朴性。自然的真朴性与自然的神圣性一样，是人与自然双向渗透的文化结晶和美学结晶。神圣性赋予自然一种超验的宗教感情和非理性的神秘感，而真朴性赋予自然一种尘世的人间情怀。真朴的自然无关乎超验，无关乎宗教，它关乎人在此世的人间性。一句话，自然只是凡尘的自然。真朴的自然比神圣的自然其实是更远离了自然本身所具有的彼在性，它更像此世的人的内在心象。

历代诗词、绘画和园林的历史最为充分地显示了自然真朴性在美的世界的呈现。在汉唐时代，我们尚能读到"大风起兮云飞扬""大漠孤烟直，长河落日圆"和"西风残照，汉家陵阙"这样描写自然而豪迈尚存的句子。它们在宋明之后就几乎绝迹了。在这些诗句里，自然显示它的人间性的同时并没有失去它大的体积、大的规模所具有的力量。虽然无可敬畏，但面对它们的巨大和雄壮，自我的渺小还是被唤醒了。但是也正是在这个时期，一种格局更小的自然更频繁出现在诗词里。如"明月松间照，清泉石上流""绿树村边合，青山郭外斜""远上寒山石径斜，白云生处有人家"等，就表现自然的真朴而言，这些句子都极其优美。人们常用意境悠远去表达它们的美，这是没有错的。但是，意境中的自然与其说离所表现的事物近，不如说是离作者的心象近。它们是被心象化了的自然。看似质朴直说，其实非精致的人工雕刻不能至。自然在诗人的笔下越来越像一个被精致打扮的景观，用于衬托悠闲淡远的心态。这里的自然是真朴的，但又是人工化的。这个特征在宋元山水画中得到了更好的表达。画里面的山是山，水是水，然而远离了自然直观的山水。一幅幅画藏着一个个自足无求的精神心境，借助山山水水的外观显露出来。天地本来广大，山河本来雄壮，奈何被纳于尺幅之上，焉得不经精雕细刻？观宋元山水而以为置身于山河大地之上是绝对的错觉。它们只是取象于山水，表现的却是画者内心的林泉高致。古人有"壶中天地"的说法，而画中山水正是文人的"壶中天地"。山水画的山水既是心象，也是心牢。看似天地广阔旷远，实则心困愁城。到了明清江南园林，这个自然人工化的趋势更加明显了。园林的最高境界是"虽由人作，宛若天开"。自然被分割成各种可以浓缩的要素，如山、水、沟壑、流泉、瀑布，袖珍式地将自然的各种要素汇聚于一个可供散步、流连、享乐的庭院里。其布局小巧玲珑，密致周详，极度人工化的痕迹掩藏于仿制的山水里面。江南园林中的自然是"宛若"的自然，它仅仅是像自然而已。恕我直言，这种美是病态的。它失去了对作为万物家园的自然的真切感觉，其实这是对自然本真的麻木和迟钝的结果。在这个由历代诗画和园林构成的地域传统里，自然的真朴性的发现和演变经历了漫长的过程。它由不失雄壮到格局渐小，最后化为由精致的人工装饰掩盖起来的"仿自然"。这或许就是一种文化的命运吧。它逐渐远离对大自然的真切感受这一点，直到今天还留有后遗症。各地的自然景观，我们都可以发现其命名一概遵循拟物原则，都是某景拟某物。它意味着游人如果不能从景观中看出所拟之物就不能欣赏自然之美。这是多么可悲的退化！对自然的粗暴驾驭和失去对自然的真切感受，这其实是两面而一体的。你不能亲近和敬畏自然，你就不能真切地感受自然。认识到这一点，《额尔古纳河右岸》所呈现的自然及其作者对自然彼在性和超自然性的表达就格外地可贵。

三

迟子建发现的自然，或者说《额尔古纳河右岸》呈现的自然是什么样的自然，笔者踟蹰再三也寻不到满意的词来表达，姑且就用小说的原话，称作萨满的自然或自然的萨满性吧。人们如今对萨满的关注都只在于它的神秘仪式——人神通灵仪式。这种因为猎奇而生的关注恰恰错过了它最有价值的地方。萨满也是一种对自然的态度和信仰，它承载着古老的关于自然的价值观。萨满的自然不像藏地的自然那样具有绝对的神圣性，人必须无条件匍匐在它的面前，为它叩拜；也不像真朴的自然那样只被赋予人间性，失缺超自然性而成为人的附属品。换句话说，萨满的自然就是处于神圣的自然和真朴的自然之间，既保有神秘、彼在、超然，而又不失与人的亲在。其实，萨满自然观曾广泛流布于东亚大陆。古史上政教大权齐集一身的"巫"就是萨满。甲骨文里有大能的武丁就是这样一位巫王。这样说来，萨满文化还曾是中原正脉，只不过由于周公创制的宗法兴起，萨满在中原大地逐渐式微终至于失去踪影。"礼失而求诸野"，幸而生活在大兴安岭的鄂温克人还延续着萨满文化的传统。或许萨满最终也不能幸免它在中原大地的命运。而作为读者，幸运的是迟子建还能将濒临凋零失落的萨满文化传统打捞上来，呈现在我们的眼前。当然这不是人类学意义的，而是文学意义的打捞。

萨满的自然是一个充盈着灵性的自然，它既是人生存的居所，也是精神的家园。就像《额尔古纳河右岸》多次描写到的风葬所象征的那样，人死后也是大地为床苍天为被，置身于自然的襁褓之中："那个时候死去的人，都是风葬的。选择四棵挺直的大树，将木杆横在树枝上，做成一个四方的平面，然后将人的尸体头朝北脚朝南地放在上面，再覆盖上树枝。"我之前不知道有风葬，读了小说觉得风葬非常有诗意，想必是鄂温克人深悟自然的灵性以及与自然关系十分亲密才创生出如此别致的葬仪。正如小说致力于描写的尼都萨满说的："林克是被雷神取走的，雷来自天上，要还雷于天，所以他的墓一定要离天更近一些。"离天更近一些就是离自然更近一些，风葬应该是人发明的离天最近的葬仪了。因为自然是有灵性的，所以才敬畏自然，爱护自然。迟子建笔下的鄂温克人对自然是敬畏爱惜的。不仅如此，甚至连迟子建笔下的驯鹿，也是爱惜自然的。驯鹿是鄂温克人生活的依靠，驯鹿与他们的关系隐喻着自然与人的关系。所以在作家的笔下，驯鹿"吃东西很爱惜，它们从草地走过，是一边行一边轻轻啃着青草的，所以那草地总是毫发未损的样子，该绿的还是绿的。它们吃桦树和柳树的叶子，也是啃几口就离开，那树依然枝叶茂盛"。驯鹿的行为似乎暗示着人求取自然时应该懂得的原则：取于自然而不伤害自然。因为自然就像驯鹿一样，"一定是神赐予我们的，没有它们，就没有我们"。这里对自然一往情深的到底是鄂温克人还是迟子建，是很难分辨的。合理的解释是因迟子建对自然的一往情深才能将鄂温克人的萨满式的自然观深情地表现出来。

迟子建对自然的深情渗透在文本的修辞之中。最频繁出现于文本的隐喻和取譬之物都是北国大兴安岭地域常见的自然事物。古人说"近取诸身，远取诸物"，迟子建则一律取譬自然。这种修辞与文本表达的意蕴圆融交汇，恰到好处。例如，写到发现金矿，反肉生意也次第开张。迟子建会设喻"妓院的生意跟夏季的雨水一样旺盛"；伊芙琳爱八卦，就有"告诉给伊芙琳的事，如同讲给一只爱叫的鸟儿"这样的句子；人离去了追不回来，"就跟用手抓月光是一样的"；达西向新寡的杰芙琳娜跪下求婚，迟子建写道，他"温柔地看着她，好像燕子看着自己的巢穴"；飞机的炸弹炸伤了拉吉米的睾丸，"那架飞机就像一只凶恶的老鹰，而他的睾丸就像一对闷死在蛋壳中的鸟，还没有来得及歌唱，就被它给叼走了"；交库托坎年轻轻就死了，她被装在白色口袋里由"我"提着，"我感觉手中的交库托坎是那么的轻，好像手里托着一团云"。自然在迟子建那里仿佛有万样姿彩，总有一样合适表现人的内心情感。最神奇的是《正午》中妮浩唱起的神歌，连灵魂去了的那个远方，都是由自然万物构成的。歌词如下："魂灵去了远方的人啊，你不要惧怕黑暗，这里有一团火光，为你的行程照亮。魂灵去了远方的人啊，你不要再惦念你的亲人，那里有星星、银河、云朵和月亮，为你到来而歌唱。"米开朗琪罗画于西斯廷教堂的壁画《最后的审判》只有正义。各种《西天极乐图》里，有的河里流着牛奶。而迟子建的"远方"，连同火光、星星、银河、云朵和月亮，构成了一个透明纯净的自然世界。它静谧、无尘而闪亮光芒。都说自然是人最好的安魂曲，那妮浩的神歌乃至迟子建的《额尔古纳河右岸》就是这首安魂曲在人间的回响。

　　自然是丰富的，就像人类对它的领悟也是千差万别的一样。一定的地域传统孕育了与它适应的自然价值观。中国大地的辽阔与历史文化传统的深厚为生活于这片土地的人领悟自然提供了多种可能性。迟子建怀着对世事沧桑的感同身受，追随大兴安岭地区鄂温克民族生活的足迹。她所讲述的《额尔古纳河右岸》的故事，重新发现并定义了古老而珍贵的萨满文化传统的自然观念。小说回响着自然万物的神奇的乐章，正好为紊乱的现代心灵安魂。

《小说评论》2016年第6期

凡尘世界的罪与罚

——读《群山之巅》

  《群山之巅》面世不久就获得批评界的反应。评论大致是将它看成一个现实精神强烈的探索历史与现实交织的当下生活的文本。备受冤屈的辛家与尽享荣誉的安家两个家族命运的交织与变化构成了迟子建讲述的这个故事的主要线索，而围绕他们周边的人群的现世悲欢，也许加强了批评界对文本针砭现实的认知。应该说迟子建是不排斥让故事具有较为饱满的现实感的，因为这一直是她写作的美学趣味之一，无可厚非。可是假如读者把《群山之巅》看成是为历史与现实的是非善恶辩诬申冤的文本，那就错过了这部别出心裁之作的精彩之处：作者以看似写实的笔触探索了人间行为的因果效应及其微妙的心灵回响。人自以为聪明但其实是在"无知之幕"的遮蔽下选择行为，决定何去何从的。无处不在的"无知之幕"其实也包括了人自身未能意识到的幽微隐晦的内心世界。一旦决定，一旦选择，谁又知道会结出什么果子呢？箭是射出去了，却并非向着原初之的，它甚至转弯折向，反伤自身。迟子建新作最重要的主观意图，显然是想烛照世间神秘的因果效应。她对一个眼所不能见的神秘世界的兴趣要高于眼所能见的现实世界的兴趣。此种努力代表了她在文学上的新悟解、新收获。在笔者看来，对这部新作现实批判精神的赞赏不是对作者艺术探索的肯定，更像低估了作者努力的价值。

一

  《水浒传》第十回《林教头风雪山神庙》开头，写林冲刺配到了沧州牢城营，一日行走营内，忽然听得旧时相识李小二叫唤一声"恩人"。故事的情

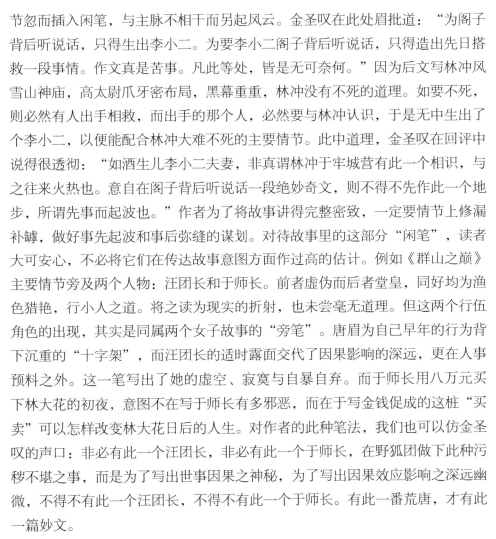

节忽而插入闲笔，与主脉不相干而另起风云。金圣叹在此处眉批道："为阁子背后听说话，只得生出李小二。为要李小二阁子背后听说话，只得造出先日搭救一段事情。作文真是苦事。凡此等处，皆是无可奈何。"因为后文写林冲风雪山神庙，高太尉爪牙密布局，黑幕重重，林冲没有不死的道理。如要不死，则必然有人出手相救，而出手的那个人，必然要与林冲认识，于是无中生出了个李小二，以便能配合林冲大难不死的主要情节。此中道理，金圣叹在回评中说得很透彻："如酒生儿李小二夫妻，非真谓林冲于牢城营有此一个相识，与之往来火热也。意自在阁子背后听说话一段绝妙奇文，则不得不先作此一个地步，所谓先事而起波也。"作者为了将故事讲得完整密致，一定要情节上修漏补罅，做好事先起波和事后弥缝的谋划。对待故事里的这部分"闲笔"，读者大可安心，不必将它们在传达故事意图方面作过高的估计。例如《群山之巅》主要情节旁及两个人物：汪团长和于师长。前者虚伪而后者堂皇，同好均为渔色猎艳，行小人之道。将之读为现实的折射，也未尝毫无道理。但这两个行伍角色的出现，其实是同属两个女子故事的"旁笔"。唐眉为自己早年的行为背下沉重的"十字架"，而汪团长的适时露面交代了因果影响的深远，更在人事预料之外。这一笔写出了她的虚空、寂寞与自暴自弃。而于师长用八万元买下林大花的初夜，意图不在写于师长有多邪恶，而在于写金钱促成的这桩"买卖"可以怎样改变林大花日后的人生。对作者的此种笔法，我们也可以仿金圣叹的声口：非必有此一个汪团长，非必有此一个于师长，在野狐团做下此种污秽不堪之事，而是为了写出世事因果之神秘，为了写出因果效应影响之深远幽微，不得不有此一个汪团长，不得不有此一个于师长。有此一番荒唐，才有此一篇妙文。

整个故事大体维持了写实的行文风格，却时常穿插一些经验无法解释的神秘的故事插曲，显得格外不同。这些插曲多出现在生死之交或关键时刻。例如龙盏镇的侏儒小精灵安雪儿被辛欣来强暴之后，居然发育长成正常女儿身，同时还怀孕生下一女。法警安平满足行刑之前死囚的请求，"收枪的一瞬，一只黄雀儿忽然从林中飞来，低低地盘桓在他头顶，发出鼓掌似的清脆叫声"，它送了安平一路归程才飞走。那位早年救过小狼的女死囚，即将行刑之际，忽然一匹老狼飞奔蹿出，"咬断她手脚的绳索"，绝尘而去。还有，屠夫辛七杂

"眼前总是闪现着金素袖的影子"，于是换了衣服骑摩托车去榨油坊找她，经过一片野花草地，车圈竟然夹着一枝已不在人世的发妻素常喜爱的野百合，这令辛七杂"心惊肉跳，羞愧不已"，赶紧离开了榨油坊。张家儿媳都想着已死的张老太太手上的戒指，可怎么都弄不下来，可平日为儿媳们刁难的张老太太的相好李老头来了，握手一别，戒指竟然自动脱落，物归原主。类似的插曲，小说里还有一些。迟子建不厌其烦地穿插经验之外的"巧合"，不是因为小说家好奇，有意追求故事的传奇性。这些"巧合"对增加故事的传奇性是没有帮助的。它们虽然有的发生在主要人物的大故事里，但却一定程度上离开主要的故事情节。它们的出现像一串声调相近的音符，暗示读者意会讲述者的意图。

笔者以为，迟子建在这部长篇中试图探讨命运在人生中扮演的角色。当然命运是文学古老的大题目，吸引了历代作家的垂顾。如屈原的《天问》，古希腊的悲剧，莫不以此为究问的对象。屈原止于问难，古希腊悲剧家止于神意。他们的诗和悲剧是对命运究问的初试啼声。然而如今怎样在科学昌明，知识积累大进的现代社会环境下再次展开这个历久弥新的大题目，就构成了有挑战性的文学冒险。比如，将命运理解为神意下的前定安排，这已经在哲学上没有说服力了，显然不能吸引读者的目光；像中国古代作家那样将命运理解为伦理法则，好有好报，恶有恶报，可惜现代读者或许愿意默认这种"善念"，但毕竟经验的反证几乎和这法则应验的事例一样地多，于是再次重复这个古代的老套也就很能避免浅薄和说教了。《群山之巅》别出新意在于，迟子建既不将命运看作前定因素，也不将命运视作前因的果报，而是将命运聚焦到人生中不可控的瞬间元素的作用，呈现它们对于人生历程的影响。凡人生的不可控的瞬间元素总有几分神秘，聪明不及防备，理性不能穷究，于是便可以归入"命中如此"一类。它们是人生的幽灵，何时出现，往往令你猝不及防。正是由于它们的出现令人生拐弯转向，进入了原初意想不到的轨道。《群山之巅》为读者呈现了各式各样的瞬间出现的"幽灵"，探究它们对人生造成的深远影响。

二

在个体生命过程里，时间流的每一个节点对生命来说不是等义的，绝大部分时间流的节点都可称得上毫无意义。因为它们只是过去日子的重现，正所谓日复一日，年复一年。但是有的时间流节点却不一样，瞬间所发生的如鬼使神差一般，令你呼天抢地，生命从此改观。如果一生都不曾遭遇这样的时间节点，那就如芸芸众生一般生老病死罢了。那些不同凡响的突然来临的瞬间都有一个共同点，就是事前无从预料也无从控制，因而也是神秘的。正是在这个意义上，可称之为"命"。不同的人遇到性质不同的瞬间，也就有了不同的"命"。它们造成了生命转向，甚至是逆转。是罪是罚，别人无从援手，无从替代，只能当事者苦乐自知。有如秦可卿吩咐凤姐所道："三春过后诸芳尽，各自须寻各自门。""命"有点神秘，有点无奈，但这就是人生。

安平和李素贞虽然说不上是天造地设的一对，但也是各自经历了生活的诸般磨难才相互接受的。情缘开始于世人回避他们的双手，他人的嫌弃与歧视造就了他们"同是天涯沦落人"的温馨感觉。安平是法警，他的手扣动扳机结束性命，是为不吉。他隐瞒了职业的真相，才找到愿意嫁的女人，而女人事后知晓，第一件事就是和他离婚。李素贞的手给死人理容，遭人嫌弃，无人愿意与她握手，除了安平之外。她除了有一双美丽而罕受欢迎的手之外，还有一位瘫痪在床的丈夫。这"对她而言是一次生活的塌方，她被掩埋在废墟下，是安平的力量和柔情把她发掘出来，重获新生"。她接受了安平，两人真爱，可是她的男人不愿默认这种"干兄妹"关系。终于在一个大风雪的夜晚，埋在两人关系之间的定时炸弹爆炸了。那一夜安平受到唐眉的诱惑，更加思念李素贞，而李素贞出门的时候，"怕冻着她男人，特意给炉膛加满了煤，还把家里的两道门都锁上了"。正是这一疏忽，那一夜，一边是安平和她"像两棵同根的树，紧紧相拥，枝缠叶绕，翻云覆雨，直至黎明"；另一边是她男人"身体蜷缩，浑身紫青，手指淤血，瞪着凝然不动的眼，已然僵硬"。这个人生的时间节点发生的变故，与此相关的人都不曾预料到，亦与主观意图无关，但它却改变了人生的轨道。男人的亡故，让李素贞陷入了罪孽感的深渊。她虽绝无动机，男人之死却因她的情欲而起，这让她无论如何不能原谅自己。负疚之念一起，亦意味着她与安平之间的情爱无疾而终。李素贞的人生走上了赎罪之路。"我有罪，该蹲监狱改造，给我丈夫赎罪！"她请求法庭判她收监。在她从罪孽感中走出来之前，她是没有办法认同自己的世俗生活角色的。安平呢，同样无法在那夜之后延续与李素贞的情爱。作者写道，"他知道命运用一只无形的手，在那个暴风雪之夜，推倒了多年阻隔在他和李素贞之间的墙，可又在他们之间，竖起了一道更森严的墙，冰冷刺骨"。迟子建给他们两人的关系留了一个悬念的结局，没有再写下去。尽管安平愿意等待李素贞回心转意，但既然存在那个"鬼催"的一夜，这堵新墙何时倒塌抑或一直延续，谁也不知道。从叙述的角度看，留下悬念比写下去更耐人寻味。

和李素贞经历了意想不到的瞬间从此走上负疚与赎罪的人生一样，龙盏镇最漂亮的姑娘唐眉也让人生从灿烂走上无尽的赎罪历程。与李素贞的"意外"不同，唐眉属于"蓄谋已久"。迟子建将唐眉的故事讲得充满了悬念，伴随她的神秘面纱层层退去，最后显露出来的却是无尽悔恨的地狱人生。唐眉大学毕业不久带回丧失智力和生活自理能力的同学陈媛，落户龙盏镇。她在人们眼里就像飞出去的凤凰落脚原来的鸡窝一样，为龙盏镇人疑惑不解，为她不顾大好前程而惋惜。她顺理成章成了镇上最有自我牺牲精神的榜样。可是榜样光环的背后却隐藏一个歹毒犯罪而又良知未泯的故事。陈媛既是唐眉的同学好友，又是唐眉的情敌。嫉妒心驱使她落毒，幸而手法隐蔽为人不知。等她知道昔日情敌的惨象，她又受不住悔恨的煎熬，萌生了良知——"她的地狱就是我的地狱"。她对安平说："我身上背负着一个十字架，你们看不到的，我将背一生一世！"既有今日，何必当初。然而人的内心世界的深不可测正在这里，而内心世界的善恶交织也在这里。她若能料到日后悔恨的折磨，未必会下毒，至少会迟疑再三。但生命是神秘的，妒火中烧的唐眉在情敌面前毫不迟疑，而良知未泯的唐眉又在惨象面前意识到自己罪孽的深重，愿意为自己所造的罪恶承担责任。从她到陈媛老家看到自己所造的罪恶的那一刻，唐眉的后半辈子实际上就已经彻底改变了。由风华正茂的医科毕业生变为戴罪之身、赎罪之身。她因为良知萌发而从一个情场的胜利者变为一个一辈子都要赎罪的罪人。陈媛就是她的监狱，她的良知就是她的看守。就像她说的那样："我已经在监狱中了！四周的山对我来说就是高墙，雾气就是无形的铁丝网，这座木屋就是我的

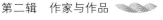

囚室，只要面对陈媛，我的刑期就永无终结！"

唐眉吐露真相的一幕出现在小说的第十三章，而十四章是安平和李素贞情缘的终曲。如果故事讲述一定要有节奏的高潮，这两章就是。十三章是作者布局最为精心的一章，它不取心理描写的手法，没有冗长的独白吐露，也没有意识流。简洁的几句对话，烘托出一个悔恨痛苦的灵魂。更意味深长的是，真相是在她诱惑心仪的男人，期望与他借种生子的场合流露出来的。一个女人要被痛苦、悔恨、寂寞、哀愁折磨到什么程度，才愿意将自己置于如斯境地！迟子建寥寥几笔，写尽了唐眉灵魂善恶交织的复杂、幽微，写出了人性的深度。人之在世承担罪恶，不一定在监牢里，亦在自我牺牲的道德光环之下，也有在不为人知的隐秘的社会角落里。迟子建独到的观察，引领读者遍阅人间，遍阅人性的风景。

林大花也是一个被生活的某个瞬间所改变的女人。她原来的人生，不能说很好，也不能说太差。钱是不多，可至少有爱慕她的龙盏镇老英雄的后代，军人安大营。但两个瞬间改变了她的人生。擅长拔火罐的她被接到野狐团，在于师长夜晚安寝之时一展所长。为了"直起腰杆做人，不用听人吆喝"，她只差属于自己铺子。于是那一夜她在于师长处将初夜卖得八万元，偏偏让来回接送的安大营猜出了不名誉的交易。回来路上，怒气不平的安大营驾车，不意翻入格罗江。"林大花一生都不能饶恕自己的是，出事的一瞬，左侧车门被江水淹没，车身右侧悬在江面的一刻，她先是把装着钱的提匣从车窗口，奋力抛到岸边，然后才去开车门。"安大营却在淹没前的一刹那，将她推出车窗，自己却沉入江底。这事天知地知，除她以外，无人知道真相。但事后她既没有勇气和盘托出，也不至于歹毒到若无其事。于是负疚感植入心里发芽，余生里慢慢惩罚她。"以前她怕黑，现在却怕白。白天时蒙头大睡，夜色漆黑时，她则像夜游的动物，眼睛亮起来。"用她自己的话说："我不想看见自己的脸！也不想让别人看见我的脸。"她没有唐眉那么好的文采，也没有唐眉那么有正视自己做下的冤孽的勇气，将自己的悔恨剖析得那么清楚。可她清楚地知道，"咱家欠格罗江一条人命"。这句话的真义，龙盏镇的人除了她无人知晓，而明白真义的她却换来了余生的不宁。她有钱了，能开铺子了，没人能吆喝她了，可她却变得自己吆喝自己了。她有钱了，腰杆却没有硬起来，被羞耻负疚压得直不起来。迟子建写林大花，我不认为是想惩戒什么，或让读者明白什么教训。要是意图在惩戒或教诲，不是这个写法。作者是要探究一念之差在人生历程中造成的结果有多深远，有多微妙。不错，林大花余下来的日子是处于被惩罚之中的，可她不是被别人惩罚的，而是被那个更高的良知自我所惩罚的。换了别人完全可能安之若素。能安之若素的无良之辈，《群山之巅》也写到了，那就是取私生子之肾而延命的地区大员陈金谷及其任公安局长的儿子陈庆北。

<h1 align="center">三</h1>

中国是个人伦社会，福祸顺逆往往存在于人伦的几微之中。这一点古人早就觉察到了。故《老子》有言，"祸兮，福之所倚，福兮，祸之所伏"。讲的就是福为祸因而祸又为福因，福祸顷刻之间可以发生逆转的微妙。与箴言传导教诲不同，小说当在一个具体的人生情景中呈现并且从中传递出具有一致性的人生观察。迟子建在观察和表现人生轨道瞬间逆转方面有卓越的眼光和能力。她的故事既保留了古代文学传统已有的"因果效应"中正面、积极的成分，又镶入了现代的元素。当人生轨道的顷刻逆转发生之时，它给予读者的就不是一笑了之的喜剧效果，而是意味深长的思索。

英雄安玉顺在战争中失去一条胳膊和一条腿，落下残疾。他的社会价值在建设时期便只能体现在英雄事迹的巡回讲演之中。然而无论他讲多少场报告，与他个人生活的安顿却扯不上关系，依旧孑然一身。讲归讲，活归活。时来运转的发轫却不是英勇事迹的再次复述，而是演讲到疲惫懈怠之际，忽然想起不知是否尚在人世的父亲，"安玉顺念了一句佛号，涕泪长流"，结束了报告。于是属于他的奇迹发生了，"他的这番心灵话语，打动了一个姑娘的芳心"，赢得美人归。怎知他们圆满结婚成家之后又起波澜。数年之后，烈士陵园建起来了，却令当年嫁给他的姑娘失望了。因为安玉顺终于拗不过自己英雄情结的诱惑，甘愿放弃与发妻百年合葬而自个进入烈士的不朽行列。在安玉顺的命运流转中，讲述者隐含了"真情"与"他者"的对峙，所取所舍，一目了然。自我大概深感渺小，都愿意走入被环视的光圈里，这显得高大、满足，可是人生的福祸几微亦正在于此种来自"他者"目光而产生的自我满足感。它使你沉迷于胜过同侪的成功感，正是这沉迷的因，使你结出失去生活"真情"的果。这个时候"他者"便成了迷障。忘却迷障而入于"真情"，安玉顺遇到的是孟青枝；离弃"真情"而入于迷障，安玉顺遇到的是破碎人生。两者皆起于一念之微。

人生活的世界是不是善有善报，恶有恶报？假如善恶分立彼此，那应该说它只有一半的几率是正确的。这意味着善恶不报，甚至颠倒反报，也存在另一半几率。不过，不论经过多么"科学""唯物"的思想洗礼，人们还是倾向于顽固坚持"我不相信死无报应"！原因是它无比朴素地表达了人追求正义的激情。笔者以为，文学既不宜盲目信从因果报应，也切忌挑战这一古老而有"群众基础"的信条。前者使文学失之肤浅俗套，后者则使文学无聊荒诞。就文字而言，与其无聊，毋宁肤浅。这么说来，写作如果笔涉善恶应报，作者就像走在了钢丝之上了。因为作者既要通过"报应"传递什么是可取的善，什么是应弃的恶，也要告诉读者生活的真相是什么。不幸的是这两者经常是矛盾的，它们构成了经济学讲的对冲关系。不过，惟其有走钢丝的难度，才考验作家的智慧与才华。《群山之巅》里面，没有将善恶之间的因果写成机械的、必然的应报，而是显示它们的微妙莫测，这是一种有新意的处理手法。善恶的因果所以微妙即在善恶交织，彼此莫辨。难辨的善恶，其因果的应报当然就远在人事料想之外了。

龙盏镇的镇长唐汉成是故事里耐人寻味的人物。强奸案发生之后，他急着要做的不是捉拿凶手，而是要目击证人作伪证。这样做的目的不是为了放过罪犯，而是保护已被当地人尊为精灵的安雪儿的名声。因为人们在致富和开放的名号下，破坏自然，污染环境，引起了这位"父母官"深深的忧虑。于是他想利用她的名声，"设象立教"，震慑宵小，化度愚顽。也是出于这种考虑，当被冤屈为"逃兵"的抗联老战士辛永库发现深山里有无烟煤，唐汉成不欲走漏风声引致群起开发，甘愿接受他的敲诈，用一匹鄂伦春马换他一筐无烟煤。当工程测量员来到龙盏镇，开发似乎不可避免之际。唐又心生一计，教唆斗羊手在斗羊节上以羊冲撞工程师，使其负伤而退。可是人算不如天算，斗羊却撞了他人，唐汉成赔了夫人又折兵。计穷之际又在深山盖个土地祠，以神灵护佑为最后的挡箭牌。这个深山小镇"父母官"的做法，迹近荒唐可笑，但无不出自仁心一念。说他是非不分也好，说他不讲原则也好，说他"用心歹毒"也好，他的目的总是善的，况且按照康德的说法，出自内心的善是真正的善。可是结出好果子了吗？没有。单四嫂不愿作伪证，辛永库敲诈他，连斗羊都与他作梗。土地祠盖起来了，怎么样呢？这最后一笔肯定是《群山之巅》最精彩的一笔。狂风暴雪之夜，宅心仁厚的安雪儿答应陈美珍的哀求，也许是看在孩子的爹还有一颗肾活在血缘意义的"家公"身上的份儿，冒雪上山，求神灵保佑。她遭到了看守土地祠的单夏的强吻非礼，安雪儿无人之际呼喊："天呐，土地爷睡着了，快来人啊！"场景似乎又回到了小说开头所写的罪行。故事全文在一句"一世界的鹅毛大雪，谁又能听得见谁的呼唤"中结束。这个结尾意味深长。唐汉成好心的"政绩"——土地祠，开场启用，却引来了一桩罪恶；向来灵验的安雪儿，自己呼喊神灵的时候，神灵沉默。"命"这话题是沉重的，合当在沉重中收束故事。

故事的讲述无论是寓含因果还是显露人生的残酷真相，其实都无不可。关键之处在于符合人情物理，没有牵强附会、颠倒穿凿的痕迹。俗话说，无巧不成书，可光巧也不成好书。这项要求，与其说是由客观世界的究竟所以然来决定的，不如说是由情节推进的惯性决定的。上述所讨论过的各个人物事例都符合寓含在情节内部的人情物理的要求，既有巧，也有不巧，可都顺其自然，没有牵强穿凿之处。除了一个地方，它没有显示足够的罪与罚的力度。这就是写到坏人陈金谷罪行的败露，源于记载历次贿赂的登记本被贼偷走。这一笔或有现实生活的根据，巧则巧矣，却缺乏力度。既然故事写到了取私生儿之肾以延命这样歹毒灭伦之罪，其惩罚莫如索性由这个肾而生出更顺理成章——诸如性情变得暴躁不宁，寝食不安，噩梦连连，生不如死等等。这个写法也有医学根据的，因为辛欣来是个弑母的恶人。更重要的是，这样的惩罚是由罪行本身引导出来的，它更切合隐含因果所本然具有的道德意义。另外一点，也许是因为这部小说头绪太多，作者借他人的间接讲述太多，多少忽略了直接的呈现。若是少些枝蔓，增多一些场景的直接呈现，让叙述者更多躲藏在幕后，作者的叙述意图将得到更好的贯彻。文学上，人物由自己的行为和语言而"呈现"，任何时候都优胜于读者能感知的"转述"。

短篇小说可能更倾向于关注人生的瞬间，所谓截取人生横断面的意思，但却不一定关注瞬间所发生的因果效应。因果效应的表达，必然要求一定的长度。但长篇又似乎不大关注人生的瞬间，它们虽然也写瞬间，但这些瞬间都服从别样的叙述意图。《群山之巅》既是长篇，又聚焦在探索瞬间所蕴含的生命的意义，这开拓了文学表达的新生面、新路径和新境界。

《南方文坛》2017年第2期

《三体》、科幻及武侠

　　去年笔者有幸被邀做评委，参评《课堂内外》杂志举办的全国创新作文赛决赛。记得作文的阅读材料选自刘慈欣科幻小说《三体》系列的第二部《黑暗森林》，内容讲述宇航星舰"自然选择号"燃料将尽，面临选择——是等命运的判决还是主动攻击附近星舰以获取燃料。参赛者须以"我们应该怎样选择"为题写篇作文。这本是借题发挥的好材料，因为它展示了一种与人类伦理准则陌生的场景，而人完全有可能因良知的困扰而难以抉择。然而不知什么原因，笔者看到的作文卷子里，能够领悟这段故事真实含义的作文一篇也没有。其实，人在零和博弈的情形下应该怎样选择，本来是非常简单的。也许参赛者被小说渲染的生死关头的严峻性所迷惑了，或者参赛者被语文教育里强大的人文情怀所熏染，多是联想到哈姆雷特式的生存还是毁灭的犹豫彷徨，大发感慨。有的叹息仁慈的美德世上少有，有的抒发前途茫然出路何在的悲苦之情。高年级学生是科幻小说读者的一个大群体，科幻粉众多，尚且如此，便让笔者觉得惋惜和遗憾。刘慈欣隐藏在科幻外衣之下的精义没有被发现。

　　进入新世纪以来，中国科幻突然发力。《三体》连印数版，继而获得国际科幻界最高奖"雨果奖"。这是一个标志性的事件，意味着中国的科幻创作终于渡过晚清民国年间那种有名无实的幼稚阶段，也渡过了20世纪里相当长一段时间的几乎空白期而最终臻至成熟。中国作家能够写出令人刮目相看的一流科幻，这是一件意味深长的大事。一个国家能够产生一流的科幻小说，意味着一国的科技实力亦堪称世界一流。因为一个国家的科技状况与一国的科幻创作息息相关，命运休戚与共。君不见19世纪中期至20世纪初期，西欧国家尤其是英法，首先创出科幻小说。法国作家凡尔纳被称为"科幻小说之父"，继而英国作家H.G.威尔斯声誉鹊起。而那个时候的英法当然是执世界科技牛耳的国家。但二战之后，科幻的风流漂至大西洋彼岸的美国。阿西莫夫的"银河帝国系列"横空出世，正应了世运流转，坐实了美国雄踞世界科技实力之首的事实。中国的科技传统本来薄弱，现代实验科学的发生也是近世西风东渐的结果。看看晚清的科幻，数量虽然众多，但不脱"海客谈瀛洲"的口吻；虚构所指向的既不是科技知识，也不是伦理探索，而是社会改造和政治阴谋。由此可知那时中国的科技是多么的可怜和不上道。至于其后科幻的阙如，那是文艺思潮和意识形态制约的结果。80年代之后，经历数十年的发展，科幻写作从涓涓细流到蔚为大观，背后正是中国科技大步赶上、终于可与世界一流科技强国比肩的现状。科幻的成熟改变着当代文坛的版图，带来了新的表现视角，催生了新的阅读趣味和读者。从这个意义上说，它值得批评界的关注。

一

　　笔者认为，小说是可以分为若干个文类来认识的，不同的文类在生成和演变过程中形成不同的惯例和传统，于是显示出不同的面貌。例如流行文类和严肃文类就是一种划分。与严肃文类相比，流行文类是有一些程式套路的，而严肃文类则没有这个特征。如武侠小说属于流行文类，而凡可称之为武侠小说的，必写江湖，亦必有奇侠和武功。写作符合这三大程式套路的，庶几可归入武侠文类。江湖虽与严肃小说所写的故事环境不排除有几分相似，但是小说所写的环境必须可被称为江湖，至少必符合读者观念中的江湖，才足配被视为武侠小说的环境。又如武侠小说中的人物，虽然也与常人一样有七情六欲，但必不食人间烟火，必有令凡人匪夷所思的武功，才可以被称为奇侠。我们以这种眼光来衡量，金庸武侠中《射雕英雄传》就比《鹿鼎记》更加像武侠小说。原因便在于后者的主要人物韦小宝不但没有武功，行为还几近无赖。作者虽然有虚构各种人物的"特权"，但既然离开了文类所要求的程式套路，远离了武侠小说的传统规范，没有奇侠，也缺乏武功，《鹿鼎记》便成了褪了底色的武侠。

　　以文类的观点来看科幻小说，它显然不能归入严肃文类，而更像流行文类的一种。原因在于科幻小说也表现出强烈的固定程式和套路的特征。例如小说故事和人物所构成的环境，一定是一个未来世界。这个未来世界虽然也脱胎于今天的现实世界，但它并非如同严肃文类所展现的世界那样，是现实世界的另一个版本。科幻小说的未来世界是与现实世界脱节的诉诸科技成就基础之上的纯粹想象世界，而科幻小说中的人物角色，也千篇一律地不食人间烟火，他们过的是科技生活而不是日常生活，他们更像"科技人物"，而不像有血有肉的人。还有，科幻小说必不可少的另一个元素就是令人眼花缭乱的科技。就像没有功夫就没有武侠一样，没有科技元素也就没有科幻。如同武侠里的功夫令人匪夷所思一样，科幻小说里面的科技也同样令常人匪夷所思。笔者以为，一本好的科幻就是能将未来世界、科技英雄和想象的科技这三大固定程式和元素花样翻新，发挥到淋漓尽致的程度。如果用这个标准看《三体》系列，它的未来世界和科技元素堪称别创新意，而小说的"科技人物"则稍有逊色。

小说的未来世界暂且按下留待下文。刘慈欣笔下的人物在流行文类的标准下虽然也算过关，但还是觉得不够丰满，显得粗糙。不过笔者亦怀疑自己是套用了严肃文类的标准看科幻，合理性不高。写人本来就不是流行文类的长处，盖因流行文类必须情节足够离奇曲折，布局要出乎读者想象之外，用离奇的故事产生出来的趣味吸引读者，如此才能以娱乐要素取胜。如此一来，人物当然要围绕着故事情节而不是故事情节围绕着人物塑造。情节需要优先，人物召之即来，挥之即去。人物之存亡，端看故事的需要。这种写法当然是对塑造人物尤其是能够立得起来的人物是不利的。还有一个原因就是当我们以人物性格的丰富性、生动性来衡量一部作品的时候，其实已经暗含了这部作品所表现的生活场景与我们已经有过的或正在过的生活具有相似度的前提在内。其相似度越高，作家所写的人物形象的三富和生动的可能就越大。但这恰恰是流行文类与严肃文类差别最大的地方。要在一个和人类已经有过的或正在经历的生活几乎没有相似度的场景之下来表现文学形象的丰富性和生动性，来塑造有血有肉的性格，这个要求也太过强人所难了。所以，笔者以为，向科幻小说提出类似于严肃文类那样的写人物要求，是不符合实际的。因写人的缺陷而认为科幻小说不入流，也是有问题的。

刘慈欣对自己写人物有比较高的要求，光有生动的故事并不能满足他的自我期待。从《黑暗森林》的上部《面壁者》中白蓉对西方文学潮流的议论看，刘慈欣对文学的抱负是远大的。他写的是流行文类，但他的文学理想却不是流行的。《三体》第一部的人物叶文洁和第二部的章北海，都是他着意经营且写得比较好的人物。刻画叶文洁的时候，刘慈欣既写出了她科学探索的热情，也写出了她作为科学家的无知和幼稚。无知和幼稚叠加于一流天文学家的身上，似乎是违背常识的。可是刘慈欣就是能通过曲折离奇的故事将叶文洁身上专业素养和对人性幼稚无知的两面都写了出来，安排得合情合理。周遭社会的消极现象，环境恶化、大气污染、森林减少、食品污染，总之与技术进展以及财富增长相联系的活动都被叶文洁归结为人类文明的堕落，而"文革"年代的个人家庭遭遇和社会乱象更加强了此种印象。她在红岸基地被监视期间，得益于专业素养，暗中与外空间的三体文明发生联系，由此而萌发借助外星文明来拯救人类文明的"狂想"，进而加入三体文明在地球人类社会建立的"第五纵队"。想法是可爱的，人类文明也的确存在种种因为拥有巨大的自然支配力与难以克制的贪婪而产生的弊端，称之为堕落亦未尝不可。但将未知的外星文明当作毫无疑问的拯救力量，为人类社会带来的风险就远远超过了历史上各种各样的乌托邦。叶文洁可爱的想法里夹杂着惊人的幼稚和无知。她算不上坏人，是善者里的弱智者。刘慈欣塑造这样一个科学家的形象，有助于对科学的去魅，也有助于打破科学家无所不能的幻象。这样看来，刘慈欣写人物的时候，一定注意到一个很重要的技巧：写这一面的时候也不忘与之相反或相对的另一面。有知与无知，聪慧与幼稚巧妙地结合在叶文洁的形象里。对于章北海，刘慈欣也是如法炮制。行伍出身的章北海聪明、理性，做事果敢，这非常符合军人的品质。他以军人的责任为天职，早早看出了人类星舰群在三体人面前不堪一击的现实，果敢骑劫星舰，一人背起逃跑主义的指责。可是他所在的"自然选择号"最后竟然失败于章北海的片刻犹豫。迟了三秒，于是葬身太空。他料想到现实的残酷，但没有料想到现实这么残酷。展示人物性格的复杂性，这本不是科幻文类的长处，但刘慈欣别出心裁逆流而上。笔者推想，这是良好的严肃文学的教养使之然的。

老实说，《三体》吸引我的不是人物，相信其他读者与我相去不远。小说里写得最吸引读者的是种种想象的科技，这也是小说趣味盎然的地方。笔者阅读之际，禁不住联想起了武侠小说里的功夫。我们可以把科幻里的科技元素看成是一种诉诸想象力的"科技功夫"。和武功一样，"科技功夫"也不是一点现实的谱都没有。武功有各和堪称"国技"的拳术做基础，武当拳、少林拳、南拳、北拳，这些都有凭有据。移到武侠作家的生花之笔下，什么"九阴白骨爪""凌波微步""降龙十八掌""万佛朝宗"，你就连边都摸不着了。莫说读者摸不着边，就连作者也纯粹"纸上谈兵"。但读者只要能诉诸想象，便觉奇妙无穷。科幻里的"科技功夫"也一样，它是在人类已有科技成就的基础上加以想象伸延的产物，一半是现实，一半是"科技把戏"。如计算机、器官冷冻保存、激光武器、轨道飞行器、纳米制品，这些已经达到的科技成就读者是可以理解的。但到了刘慈欣的笔下，智慧甚于神的质子计算机"智子"、闲时冰冻保存忙时解冻复活的人生、杀人于无形的"次声波氢弹"、漫游太空的星舰、无坚不摧的"纳米丝"和"水滴"、在三颗恒星的星系上生存的智慧生物"三体人"，这些都是读者经验所不能抵达的，与作者一样，读者只能用想象力把玩其中的精妙。不过科幻的魅力正在于此，因为科技的本质是向着未来的，今天人类科技的成就推动了对未来科技状态的畅想。经验虽然不能抵达，想象力正可以大展宏图。科幻文学所以出现，正是在这一点上深契现代人的心理。不过，"科技功夫"与武功有一点不同。武功是奇侠习武而拥有的个人能力，它们与具体的人融为一体，而"科技功夫"是一种社会能力。故武功写得好有助于刻画人物性格，而"科技功夫"写得再传神，对刻画人物无所助益。所以科幻里的科技元素更是一个与人物性格相对独立的规范。也许正是这个原因，作者本身的科技素养是"科技功夫"好坏、成败的一个决定性因素。武侠小说的作者可以没有真功夫的素养，但科幻小说作家若是没有真科技的素养，那便只能写出《哈利波特》式的魔法小说。现代武侠史上，旧派、新派武侠的代表作家李寿民和金庸都是没有真功夫的人，但他们笔下的功夫却写得出奇的好。难以想象如果刘慈欣没有远超常人的科技教养而能将小说里的"科技功夫"写得那么好。刘慈欣笔下的"科技功夫"，魔法其形而科学其质，既有魔法的玄妙莫测，又有科技的有根有据；表面看那些"科技功夫"神奇到神龙见首不见尾，细细想来却又合乎人类科技所取得的进展。刘慈欣笔下的科技元素被称为"硬派科技"，这确实是恰如其分的评价。

二

　　科幻文类最引人注目的是它将故事展开的环境设定为一个人类尚未经验到的未来世界。作为故事背景的未来世界，它既是科幻文类要求的程式，也是科幻文类的一大特征。凡科幻小说都离不开写未来世界，而且这个未来世界是基于人类已有经验的未来世界，不是纯粹的乌托邦，它要求作家写出人类文明可能到达的那种未来感。

　　人天生是关注未来的动物。而人想象和猜测自己社会的未来，严格地说并非始自科幻。那么，好的科幻所设想的未来世界与以往哲人圣贤所构想的"美好社会"有什么区别呢？古代儒家有所谓"大同世"的说法。就政治理想而言，它无疑是现实应该通往的路向，然而儒家的"大同"世界并非真的未来世界，因为圣贤把它安放在已经消逝的年代。就像人死不能复活一样，"大同"世界的失坠意味着它不可能再次出现，活人只能以之为样本，为之奋斗。往后看而朝前走，这就是儒家的"大同"理想，很显然它是缺乏真的未来感的。欧洲近世思想也衍生出各种各样的乌托邦。乌托邦作为一种近世出现的未来世界的蓝图，它充满了野心勃勃的现代性。然而讲到社会蓝图的未来感，乌托邦还是终欠一筹。乌托邦虽然指向未来，但就其性质而言，与其说是未来社会的蓝图，不如说是对现实社会的批判。乌托邦是"伪未来"，它不是建筑在对人的事实世界的真实经验之上的，而是建筑在对现实的谴责和批判之上的。所有乌托邦都有一共同点，它批判现实的激情远远超过对事实世界的认知。笔者以为，不在批判现实社会的前提下基于已知的事实来推测和想象人所处的世界的未来，科幻小说迈出了第一步。当然这也是科幻非常重要的社会功能。我相信，科幻之所以吸引乃至征服读者，是源自于它所营造的那个奇特的未来世界，而对未来的向往和关注是现代性的重要特征之一。

　　科幻与武侠同为流行文类。武侠写的是"江湖"，而科幻写的是未来世界。武侠在当代的衰落和科幻近十余年的兴起，恰好可以描绘成"江湖"的衰落和"未来世界"的兴起。武侠当然还有它的吸引力，只是大不如从前了。武侠所着意经营的"江湖"代表了一个读者能以他的经验印证的世界，一个属于过去或至少与过去相联系的世界，读者可以从中获得格言宝训一类的人生知识。如读《书剑恩仇录》，可知"情深不寿，强极则辱"的古训，但这一切都与未来无关。科幻则大不相同，它对过去不屑一顾，专心致志想象未来。即便是《三体》，刘慈欣将"红岸基地"探索星际空间的时间设定在"文革"时期，但它属于三部曲长篇结构中的"旁笔"，以衬托文明的堕落，这与表达那个时期的意识形态特征毫无关涉。再者，科幻所想象的未来世界是以科技知识和科技能力所能达到的极限为前提的，在这个意义上，它的想象可以说有"实事求是"的一面。虽然它所展示的未来世界令人眼花缭乱，如刘慈欣笔下的"三体人"生活在有三颗恒星的世界，单凭常识这是不可思议的，可是天文观测并不排除这种星系存在的可能性。循着科技的逻辑，科幻所想象的未来世界虽然眼花缭乱，但却是合理的和可以理解的。其实，科幻的魅力正在于它沿着科技的逻辑透视未来，使未来变得可以猜测和展望。科幻带有科普的功能，但不是科普，把科幻当成科普，那是小看了科幻。如此看来，鲁迅当时以科幻为科普，启蒙国民，其见解犹有不足。科幻的本意应该是本着人类科技的进展而不带意识形态眼光来凝视和展望可能的未来，使变幻莫测无人知晓的当代人的这个心头悬念多少变得可以思议。从这个意义看，科幻在当代中国文坛的崛起，代表了文学版图的改变，代表新的文学表现领域的出现。在此之前，无论是作为流行文类的武侠还是作为严肃文类的那些文学，都没有将人类社会和文明的未来走向纳入文学表现的领域，而科幻小说则第一次尝试了这一点。它以塑造未来为自己的使命。文学表现的空间因为它的出现打开了一个新的窗口，走出了与以往不同的一条新路径。这是文学非常巨大的改变的开端。笔者不知道这是不是一个文学的转折点，合不合适用一代又一代的文学来形容科幻的出现，但科幻文类在当代文坛的意义目前显然是被批评界低估的。

为什么文学突然出现了新的范式，热衷于猜测与想象文明的未来？为什么科幻与表现未来世界结缘？归根到底，这是由于科技在当代突飞猛进所造成的。从技术的角度看，人的社会是一个加速演化的社会。从打磨石器到定居农业前的旧石器时代人类经历了约三百万年；而以定居农业为标志的新石器时代，经历了大约一万年；从锻造铜铁等金属的青铜和铁器时代到工业革命前，则只经过了约三千年；而工业革命迄今的信息网络技术普及，亦不过两三百年。以技术尺度来衡量这种加速演化现象，它是实实在在有案可查的。直到工业革命前，这种社会演化的加速现象所以没有进入思考的视野，是因为它的演变相对于人的一生，还是尺度太大，故不入法眼。而工业革命之后，特别是进入信息社会，人甚至不用一生的时间，就可以经验到意想不到的技术和社会的变迁。就笔者所历而言，童年和青年时代的家园与青山相连，黄澄澄的稻浪、绿油油的禾田、清澈见底的溪流、甘甜的井水……而今统统消逝无踪。那个与自然融为一体的家园如今已被街道、工厂、高楼所替代；日出而作，日落而息的生活，已被按小时甚至分钟安排的城市生活所取代。此种由技术革新而驱动的加速演化引起了广泛的连锁反应，此处不能一一讨论。与本文相关的属于这一长串连锁反应之一的，是人的心理变化——对未来关注与日俱增。这是因为科技进步的速率越高，引起生存和生活的不确定性就越大，未来走向何方就越成为被关注对象。举个例子，原子弹、氢弹等武器发明之前，人作为一个类的自我灭绝，是不能想象的。但这之后，人的自我灭绝终于成为一种可能前景进入了人的视野。目前，人是地球上唯一可以展望自己末日的物种。这是人的成就，也是人的包袱。末日虽然不一定到来，但又怎能抑制得住对这种可能未来的关切并阻挡这种关切对生活的影响呢？技术在将当下与过去切割之际，未来随之取代过去，成为人所关注的重心。左翼历史学家霍布斯鲍姆给20世纪作传，《极端的年代》末尾的结语代表了他对当代社会变迁最睿智的发现："我们所生活的动荡世界，被它（资本和技术——引注）连根拔起，被它完全改变。但是我们深深知道，至少有理由假定，这种现象不可能无限期永久继续下去；未来，不是过去的无限延续。而且种种内外迹象已经显示，眼前我们已经抵达一个历史性危机的关键时刻。科技经济生产的力量，如今已经巨大到足以毁灭环境，也就是人类生存的物质世界基础。我们薪传自人类过去的遗产，已遭溶蚀；社会结构本身，甚至包括资本主义经济的部分社会基石，正因此处在重大的毁灭转折点上。我们的世界，既有从外炸裂的危险，也有从内引爆的可能。"然而，未来是什么，谁也不知道。

　　未来，就其本质而言是不可知的，也是不可经验的。它只能猜测，只能关切。技术一方面为人类当下的生活带来方便，创造舒适，但另一方面也增加了生活和社会的不确定性。随着技术带来生活的不确定性增高，对未来的关注在生活和思考里占有越来越大的分量和空间。正是在这种由科技进步创造的社会演变中科幻小说应运而生，它的重要使命是在科技的轨道上探索未知的未来。科幻所描绘的未来，有的悲观，有的乐观，有的悲喜兼备。不论悲观还是乐观，抑或悲喜兼备，当人们受科幻熏陶就多少有了精神的准备以对付这种不确定的未来。一旦某种前景降临，不至于猝不及防而手足无措。这是一项现代人的心理训练，或者叫做"精神体操"，科幻就是"精神体操"中的一个项目。从这个角度看，好的科幻一定是益智的，而且益智应该成为科幻的最高标准。如果科技只是小说故事的外衣，充斥的却是玄幻魔法一类，那不能算好的科幻。用此种眼光看刘慈欣的三部曲，最后一部《死神永生》笔者以为写得最好。他呈现太空社会的伦理准则与人类未能适应这一准则而造成的悲剧，十分益智。第一部略嫌芜杂、跳跃太多，但构思严密、大气，为后来的展开奠定好的基础。第二部《黑暗森林》则属平平，作者将基本注意力放在经营"科技机巧"之上，减弱了对未来世界的探索。"科技机巧"固然是读者所想象不到，很有悬念，但根本上，这些情节进展创造出来的悬念只有粗浅的趣味，达不到好的科幻小说应该有的深度。因为在"三体人"来袭的大背景下开始的第二部，读者只看到人类社会如何手忙脚乱，"面壁计划"如何束手无策。故事临末，并无灾难临头，仅是智子沉默不露面，最后将它逼迫现身的竟然是科技英雄罗辑设计的一个类同苦肉计的"科技机巧"——他通过自我毁灭式的威胁使"三体人"让步。情节的套虽然解开了，而且不乏巧妙，但并无更深的含义，令笔者觉得索然寡味。

三

哲人康德说，心中的道德律和头顶的星空是他越想就越充满赞叹和敬畏的两样事物。心中的道德律与头顶的星空相对，意味着康德是以人为主体，以人为中心来看待围绕自身的自然世界的。所以头顶的星空并非与人为一体，并非组成为人的社会环境的一部分。但是康德之后两百年，人类来到太空探索时代，当初那个头上的星空变成了人置身其中的星空，人亦面临自身并非宇宙唯一智慧生物的事实验证。这个时候，心中的道德律是否依然具有宇宙性的普遍意义——用康德的话说——是否依然越想就越充满赞叹与敬畏？这显然成为了一个问题。《死神永生》将这个过去人们从未设想过的问题一下子摆到了读者的面前。

自从文学告别了史诗进入雅斯贝尔斯说的"轴心时代"，文学就是良知和道德律的守护神。换言之，良知和道德律是文学传统中的基石和内核，尤其是那些伟大的文学，人性的光辉与人道情怀常常在不同作家的笔下闪耀着一样的光芒。文学史上，从来没有作家敢于向这一文学的基石挑战，即有微词亦被视为不入主流的另类。当然如果认为刘慈欣在挑战或否定这一文学的基石，这也是不靠谱的。刘慈欣在他的想象世界里并没有否定人性的美好和良知，他只是探索一种未来的可能性——人类秉持的爱心和良知在太空时代面临不可知前景的条件下，它们完全有可能成为造成自身毁灭的决策的盲点。刘慈欣笔下的故事告诉我们，人自身认为最有价值的人性、慈爱和人道情怀，在未来的世界里完全有可能变成负资产，变成束缚自身的枷锁。一如其中人物维德的话："失去人性，失去很多；失去兽性，失去一切。"在人的社会里，良知所以是普世原则，是因为人同此心而心同此理。然而未来的世界里，对手完全不可知，人的存亡或系于一念。刘慈欣提出的疑问是，这一念之差究竟应该不应该基于人的社会所形成的那个标准做出判断。

科学家程心两次身处人类文明前途的攸关时刻，她的决定关乎人类的前途命运。第一次是在"三体人"星舰前来，危机一触即发的关头，她作为对等威慑体系是否启动的"执剑人"，做出了放弃启动的决定。刘慈欣这样解释他笔下人物的作为："程心从理智上当然明白，威慑平衡如果维持下去，美好的前景只属于人类而不是三体世界，但在她的潜意识中，宇宙仍是童话，一个爱的童话。她最大的错误，就在于没有真正站在敌人的立场上看问题。"在与"三体人"胜负未卜的赌局中，由于"执剑人"程心最后关头慈悲心动，"三体文明"胜利了，人类失败了。失败的结果是人类迁徙澳洲，过着被隔离围困起来的生活。第二次是只有制造曲率驱动的光速飞船尽快逃离地球才是真正的生存之路的时候，程心以反物质子弹惨无人道为由下令交出，致使人类错过时机，堵死了可能的生存之路。她因仁慈所犯下的愚蠢错误使得正在研制曲率驱动平台的指挥官维德前功尽弃，被法庭判决犯罪，在万分之一秒内被"气化"。刘慈欣评论道："她两次处于仅次于上帝的位置上，却两次以爱的名义把世界推向深渊，而这一次已没有人能为她挽回。"人类文明的前途断送在程心的手里，而更好前途的毁灭竟然不是由于邪恶，而是由于善良。人的善良导致了本可避免的毁灭。故此，刘慈欣借用另一个人物之口，说程心"遇到了比死更可怕的事"。刘慈欣通过这个故事在设问：面临胜负未卜的赌局，我们应该信任理智、力量还是应该信任爱心、仁慈？这个设问，笔者以为是《三体》的亮点，也是刘慈欣最感兴趣的追问。其实第二部写"自然选择号"面临的困境，就显露了刘慈欣思考的端倪。他一不做二不休，将此追问在第三部淋漓尽致地表现出来。

至少从现代小说兴起以来，从没有严肃小说将爱心、人道、良知放在质疑的位置来加以表现。就算是被纳博科夫指责为缺乏同情心和冷漠的西方世界第一部现代小说《堂吉诃德》，实际上也是以悲悯为主调的；中国"四大奇书"中的《水浒》固然血腥而崇拜暴力，但终于还是恶有恶报，好汉之好斗者皆不得善终；至于《三国》讲述权谋故事，当然冷漠，但也只是不及于人情，历史的苍凉感则一以贯之。毫无疑问，人性、人道情怀和良知是流动在长篇叙事文学中的血脉。就像人是温血动物一样，他们创造出来的文学也是充满温情的，至少也是肯定和赞颂温情的。这种文学传统随着科幻小说的前卫式探索的出现，局面可能会有所改观。刘慈欣的《三体》系列就是一个信号。当然《三体》也不乏温情，例如当程心决定不启动威慑体系之后，"三体人"的代理智子亦随之显露友善的一面。不过，对于科幻的驰骋想象来说，这些都是属于"小儿科"，真正益智的是那个困境所启发的思考。对文学来说，它又开了一扇新的窗口，让智慧能够眺望更远方。科幻的价值不是现实的，而是未来的。当读者依然沿用过去的文学标准衡量它们的时候，很难发现其真正的价值所在。刘慈欣所讲述的程心的故事，依照过去评价文学的伦理价值标准，很可能被贴上负面的标签。然而，当我们领悟到科幻文体是指向未来的，文学去表现那个无人知晓的未来世界时，那个世界会存在与我们现今完全不同的伦理尺度与价值标准，这并没有什么好指责的。这非但不是科幻小说的伦理缺失，反而是它的前卫探索。因为千百年的文明演变至今，人并非只能站在大地上仰望星空了，而是实实在在地进入了星际远航、太空探索的时代。在这样的时代，那些以人为中心思考天地万物的宇宙观和伦理观，是时候有从未来的视点加以再思考的必要了。人一旦与另一种智慧生物在太空相遇，谁能保证它们也持有以人为中心的伦理价值观呢？

《小说评论》2016年第5期

科技社会与捉摸不定的未来

——读《北京折叠》

　　相对于欧洲17世纪以来的加速发展，持续而缓慢的"文明的衰落"从晚清起将中国社会带入亡国灭种的危险境地。这个"最危险的时候"又激起无数仁人志士为了一个新的社会前景而奋斗，不惧赴汤蹈火，不惜流血牺牲。这个新的社会前景是什么，社会为何种因缘而陷此"两千年未有之奇变"，刨去遮掩着新的社会前景的政治术语的烟雾，身处其中的那几代人也鲜有明白个中因缘。他们只是不甘心国家民族就此沦亡，他们只是为该奋斗的而奋斗。经过一个半世纪的持续演变，不论改良还是革命，不论民主还是专制，所有的守旧坚持，所有的破旧立新，统统都通往并且落实为中国社会最根本的改观——现代科技带动的工业化。于是我们有了一个对过去一个半世纪社会变迁更切中要害的描述。中国社会经历的实际上是从农耕文明演变为工业科技文明的过程。如今，这个绵绵不绝的社会演变已经来到了它的质变点，科技和工业要素的持续累积终于使社会发生质变，使中国社会进入科技与工业社会。这是一个我们刚刚开始看到的影响深远的变化。对社会演变来说，它固然是先前农耕文明的终点，但它又是科技和工业社会的起点。这个数不清的先辈用汗水和血泪换来的起点当然是意味深长的，它潜藏的丰富和多样的意味不可能在开初阶段就呈现出来。看清它有待于未来好学深思之士的持久努力，我的这篇小文也只能就文学说一点浅见。科技和工业化引起的连锁反应波及了文学，推动了中国科幻创作的勃兴。而科幻小说本来就是对未来的猜测，我的这篇小文当然只能是对猜测的猜测了。

一

人类关于未来的观念形成于技术长期稳定或者基本不变的年代。不论它们是悲观的还是乐观的，不论是终末论式的还是循环论式的，不论是矢量的还是复古的，它们共同的地方是都有一个明确的指向。未来是可知的并且也是恒定的，这是它们的前提。基督教讲"最后的审判"，所有亡灵和活人都得接受将来某个时刻的正义的判决，或上天堂或下地狱。虽然不知道未来的哪个时刻审判将降临，但要之它必然降临。佛教讲无常，但佛教的无常是现世的无常而不是来生的无常。不但六道轮回彰彰显在，此生之后入饿鬼道还是修罗道皆由因果铁律铺排好了。脱出轮回升至西天极乐世界的前景，也是宗教许诺的给予虔信者的必然回报。儒家将大同世界置于早已成为过去时的尧舜时代，或以为它渺茫类同天方夜谭。其实作为社会理想它最为实在。唯其属于过去，它才与生生不息的政治实践紧密相连，才值得活人师法效仿。大同世界作为一种置放于过去的未来社会理想，它同样具有无可置疑的性质。道教修炼的最高境界是不死成仙，更是载诸典籍，历代均有"法验"。所有这些关于未来的神学观念和意识形态分别来看各有不同，但相对所指向的未来而言，在其框架之下，未来是恒定的也是可知的。这些产生于"轴心时期"的观念一直到现代实验科学产生之前几乎未受任何挑战，一直在给人的生活提供理解和意义。

未来的可知性和确定性的长期存在其实有赖于科技水平的长期稳定。所谓长期稳定就是长期处于水平相差无几的状态，也就是生产力水平比较恒定的状态。农耕和半农半牧社会的生产力就是如此。我在中国历史博物馆看到汉代的犁，其形状、大小、材质都与我知青时代使用过的犁相差无几，而时间跨越了两千年。过去人们把它说成是社会停滞不前，从求新求变的意义讲，固然如此。但把时间尺度放大，则可以看成人类进入文明状态以来最为稳定的一段时期。董仲舒《举贤良对策》有句话叫做"天不变，道亦不变"。关于未来的观念也是"道"的一个组成部分。而"道"所以不变，有赖于"天"的不变。站在唯物哲学的立场，构成"道"不变最基础而根本的"天"就是一个社会的科技生产力。如果"天"变了，则"道"也要跟着变。现代科技的崛起使得科技因素的社会角色越来越重要，不仅人民生活水平是否持续提高系于科技进步，国家冲突、战争胜负也相当程度系于科技能力，甚至政权的存亡兴废也与科技能力息息相关。当科技的地位从微不足道到占据"国之重器"的位置，社会通行的"道"也要发生大改观。"天"的变化虽然不是直接决定"道"的变化，但这个基础因素的变化最终会曲曲折折地传递到人的意识观念层。这个历史唯物主义的道理在我们观察认识社会的时候依然是有效的。

科技不仅仅是推动社会发展，更重要的是它的持续创新使得社会发展呈现加速度演变的状态。技术代差的时间越来越短，每一个单位时间都比前一个单位时间的发展速度都要快。这种状态有点像安徒生童话《红舞鞋》里讲的故事，现代人就是那位漂亮的小姑娘卡伦，科技就是日思夜盼的红舞鞋。一旦穿上，就得不停地跳，越跳越快，而且再也不会停下来。这种状态对本文讨论的未来观念有什么影响呢？一言以蔽之，它逐渐瓦解了农耕时代形成的未来观念的确定性和可知性。因为未来的确定性是从过去的稳定持续推导出来的，当过去连接不到未来的时候，未来就笼罩上一团遮眼的迷雾。同样，未来的可知性也是由过去无数成败累积的经验教训来联通所说的未来的，当科技造成的不确定性横亘在过去与未来之间的时候，未来的可知性就被捉摸不定所代替。社会虽然以越来越快的速度奔向未来，但这个未来却是捉摸不定的。不确定代替了确定，未知代替了可知。未来观念的这个变化深刻地影响了文学。

比如，文学里的英雄主义是和对于未来的稳定期待联系在一起的。稳定的期待瓦解了，英雄主义色彩的文学基本上也就结束了。故事传唱英雄，它并不是叙述一个高于普通众生的杰出人物那样简单。人物所以被传唱首先是他身上的品德被认为可以世代流传下去，值得世代子孙追慕效法，而一种被认为值得世代流传的品德和事迹是建立在未来的确定性上面的。要是未来捉摸不定，那无论多么高尚的德性，无论什么样的事迹，也就变得面目模糊和难以辨认，或者直接就被视而不见。于是它们在人心目中便失去存在的价值，也没有什么值得追慕效法的意义。一旦如此，英雄也就从文学叙述退隐消失。用大历史的眼光看，文学的历史是其所表现的英雄主义色彩逐渐淡退的历史，而这一过程同时也是科学技术积累逐渐增加的历史。如果用曲线作比，前者越走越低，后者越走越高。文学与技术乍看风马牛不相及，事实也是两者没有直接的联系。但是技术通过改变社会改变了人的意识观念，而人的意识观念改变了，文学也跟着变化。现代主义文学在19世纪中叶和20世纪初叶的出现是一个征兆，意味着之前长久存在的崇尚英雄、正义、爱情、德性的文学上的古典时期的终结。当然在现代性急剧成长的年代，无论欧洲和中国都经历了现代革命，英雄主义又乘着革命潮流继续寄身于文学。一个本质上属于具有稳定的未来期待时代的文学，与属于社会逐渐失去未来期待的文学同时并行了一段时期。然而两者的并行未能持续多久，因为革命所开辟的道路最终无可避免地转变为科学技术急速发展的坦途而不是革命本身。当革命的浪潮缓慢平息的时候，现代主义色彩的文学便又重新大行其道。现代主义文学改造了先前一直被奉为当然如此的审美标准，将崇高替换为凡庸，将正义替换为两可，将爱情替换为苟且，将德性替换为荒谬。无论人们怎样留恋行将过去时代的审美标准，现代主义文学携带陌生乃至荒诞的美感还是站稳了脚跟，争得了读者。原因在于现代主义文学的美感与更年轻的一代容易发生共鸣，并且喊出了更年轻一代的心声。因为他们在科技促成的物质文明高度发达的社会深切感受到确定的未来已经变成他们消费不起的奢侈品。

二

　　科幻界有"硬科幻"和"软科幻"之分，一如词有"豪放"与"婉约"之分。不过词界有以婉约为正宗的说法。豪放后起，不能列于正宗。至于科幻的硬派和软派以何者为正宗，我就不知道了。或许对于科幻创作，不应该有门户之见才好吧。如果以硬派与软派的标准来分，那郝景芳的《北京折叠》大约要被归入软派。"软科幻"里面科技的含量不是那么"硬"而容易被人看低一些，但我以为唯其不以炫目的科技为故事构成的首要材料，人心人性的细微才能免于科技因素喧宾夺主，得到更好呈现。因为无论作家怎样去想象未来世界的科技，文学终究是关乎人的。脱离了对人和人性的表现，单有令人眼花缭乱的科技，小说的意义也是要大打折扣的。我认为，《北京折叠》故事里，"折叠"的引人瞩目要远逊于折叠世界里面的人及其表现。"折叠"作为这个未来世界的科技，虽然想象力令人眼前一亮，但远不若生活在这个折叠世界的人物及其行为耐人寻味。

折叠的世界神奇而精确，一切都经过科学算法而最优分配。"折叠城市分三层空间。大地的一面是第一空间，五百万人口，生存时间是从清晨六点到第二天清晨六点。空间休眠，大地翻转。翻转后的另一面空间是第二空间和第三空间。第二空间生活着二千五百万人口，从次日清晨六点到夜晚十点。第三空间生活着五千万人口，从十点到清晨六点，然后又回到第一空间。"如果我们以"人文"来挑战这个世界的话，大可以说它不平等。可是这个科技高度发达的想象世界恰好就在于它没有"人文"。不知道它是从来没有过还是后来萎缩了，总之像时钟似的精确和以最优效率为原则分配时间和空间，是这个折叠城市最明显的特征。约占折叠城市百分之六的人口拥有一半的生存时间和空间，而超过百分之六十的人口只能拥有不到百分之十七的生存时间和四分之一的生存空间。是否平等是次要的，最有效率地使用时间和空间才是优先原则。第一空间的任务是创新和规划，是城市的主脑部分。第三空间的任务是处理垃圾，需要大量人口但不需要占用多少时间和空间。也许会有读者简单地把这一切读成是现实世界的投射，这样理解是不够的。我认为，人间的不平等也许影响了作者的构思，但它不是小说的焦点。因为这个高度发达的折叠城市没有压迫者，也没有剥削者。没有人坐享其成，只有管理者，而管理者按照最优原则去管理这个城市，乃是不得不如此。精密、高效的管理不涉及人为的伤害和侮辱。作者有意地避免了不平等现象的意识形态解释，只注重其事实存在。这或许刚好就是科幻文体的长处：它能在读者思考未来的时候给予点滴的启示。随着科技发展，道德原则逐渐让位于效率原则，效率的高低或许要替代道德的善恶为社会的第一原则。这个时候，是不是应该把不平等纯粹当作事实来接受而不是面对它大发道义感慨？作者的文笔冷静，既触及激发道德义愤的人间不平，但又拉开了与传统现实主义文学的距离，恰好站在科技与人文的"奇点"之上。

一个高效运转的城市也必然是一个精密如仪器般的城市。对于我们这些好奇的读者来说，折叠肯定是这个城市的奇观。它像收割机一样，时候一到，不论杂草还是庄稼，一定逃不过匀速推进的收割装甲的吞噬。故事里第三空间的人物老刀看到了城市的折叠："晨光熹微中，一座城市折叠自身，向地面收拢。高楼像卑微的仆人，弯下腰，让自己低声下气，切断身体，头碰着脚，紧紧贴在一起，然后再次断裂弯腰，将头顶手臂扭曲弯折，插入空隙。高楼弯折之后重新组合，蜷缩成致密的巨大魔方，密密匝匝地聚合到一起，陷入沉睡。然后地面翻转，小块小块土地弯绕其轴，一百八十度翻转到另一面，将另一面的建筑楼宇露出地表。楼宇由折叠中站立起身，在灰蓝色的天空中像苏醒的兽类。"这段带着老刀的眼光的描述当然是想象多于科技，但它神奇而不可阻挡，蕴含只有科技才能产生的力量感，不过冷酷无情似乎也预示这个城市的不幸。

科技是有了，但生活在这神奇城市的人感觉如何呢？

故事并不复杂，讲的是第三空间的垃圾工老刀捡到来自第二空间的玻璃瓶子，里面的条纸写着重金招募勇夫替自己送信到第一空间。于是老刀为了赚钱，不惜违法一试。秦天生活在第二空间，连接两端，是个线索式的人物，在故事里不如老刀和依言重要。三人的生活状态都惶然凄然，正是应了各有一本难念的经这句老话。他们分处不同的空间，收入和前景差异巨大，但却各有各的惶然。更有意思的是，他们的德性在未来的不安感面前瓦解了。当然，他们都不是大奸大恶，甚至连小奸小恶都算不上，算是芸芸众生吧，却在惶恐不安的忧虑中不约而同地被生活之流所裹挟。这种失去对未来的确定期待之后的生活状态是颇为耐人寻味的。

老刀所以愿意由垃圾通道爬进爬出，贴着空间翻转的缝隙冒险，理由很简单，就是缺钱。他犯愁负不起糖糖的托儿费，更别说路边吃个麻辣烫什么的。冒险走一趟，能赚到超过他月薪20倍的工钱，犯个法也值了。缺钱不但剥夺了他生活的尊严感，也剥夺了他对未来的期待。或者说，他的未来是由钱决定的，他的未来已经被物化了，钱就是他的未来。这样的未来等同无有。所以在老刀的行为里，随着可期待的未来消失，德性也随流水而去。他考不上大学，做了28年垃圾处理工，早已认命。当他来到第一空间，和依言坐在小餐馆交割的时候，依言求他："你回去以后，能不能替我瞒着他？"老刀犹豫了，因为等于让他加入依言的设局，而他只是送信的。依言从钱包拿出五张钞票，每张一万元，朝他推了过来。老刀最初的反应是恼怒，站了起来，可也没有更进一步的行动。作者写道："他又看了几眼那几张钱，五张薄薄的纸散开摊开在桌子上，像一把破扇子。他能感觉到它们在他体内产生的力量。它们是淡蓝色的，和一千块的褐色、一百块的红色都不一样，显得更加幽深遥远，像是一种挑逗。他几次想再看一眼就离开，可是一直没做到。"最后一句写得极好。"再看一眼"，表示他的盼望，他的未来；"离开"表示他一丝尚存的纯朴德性；"没做到"则暗示他选择低头。依言以为老刀嫌少，又从身上翻出五张，希望他收下。老刀不能拒绝，为自己下台阶，达成了内心的妥协："他对自己说，他对秦天没有任何义务，秦天只是委托他送信，他把信送到了，现在这笔钱是另一项委托，保守秘密的委托。他又对自己说，也许依言和秦天将来真的在一起也说不定，那样就是成人之美。"总之，他为了钱把自己拖进一个局，又为了钱欺骗了自己。虽然这只是平淡生活里不足挂齿的小事情，但却是德行瓦解的信号。

秦天在第二空间读研。因为在第一空间短时实习，认识了依言。他向老刀介绍说依言是他的女朋友，其实事情远比男女恋爱复杂。第一空间才是他毕业后的理想。就像老刀认钱一样，他认第一空间。只不过第一空间对他来说太遥远了，以他的本领是够不着的。他预料到这事儿很悬，为了实习结束后继续保持与第一空间的联系，他实习期间故意"创造"了这段恋情。恋情对他很重要，仿佛天堂垂下来的蜘蛛丝。他是个小蜘蛛，想顺着往上爬。他积极向上，热衷恋爱。他越向上就越反映他内心的惶恐，因为他深知这根蜘蛛丝随时都会断。

依言的故事与索尔·贝娄写的美国中产阶级的故事有点神似，揭开富裕、光鲜、体面、温馨生活的表面，里头装的全是庸俗和不堪。不同的是依言的庸俗和不堪来自她的惶恐。第一空间是这个城市"高尚"的部分，与第三空间的"低端"形成强烈的反差。当老刀像特务接头似的从灌木丛走出来接洽刚出门上班的依言，她对他说："你先走，我现在不能和你说话。"直到老刀闪过一旁，看到又出来一个中年男人，他才明白。中午两人在超市小餐馆坐下，老刀才知道，依言原来已经嫁了人，丈夫富有。她半职上班，也只是为了打发无聊，不与社会脱节，才做了个银行总裁的助理。老刀尽管可以算作"低端人口"，但他道德上接受不了这个骗局。老刀本来轻松，一手交信，一手拿钱。依言最后恳求老刀："你帮帮我，其实我之前所以不想告诉他（秦天——引注），也是不确定以后会怎么样。也许我真的有一天会有勇气和他在一起呢。"老刀一定不会相信这个无力的解释。老刀虽然麻木，他也肯定认同依言正在过的生活就是美好生活。就算"不确定"，还能坏得到哪里去呢？读者也许同样不相信依言的解释，因为这太像脚踩两只船的人常用的无力的说法。不过，我愿意把它看作她的心声的无意识流露。因为她不是处于非脚踩两只船不可的状态。她的话，半是德性的瓦解，半是生活状态的描述。无论如何，这句话明白无误地表达了她体面而优裕的生活外表下的内心惶恐。

这三个人物，写得不算特别出色。其中老刀写得较好，依言次之。也许是碍于篇幅不能过长。不过人物的轮廓都有了，能看出端倪，一些细节能也让人回味。这三个人物，分属三个空间而共处于同一城市，然而他们的内心都充满了对未来的惶恐不安，他们基于各自的地位、教养和认知都让自己对生活的期待弥漫着惶恐，而他们的惶恐又都导致了德性的瓦解。这是《北京折叠》最有意思的地方。

三

生活期待的确定性与德性的存在是息息相关的。确定意味着长期，凡不长期的东西它就不是确定的。长期意味着长久稳定，虽然没有人能够确知未来，但也得相信未来只有如此，德性才会在日常生活里有其意义。一旦未来捉摸不定，长期性就不存在。时间之流相似的绵延状态被打断，在其中生活的人必然采取临时应付式的实用谋生伎俩来应对捉摸不定的局面，德性于是瓦解。中国古代史上异常时期出现的例子，可以帮助我们审视生活期待的确定性与德性之间的关系。当然，古代异常时期生活期待长期性的消失，并不是科技高度发达造成的，而是频繁的改朝换代造成的。按照古代生活的逻辑，人一生如果遭遇一次易代鼎革，即可能遇到德性的挑战：纠结于是否应当背叛前朝而效忠新朝。但如果一生遇到频繁的改朝换代，那任何忠诚就变得毫无意义。因为你既来不及背叛，也来不及效忠，朝廷又换了新主子。生活在这种时代的人不知忠诚为何物，无人赞赏忠贞守节，也没有人来谴责背叛。简言之，忠诚作为德性在这样的时代是隐匿的。

唐末五代，中原大地政权林立。若以冯道（882—954）出仕为宰辅的时期算，前后不到30年，居然历唐晋汉周四朝，差不多七年即逢易代之际。冯道活了73年，从他出仕起，被视为天崩地裂的鼎革大事，对冯道而言却是司空见惯。他做了四朝的宰臣，如果算上称臣契丹主，则臣事五朝。《旧五代史·冯道传》说他"事四朝，相六帝"。他是古代史上政坛不倒翁的"状元"。因为他的记录太过惊人，而后来的史家又秉持忠诚节操的观念，冯道几乎就是为官而没有廉耻的代名词。欧阳修主撰《新五代史》，在冯道传前特加一叙，谓冯道"其可谓无廉耻者矣"。司马光《资治通鉴》责冯道更甚，说他既不能亡国之时"竭节致死"，又不能无道之时"灭迹山林"：冯道一生，"君则兴亡接踵，道则富贵自如，兹乃奸臣之尤"。冯道身后，历代有人严责，也有人宽恕。无论是赞是贬，这种道德评价自然是事情的一方面，但更重要的是我们到底应当如何理解德性在这个历史时期的隐匿消失，怎样解释人在特定历史环境下的行为。五代承唐末黄巢揭竿而起的动荡，大军横扫，兵燹遍地，秩序荡然，称雄一方的割据政权旋起旋灭，触目都是土崩瓦解的状态，是古代史上典型的失序时期。君臣之间颇似临时的相互利用而不是长期契约。短期性笼罩于君臣关系，忠诚作为德性就无从生长起来。如同民谚婊子无义所表达的意思那样，面对走马灯似的嫖客，作为女德范畴的忠贞不可能在这种生活状态中出现。不是人本无德，而是短期性的生活状态令德性湮灭。德性不是抽象的存在物，它从来都是历史的产物，它要求生活期待的长期性与之配合才能滋生。冯道的政治观念里固然无所谓传统道德要求的忠诚，但并不妨碍他做一个臣子。那些匆匆过客般的君主，在他眼里未必不是望之皆无人君气象的权力场里的戏子。既属戏子，戏之又何妨？简言之，在冯道的时代政治的德性是缺席的。梁启超清末倡"新民说"，做过一个"中国历代民德升降原因表"。他以东汉和明朝民德最高扬，而三国时期他评为"污下"，五代时期则是"最下"。当然还有他自己生活的时期，他评为"诸恶俱备"。梁启超说的三国和五代都是乱世。这或可以提供一个旁证，令我们对生活期待的长期性与德性之间的关系有所认识。欧阳修生于宋初，社会重回轨道，人君重有似人君的气象，生活期待的长期性重新出现，德性重回君臣之间。冯道由同时代人眼中的正面人物变成后世的无廉耻形象，也是很自然的。

我不愿意像司马光那样，以为冯道属"奸臣之尤"，因为他生存的时代社会没有政治生活期待的长期性。德性的隐匿消失不是他个人的原因，不是他可为而未为，而是无从究索德性的"可为"。若是前者，人们可以谴责他。但他的情况属于后者，谴责只能快意一时，却昧于对该时代社会的了解。《旧五代史》的作者就没有那么强烈的道德谴责色彩，因为主修者薛居正也是由五代而入北宋的官员，对那个时代有更多"同情的了解"。同样，郝景芳笔下的老刀、秦天和依言，也不是什么坏人。人们同样可以谴责老刀在金钱面前加入骗局，可以谴责秦天借色而图谋立身出世，又可以谴责依言欠缺婚姻的忠诚。但是这不是问题的全部。他们生活在科技高度发达、可折叠的城市，而这正是生活期待的长期性消失的城市。他们生活轨道上什么会接踵而至？对老刀来说，他能否顺利把孩子带大；对秦天来说，他苦心经营的"恋情"能否让他逃出生天；对依言来说，婚姻是否可靠。在任何时代社会人生什么会接踵而至都是未知的，但生活期待有长期性的社会，有德之人不会为这些未知而惶恐不安，因为德性是如何思考和行为的答案。可是缺乏生活期待长期性的时代社会，德性不存，惶恐笼罩着人生。

四

与唐末五代乱世导致的德性瓦解不同，科技社会是高度秩序化、生产力高度发展、社会管理井井有条的社会。按理说生活的未来期待应该与此相适应才符合逻辑，置身其中的人应该没有惶恐不安的感受才符合事理，这样的社会应该是德性充盈的社会才满足推理。但至少从文学看，现实却是一个悖论，颇叫人难以理解。鄙意试为解说。人的进化比之其他动物在奔跑、跳跃、攀爬、游泳、视力、听觉、嗅觉等方面远逊不如，人独占胜场的只有语言和智力。人是依赖于语言和智力而进化的，技术乃至科学的出现是最明显不过的证明。科技改变了社会，使得社会越来越有机化、理性化，合成为一个密致而一体化的组织。现代国家是这种趋势的表征。个人作为这个密致而一体的组织中的一分子，他的自由意志越来越无关紧要，逐渐失去其活性。自由意志活力的消失无关乎个人的财富与地位。组织中的个人地位和重要性固然有不同，但自由意志活力的消退却是每一个该社会成员都分享的现象。像有机组织中的单个细胞，处于有机体的位置固然有不同，任却同为组织整体的工具。细胞本身不能做主，必得听命于传递而来的信息，做该做的功。人在有机程度高的科技社会也是如此，纵然心有不甘，纵然反抗，都无法改变这个社会演变的趋势。因为反抗者所反抗的，已经不是人，而是物。物无论你反抗不反抗，它都存在，并且无从改易。自由意志在有机化社会没有位置，变得不重要，不是人的压迫，而是技术的要求。

老刀所生活的折叠城市便是如此。他下了班，离折叠的时间还有大约一小时。穿过狭窄的街道，挤过熙熙攘攘的人群，刚找到能给他指路的彭蠡，清理队就过来了。清空人群，开始折叠。作者写道："清理队已经缓缓开过来，像秋风扫落叶一样将人们扫回家。'回家啦，回家啦。转换马上开始了。'车上有人吆喝着。"郝景芳的比喻很有现代感。人在折叠城市无非就是落叶，不是清理队故意蔑视人群，而是无情的折叠要求人们这样做。那个吆喝的清理员实际上是实践折叠社会所要求的"以人为本"。可是叶子不就是没有自由意志的吗？老刀从第一空间回来之后，作者写了一段他的内心感受："命运直抵胸膛。回想这48小时的全部经历，最让他印象深刻的是最后一晚老葛说过的话。他觉得自己似乎接近了些许真相，因而见到命运的轮廓。可那轮廓太远，太冷静，太遥不可及。他不知道了解一切有什么意义，如果只是看清楚一些事情，却不能改变，又有什么意义。他连看都还无法看清，命运对他就像偶尔显出形状的云朵，倏忽之间又看不到了。他知道自己仍然是数字。在5128万这个数字中，他只是最普通的一个。如果偏生是那128万中的一个，还会被四舍五入，就像从来没存在过，连尘土都不算。"

在启蒙理念看来，老刀是麻木的。不过我觉得换一种眼光看这事儿更能切中要害。老刀其实是缺失了自由意志，而自由意志的缺失正是科技社会高效率运转的必要条件。从这个角度看，老刀何尝不是这个折叠城市的好公民。他于人无害，于己有益，小有违法，情在可恕之列。老刀处于身不由己的生活状态。不但他，依言和秦天也是。人缺失了自由意志也就无从在内心里发展出对未来的稳定期待，不是随波逐流就是被原始欲望所支配。心灵世界若非德性充盈则必然陷于惶惶不可终日的境地。科技社会的人生就是笼罩着惶恐感的人生。人从利用技术发明改善自己的生存开始，发展到被科技深度支配自己的生

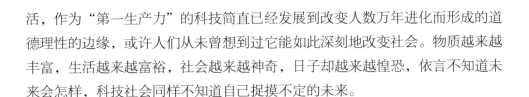

活，作为"第一生产力"的科技简直已经发展到改变人数万年进化而形成的道德理性的边缘，或许人们从未曾想到过它能如此深刻地改变社会。物质越来越丰富，生活越来越富裕，社会越来越神奇，日子却越来越惶恐，依言不知道未来会怎样，科技社会同样不知道自己捉摸不定的未来。

《大家》2018年第5期

第三辑

短评、序文与杂说

飞得更远

——薛忆沩写作30年

写作是永远的挑战，它的尽头就是生命的尽头。每一篇的结束，只是那条没有尽头的路的"中场休息"，它意味着将要进行的新的开始。如果作者没有意识到这近乎残酷的"写作的辩证法"，那就和鲁迅小说《在酒楼上》写的那"蜂子或蝇子"差不多，被人一吓，"即刻飞去了，但是飞了一个小圈子，便又回来停在原地点"。如果写作者不想做写作的"蜂子或蝇子"，便得面对吕纬甫的那个"揪心之问"："你不能飞得更远些么？"

一

在我的眼里，薛忆沩固然不是写作的"蜂子或蝇子"，也不是写作的燕雀。他是写作的鸿鹄，他能飞得更远。写作的辽阔天空和他洋溢的才华是般配的，他是那种能飞得更远的作家。我在他从事写作的第八年认识他。1996年他博士毕业，将入职深圳大学文学院，其实说"挂靠"文学院更靠谱。我恰好在那里任教，于是我们成为同事和朋友。我那时处于"书斋生涯"和"社会生涯"两头来回忙乱的时期，错过了留神或关注他的小说创作的时光。更兼他是孤高在内而平易在外的人，就算写了很好的小说，也极难主动声张。例如他那篇被选刊多次转载，属于当代文坛一流短篇的《出租车司机》就写于他"挂靠"深大的时期，我却失之交臂。等我读到如此精美的杰作的时候，已是我和他先后离开深大数年之后了。我记得当时我们聊文学的机会并不多，倒是切磋观点、交流感悟比较多。或者讲一些语带机锋的段子，又或者干脆一起练长跑。那时在我的印象里他风趣超凡的一面要远多于他执着认真写小说的一面。

252

总之，只要他在，智慧就能迸发出火光。时光总是美好的。大约是临近千年之交，可能是他觉得自己的小说写作遇到瓶颈，长此以往不是办法，他也跟我流露过离开的想法。我没有料到他选择的目的地竟然是地球的另一端，与白求恩当年的"史诗之旅"正好相反。他不远万里，去到了这位外国医生的故乡。薛忆沩后来把这种不同世纪的跨越旅程及其历史造成的心理震撼写在了长篇《白求恩的孩子们》里。

薛忆沩有一个很大的长处，他喜欢语言，也喜欢阅读。我觉得对小说家来说那是至关重要的，它甚至可以上升为小说家的"美德"。我也曾漂洋过海一段时间，但总是把人家的语言视为畏途，付出不多，得到就更少。他生活在加拿大的法语区，可是没有几年，不但法语应对如流，英语也是驾轻就熟。嫉妒的我只好将之归咎为他是语言学博士来自我安慰。这样的"夸奖"当然是极不公平的，它抹杀了薛忆沩写小说数十年来一贯的对语言精益求精的精神。任是何等天赋，如果不配以执着认真四字，定然不能持之以恒，最多光芒一闪，随即黯淡下去。执着认真是天赋的磨刀石，越磨天赋之刀越是寒光闪耀。他的小说语言干净、清爽、敞亮，阅读它就如驾轻舟一叶，漂荡在碧波万顷的语言明镜。奇妙的哲思、历史的洞见、人生的诡异，就在他所营造的语言明镜倒映出来的湖光山色里。我曾经试过要找出哪怕用词不够准确的毛病，好等有机会见面的时候告诉他，可是至今"革命尚未成功"。我曾听他抱怨过一位编辑师心自用改了他一篇随笔的一个词。他认为编辑的用词伤害了篇意，降低了随笔的文学水准。今天这样较真的写作者不多了，他已然成了作家物种里的"珍稀动物"。珍稀当然有可贵的正面含义，但也意味着前景"未可乐观"。

薛忆沩写小说认真程度的最小单位是词，恰好和语言的最小单位是一致的。当然一个词出现在叙述里不仅仅意味着句子和段落，也意味着细节、意指，也存在叙述功能的作用。所有这些艺术上的功能，都要通过词来实现，也就都可以归结为词的精巧运用。《出租车司机》第一自然段的最后一句话是"有一滴雨滴落到他的脸上"。开篇就写了这滴毫无征兆的雨滴。多余吗？没有经验的读者可能毫无觉察，而有经验的读者则可能预感到不如意的事情将要发生。好的小说就应该这样透过一个词——"一滴雨"——来营造"犹抱琵琶半遮面"的开篇气氛。果然，第九个自然段的最后一句话是同样的一句，但这一句之前的叙述已经让我们知道了这是出租车司机辞工前最后的交班了，而后面的那一滴雨和第一自然段的那一滴雨是同一滴雨。薛忆沩把话再说了一遍。接下去第十自然段的第一句"出租车司机擦去眼眶中的泪水"。天上的水顺利过渡到眼眶里的水，读者也从自然勾起的疑问过渡到人事反常勾起的疑问，叙述的节奏掌握得顿挫有节，恰到点子上。小说末段最后一句话是"这提前出现的神圣感觉使出租车司机激动得放声大哭起来"。"放声大哭"呼应了第十自然段的"眼眶中的泪水"。考虑到这短篇写的是一天之内的事情，无论是天然的雨水还是人为的泪水，它们总是按时按地点出现，当是作者精心安排的结果。这种看似不经意实则极尽覃思妙虑的叙述语言，是一篇好小说传之久远必不可少的条件。

对写作来说，离开母语环境而远徙他国似乎是不利的，因为很难对另一种语言精熟到如同母语，除非能做一个成功的语言上的"变节者"。薛忆沩称流散作家用母语之外的语言写作为"语言的变节"。我不知道薛忆沩有没有尝试语言的"变节"，但从他如此熟悉流散作家的"变节"写作，可以推定他是用过很深的功夫研究他们的。即此一点就足以让人佩服。他有一本随笔集《献给孤独者的挽歌》，里面一篇《"变节"者的辩解》，专门谈论20世纪文学史上那些天才的"变节者"：康拉德、贝克特、纳博科夫、布罗茨基。我觉得，中文写作者要"变节"成功，比上述那串名单上的作家更难，挑战更严峻。因为从表意语言跨越到拼音语言远比从一种拼音语言到另一种拼音语言困难。如果不是孩提时代就有这样双语的环境，这几乎就是超越了人的生理和精神的极限吧。现代文学史上能这样用双语写出点儿名堂的，就林语堂一人。所以薛忆沩就算"变节"不能实现，也不遗憾。只要用过功夫，收益就在那儿。他的那本以繁体字出版的《白求恩的孩子们》就留下了语言"变节"的痕迹，或者说它是个"轻度变节"的作品。我猜小说的目标读者超出了母语是汉语的读者，更有普遍性。小说里亲昵语气的运用，出神入化而又天衣无缝的叙述跳跃和迁移，很明显得益于他对前辈"变节"作家的钻研。要是他一直生活在母语环境，创作这种风格的小说是难以想象的。薛忆沩能转益多师，正如他所了解的那样："通过语言上的'变节'，这些天才不仅超越了固定的国界，而且超越了特定的时代。通过语言上的'变节'，这些天才变成了文学史上永垂不朽的神话。"

作家通常写比读多得多，尤其是现代文学史上晚生一代的那些作家。多写少读或者干脆不读几乎成了现当代作家的痼疾。我戏称它为现当代文学史上的"通讯员传统"。他们于浩荡的征战中成长，由战地通讯员而成长为与此前不同的作家队伍里的一代新人。中华人民共和国成立后，扫盲兴教接续了由写作而投身大时代的热潮，他们从中找到了人生的位置。作家的学养一方面先天不足，另一方面又后天失调。在强调"深入生活"的气氛之下作家的学养问题再也无从提及。直到近十数年作家的学养才成为一个问题被意识到。薛忆沩是我认识的作家里走得最远的一位。他是有学问的作家，当然他的学问不是学究的学问，而是纵论东西、横议人间的学问。他看到了好书，会跨越大洋向我推荐。我由此获益良多。在他推荐过的名单里，文学家固然有，但更常见的是历史学家、科学家、记者或者政客。后面的这些人通常被认为跟写作关系不大，不过关系到底大还是不大，这是因人而异的。阅读的兴趣终究会影响到作家的写作格局。大格局需多涉猎，这是一定之规。薛忆沩的多阅读多涉猎养成了他写作的大格局。还是以短篇为例，他的小说多构思精巧，不但艺术表达密致，更兼思虑精深。他的城市人题材的小说，用他的话说，写出了"城市里面的城市"。城市人的内心世界，就像人们所居住的城市那样复杂多变，深不见底。而他的历史题材的小说，写出了"历史外面的历史"，写出了史书的笔触所没有达到的历史边界。他的写作期待反映了他深厚的学养。《广州暴动》里那位假装死去逃过了惩罚而自我忏悔的总督会反思："历史之中为什么要有如此残忍的相遇呢？"——一个传教士的性命和一个总督的官位不能同时共存。而《一段被虚构掩盖的家史》里那位因伪造家史逃过政治劫难的"外公"总结一生："我的诚实其实就是建立在不诚实的基础上的。"——因为不诚实而能诚实地活命到寿终。《首战告捷》里的那位将军胜利后回到家乡却看到被胜利夷为废墟的家园——"告捷"的首战是谁的"告捷"呢？他的小说渗透着人生和历史的辩证，而我相信此种艺术眼光非多阅读多阅世是不能达到的。

二

薛忆沩的小说有一个明显的"此在"与"彼在"的纠缠。"此在"是小说当下叙述的故事，但故事却通向了故事所叙述的时空早已尘封的"彼在"。"彼在"是过去，是历史，或者说是历史的影子。它们是看不见的，但借助着故事读者可以感知，可以达到、可以领悟那个与"此在"不一样的"彼在"。虽然有点儿简单化，但可以将薛忆沩的小说看成一条由"此在"通往"彼在"的桥梁。他纠缠于两者之间，几乎积三十年不变而成就了发人深省的小说艺术。对他来说，已经尘封的历史像深而难测的幽洞，又像摆脱之不去的魅影，他要与它纠缠，与它搏斗。这种搏斗近乎现代批评家胡风提倡的伟大的文学家必须有勇气承担的那种"肉搏"。"肉搏"这个词是有点儿吓人，可他的写作就是这样，靠着与那个魅影"肉搏"的勇气和"肉搏"中成长起来的"搏技"，让"彼在"的真相逐渐袒露出来。我不是很清楚已经尘封的历史深藏着的秘密对薛忆沩有那么大吸引力的原因是什么，大概每一个写作的人都有自己伤痛的过去吧。不过当代中国社会巨大的前后裂变也使得被埋入地下、层层淤积的历史成为可供文学发掘的对象。薛忆沩三十年文学的努力，找到的是一个艺术的"富矿"。

薛忆沩在白求恩的题材上下过数年功夫，甚至认真研究过这位杰出医生的档案资料。白求恩的中国当代史的形象和地位当然绝不仅仅是一位医生那么简单，他对如今已经退休或将要退休的那一代人的品德和格调的决定性的塑造力，来自一篇短文——"老三篇"中的第二篇。"老三篇"有严密的排序，第二篇的意图是树立人生的典范。薛忆沩虽然晚生一点，但也无从逃脱这被高高竖起的人生典范无比强大的塑造力。鲁迅是从"小康"跌入"困顿"，然后将所领悟的写在小说里。而这一代人的经历，恐怕是从"接班人"退化成"时代的一粒沙子"吧。这个"退行性"的变化在薛忆沩那里留下了什么呢？来到了加拿大杰出医生家乡的薛忆沩当然忘不了那个刻骨铭心的"过去"，忘不了被"老三篇"中的第二篇所塑造的"过去"。寻求真相的冲动推动他返回原初的那一点。至于他所返回的原初那一点是不是事实意义的真实已经无关紧要，重要的是薛忆沩写出的是人性的真实。他是文学家，不是考据家。他为这个题材写了两篇小说，一个短篇、一个长篇。短篇《通往天堂的最后那一段路程》里那队人马前往延安所走的路就是白求恩当年所走的路，连时间和线路都是对得上的，不过主角却有另外一个名字，不叫白求恩而叫怀特医生。这无关紧要。怀特医生写给已经离婚的前妻的信"袒露"了他前往延安的动机："在我看来，全部的历史都是用误解写成的。你知道我从来就没有想到过要成为家喻户晓的人物。我像鄙视财富一样鄙视名声。我是因为你，因为我对你的爱，因为这种爱的希望和绝望，因为这种爱的抚慰和折磨，因为这种爱的幸福和痛苦，才去选择动荡不安的生活的。"现象永远都不是它看起来的那样，这是哲学家反复告诫过我们的。如果没有怀特医生的"告白"，读者也许没有意识到激情在历史活动中如此重要，也许不会去寻找历史真相的另一种解释。长篇《白求恩的孩子们》提供了一个更为复杂的叙述结构。叙述者站在仿佛时空错位的当今生活视角，回顾了动情而忧伤的遥远过去的故事。"我"以及好朋友扬扬，还有茵茵三位同一成长背景的年轻人，在"毫不利己，专门利人"的社会氛围里，经历了由聚而散的悲欢离合。扬扬在"文革"中失去生命，茵茵亡身于当代史的"意外"，"我"最后伤感地漂洋过海，在白求恩的故乡过着远离格言没有激情的生活。故事让读者问自己，"过去"是什么？是梦魇还是乐园？

因为与那个时代一同走过来，《白求恩的孩子们》的故事及其开掘，没有令读者有太多的意外，但薛忆沩近年的新作《空巢》，则令我惊叹不已。它代表了作者对题材开掘的精深思考和对日常事件敏锐观察所达到的新的高度。作家如果有什么能事，有什么令不是作家的人惊叹的独门绝技，我觉得这就是了。从一件平凡得不能更平凡的司空见惯的日常事件，看出或赋予它格外深远的意味，然后还是像一件平凡事那样用语言把它表现出来。胡风认为作家要有"主观战斗精神"，鼓励作家进到题材里面，与题材"肉搏"，就是指的对故事题材反复琢磨、锤炼的功夫。《空巢》写的是一件电讯诈骗案。作为社会事件，原因也许各有不同。但到了薛忆沩手里，他看出里面包含了不同凡响的意味，把它写成了一个当代生活的隐喻。薛忆沩所以能做到这一切，关键在于他解悟了"清白"这个词真正的含义和分量，所以能表现社会裂变时代由它造成的不同效果。一个退休前一直教书育人的老先进、灵魂的工程师，珍惜人前的声誉，一生追求"清白"。这个时候的"清白"其实已经是被"诈"了，只不过由于它不是私人事件而是公共事件，故以追求"清白"为人生意义的人浑然不觉。这种政治氛围里的"清白"在智慧看来已经蒙上污点，蒙上不愿思考不能思考的污点。正因为这样，当诈骗作为私人事件进入到个人生活里的时候，追求"清白"的习性就使小说中的这位老太太猝不及防，让骗子乘虚而入。薛忆沩以细腻入微的笔触令人信服地讲述了不同年代的"双重诈骗"的故事。当骗子得逞掏空了老太太的积蓄，同时也掏空了老太太一生的精神积存。"双重诈骗"导致了从过去到现在，从精神到物质的"双重悲剧"，人生就像一个空空如也的空巢。电讯诈骗案件发生的时空是当今，它的根源却在"翻天覆地"变化年代每个人都经历的灵魂深处必须爆发和不得不爆发的"革命"。从小说艺术的角度看，这种对题材的挖掘深度是不容易达到的。我们可以再一次看到作者与念念不忘的过去的纠缠，从当今的现场返回到历史的现场，又从历史的现场绵延至当今的现场。薛忆沩就这样在现在与过去之间来回穿梭，甚至故事叙述时空迅速转换的特点，也是和他对题材开掘的这个特点相互配合的。

30年写作时间不能说短，也不能说长。作为他小说的读者我有时也会想，薛忆沩还要飞到哪里呢？是不是像历史上大作家那样也有一个"中年变法"的问题？至少写作30年之际是适当的时间想一想这个问题吧。当然，"变法"也有风险。有的因"变法"进入另一个境界，有的却因"变法"而抛弃前功。这说明有的人合适"变法"，有的人却不合适。这要作者本人对自己有清晰理智的自我认知才能做出判断，读者不能越俎代庖。总之，我衷心祝愿他积写作30年的雄厚功力，飞得更远。

《名作欣赏》2018年第8期

智者的魔法

——评薛忆沩短篇集《流动的房间》

　　薛忆沩的短篇小说终于结集出版，我相信这件不起眼的小事要过很久人们才能明白它的意义。一个人远离尘嚣，与热闹的文坛始终无涉而迷恋于写作虚构故事，多年囚徒般的专注之后，他将自己的文字编成两辑，取名"城市里面的城市"和"历史外面的历史"。用这两个标题来概括这个短篇集，远比书名《流动的房间》来得传神。

　　什么是好的当代小说？这个根本性的发问或许已经被繁忙生活中的人逐出了记忆，又或许被文坛层出不穷的陈词滥调模糊了"阶级阵线"。直到我看到薛忆沩的短篇集，才醒悟到也许他的佳作可以为我们思考上述问题提供有益的启示。读到他的小说就像见到分别多年的好友，会面之前记忆里只有模糊的身影，如今却是活生生站在眼前。集子中的佳作无疑是好的当代小说的范例。

　　像我们所知道的那样，由于新文学运动，白话文不仅迅速普及，而且它传情达意的品位也提高了不少，从古代只流行于市井书肆的语言提升为正式而严肃的书面语言。由于它简单、便捷、易学和实用，便迅速取代了文言文，占据了书面语言的主流地位。可是作为语言工具，它有普及便利的好处，同时也隐藏着任意滥用的危险。因为当谁都可以取便使用的时候，当然就意味着任何人都有插一腿的"自由"。伸张"自由"的人一多，白话文这淌水也就被搅浑了。白话文运动既为汉语书面语开辟了一种新的可能性，也为它自己日后泥沙俱下埋伏下很深的危机。这是书面语在"大众"时代不可避免的命运。要使白话文保持并提升自己的水准，那就有待于那些有自觉意识反抗生活里的陈词滥调的作家的努力。如果没有他们的抵抗，书面语水准一定日渐衰落。这就像一场悲壮的攻防战，发生于"现代"降临后的书面语领域。进攻的一方是那些喜欢蛮不讲理任意伸张自己对语言的"自由"的人，他们人数众多，声势浩大。众身影之中，我们看见有声嘶力竭的政治八股的鼓手以及他们的应声者；有文化工业机器的操纵者；也有大众文化的随风喝彩者。他们步步进逼，时而强攻，时而偷袭；有时阵地战，有时闪电战。目的只有一个，全面占据书面语的领地。可是那些具有反抗意识的作家也不甘心就如此被蚕食、被吞噬。他们顽强抵抗，用自己的才华构筑一个又一个精致的语言城堡。一个阵地被攻陷了，他们又转战于另一个新开辟的阵地；一个工事陷落了，又一个更坚固的工事构筑起来。正是由于他们坚韧的努力，狂热的入侵者始终不能完全得逞。这场漫长而悲壮的攻防战，一方面记录了入侵者的"凯旋"，记录了"大众"时代语言的暴力、语言的滥用和语言的堕落；另一方面也记录了现代语言艺术进展的秘密：正是"大众"的压力，逼迫那些有自觉反抗意识的作家把语言艺术带入令人着迷的境地，带入入侵者永远无法征服的语言的净土。因为在喧嚣而迷乱的世道里，总有人不甘心同流合污。他们总要寻找自己的出路，开辟属于自己的生存家园。

我读过的当代作家的作品为数不多，很少发现对当代生活的陈词滥调有自觉反抗意识的作家，他们对当代"语言的陷落"现象缺乏足够的警觉。直白地说，小说写得太不像小说。既没有人性洞察力，也缺乏故事讲述的考究与语言的精确。这或许就是当代文坛最不能令人满意的地方。薛忆沩肯定是一个异数。如果他也与当代文坛有关，那他就是这个文坛的"异类"。他是一个孤独而才华横溢的"抵抗战士"。他对语言艺术的迷恋甚至达到不可思议的程度，语言艺术在他的生活中能够激发起的激情，一点都不亚于恋人之间能够激发起的激情。这股激情化为使徒般的虔诚、专注和一丝不苟，落实在他的写作里面。于是，薛忆沩的短篇就成了两种因素奇特的结合：一种是想象力，它是虚构故事、人物、场景的能力，就像他能够看出城市里面还有一个城市，历史外面还有一段历史一样。这"里面的城市"和"外面的历史"绝对要依赖敏感的艺术触觉、奇妙的想象力和传神的虚构能力才能发现。另一种是数学般精确的细节把握能力。这是一个优秀小说家必不可少的能力。数学般的精确，也是一部上佳小说必备的品质。所谓数学般的精确就是词与词之间，句子与句子之间扩展开来构筑成一篇小说，它的各个部分、环节之间的关联，就像一道几何演算题一样，每一步运算与推移都是绵密而精确的。尤其是后面一种能力令我赞叹，如果没有数学般的细节精确，即使作者能够想象"里面的城市"，想象"外面的历史"，那城市也会写成空洞的城市，那历史也会写成稀松的历史。令人惊讶的是薛忆沩居然能够把这样完全不同的两种才华如此美妙地结合在一起，写出如此美妙的小说。如果要取一个比喻，那最好的比喻就是魔法了。薛忆沩的短篇如同魔法，富有魔法般的魅力。魔法也是神奇与精确的奇妙结合。明明是子虚乌有之事，明明是"假"的，不可能存在的东西，却没有半点破绽，神奇变幻，"假"得像真的一样。这里"真"的含义不是指向一个具体的存在物，而是指向魔法内部的自恰。好的小说就应该像富有创意而没有破绽的魔法，而好的小说家应该像一个魔法师。如此说来，不好的小说就是破绽百出的"杂耍"，不好的小说家就是路边市井的"杂耍人"。

1996年以前薛忆沩的小说尚有过于鲜明的内心独白的色彩，此后这种近于浪漫的抒情倾向得到了克制。他的小说也近似于魔法。收在第一辑里面的《出租车司机》，全文不足四千字，写一个出租车司机辞职前最后一天的情形。故事的讲述犹如一幅织锦，经线与纬线连接的每一个节点恰到好处，配合不同颜色的丝线，构造出一幅浑然一体的图案。讲述开始于交班的时刻，讲述者布下了几个"疑团"，埋下了"扣子"，犹如魔法的开始，道具、摆设、气氛的渲染，一下子就把读者的注意力吸引到即将展开的变幻。"扣子"在讲述中的重要性在于它能使故事的上下文产生一种肌理，彼此呼应，成为相互密接的有机体。出租车司机交班停车的时候，作者提到他的车位已经被人占用，但并不生气，可是作者并没有就此展开。接下来的一段，才提到出租车司机原来不是这样处事的。按他从前的脾气，定然不饶占车位的人。两厢一并，自然就出现的一个"疑团"：他今天怎么这样反常？出租车司机交钥匙的时候，值班老头又丢出一句话："她们真可怜啊。"再次唤起读者的好奇："她们"是谁？小说开头短短的两段话，已经暗伏下了玄机。经过"薄饼店"的一段描写，我们已经知道出租车司机是一个忧伤的人，可是还是不知道他因什么事情而忧伤。作者真是能忍，在篇幅写到一半的时候，提到了出租车司机"愤怒地"超过横在前面的货柜车。之后，又以模糊的笔锋提到城市发生很多交通事故，甚至说到他的妻子女儿"已经不在了"。但"扣子"还是没有解开，直到讲述将要结束的时候，读者才知道她们死于车祸，与货柜车有关。作者又以出租车司机听到之前值班老头"她们真可怜啊"的话，来呼应之前设下的"疑团"。故事讲述的结束就是"扣子"彻底被解开。故事中两段乘客的对话反映出来的人际冷漠与出租车司机对妻女和父母的温情，构成了很好的呼应。而它们正是城市生活与人性的写照。我猜想薛忆沩一定很得意于自己讲述故事的绵密与精确，因为在《出租车司机》里，他甚至两次写到滴在出租车司机脸上的那滴雨。

小说之所以还是一种艺术，并不仅仅在于它提供了一个故事，更重要的是故事的讲述。尤其在书面语大大普及的今天，故事的重要性已经让位于如何讲述的重要性。太多平庸的作家只顾得了故事，根本没有考究如何讲述它。故事的讲述一头连着语言的表达，它意味着作家笔下的词汇是不是恰到好处，句子是不是美文，修辞是不是得当，它们有没有优雅、机智的魅力；而另一头则连着布局、结构，它意味着作家的想象力、洞察力、智慧和人生的修养，能不能达到洞识和穿透素材的高度。薛忆沩对故事的驾驭显示了高超的讲述能力，毫无疑问他达到了一流的水准。他的小说流溢着诗一般的美，把握细节的能力如同几何般精确；他漫长的努力发展出一种属于他自己的讲述故事的风格：像梦幻一样把记忆、描绘、陈述、意识的流动等综合在一起的讲述风格。它们融合得如此紧密，以至读者稍不注意都分辨不清楚哪里是描绘，哪里是陈述，哪里是记忆，哪里是人物意识的流动。他笔下的句子与句子之间，好像有神奇的磁力一样，将缝隙黏合起来，读者体会不出过渡的痕迹。一方面故事的讲述远远超越了写实式的平铺直叙，时间和空间的跨越和过渡随处可见，读者被文本带领往返穿梭于现在、过去和未来之间，心情焦急的读者甚至不能适应这种高频率的往返穿梭；另一方面乐趣无穷的往返穿梭丝毫没有任何生硬之处。不知不觉之间，奇妙的下一句就把我们带到与上一句完全不同的境地。如同身处迷宫，我们的确不知道出口在何处，因为眼前的路径左右迷离，可是我们又确信，一定有一个出口，眼前的路径虽然左右迷离，靠着我们的热情和智慧，一定会通达最终的出口。集子里的上佳之作，除了上文提到的《出租车司机》之外，如《历史中的一个转折点》《广州暴乱》《一段被虚构掩盖的家史》《首战告捷》《通往天堂的最后那一段路程》，都有这样的风格。

一个好的作者必须首先是一个好的读者。不甘心做一个平凡读者的作者，到头来恐怕只能成为一个涂抹陈词滥调的作者。如果写作是作者的生活，那他的生活就必须有艺术源泉的浇灌，也就是从前辈优秀作品的阅读中浇灌自己的写作之花。薛忆沩有一个命题——"生活来源于艺术"。这个调侃的说法或许道出了写作与阅读的关系。文坛有太多雄心勃勃的作者，而里面又太少坚守的读者。阅读薛忆沩的小说很自然就产生这种感叹。薛忆沩近年写的小说，喜欢以名句作为题记，题记遍及里尔克、莎士比亚、克罗齐、夏多布里昂，有时他自己的诗句也置身其间。从这些句子也可以看出他广泛的阅读。尤其是那篇以白求恩故事为题材的《通往天堂的最后那一段路程》，一定是非常仔细研究了白求恩的传记之后才能构撰的。他对白求恩经历的了解，甚至达到历史学家的准确程度。它不仅具有历史细节的准确，而且像诗一样优美。那种对人性富有洞见的哲理、优美的文笔以及精确的历史细节，勾画出一幅完全不同的白求恩大夫的图像。这个出现在薛忆沩笔下的"白求恩"可以是历史上的那位，但也可以是任何一个富有浪漫激情的人。薛忆沩持续不懈的努力再次印证了一个古老的道理："读书破万卷，下笔如有神。"

《读书》2006年第10期

一个时代的文学批评精神和遗产

——萧殷座谈会上的发言

萧殷是广东籍的著名文学前辈。说起来，他还是我老师的老师。1958年广东决定复办暨大。萧殷刚从北京回到广东不久，奉调出任暨大中文系主任，而饶芃子老师从中山大学中文系拟调至暨大中文系任教。当时饶师大学毕业不久，作为年轻教师担任萧殷的助手。他们两人亦师亦友，情同师生。我多次听饶师讲起她与萧殷在暨大中文系的往事。这些隔代的师生情缘更让我增添对萧殷前辈的亲近与敬意。

从图书馆借来萧殷前辈的《自选集》，认真拜读。萧殷当年做过的工作，从某种意义上说，也是我作为晚辈今天所从事的工作，也算隔代的同行，我比前辈晚超过一个世代。在社会环境、气氛、条件已经有了巨大改变的今天，拜读前辈的大著，既有今昔沧桑的感慨，也深深感受到前辈的精髓血脉值得我们好好传承和发扬光大。我有两点感触，以下略为申述。

以毛泽东《在延安文艺座谈会上的讲话》为标志，中国革命文艺的大方向和基本原则已经奠定，随着中华人民共和国成立后俄苏文艺理论的引入，两者相互结合，一个大的文艺理论的框架就建设完成了。在这个过程中，应该说马克思主义与中国革命具体实践相结合的文艺理论，对推动革命事业和文艺发展做出了大的贡献。革命有枪杆子，也有笔杆子。革命文艺批评事业确实担当了笔杆子里面不可或缺的螺丝钉。具体到文学创作，这个理论最重大的影响，我觉得是产生了确定意义的"理想文本"或者说"潜在文本"。理想的当然是需要去实践的，潜在的当然也不是已经写好的，但它们都像蓝图、方案一样等待用心用力的作家去把它们创作出来。作家本人未必充分意识到这一点，也未必合乎要求地将文艺的理想变成现实，未必能有充分的才华将潜在的化为现实的。这种"未必"就提供了理论批评施展的充分空间，而萧殷就是在这个大的时代气氛下展开批评活动的。毫无疑问，他是那个时代广东声名卓著的批评家，在全国范围内也是有相当影响力的。特别是中华人民共和国成立初期他在北京《文艺报》工作，养成了文艺的全局观念。那时他的批评没有如回到广东的时候活跃，但他编辑理论刊物，扶持新进作家（如王蒙），做了很多有意义的工作。

　　萧殷对大的文艺理论框架下的"理想文本"或"潜在文本"有深刻的理解。它充分体现在那篇影响广泛而且形象生动的论文《典型形象——熟悉的陌生人》里。"熟悉的陌生人"这个令人印象深刻的概括，表面上看它与古人论诗"人人心中所有，人人笔下所无"的说法有相似之处。但这个相似是表面的，"熟悉的陌生人"作为典型形象的概括，被赋予了完全不同的理论内涵。所谓熟悉，它被定义在典型化的范畴之内，其含义是指文学艺术"需要反映生活的本质"，而生活的本质又是被更高的革命意识形态所定义的。正是在这个意义上，它是熟悉的。而陌生则属于怎样反映的范畴，是遵循文学艺术的特殊规律，通过活生生的、个性鲜明的形象，还是用图解本质的概念来表现本质。对萧殷来说，他毫无疑问赞成前者而反对后者。根据这个对"理想文本"或"潜在文本"的深刻理解，萧殷的理论批评是两线作战式的：既反对不能揭示"生活本质"的表面的形象生动，反对偏离"生活本质"的错误倾向和导向；又反对概念化、图解党的政策、路线的教条化倾向。通俗地说，萧殷的理论批评，既反对右的，也反对左的。他所以能够如此立场坚定，又旗帜鲜明，并且不失对文学艺术特性的深刻理解，是因为他对大理论氛围下的"理想文本"和"潜在文本"有非常恰当的理解。批评的偏差和跟风现象，是那个时代的批评症候之一，但萧殷的理论批评不跟任何偏差方向的风，始终能够沿着正能量的道路，重要的原因就是他胸中怀揣基于大的理论框架下的"理想文本"和"潜在文本"。照着心中之"竹"而写笔下之"竹"，两者的规范性和距离当然就能远胜胸中无"竹"或者胸中有"歪竹"了。

　　在萧殷批评活动活跃的年代，他在作家和读者心中是一位热情、负责任而亲切的文学教育工作者的形象。他的教育主要不是在课堂上，而是在青年习作的圈子里。他是那个时代名副其实的文学青年的导师。一生回复了数不清的文学青年的来信，或者用复信的形式作面上的指导。据我的老师饶芃子教授说，萧殷是有信必复，不辞劳苦的人。他的身体不算强壮，复信的工作时断时续。最长的有过康复三个月之后再回复病前读者的来信。这种将文学青年放在第一位的工作精神，今天已成绝迹。如果有所谓"接地气"的批评，在我读过的批评著作里，萧殷的批评是最符合这一评价的。他跟文学青年亲近，一丝不苟，以平等的姿态探讨他们遇到的具体问题，不发空泛之论。他的批评风格是理论联系实际的，他的批评文章所萦系的，有作者的困惑，有作者的认知问题和趣味偏向问题。例如，当有读者强调"作品的内容与自己生活没有直接关系，读了有什么用"的时候，萧殷就会强调文学的教育作用，阐述文学对改造人的灵魂，提升人的觉悟的作用。并不是只有与自己生活有直接关系的文学才能起改造灵魂的作用。古代的优秀作品可以说与今天的生活完全没有直接关系，但它们同样可以起陶冶性情和教育的作用（《向文学汲取精神力量》）。当有作者来信觉得身边生活过于平凡，找不到可写的题材的时候，萧殷就劝青年作者不要好高骛远，期望一下子就写出一部史诗性的伟大作品。与其让苦恼来折磨自己，不如就熟悉的生活"选择一些较有社会意义的人物或事件来写写"，"这样练习得久了，写得多了，你的感受生活的能力就会敏锐起来，概括生活和表现生活的能力，也可以逐渐得到提高"（《关于找题材》）。这些提点，当然不是什么高论，但我们可以从中看到萧殷指点作者时一切从实际出发的风格。他没有教作者如何观察身边的事件，如何练就敏锐的感受力，只是劝青年作者拿起笔，写起来。因为一日不练笔，一日就没有敏锐的感受力。从他的批评风格可以看出萧殷对作者读者，一切都是从实际出发的。

萧殷生活的年代已经有人有疑问，他何以不去研究名作名家，或者研究理论专题，为什么要在青年习作上花那么大的精力？这跟时代有关，也跟萧殷个人品格和奉献精神有关。从抗战即将胜利的时候起，随着人民解放事业的进展，大批战地记者、随军通讯员、文工团员应运而生。这是一个日渐取代民国旧作家的文艺创作"新队伍"。这个队伍开了先前文艺写作从来没有过变化的先河。他们文化底子不厚，教养不深，缺乏对文艺的定见。中华人民共和国成立后接连不断的政治运动，反映在创作上，形象单薄，人物关系简单化，生活气息稀薄，作品欠缺真实感，而萧殷那时活跃在编辑岗位上，他对此是深有感触的。他不能置之不理，又富有诲人不倦的精神，所以虽然看似所说的是"炒冷饭"，但也不厌其烦。我相信，他的工作使无数青年作者蒙受教益。而这正是一个批评家的良知和对时代社会的认知。正如他自己在自序里说的："有什么办法呢？即使到现在，还不断地有青年写信来要求解答那些基本问题，其中有些问题，实际上三十年前已经解决了。既然这些问题仍然不断地被提出来，我就只能不厌其烦地再三进行阐述了。"我觉得这正是萧殷作为那个时代批评家的可贵之处。他所贡献于社会，他所披德泽于青年作者的，正被后人所铭记在心。

今天的批评环境已经大大地不同于萧殷的时代。就我自己来讲，心目中的"理想文本"没有萧殷时代那么坚定不移了，"潜在文本"也没有萧殷的时代那么清晰了。因为批评的空间大了，不同的文学趣味也有它们自己的位置，不可能再定于一尊了，于是"潜在文本"的模糊性自然就影响了批评的决断性。这是一个需要在新环境下摸索批评道路的问题。那么萧殷的批评遗产最有价值的是什么呢？

借用古人的说法，批评家对待文本和作者的态度可以有两种选择，一类是"六经注我"，一类是"我注六经"。批评家某种程度上可以看成是给批评对象"作注"的人；而有的人是"六经注我"，剪裁文本来证明自己的价值观和看法，至于文本到底思想艺术如何，不大关心，批评的理念先行。应该说，"六经注我"式的批评是大量存在的，这也是批评失去对创作推动作用的原因。尤其是西方当代的各种"主义"和理念传播进来，更加剧了这种情形。但是我们批评界的前辈萧殷给我们树立了一个完全不一样的标杆和榜样。纵观他的批评实践，他是"我注六经"式的批评，把作者的文本放在第一位。他的批评是以作者文本为中心的批评，在透彻理解作者文本的基础上提出批评意见。正因为这样，他的批评总是能与创作的实践紧密结合。对青年作者来说，他能想到他们所想，能急他们所急，批评有强烈的针对性。我认为，萧殷的以作者文本为中心的批评是他留给我们的宝贵遗产，他的批评精神值得我们发扬光大。

金敬迈研讨会的发言

　　作协邀我参加金敬迈研讨会，为此我重温了这位文学前辈的名著《欧阳海之歌》。这本有事实底本的长篇小说当年名满天下，发行量可能有数千万册，当我还是青年的时候就读过了。故事令我感动，印象十分深刻，还记得封面上半页是红色的，列车从远方驶来，一匹驮着迫击炮的战马横在铁轨中央，一位如岩石般刚强的解放军战士脚撑铁轨，肩顶战马，要把它推出去。这次重读新版，封面上只有一个小图像，惊心动魄的大画面已经没有了。这次读下来，当然没有四十多年前那么令我感动了。当年还是青葱岁月的人，如今已成把文学当专业，且头生二毛的人，感觉不一样是理所应当的。用一句话形容，我的读后感是亲切而不够过瘾。

　　故事给我的感觉依然很亲切。这是小说所影响的那一代人留在生命里的痕迹，岁月并没有抹去这个痕迹。这些痕迹在小说的故事依然获得回响，就像声波撞到墙壁依然弹回来一样。这个痕迹就是小说里的浪漫情怀。这种情怀，我们今天很难用真实或者不真实来评价它，我甚至认为真实的标准不适用于这个地方。某些细节可能是夸张的，因而超出了常识告诉我们的现实世界的样貌（这或许可以指责为细节不真实）。例如小说第三章第十二节写到鸦片战争，一千名士兵占据有利的炮位，在一块礁石上架炮击沉英舰摩底士底号，却被潮水淹没。以我们海边生活的常识，既然退潮能容一千人，则不能被称为礁石。如果是一个岛，则不可能淹没。但是我认为因此而指责这个文本的不真实，是不得要领的。这本小说直到今天，它的故事里的浪漫情怀还获得经历过那个时代的人的亲切回响，那就应当被认为是传达了那个时代普遍的情怀和情绪。因此它是有文献价值的。任何想感知那个已经消散的时代的人都可以从中获得感知印象，尽管他们已经不属于那个理想高扬的时代了。

　　况且故事洋溢的浪漫情怀也不是没有细节支撑的，恰好相反，小说里大量被今人的眼光认为是"不真实"的细节，恰恰是过去年代的真实。比如小说提到欧阳海读过和爱读的书，它们无非是《董存瑞的故事》《雷锋的故事》《红岩》、毛选前三卷。这些书恰好就是我求学年代几乎是只能读到的书。我比欧阳海所读的也多不了几本。有印象的，多了《星火燎原》吧，但那也是同类的书。甚至今天被认为离奇不可理喻的细节——欧阳海回乡探亲时写信给同乡女青年傅春芝，劝说她抵制父亲发财的愿望，参与合作社劳动——其实恰好就是那个满怀革命浪漫情怀的时代的最好写照。我自己高中毕业时，就做过类似的事儿——写信给女同学，劝说其响应号召放弃留城，到农村去接受再教育。小说的这些细节，能够与我过去的生活体验相通，这是令我有亲切感的原因。我看到了自己的过去。某些细节容或有夸张，但我不会说它不真实。从这个角度出发，我认为这本跨越50年的小说是能让读者认识那个20世纪中国很特别的时代的，它有很好的认知价值。也许以后对那段历史有兴趣的人，会从小说中得到对时代社会认知的启发。当然，那得不属于那个时代的读者愿意这样做。我希望我的推测没有道理，但真相恐怕是愿意这样做的人越来越少了。这就牵涉到重读小说时的另一个感受：不够过瘾。

　　文学前辈金敬迈写作《欧阳海之歌》，绝对不是仅仅抱了使文本具有认识时代社会的文献价值而写作的。他的写作意图当然是追求"源于生活高于生活"，尤其是高于生活，即环境和人物的典型化，是那个时代的作家也是金敬迈的文学理想。文学作品是否做到了"高于生活"，其实有一个很简单的衡量标准——熟悉和生活在该时代的读者喜爱，不熟悉该时代的读者也喜爱。文学作品的高于生活就体现在它的文本能够穿越时空被不同时代的读者喜爱。文学作品的所谓高于生活就高在这里。高就是超出，文本超出了它所反映所涵盖的时空社会，进入到文本完全不可能涉及的下一个时空社会，我认为这就是所谓"高于生活"的文学性质的真正含义。我所说的过瘾也就是这个意思。一个陌生人，你不会产生亲切感，一个过去的时代也是如此。但把它们写成文学作品而且写得足够好，虽不亲切但仍然过瘾。比如水浒故事不会让读者亲切，抢起双板斧砍将过来的李逵，要是真来了，避之唯恐不及，何来亲切，但读水浒故事，依然过瘾。因为它们"高于生活"。同样，大观园的生活，林妹妹的弱不禁风，不会让我有亲切感，但却十分过瘾，它"高于生活"。如果诸位认同这个关于文学的基本看法，那么落实到《欧阳海之歌》问题就来了。为什么一个作家满怀激情致力追求写下一部"源于生活高于生活"的作品，却恰恰只做到"源于生活"，而没有做到"高于生活"呢？这是令人十分惋惜的，想了很久，我也不能明白这里的全部奥妙。我希望有一天，我能说个一清二楚。这里只能说一些浅见。

从情节的推进可以看出，欧阳海的故事实质是一个成长类型的故事。但是它和通常的成长故事不同，属于特别的成长故事。作者首先把欧阳海理解为不同寻常的英雄人物，这样的英雄人物的人生境界高于寻常百姓。小说的情节设置和场景安排统统都是为了解释为什么欧阳海能够成为不同寻常的英雄人物。例如，小说最后两章，作者安排的三个场景：苦读《红岩》，冲入火场救黄婆婆，做了好事不声张而忍受冤屈。这三个场景，一望而知是为最后的牺牲铺垫的，它们完美地说明了欧阳海已经具有觉悟。读者要问的问题是，这就是"高于生活"的本来含义吗？如果是，那岂不是人物写得越不同寻常，就越是英雄人物？可见，作者处处发掘人物的不同寻常，处处写他的思想觉悟高，处处写闪光处，与文学人物形象的"高于生活"还是有不同的。作者把"高于生活"仅仅理解成思想觉悟、道德修养的出类拔萃了，在认知上把"高于生活"等同于道德的至善。"高于生活"当然包含了道德的善，但那是更广泛含义的善，它不仅仅表现在落笔的人物，更重要的是表现在人物关系之中。把至善集中在试图表现的人物身上，其实只做到了"源于生活"，传递出该时代的激情和向往，但尚未做到"高于生活"。这就是为什么小说故事不能使读者在审美上觉得过瘾的原因。

作为一个反证的例子，我可以举出黄谷柳的《虾球传》。这是一本在文学上被低估的好作品。这本小说也是成长小说类型。讲虾球如何在底层社会摸爬滚打备受人间辛酸，最后加入革命队伍的故事。十分相似于《欧阳海之歌》那种故事类型，但作者写法十分不同。故事发生的时间毕竟早一点，我不熟悉，也没啥亲切感，但读来却十分过瘾。作者真正做到了"高于生活"。比如虾球一度做贼，以扒窃为生，但后来为何觉悟了，不做贼了呢？作者写他与贼党、扒窃一世返乡的"金山伯"，无意中偷了他不曾见过面的多多一生的辛苦

钱——他爸原来穷得做了猪仔，过金山赚钱——害得他爹气急攻心而亡。良心
未泯的虾球从此洗手。如果从真实生活发生的概率来说，扒钱包扒到自己的爹
身上，这几乎近于细节意义的"不真实"，因为概率微乎其微。但读者也可以
这样说，正因为如此它才真正做到"高于生活"。是事实教育了良心蒙尘的虾
球，或者用佛教的术语，行恶的报应。黄谷柳的写法显然胜过金敬迈的写法。
金敬迈写欧阳海都是在善的光芒照耀下，指引人物前行的。比如那本《红岩》
是他的引路人周虎山书记送的。两种写法相比较而言，当然是黄谷柳的写法更
顺应生活的逻辑，故能达到"高于生活"的境界。

平凡处见不平凡

——《刘国松和他的战友们》读后

　　这部近二十万字的长篇报告文学从策划构思、组织落实到写作出版，前后刚好一年，赶得上"战地速度"。这是好的，报告文学要求的及时性是做到了，但从另一面讲可能过于仓促，篇章的安排、语言的锤炼、不同执笔者部分的衔接都有可以再改进的地方。这可能也与三人采访执笔写成有关。除了这些小处的弱项，这本报告文学也有很明显的强项，作者写英雄几乎没有高调的笔墨，用平凡、朴实的细节和语言把感人的故事传递给读者。作者笔下的英雄，不再是与众不同的人，刘国松和他的战友就是和平凡人一样的人，接地气，生活在人民群众之中。这是主旋律写作中的新突破，也是有意义的探索。

　　从左翼革命文学史的角度看，自从1942年毛泽东《讲话》提出"歌颂和暴露"以来，它在作家的写作实践中凝聚为写"新人"的问题。随着人民革命的胜利，如何写新人以及新时代，越来越成为作家需要探索的前所未遇的问题。胡风有一本随笔集《和新人物在一起》，1952年出版，是他解放初到最早解放的东北地区实地考察新时代的速记，他的脑子里已经悬着这个创作头等重要的问题了，但也没有得出一套比较成熟的看法。人是亘古如此的，新在哪里？如何突出"新"呢？这问题横在了作家面前。广东作家黄谷柳的《虾球传》写一个香港地"混世界"的孩子逐渐成长为游击队战士。黄谷柳的构思本来未完成，1949年后的虾球又怎样变呢？作者也没有答案，作者的做法和胡风差不多，实地考察，深入生活。他主动请缨，到抗美援朝第一线去，但是他也没有走出成功的路子。作者的成功是体现在作品里的，但他在1966年把《和平哨兵》烧掉了。当然他的故事有另外的因素，这里不论。总之，纵观1949年后的作品，在写新人和新时代这个大题目前面，能站得住的作品实在不能说多。倒是在这个题目的引导下，众所周知，创作者们走上了一条一味唱高调的路子。作家写人物，把他们从地上拔起来，托入高高的云端。英雄固然是英雄，但因其太过完美而失去可信度。"文革"中的"三突出"是其登峰造极的阶段。那时候的作品，对于宣传是有贡献的，但是大浪淘沙，留得下来的不多。根本的问题可能在于把新人看成是不食或少食人间烟火的人物。写新人这个问题，看起来是个老题目，但却老而弥新，依然有待于新时代作家的努力。

在如何写新人这个老题目上，《刘国松和他的战友们》交出了一份深具探索意义的答卷。有意思的是报告文学的作者对这个问题似乎有所思考，他们以平凡之笔去写这些站在第一线护卫平安生活的最可爱的人，不是无意中巧合而成的，而是经历过思考和探索的。《后记》写到作者的采访经历，透露出些许信息。作者动笔之前的采访中遇到一位"事迹足可感动任何人"的老民警，她对作者的提问"只是默默摇头"。作者没有告诉我们老民警摇头的意思，是不同意的摇头还是没有回答的摇头，读者不得而知。但采访者告诉我们，她是退了休又返聘回来的。无论她摇头的原因是什么，她认同并热爱她的岗位，这是肯定的。她是一位有行动而无言辞的老民警。采访者由此想到"楚囚"钟仪品德高尚思念故国的故事。这联想得当与否是另一个问题，这个细节其实传递出作者要写的人物的共同特征。他们不以动听的语言，反而以默默的行动表示一切。也许因为作者认识到这一点，他们笔下的英雄不再是充满豪言壮语的英雄，不再是被刻画得"高大全"的英雄，而是讲着朴实的语言，尽忠职守，视职守高于生命的人。

作者描写刻画刘国松和他的战友们，尽在平凡处见闪光点，朴实的言辞里透出震撼人心的力量。报告文学的第17章，应该就是故事的高潮了。刘国松被歹徒刺胸，险些丧命，而未参与搏斗的刘国松的助手陈仲宝事后充满愧疚，到医院探望刘国松。这个场景可以有很多写法。按以前的惯例，抒情笔调是免不了的，点出刘国松临危不惧、视死如生和大义凛然，是必然的。但作者没有选择这种写法，却让刘国松说了一段平凡到不能再平凡的话。他对来探访的陈仲宝说："被送到这里的路上，我感觉血快流光了，裤腿袜子全湿了，身体特别虚弱，心想自己很可能会死掉。当时想了很多很多，一些早已忘记的画面忽然从自己脑海中闪过，特别是从警的工作和生活。那场景就像是总结，也像告别，人要死的时候是不是这样，我不知道，只知道有很多事没来得及做，很多人没来得及打招呼。"刘国松对陈仲宝不要为自己负伤愧疚，因为"没有人能未卜先知，也没有人能保证每次出警都可以平安无事，这就是警察工作的特性"。刘国松的话，既感人至深，又特别吻合当时的情景。没有豪言壮语，但又胜过豪言壮语。它将刘国松朴实而无畏，尽忠职守的品格刻画出来。我觉得，这是全书的点睛之笔，全文之眼。

和平建设的年代与战争年代不同，很少见到惊天动地之事，每个人都在自己的岗位，与千百万人相差无几地做事。有惊天动地之事，才配合惊天动地之笔。可以说，过往的文艺传统是从战争年代过来的，所以才在写法上用惊天动地之笔。用惊天动地之笔来写和平建设，需要做出新的探索。《刘国松和他的战友们》在这方面是做出了成绩的，这部报告文学的探索值得肯定。

2019年11月24日《清远日报》

第二届粤港澳大湾区文学论坛的发言

在全国的格局里，无论岭南还是大湾区，都是一个局部地方的概念。然而，我们也看到现代中国的社会发展进程里，这些概念的内部含义，它们所具有的重要性逐渐发生了变化。正是这些变化标志着社会发展的推进。

岭南一词就像它所表示的地缘归属一样，主要是一个乡土社会的区域概念。岭南，顾名思义就是五岭之南，而五岭南北的划分是一个自战国以来就存在的事实。自此以后直至改革开放以前的岭南社会，都是农耕社会或农耕占绝对优势的社会。正因为这样，从宋代周去非的《岭外代答》到清代屈大均的《广东新语》，文人士大夫感兴趣的岭南文化，毫无例外是由方言、节庆、物候、风土、民俗所代表的民俗民间文化。这些文化表征的都是从岭南的土壤里自然而然地生长出来的。无人主张，无人推动，在漫长的历史中缓慢变迁。由于地缘的分割，这些民俗民间文化依不同的地理单元而有次生的不同。比如岭南有广府、潮汕、嘉应、雷州之分。正所谓百里不同风，千里不同俗。

然而，自改革开放以来，社会的变化进入了快车道。因为科技要素在这个年代扮演了对社会发展进程绝对重要的支配角色，生产力和财富朝向有利于科技要素积累和财富创造的地理单元快速集中，区域优势被科技要素所放大。在广东珠三角、粤东、粤北、粤西四个地理单元中，珠三角占据天时地利，故而异军突起。到今天面积占据旧广东省最多四分之一的珠三角地区，财富占去全省的百分之八十。财富的集中伴随着人口的集中，深圳、东莞、广州这三个相邻的城市，都是人口超过千万的特大型城市。约在40年之内发生的这个触目惊心的赫然巨变昭示我们，那种农耕时代任凭自然不施人为的缓慢变化，已经一去不返，代之而起的是科技社会人为设计主观推动的快速变化的时代。不但经济、社会管理服务是如此，我有理由相信文化也与这种以追求改变为常态的方式有相通之处。比如上文列举的方言、节庆、物候、风土、民俗这几类要素，方言在大湾区所在的城市快速消亡，节庆不是成为商业的一部分就是被旅游热潮所取代，物候彻底失去它的意义，风土高度趋同，民俗要不借助商业而艰难生存，要不只能列入文化遗产来续命。"岭南文化"作为一种文化现象，如果它还是本色尚存，与其说它存在于珠三角的都市群，不如说它存在于这个都市群以外的广大乡村地区。我们生活在从岭南到粤港澳大湾区的路上，不论愿意不愿意，这已经是一个事实了。

正是在这种不以人的意志为转移的科技社会变迁的条件下，我们来讨论粤港澳大湾区文化的概念。大湾区作为一个珠三角城市群的经济带，各项工作正在推进中。目前要循归纳、概括作为事实的大湾区文化的思路来思考大湾区文化的概念，时日还是尚早。我觉得，大湾区文化主要是一个需要人为设计主观推动的文化工作安排。借用英文语法的概念，它是一个正在"进行时"，等到我们的工作推动若干年，它才是"现在完成时"。在这样的状态下，我以为明白我们将要实现的方向十分重要。

大湾区，它在文化上和经济上的主要方向是一致的，这就是互联互通。城市群起来了，促进它们之间的互联互通就变得十分重要。没有互联互通的城市，是孤立的城市。尽管它们之间的地理距离是恒定的，但不构成为"群"。所以成"群"是因为能够很方便快捷地互联互通。在城市群经济带的时代，只有让物资、产品、信息和人员方便快捷快速地跨城市流动，才能创造比单个城市机械相加更高的劳动生产率、更高的价值、更多的财富和更进步的科技。文化是不是和这个原理相一致？完整的答案有待于将来的事实来检验，但我们今天看到，至少大部分是相一致的，尤其是那些能和产业结合的文化，比如动漫、影视、工艺美术等等。所以互联互通不但在经济上是城市群的基础和价值，也是文化上城市群的基础和价值。互联互通创造了跨越单个城市的认同，创造了更高水平上的城市群的"共识"和观念。有了这种跨城市的大湾区观念和价值观，文化活动的构思、安排、组织和推动等各项工作才能真正活跃地展开。

值得强调的是这种经济和文化的互联互通应该以横向为主，它们是在相同层次上展开的，而不是不同层次的互联互通。在我们的社会生活里，不同层次的上下互通从来不是问题，因为存在强大的行政架构，从来就能很轻易实现上下层的互通。从纵向互通的强大传统走向横向互联互通，其实要做很多工作，要突破很多传统观念。我从前在西北旅行，在这方面深有感触，从一个县到另一个其实地理距离不是很远的县，但只要跨越地区，就十分困难，甚至必须返回到地区所在的城市到另一个地区的行政中心城市，才能乘车抵达我想要去的县。这是一个互联互通方面存在障碍的例子。我在咸阳支教一年，咸阳距西安20千米不到，去西安乘咸阳的巴士，从西安回来却必须坐西安的巴士。两种巴士的车站不在同一地点。乘客不便又资源浪费。我相信到了文化的层面，这种横向的互联互通就存在更复杂和更微妙的问题，就算今天在经济发达的珠三角城市群之间，也不是很容易做到，要做好更加不容易，更需要有关行政部门的不懈努力。这些困难构成了我们今后需要突破的重点。道理很简单，人员之间的横向的互联互通，有利于创意的产生，有利于彼此的交流，也有利于新颖事物的生长壮大。

科技社会是一个日新月异的社会。粤港澳大湾区本身就是一个新事物，它既不是地理区域单元的概念（惠州、肇庆不属珠三角地理单元），也不是行政区的概念（香港、澳门是特别行政区），它是一个城市群经济带的概念。我们所生活的大湾区比之世界其他城市群经济带，它本身在文化、政治方面要更加多元。这是复杂的殖民历史、政治制度和人口迁移造成的。它们在互联互通方面格外困难，但也是一个创造未来的巨大优势。克服我们的困难，发挥我们的优势，大湾区文化一定会茁壮成长。

粤派批评的挑战与机遇

　　至少从思想活跃的20世纪80年代开始，广东文艺批评界就寻求如何将批评建立在对地域文化认知的基础之上，对此提出过许多不同的倡议。这些名称各异的说法的共同核心其实都一样，这就是地域文化的自觉意识的生长落实在批评领域。1986年文坛前辈吴有恒首发倡导：《应有个岭南文派》；1989年黄树森发起并主持"珠江大文化圈"讨论；1992年谢望新发表《南方文化论纲》；也几乎同时黄伟宗从研究陈残云小说得到启发，提出珠江文派的概念；2004年郭小东撰文，呼唤"新南方文学"。两年前蒋述卓、陈剑晖联同《羊城晚报》发起讨论"粤派批评"，这是关于这个批评潮流最为晚近的表述。岭南文派、珠江文派也好，新南方文学、粤派批评也好，其精神实质都是寻求批评与地域文化精神的相互结合，并在此基础上获得文艺批评事业的新的发展方向。

　　当然不是所有表达地域文化精神的形式都同时发生急速的改变，但差不多也是从20世纪80年代开始，随着热火朝天的改革开放带来的人口流动，普通话迅速普及，粤方言并不能够像当时的港式流行曲那样有口皆哼，少数语词进入普通话词库并不能避免方言土语开启下行模式的命运。这个语言的变化隐藏着如何表达岭南文化精神的新挑战，至少在以语言为媒介的文学领域是如此。遥想五六十年代岭南有口皆碑全国亦广为知名的广东文学，无不以粤语的精妙运用为其地域文学的鲜明特色。例如黄谷柳的《虾球传》、欧阳山的《三家巷》、陈残云的《香飘四季》，正是这些前辈作家的力作撑起了名副其实的岭南文学。他们的作品不但出自这片土地，表现这片土地上人的生活，他们的奋斗、挣扎、蜕变和酸甜苦辣，以其千百年来地域文化精神所熔铸的语言形式呈现出来。前辈作家的文学探索，可以说是应运而生，又可以说是高度的文学自觉造就出来的结果。有意思的是，当时的批评圈并没有把这么有岭南地域特

278

色、这么有"岭南味"的文学称为"岭南文派"或什么的。反倒是方言迅速撤退出文学领域的时期，批评圈才萌生出奋发图强的自觉，举起了岭南、粤派的旗帜。不论是不是一厢情愿，我愿意把它理解为迟到的自觉。

迟到就有迟到的短板，起码不像及时赶到者那样占据有利的位置。这种后到者的尴尬还是最先由文学家感受到了。也是自80年代过后，很少广东作家承继他们的前辈，以寻求地域文化精神与方言表达形式的完美融合作为努力的方向，地域语言色彩从他们的作品中明显消退。举个例子，如果不知道作家成长的所在地而读《白门柳》，你很难知道刘斯奋是广东作家，但读《虾球传》，你能猜到黄谷柳是广东作家。这固然与小说题材有关系，但更重要的是与全国通用语迅速传播和普及的潮流深度契合。文学语言的表达与地域文化的内涵不再互为表里，一方面我们作为读者深感惋惜，但另一方面也知道这是顺天应人。文学毕竟是要讲读者的，当相当一部分读者不再能够欣赏隐于方言土语的趣味的时候，是不是应该一如既往地"记住乡愁"，这也会成为一个问题。文学之道也是要变通的，整体地观察，80年代以来广东文学里地域语言色彩的淡退是最大的"变通"。这一变通让文学的表达与一个更为广大的世界相联结，让作品毫无障碍地拥有更多的读者，不过有时候我们也会抱怨它们的"广东味"不够浓。毕竟这是一个转变中的世界，不是一个纯粹的世界。

在混杂和转变的时期，一面是共通语的推进，一面是地域方言的式微，文学表达遇到的挑战与批评遇到的挑战息息相关。探索地域文化的精神气质与语言尽可能融合的表现形式不仅是作家的职责所在，批评家也责无旁贷。所幸，无论作家还是批评家致力挖掘的地域文化精神不是凝固不变的，它本身的表达形式也可以是多种多样的。广东改革开放40年的实践，为这片岭南大地注入了前所未有的新生机。对于一个不仅公路网已经连通了所有乡镇，就连轨道交通也连通了几乎所有地市级行政中心的地方，特别是已经完成了工业化、城市化，向着信息化和高科技化迈进的珠三角地区，这片土地当然还是叫岭南，但如果我们谈论起它的文化精神和地域特色时，还停留在乡村农耕时代的概念，那显然有点儿"落后于形势"了。总之，改革开放实践的洗礼已经使一个新岭南在一代人的时间内出现在我们的面前。它在很大程度上改变了我们从乡村农耕时代的乡土民俗、人物风貌、文献记载等方面得来的岭南地域文化的内涵。这个与乡村农耕时代有着深厚历史传承而又迥然不同的新岭南的地域文化精神如何挖掘，如何表达，这是生活在这片土地上的作家和批评家的挑战，但同时也是机遇。因为这是一个新的课题，前人没有遇到过的课题。粤派批评的提倡代表了这样的努力，值得好好探索。

观广东美术百年大展有感

看过盘点广东美术百年成就的巡展，我有两点感触。第一，文化也可以"弯道赶超"。就像大展组织者将广东美术的百年道路定位于"其命维新"那样，广东美术这一百年是新新相续、深刻裂变的一百年。历经百年的积淀足以将广东的美术成就，推向全国的前列。大家都知道，"其命维新"的前一句是"周虽旧邦"，但与中原相比，岭南实属"新邦"。岭南的开辟迟至"秦王扫六合"之后，而那时中原已经"郁郁乎文哉"约有千年之久。历朝历代直至近世"西风东渐"之前，这个后进的"新邦"都是经济、文化的荒远之地，历朝流民用之于逃避北方战火的栖身之地；朝廷先用之于流戍政治斗争的失败者和罪犯，后用之于抵御海上远来侵蚀朝廷秩序力量的屏障。然而正是这个处在中原格局近乎"弃地"的位置，使广东在海通之世一跃而成为中西汇通的"桥头堡"。

当我们观察"西风东渐"之世中国美术发生在广东如此这般的裂变的时候，不仅要注意到地缘优势提供的中西交汇的便利，也要注意到它近乎"弃地"的历史积淀。两方面的要素加起来才能解释百年美术成功实现"弯道赶超"的事实。我甚至觉得，我们需要恰如其分地评估文化融合中的地缘优势的作用，不必过于夸大。人类的文化从来是可以跨越千山万水传播的，与地缘优势对经济布局具有不可取代的重要性不同。如玄奘取经于天竺，鉴真东渡传佛法于东瀛，都是流传不衰的佳话。地缘固然可以提供接触交流的便利，但是两种不同的文化是否发生"化学反应"，决定性的因素是人。人的感知、认识和觉悟决定了当事者取而用之还是视而不见。洋画的完整技法随着耶稣会士西来早已于康乾之世就传播到清朝政治的心脏——宫廷。我直观地相信当时是有画者看过这些耶稣会士的画作的，但却没有引起北方画坛的丝毫反应。这与传教士与此同时将欧洲先进的"实测投影绘图法"传到清朝而没有引起地图制作的一丝涟漪是一样的。为什么？答案是不屑。不屑是认知和心理问题而不是地缘问题。与北方的不屑有别，深度融入洋画技法的"通草画"到嘉道之世已经大行于广东，水墨画最早融入洋画技法而卓然成派的是岭南画派，而师法油画的一代开山祖师李铁夫是广东鹤山人。这又是缘由何在？"弃地"的历史积淀为成长于这片土地的人培养出虚怀而平和的精神状态，对自己的传统不鄙弃，对外来的新事物不傲慢，地缘优势还提供了迈出国门接触交流和模仿学习的便利。两者合力，使广东成为中国美术新方向的出发之地，为百年成就奠定雄厚的基础。虽然是匆匆游览一过，笔者面对风格各异、精彩迭出的五百余幅画作，深感广东美术百年成就的厚重，画家真是没有辜负这个时代提供的机遇，广东美术百年的"弯道赶超"实乃"得天独厚"。

第二，以美术为例，文化的中西融合可能并非指向预定目标的展开，而是因新元素加入而指向的多方向探索。这种不同文化汇通的后果如同链式反应，衍生出多个方向，未来不是单一和固定的，美术的未来掌握在参与这场壮丽的共同探索的艺术家手里。近世"西风东渐"和东汉佛法西来不同，它是中国社会的生产方式、社会结构和组织全方位的转型。换言之，中国近现代的变迁是在经济、政治、文化与西方相比处于巨大落差的情形下展开的。清末谓之"开辟以来未有之奇变"，五四时代谓之"向西方寻求真理"，这些说法都透露着与西方相比巨大的落差。由于这种发展程度的落差，文化融合被想象成"新"和"旧"两种因素的融汇。不用说，"新"代表西洋，而"旧"代表自身传统。造就未来的文化，全部努力则在于如何转"旧"为"新"。于是，文化的融合似乎存在一个固定的目标，向着这个想象的"中西融合"目标迈进。然而广东美术历经百年，由最初的一点裂变到后来的精彩纷呈，却给了我一个强烈的启示，这场与西方文化的相遇、撞击和再创造并非如原来想象的"中西融合"那么简单。

就美术而言，油画及其技法的传入，并未自动昭示传统水墨画必定得向它靠拢；中国水墨及其画法在洋画面前也未见得自动归属落伍的一类。"出路何在"的疑问，纯粹是由更大背景的中西落差而催生的焦虑。如果说中西之间的落差在生产力、社会组织化程度方面还客观存在，那么在美术方面完全不能作如是观。事实上，洋画及其技法的传入，只意味着一种画家此前不熟悉、未掌握的艺术元素加入进来，客观上给传统绘画一种再创造的可能性，而并不意味中西之间存在后者居高临下的优势。中西相遇的局面之下，传统绘画有变与不变的选择，而变又存在取之多还是取之少的差异。每种选择的主动权都操之在艺术家手里，或者竟而至于生今之世而学为古人，亦不失为艺术的高明。同时，西方艺术元素本身也是一个变化与复杂的事物，它们在其自身的绘画传统里也是"与时俱进"的。源源不断的传入过程，也会产生艺术泡沫，这需要艺术家自己分辨、摸索和再创造。总之，百年广东美术的中西融合，不是"新"和"旧"的结合，不指向预定的目标，而是一个有足够丰富性的展开。广东美术家把握住了社会变迁提供的机遇，交出了一份令人振奋的成绩单。

广东文化建设的实绩

由黄伟宗教授领衔主编的珠江文化建设大项目《珠江-南海文化书系》经历三年编定告成，由广东旅游出版社出版。全书分"千年南学""珠江文明灯塔"和"珠江文派"三个书链，共二十二册。前者是学术文脉发展史的梳理和集萃，其次是历史文化变迁的学术探讨的荟萃，后者则是近现代以来文派的精华集萃。这是广东文化建设的又一实绩。黄伟宗教授创立珠江文化研究会，近20年来做了大量弘扬地方文化的工作，并为地方发展决策提供了诸多有益的咨询和建议，而书系的编定和出版是学术方面的盘点和总结。

地域文化和地域史的研究一向就是中国文化学术领域的重要方面。传统史学有正史与方志之分，这一惯例一直延续到如今。中国的文化学术领域，也有全国性的方面和地域性的方面。正如正史不能囊括中国史的全部，必有待于方志和野史来补充。近代海通，国家意识萌发生长的同时，专注地方发展的地域意识亦同时萌发生长。所以广东近代以来因得地利之便，多有仁人志士出来呼吁呐喊，期望光大和高扬历两千年发展而自成格局的粤地文化。黄遵宪、梁启超首开其例。黄伟宗教授则是这些仁人志士中在当代有代表性的人物。他在20世纪90年代初在研究广东作家陈残云小说时得到启发，提出"珠江文化"的概念。如今将近30年过去，"珠江文化"的概念不但生根萌芽，而且结出了丰硕的成果，《珠江-南海文化书系》的出版就是证明。

近代中国顺承西学东渐，知识面临大变革、大转变，更兼文言和现代白话文的嬗替，译书、编书广为盛行。魏源的《海国图志》首开风气，采自传教士翻译的西籍和通商口岸的报刊新闻，编述成一介绍世界大势、各国沿革的图志，为有志者打开获取知识的新窗口。晚清鸿儒张之洞的《劝学篇》其中就有一篇叫《广译》。他认为译书不但是"治生之计"，也是"开物成务"的功德。他还鼓动时人多做编述和选本的工夫，认为编书的普及之功不亚于著述。同一个道理，历代先贤关于粤地思想文化的著述已经积累甚多，晚清以来尤为显著，将它们的精华集萃成"千年南学""珠江文明灯塔"和"珠江文派"三个书链，展现珠江文化研究的成绩，大有功德于年轻后学进入和熟悉这个地域历史文化研究的领域，推动地域文化的繁荣。

中国五岭以南这片地方，过去一直叫做岭南。发育生长于斯的文化自然就称为岭南文化。这是以地取名，顺其自然。长久以来以地取名的习惯根深蒂固，但今天使用的时候显然也名实分离。历史上的岭南由秦征南越起，包括秦设的南海、桂林、象郡，约略相当于元人所设的两广。但今天讲岭南，多不含广西。因为行政区的划分改造了历史名词的实际含义。也许有鉴于此，黄伟宗教授别出心裁，以水取名，谓之珠江文化。这个称呼带来意外的好处，非常生动而直观地将地域文化的特征表现出来。想到水，就会想到海纳百川。珠江文化所以有它的特性与光辉，就如同珠江一样，因其广纳众流成就自身。珠江上游纳西、北、东三江，才成为浩瀚的巨流。黄伟宗珠江文化"八代灯塔"的说法，形象地道出粤地社会文化变迁的特征。他的一家之言对我们理解广东的文化变迁有帮助。"八代灯塔"就是粤地社会文化发展的八个阶段和它的特征。在每一个阶段的社会演变与发展中，外来的刺激都扮演了十分重要的角色。这些刺激粤地社会发展的外来因素，古代时期多来自北方中原，海通以来则多来自南面海外。一北一南，珠江流域恰好就在中间，既得天时，又得地利。它们不仅推动了广东地域的发展，更成就了它在近现代整个中国发展变化主流中的独特地位。这个地方既得风气之先，又是风云汇聚之地。革命年代自不待言，建设年代亦复如是。20世纪80年代初设立第一批改革开放先行一步的四个特区，有三个在广东。直到今天广东都是全国经济总量最大的省份。社会经济有如此独特的成就与地位，它的文化同样值得好好研究和总结。黄伟宗主持的这套书系，是对近代以来珠江文化成就的全面盘点和对近代以来珠江文化发展历程的梳理。这个工作过去还没有人做过，他有开创之功。同时这个书系所表现出来的努力，代表了广东地域文化的自觉意识达到的高度。

中华人民共和国成立初期关于地域文化的探讨一度沉寂，改革开放以来思想解放，扭转了颓势，广东地域的文化自觉意识逐渐高涨，无数文化界同仁振臂高呼，这些声音与黄伟宗提倡的珠江文化，同流而不同源。它们从各自的起点，站在各自的视角，关注共同的对象与问题，众源归一，汇聚成时起时伏又绵绵不绝的地域文化自觉意识，推动着地方社会与文化的发展。"珠江文化"研究有近三十年的积累，黄伟宗和他的同仁持之以恒，才成就了今日研究和出版的实绩。

美的乌托邦

——张竞生生平思想随笔

在近现代重塑、改造中国此起彼伏的大潮里，存在两个既有联系又有目标差异的方向：政治的方向和社会改造的方向。前者致力于政权的重造。由晚清到民国的国民革命包括旧民主主义革命和新民主主义革命，其目标都是推翻腐朽的政权，通过政治革命而重造中国。后者则致力于社会局部的革新改良。这些社会改造运动与政治有联系，但却不以政治的方式而以社会改良的方式进行。陶行知、晏阳初发起的平民教育运动，梁漱溟为代表的乡村建设运动，以及各种"实业救国"的努力等都可以归入社会改造的方向。就对中国社会的实际影响来说，当然是前者为大而后者为小。政治运动影响到几乎所有人的命运，它以政党和军事力量辅助进行，实行广泛的社会动员，深入到中国社会的每一个角落。而与此同时的社会改造仅仅靠了个别不辞艰难困苦的仁人志士来进行，它们在相当程度上是个人的孤军奋斗。所以论事功和成败，两者难以相提并论。但是作为理解清朝衰落和西学东渐而引起的中国百年动荡史，又不能仅以成败论英雄。成败固然重要，但若将眼光仅仅局限于成败的英雄，一部丰富的近现代史也就只有筋骨而缺乏血肉。

也许由于成王败寇的积习过深，我们对近现代社会改造运动的关注不够，谈论到现代社会改造运动，至今都是停留在上述列举的三数人身上。其实现代史上温和的社会改造是一个持久而广泛的运动，发起和参与的仁人志士不在少数。就像有人做大事，有人做小事一样，推翻旧政权，掀起政治革命是做大事，但更多的人做小事。那些做小事的志士，从自己认同的价值出发，以点滴的改良，微小的兴革，来推动社会文明进步。社会的进步，固然由大事推动，但也由小事推动，由点滴的积累而汇为文明进步的洪流。大事和小事合起来观察，才能得出近现代史全面的轮廓。在众多做小事，致力于社会改良的仁人志士中，我认为漏掉了一位，他就是张竞生。无论是赞扬他的惊世骇俗，还是妖魔化他为"性学博士"和"文妖"，都没有办法准确定位他在现代史上的位置。只有把他放在现代史虽不波澜壮阔但却有声有色的改良社会的潮流里面，才能看出他的言行举动的意义，他的敏锐、他的先见之明、他的过激、他的荒唐，才能得到合理的解释。

在以点滴改良来实行社会改造的潮流里，张竞生是一位颇为独特的人物。在沉疴遍地的年代他怀着一颗赤子之心做了两件对改良中国社会有利的事情。第一件事是发动私生活领域的"革命"。他要改变中国人私生活领域的观念和规则，用西方个人主义的新观念改造传统的旧观念，用文明的两性行为新规则改造基于家族传统习俗的旧规则。这第一件事主要发生在他北京大学时期和上海编译出版时期。进入30年代他逐渐淡出舆论的风口浪尖，返归广东饶平家乡，推动乡村建设，这是他做的惠及乡亲的第二件事。本文所讨论的主要是产生全国影响的第一件事。这件前无古人后鲜来者的私生活领域的"革命"，张竞生不但是发动者、倡言者，还是躬行的实践者。他为别人应该享有的权利大声疾呼的同时，也不惮为自己应该享有的幸福生活做点别人以为出格的事儿。他不像那个时代享有公众声望的名人，如胡适和鲁迅，向青年呼吁冲破礼教个性解放，自己却循规蹈矩。他是那时代罕见的"知行合一"的名人。虽然张竞生最后遍体鳞伤，成了自己所发动的这场"革命"的祭坛上的牺牲，但他初心不改，坚持自己早年在法国留学时期养成的观念。他失败了。从社会的角度看，是时代和社会抛弃了他，然而他未尝不认为他也抛弃了这个不争气的时代。他并不认为自己的理念和做法有什么道理的不妥。只是社会滞后，人们不接受而已。先驱的价值通常未被充分认识，更何况张竞生触动的是构成社会根基的家族和私生活领域的神经。

今天重提失败的英雄张竞生当然不是为了猎奇，严格地说他的言论和行为，包括他的艳史在资讯公开的年代已经无奇可猎。重提这个在现代观念史、思想史和社会史都被处理成几乎缺席的人物，是为了更好理解现代中国的观念史、思想史甚至社会史。因为张竞生是一个绝妙的案例，揭开了一直讳莫如深的中国私生活领域隐秘的一页。由此形成激烈的不同价值和立场的论辩和争议，折射了那个正在急速转变中的社会欲前而未知前路何在，欲后而退路无途的尴尬状态，甚至在21世纪的今天，也能帮助我们认识中西文化的不同价值和意义。

一

　　清末民初的中国，简言之是一个备受两面夹攻的社会。一方面是传统的观念、制度、习俗顽强存在，另一方面是面目迥异的西来的观念、价值和新事物。双方互不相让又各不相能，往往激成《周易》"未济"所示的水火不容之象。新旧、是非、善恶和利害，全部都卷了进来。立场坚定的人为自己的信念和价值挥戈奋斗，更多的人不是迟疑就是在时代的这种两面夹攻的潮流裹挟下前行。虽有新旧是非善恶，一时也莫辨它们的真面目。形成这个两面夹攻局面的唯一原因就是西学东渐和列强入侵这种新旧水火不容之象到了五四新文化运动，就来到爆发的临界点。传统的知识和学问在五四前被称为"旧学"，而到五四新思潮运动，它被贴上悖逆潮流的"旧文化""旧道德"的标签。因为其时的中国有了更加强势的思想和器物的参照。一部分接受新思想新事物的人开始用新眼光评估传统思想和事物，这样就和不接受新思想和新事物或者半接受半不接受的人形成了营垒的对立。就像马克思说"人是一切社会关系的总和"那样，社会所遭受的两面夹攻集中地表现在敏感的先驱者身上。他们的经历、体验、思考都汇集了社会的矛盾和冲突，不同的是各人有各人的处理方式。张竞生对传统沉疴的思考集中在家族和私生活领域，加上他本人是个天生的体验派，理论与实践高度合一，知行合一。所以尽管对时代社会的认知与同时代的先驱者相比有共通性，依然造就了他改造中国社会的方略上的独树一帜。

　　张竞生求学年代即向往政治革命，24岁之年获孙中山委任为辛亥革命后南方议和团的"首席秘书"。之后作为民国首批"稽勋留学生"，于1913年留学法国，先在巴黎大学文学院读书，后在里昂大学以论文《关于卢梭古代教育起源理论之探讨》取得哲学博士学位，1920年回国。我认为他的八年留学生涯对他两年后在北京大学掀起私生活"革命"具有决定性影响。稽勋者，缔造民国有功人员也。他们的留学，与其时风起云涌的"勤工俭学"者不可同日而语。有资料显示，当年25名稽勋留学人员，财政部为此拨付了25万银元。如若平均，每人即有一万。照此计算，张竞生留学八年，每月生活费，也有超过一百之数，相当可观。如果不止一次拨付，那更可享从容的留学生活。笔者所以不惮麻烦做算术题，是想说明张竞生八年法国留学生活的多姿多彩，是不菲的物质条件提供了雄厚的基础。笔者虽为后生，也经历过短暂的留学。留学生涯可一言以蔽之曰，寒酸也。之所以寒酸，原因无他，囊中羞涩而已。知识是能学到的，但却无从进入当地普通人的生活圈子，体验他们的日常生活和文化。民族、语言、知识背景的局限不是决定性的，经济才是决定性因素。张竞生既仰慕欧洲文化，愿意学习欧人所长，也有财务条件像当地中等收入者那样"生活在法国"，而不像寒酸的穷学生仅仅"留学法国"。这在当年出洋留学的芸芸众生里，凤毛麟角。理解他日后在北京学坛和舆论圈一骑绝尘的先锋姿态，不可忽视他与别人不同的八年法国留学生活。

张竞生法国八年至少经历了五段与白人女子的情史。其中除了与瑞士少女不及于乱的神交，可算是柏拉图式恋爱的异域实践之外，其余的都可以归入"艳史"一类，其先锋程度并不亚于法国人。与他同时代"勤工俭学"的穷学生仅仅能够从高头讲章或者小说描写中得到西方"恋爱自由""个性解放"和"个人主义"的书本知识，张竞生竟然能得自于私人生活的实践，当然远为刻骨铭心。对这些西方价值的丰富内涵和隐微，他也一定比之浅薄者更能心领神会。20世纪50年代初，正值中国天翻地覆、张竞生潦倒穷困之时，他卖文忆述30年前与法国情人的浪漫插曲还是充满如许深情。他的散文《怀念情人》写道：

> 她是巴黎的卫生员，到此来过暑假的。她是未婚的壮年姑娘。若说那位第一次的情人给我是柔媚的感受，在这第二次的情侣上，她给我是雄健的心怀。……这是她引带我到法国自然派的卫生岛——日出岛，极快乐地过了一长期的卫生的爱情生活。在这个岛中，我们日夜里可说是全身赤裸裸一丝不挂，在大自然的高山大海中逍遥。我们的心灵是与大自然相合一。我们的身体是与太阳、月

光、星辰合成一气不相割开。我们的爱情是扩大到浮云、落霞、鸟啼、虫鸣的心腔里。一切都是可爱的，一切都是爱情的对象。这个爱情真是广大无边。

同样写于50年代的《十年情场》里，还有一段张竞生回忆他与另一位法国女子的浪漫艳史：

> 我俩的癫狂，就这样在海潮澎湃中消磨了整整一个全夏季三四月之久。我从那时起始觉得在屋内谈情太无兴味了。每逢明月当头，海波平静，我就逗引我的爱人到潮落后那些大石头去领略海景。我们也就在此尽兴领略洞房的兴趣。当我们紧紧拥抱为一体时，我们彼此常说，世间谁知有这样的可怜虫在这样大海中享受大自然的乐呢！有一次于性欲尽兴发泄之余，两人都觉得疲倦已极，不觉大睡一场，忽然潮流涨起，将行淹没身体，我们惊起而逃，身已被水沫溅湿，且走且歌，此乐真不能为外人道也！

也许今人会把张竞生这些且行且留情的艳史与古今数不清的人都有过的艳遇等同视之。作为个人生活史的一页，它们固然毫无社会意义，但是正是这些毫无社会意义的个人生活史，造就了一个在中国现代思想史上不同凡响的张竞生。作为纯粹的性爱，无论张竞生如何生花妙笔写出来，它都没有什么新鲜之处。从生物意义来说，性是万古如斯的，但是性又并非纯粹孤立于时代社会之外。笔者以为，对于那些曾经与张竞生有过一段缠绵的法国女子，张竞生不过是她们个人私生活史的匆匆过客，分量微不足道。张竞生对她们的人生价值观和思想观念毫无影响，因为她们会觉得这一切太正常了，人生本来如此。唯一可能的不同，是张竞生来自东方，来自中国。所谓不同，充其量就是法国男子和中国男子的不同。正是因为如此，我们从张竞生的忆述里知道，她们都是平静分手，一去不返。旧情因为分离而逐渐淡退。显然她们眼里的张竞生，不可能是她们情史的浓墨重彩，最多不过聊充她们私人生活东方风情的调剂。连曾经与张氏珠胎暗结的那位法国女子，也离去得无声无息。而那位明言只能与他同床共枕三个月的法国女写手，事后写了本估计属地摊文学一类的《三个月的情侣》，又不幸被张竞生偶然于地摊读到。她把张竞生当作了猎奇的素材，但张竞生却拜她为真正懂得爱情生活意义的浪漫的"教母"。张竞生回忆早年生活的散文集《浮生漫谈》和《十年情场》写于50年代，而且发表于海外。《十年情场》既有深挚文笔又不无夸张点染之处，当是养家糊口的压力更为明显。但两著有一个共同点，将法国女子视为懂得爱情真义的"教练"。既包括性，也包括待人接物行为举止，他在与她们的情场生涯中体验并学懂了什么是人生值得追求的美好生活。在国势衰微的年代，放洋留学者多是冲着西方的知识、主义而去的。张竞生本来也是如此，但是他歪打正着，有意无意体验了什么是"生活在法国"。他既学到了书本上的欧洲理念、人文知识，又体验到对中国留学生来说距离最为遥远的西方隐秘的私人生活的实相。他的体验在当年留学生中绝无仅有。这背景知识和体验启发他思考中国，思考中国私人生活领域的积弊。张竞生日后在北大讲授《美的人生观》和《美的社会组织法》，并由此发起改造传统私人生活领域的爱情大讨论，他日后的一切成和败，都发端于他法国"十年情场"的收获。这是我们今天认识张竞生的理念和言行以及估量他在现代思想史的意义时必须了解的。

二

笔者有一个越来越强烈的认知，五四新思潮所描绘的那个十恶不赦的中国家族制度，其实并非必然被戴上那么严重的恶名。如果民族和国家的危难不是处于临近灭亡深渊的边缘，即便从农耕文明到科技文明是一个翻天覆地的观念和制度的转型，要是有数代人长时程平缓发展和积累，也一定能将传统家族制度和伦理不适应现代社会的地方消化和抚平，而将其能适应现代社会的地方发扬光大，平缓地转化为新伦理新观念，或者为新伦理新观念的酝酿产生提供传统的养分。简言之，五四的反叛所以矛头直指传统家族制度和表达它的儒家伦理，是清末民初中国社会时空情景高度压缩的结果，本来至少需要数代人长时程完成的任务，如今必须在一代人短时程内完成。时空压缩状态伴生了激烈的反叛姿态，也伴生了对异于传统的外来事物的狂热追慕。一方面是反叛的姿态，另一方面是狂热的追慕，这两面合在一起造就了大破大立的时代。

张竞生成长于这个大破大立的时代，他的性格和个人生活道路都刻下了深深的时代社会烙印。早在青少年时期，张竞生就表现出爱好和追慕异于传统的外来事物的先锋姿态。15岁在汕头读同文学校时，他"极端赞成""废止朝食"运动，并且身体力行。理由是"早餐不食，或许饮些茶水，这样空腹是合乎卫生的"（《学校生活》）。而究其实，所谓"废止朝食运动"不过是当时流行的时髦罢了。流行的时髦一旦挂靠科学"卫生"的名义，就能征服张竞生的心智。法国留学时期，他去听一个江湖术士讲"长生不死"之法。矜为不传秘术的"长生不死"之法其实就是先行素食再服食镭元素刺激内分泌的服食法。这样真真假假、理智混合迷狂的抵抗衰老的提倡，竟然俘获了张竞生的心，以致他还在将近十年之后以科学膳食养生的名义隆重推荐给国人。这些带上科学名义的时髦和秘术放在今天，大可不必理会，但是我们又不能因此而责备张竞生无知。与其说是无知，不如说他渴望获得先锋的姿态，以支撑他改良中国社会的种种途径和信念。他不但在饮食、养生等日常问题上向往先锋，也在与女性关系问题上推崇"爱情至上"。理解了这一点，就理解了张竞生与多名法国女子的交往，大有追慕"文明"，向往"进步"的用意在内，并从中发现了改造中国私人生活领域的入手之处。

他从自身的经历出发，将法国两性关系总括为"情人制"。既然觉得文明进步，觉得好，那就有中国是否也行得通的问题。正如他在《怀念情人》里写道的："从这样情人制的国土，我归回本国，以为情人制比婚姻制为好。我就想在本国考验这个事实是否行得通。"这段话虽然写在张竞生的"爱情实验"在中国失败的30多年之后，但确实是他当时思考的写照。他所以萌生推行法国的"情人制"来取代婚姻制的想法，乃是因为实在遭遇了太多旧式家族制度和个人婚姻的问题，深感旧家庭的"罪恶"。就像从阴暗的洞穴看到阳光一样，拖着家族制罪恶尾巴的张竞生从法国的"情人制"得到了改良的启示。

中国旧式家族制度的罪恶，固然与已经僵化的儒家伦理有关，但更根本的却是旧式家长的独尊地位和多妻风俗。纲常伦理作为观念形态其实是随着解释而变迁的，不存在一成不变的情形。但家长的独尊和纳妾并行，造成家庭内部乌烟瘴气，晚辈受压抑，个人发展的意志不能伸张，志趣不能发展。在急剧变迁的年代成为文明进步必欲革除的对象。而张竞生可以说是旧式家庭制度的受害者。他对家庭的积怨十分深，这从他对父亲的态度和包办婚姻妻子的态度看得出来。《浮生漫谈》中有一篇《痛家庭之多故》，他直指他的父亲，"一生最大的错事，就是晚年买了一位小老婆"。有钱人买妾在民国之前天经地义，但旧俗的弊端在大变的年代其丑陋和罪恶显露无遗。文章说道："这位父妾在潮安店家中成长，受了城市坏人的狡猾刁诈，本性阴险恶毒，到我家后，恃宠放刁，极尽挑拨的能事。大兄与二兄被父亲赶去南洋，大嫂二嫂经不住她的摧残，双双服毒自杀！我幸而少时在外读书，也曾一度被其间疏，父亲几乎不接济我的学费。"这是张竞生事后的一面之词，当时情形究竟如何，容或有出入。但张的一面之词，已经将纳妾习尚的荒谬写了出来。我们知道，妾在旧家庭地位低下，备尝炎凉世态，生活没有保障，在旧家庭的框架下只能作困兽斗。人性之丑恶借了这荒谬的制度尽情发挥出来，参与的各方尤其是年幼之辈，肯定是牺牲品。张竞生的婚姻也不圆满，他在文章里说："我在十岁，即与八岁的她订婚，当然是'父母之命，媒妁之言'……这一位身材矮盾，表情有恶狠狠的状态，说话以及一切都是俗不可耐。我前世不知什么罪过，今生竟得到这样伴侣。"这段话既无情，又寡义。无情，理属固然；寡义，却是张氏自己的问题。但他既然跨出了"情人制"的那一步，为自己的积怨发泄几句，也可以理解。婚姻在现代是"人契"，但在旧中国却是"天契"。当事人做不得主。清末民初，个人意识觉醒，正是婚姻由"天契"到"人契"的转换。其中备受牺牲的一代，因各人天性教养和思虑不同，处理对策各异。鲁迅委曲求全，胡适分门别类，张竞生义无反顾。各人对私生活姿态的不同却也投射到公共领域，使他们发出的声音也不尽相同，虽然大的原则主张方向是一致的。胡适大声疾呼个性解放，鼓励冲破家长独尊的藩篱，走到自由的天地。鲁迅则反思我们怎样做父亲，追问娜拉走后怎样。张竞生比之胡适更向西方迈进一大步——用"情人制"取代"婚姻制"。

张竞生本非专攻美学，他的博士论文《关于卢梭古代教育起源理论之探讨》也归不到美学那里去，但他却是被蔡元培聘去北大代替自己讲授美学的。他的所学其实是法国哲学、思想和社会学一类。这与他学以致用有益社会的志趣是一致的。蔡元培应该是"误读"了张竞生，或者一时找不到人而借用偏师。不管怎样，张竞生也没有辜负老校长。他在北大的讲义都用美这一概念来统师，使得蔡元培无法亲授首创的美育课，衣钵还得以传承。张竞生当年留下的讲义有两部，分别是《美的人生观》和《美的社会组织法》。时隔将近一个世纪，我展读先辈的两著却很难认为它们是美学或美育的大论，竟产生一时不知如何理解的困惑。久而久之，才从字缝里明白过来。他的志向不在作为学问的美学，而在改良积弊已深的中国社会。然而他又是一个被社会认为是有学问的人，头上有西洋博士的光环，他也顺势而为，将自己的学识与价值用美学的外衣包裹起来。正如他将自己的主张称为"美治主义"一样，他的主义是用"美"字来打头阵的。但重点不在"美"，而在"治"，为了"治"才用到"美"来挡阵。若是没有了所治的对象，"美"字也可以揭去不提。从根本上讲，美治主义是一种改良社会的主义，张竞生个人揭出来的主义。与当时流行的很多主义一样，致力于改造衰败的中国。今天读这个感情高尚不屈不挠的前辈的著作，不要被他当年的那个"美"字迷惑了。尽管他不是有意迷惑后人，但还是容易造成误解。《美的人生观》其实是讲作为一个现代文明人，应该有怎样的人生价值观。正如他后来所说的那样："希望以'美的人生观'救治了那些丑陋与卑劣的人生观。"而《美的社会组织法》则讨论什么样的人际关系和社会结构是可取的，有价值的。张竞生在大著中以人际关系为核心描绘他的"大同世界"。

　　张竞生不是一个思想严密的人，他大概也没有好好贯通他学过的如卢梭、孔德等人的思想，将它们融化为一个完整的思想系统。他有见解，有热情，但他的见解毫无理由地跳跃，他的热情常常使他的论述驶出逻辑的轨道。与其说有一个总名为"美治主义"的框架，毋宁说他的论说系统是混乱的，逻辑不清的。他的"美治主义"是现代社会科学方法论、玄学臆断和道听途说的混合物。怪不得当年周作人读过《美的人生观》之后，赞扬他有"诗人的天分"，一面有"深微的学理"，另一面又是"非科学"的"玄学"。张竞生的思想长于发散，短于收拢。他的论说系统开始于胚胎发育，认为本始微小，"得了环境的'物力'而同化为它的能力后，极事积蓄为生命的'储力'，同时它又亟亟地向外发展扩张之'现力'"。这个假设不同于宗教家和道德家，从虚悬的神或莫可究诘的人性开始设论。张竞生的论述有现代社会科学的味道，开始于胚胎生命这个事实。但是这个事实表现出吸收环境给予的能量而成为"储力"和向外发展扩张而成为"现力"，则与胚胎事实没有必然联系，有相当程度的玄学成分在内。然而我们也明白它的用意，因为张竞生要论证"储力贵在善于吸收，扩张力贵在善于发展"。前者吸收的部分成为"美的人生观"的论述基础，意谓吸收了正确的人生观就积蓄了好的储力；后者"现力"扩而出之，成为"美的社会组织"。于是由胚胎发育推导出来的这两面构成张竞生学说系统的二而一之的两面。我们在这个原理基础的部分看到张竞生使用"生命""力"等概念，带有相当深的柏格森学说的味道，但"生命"和"力"又开始于胚胎，这是将柏格森嫁接到孔德身上，颇有不伦不类之嫌。但是不论张竞生的学说系统如何不够成熟，我们总是可以看到那一代人身上"向西方求真理"的可贵品质。

张竞生的学说系统，其理论建树有深厚的个人体验色彩。也许今天我们不必过分追究他论证框架里的逻辑缺陷，因而指责他粗疏、虚玄和不着边际，反而应该重视他的"学以致用"，以激进说辞来抨击、毁坏传统习俗的"功业"。因为张竞生的所言所行，汇入了五四个性解放的时代巨流。它既是这个时代巨流里耀眼的浪花，也触及了中西文化价值观的根本差异。

三

张竞生北大时期做的有广泛社会反响的事情有两件。1923年夏天在《晨报副刊》发起"爱情大讨论"和1926年因主持"风俗调查"而编集出版《性史》。后者其实除了将社会敏感话题搬上台面打破禁忌之外，并没有多少社会意义。而前者则触及爱情婚姻的原则理念问题，是张竞生借助其时发生的"谭仲逵事件"而将思考多年的"情人制"理念推向中国社会的尝试。他要实践一下，看看这个凝聚个人体验和西方文化的私生活领域的原则理念在中国"是否行得通"。事情过去将近一个世纪，直到今天我们也很难给予一个截然的断语，说行得通还是行不通。如果再把这个旧案翻出来，恐怕还是和当年一样，有人赞成张竞生的"爱情定则"，有人不赞成。不过恶意挖苦张竞生"爱情定则"的人，今天应该是少了。因为当年持续两个月讨论所反映出来的问题，不

是孤立的，它有更为广泛的中西文化价值差异的投射，在可见的将来，人们无法达成一致。

张竞生提出"爱情四定则"渗透了强烈的个人主义精神，是以个人意志为本位的。就像《伤逝》里子君说"我是我自己的"一样，与恋爱婚姻有关的一切，包括样貌、身体、财产、离合等等，一切听凭个人意志决定。而反对张竞生的一方，大体上是反映了传统中国婚姻爱情问题上的价值观：婚姻为一种社会结合，它甚至不完全是个人的私生活，个人意志在这个结合过程中不能凌驾双方家族利益之上，恋爱是男女双方的事，但不至上。这两种爱情原则，理念不同，价值不同，它们是欧洲文明和中国文明各自漫长历史的产物。两者在20世纪初叶西潮漫布的中国都市构成激烈的碰撞，演变成对峙的舆论争辩。

张竞生津津乐道的"情人制"所反映的爱情观植根于欧洲文明曙光初露时期的历史实践。耶稣钉十字架之后，他的门徒将他的"福音"环地中海沿岸城市传播，《使徒行传》生动地记录了这历史的一页。信众社区的民风民俗与使徒们的教诲与期望相距太过遥远，其中最为严重的问题是滥交和淫乱。使徒们不得不面对这种耶稣在生时尚未面对过的情形而苦思解决之道。使徒对信众的教诲有两个要点。最好独身禁欲；如若不能独身，则以事主之心对待情欲。前者不言自明，后者确立了一种皈依式的个人主义价值观。它虽然是宗教的，压抑情欲的，但它又是个人主义的。因为所谓皈依，所谓虔信，最终都是个人自我所面对，与他人无关。也可以说使徒的教诲奠定了个人主义价值观的基础，后来欧洲经历文艺复兴、宗教改革和资本主义兴起，情欲从负面消极翻转成正面积极的意义。情欲因获得解放而在社会大行其道。这样的男欢女爱自然也是个人主义的，情感至上的。从皈依式的个人主义到个人权利至上的个人主义，这就是欧洲个人主义变迁的大致轮廓。与古代地中海沿岸的情形不同，中国自西周以来就建立了礼乐主导的文明，家族生活形态根深蒂固。两性婚姻虽属私生活领域，但已经与家族利益紧密相连，故对两性的婚恋强调专贞与双方关系的恒久不变，以至于为维持此种家族利益关系而多置当事人感受于不顾，难以两美相兼。"死生契阔，与子成说。执子之手，与子偕老"（《诗经·邶风·击鼓》），可谓这种中国传统两性关系模范的写照。最后一句千古传颂，被当成爱情婚姻的最高境界。然而细看，这句诗毫不涉及当事人的个人感受而专注于关系的恒久。环绕着专贞、恒久、血脉传承这个轴心，演变出与之相配合的民俗和生活惯例。就算到了20世纪大转变的关头，这些民风民俗还是顽强存在。

被张竞生视为天经地义的"谭仲逵丧妻得妻"，在旧派的眼里则是失德，指责的理由是谭陈破坏了婚前的约定。因为站在肯定婚恋恒久的立场，婚前承诺也是确立家族利益的一部分，反悔这个承诺当然是损害家族利益的行为，所以具有道德反面的含义。虽然当年掀起轩然大波的"谭仲逵事件"背后有私人恩怨插手，但却是十分好的案例来观察中西文化价值观的异同，可惜辩论很快就被道德绑架而意气用事，成为无聊的舆论攻讦。如果这个发生在20世纪初叶的"爱情大讨论"能够像当年鲁迅所希望的"不截止"，持续进行下去，说不定就能触及中西文化的深层次价值观差异而提升人们的认知。

20世纪初叶的中国就是这样尴尬。"情人制"是行不通的，不论张竞生多么热情"引进"法国人的爱情原则，急切向国人推介。它首先就过不了自己的那一关，他的一生与另一半的关系，可谓辛酸坎坷。先是发妻自杀；后是"爱情大讨论"收获了与褚松雪的良缘，然而分分合合，终至于褚去如黄鹤；晚年的黄昏恋开头纸上美好，一旦化为现实即无疾而终。这些生活事实与具体的人品性情有关，然而一旦将两性关系中的个人感受推至极端，则必然不能维系长久。正如张竞生推介"情人制"所教导的那样，要做好情人，首先做美人。青春年少，或许容易做到，一旦年老色衰，美人不再，所谓恋情亦烟消云散。即便青春年少，相爱终究通往生儿育女。一朝如此，责任即侵蚀两性欢娱，难免败坏个人感受。若是个人至上，免责的唯一方法就是遗弃。张竞生本人巴黎时期已经效仿过卢梭一回，将婴儿遗弃育婴堂。此可证责任的逃避必然牵涉社会问题。"情人制"的荒谬即此可见一斑。欲将它推广至中国，无异于缘木求鱼。张竞生一生的辛酸坎坷，就是最好的明证。不过，我们也要注意到，"情人制"虽荒谬绝伦，但并非意味它包含的个人权利价值观一无是处。伴随着那个行不通的"情人制"乌托邦所包含的个人权利观念，正是那个时代中国一副清凉的解毒剂。无数青春年少的一代，为个人主义价值观所感召，冲破家族束缚，或者投入时代社会的洪流，或者寻找个人的温暖。历史就是这样吊诡。因为那时中国自己的"老调子"也没有办法唱下去了，大变的时代，年轻人离家求学，女性走向社会，家族制面临不是松绑就是瓦解的局面，父辈独尊越来越难以维系，不是鞭长莫及就是遭受不同程度的抵抗。专贞、恒久和血脉传承虽好，但为了做到这一切，究竟是以牺牲个人幸福为代价的，如今还要个人牺牲到什么程度？"执子之手"固然好，但若盲婚哑嫁，执到一只蛤蟆手，又当如何？翻开成长于大变年代的那一代人的个人生活史，像鲁迅、胡适、张竞生、吴宓、郭沫若等等，不是经历过与父辈的困兽之斗，就是经历过"吾谁与归"的天人交战。或者委曲求全，或者虚与委蛇，或者破釜沉舟，这是他们一代人的必然命运。无论怎样选择，都是满身伤痕。这说明，悠久的文明传统也是时候引入个人权利的价值观来改造一番了。中西文化价值观就是这样在当事人的痛苦坎坷中磨砺、融合，一切都没有结论，也不能做结论。人的历史就是这样一直在试错中前行。

张竞生当年借用法国模具组装中国人私生活领域的尝试毫无疑问是失败了，但这个失败又不是没有意义的。他的先锋姿态，为沉闷的中国私人生活领域注入个人权利的价值观，这个功劳还是值得记上一笔的。20年代中国的子君们能说出"我是我自己的，他们谁也没有干涉我的权利"的话，当然是拜张竞生等先驱者的教导所赐。"情人制"虽然水土不服，但却不可小看了它夹带着的个人权利价值观，小看了里面个人主义观念的吸引力。张竞生的思想，他构筑美的乌托邦的努力，完全汇合到五四冲破束缚、个性解放的大潮，与时代浪潮相一致。他改造社会追求进步的奋斗，值得我们追怀。

（本文关于张竞生的生平资料，多得益于张培忠的大作《文妖与先知——张竞生传》。特此鸣谢！）

史识与文心

——读陈桥生《唐前岭南文明的进程》

　　我不知道前人有没有用过岭南学一词。如果把它当成是岭南地域历史文化研究的"总结陈词"而不是大学校园专业意义的学问，那这个主题渊源久远的探讨和积聚下来丰硕的成绩足以当得起岭南学这一称辞。远的不说，光20世纪80年代至今，承广东人民出版社谢尚告诉我，由广东出版界前辈岑桑主持的"岭南文库"已经出版图书一百四十余种，"岭南书系"出版了二百三十余种。前者侧重学术梳理，后者侧重知识普及。即便不说蔚为大观，但学人和出版界数十年的努力和积淀使岭南历史文化的探讨成为经久不衰的主题总是符合事实的。除了广东人民出版社这两个书系之外，其他出版社有关岭南研究和知识总结的书也不在少数。最近我读到广东高等教育出版社出版的陈桥生兄的新作《唐前岭南文明的进程》，令我耳目一新。

　　好几年前就听说，他要从贬谪文学入手写一本岭南研究的著作。当时就甚为期盼，他是科班出身，师从中古和汉唐文学研究大家北大葛晓音教授，博士论文的题目又是《刘宋诗歌研究》，岭南恰是历代权争落败者的贬谪之地，他写起来当是得心应手。不过令我吃惊和佩服的是，他对岭南历史文化的观察和对这个主题的处理比他初始的想法深入了一大步。他的眼光更加远大，所处理的题材不再局限于贬谪南来的文人，也将本地文化力量如何在与中原文化的交流融合中生长壮大纳入考量，从而描绘出岭南地域文明成长的生动图景。他的历史叙述有纲有目，有血有肉，文笔风趣雅致。加上他对岭南生活的独到观察，我读过之后深受启发。他的新作，后来居上，为岭南研究增添一异彩，是岭南学的新收获。

　　中古时期的岭南文史研究有一个不易处理的难点：留下来的文献记载比

较粗略，大纲大目是有的，但细微关键处的文献记载，不是散佚就是阙如。怎样组织起脉络清楚而且生动细致的历史叙述，从文献中辨识出更有深度的历史内容，成为撰述者的挑战。与桥生兄取材相近的中古时期岭南文史研究前辈学者也曾做过近似的工作，史识是足够的，但总觉得略欠文心。大处虽然不亏，然丰富性和启发性就有遗憾。就是因为在梳理历史脉络的时候，粗的多，细的少。这既有写法偏重政治还是偏重文化的不同，也有观念上由大处进入还是以小见大的差异。桥生兄的这本《唐前岭南文明的进程》，显然是属于偏重文化，以小见大居多。正因为如此，史识与文心两方面的结合反倒更好。既有宏阔的史识，也有细微的文心。他能从他人不太注意的细微史料入手，加上其他旁证，给史料赋予不同凡响的新意义。第一位有名有姓贬谪岭南的官员是西汉末京兆王章，他因谏书被贬。这件事，稍不注意的人很可能就放过了。因为王章未及上路就已经死在狱中，可写之点实在不多。可是陈桥生别具只眼，在《汉书·王章传》中寻出冤狱平反后的记载："其家属皆完具，采珠致产数百万。"从而牵出一段"合浦与海上丝绸之路"的大文章。文献记载虽然没有细节，但透露出重大信息。一个官场失意者的家属，丈夫死后带着家小受贬到合浦，两年过后居然能够带着数百万钱财回来，赎回被没收的田宅。除了这个弱女子特别能干以外，必有一个繁荣的产业有以致之。陈桥生注意到了，这个产业就是"采珠"和那时的海外贸易。当然也许以为孤证不立。历代被贬者能在贬谪地生财致富，确实凤毛麟角，但是王章妻"致产数百万"这件事不同。桥生兄找来合浦的汉墓出土文物做旁证，因为西汉后期合浦汉墓的随葬品的丰富程度甚至超过广州汉墓，"可以见出合浦自西汉后期起即开启其高度繁荣的历史"。番禺（今称广州）曾是岭南政治中心和最早开发地，但汉武帝平南越国后，如合浦之类资源富庶和开展贸易便利的地方异军突起也是完全可能的。陈桥生引汉墓出土为证，笔者以为是神来之笔。这些墓葬者姓名当然无考了，也不必是汉代的贬谪官员，他们只是曾经有过的繁荣的见证。这样，陈著由贬谪史引出来的关于岭南开发的结论便是完全可信的。书中写道："于是我们看到，在秦汉之时，从'谪徙民'到'往商贾者'，再到这些'徙合浦'的王公贵族，一批接一批的中原人来到了岭南，推动着岭南政治、经济、文化的迅速发展。合浦的繁荣就是有力的例证。"

　　唐前南徙士人里面最有名的莫过于谢灵运了。他是山水诗的开山宗师，他的努力使得山水题材成为中国诗里面一个独立的门类。笔者所在的校园至今称康乐园，南门外有康乐村，往西一站路又有地名曰客村。这些都是拜这位当年的"康乐公"所赐。然而据陈桥生所考，谢灵运在广州只有短短三个月。他之南徙广州，相当于走在赶赴刑场的路上，留下确知写于岭南的只有《临终诗》一首："恨我君子志，不获岩上泯。"怎样处理大诗人谢灵运这个题材，也有犯难的地方。写吧，落笔之处实在不多；不写，又好像缺少了什么。所以偏于传统写法的历史学家谈到岭南开发史的这一页就把它省去了。陈桥生却是别开生面，由这个似乎简短的故事铺陈出精彩的一整章《谢灵运的南徙及其影响》。陈著又不是无中生有或借题发挥，他的写法建立在他深湛的文史修养的基础之上。历史活动无非是人的活动，将诗纳入关于历史进程的探讨，更能反映历史活动中人的本来面目。恰好他探讨的主题是岭南文明的进程，诗的引入正可以透过分析而大放异彩。因为岭南文明的进程，说到底就是中原文明在岭南播种、萌芽、生长的过程。诗作为语言艺术中的精华，正好通过谢灵运诗的个例，看看它是如何泽被岭南的。作为一个人，他在岭南的时间很短，但作为诗人，他一生致力的诗歌艺术却可以因为他南徙的机缘在岭南大地流泽绵长。而且谢灵运所处的时期是五言诗汉末兴起以来迈向成熟的重要转变时期，他的情感表达模式乃至他的取材、修辞和技法都给后来者以启发，并且留下痕迹。而这正是陈桥生的所长，他看到了别人忽视或根本看不到的岭南文明进程这一页的隐秘，故为之大书特书。

　　陈桥生找到了追随并师法谢灵运的岭南传人，他就是唐代的张九龄。从时间来看他们前后相差将近三个世纪，就书的题材来说超出了唐前的限定。但笔者认为，这并不成为问题。它不仅不是本书的短拙，反倒是它的优长。具体的历史事件是不能跨越时空的，但精神史却可以。精神和灵魂是漫游的。谢灵运也不知道，他殁后近三个世纪可以找到自己艺术的传人，同样张九龄也无从与自己的精神前辈谢灵运谋面，但这种时空的隔阂并不妨碍晚辈沿着前辈的精神踪迹摸索自己的道路，并不妨碍跨越时空的灵魂相契。布鲁姆曾经将这种跨代诗人之间的关系描述为对抗性的"影响的焦虑"，我却更愿意像古代诗评家那样把它描述为模仿、学习、师法，前人润泽后人，后人才得以在此基础上创新的建设性的关系。陈桥生解剖的这个跨越三个世纪的案例，也完全证明了这一点。他的结论发人深思："谢灵运在岭南的命运是一场悲剧，但其深沉凝重的诗歌风格，却因为三百年后张九龄的承继而发扬光大。因为张九龄的嫁接与实践，矫正了初唐时弥漫于宫廷内外的齐梁绮靡之风，为盛唐诗歌注入风骨与词采，从而迎来了盛唐诗歌的曙光。就此而言，谢灵运无疑又是幸运的，是永在的。"

岭南开辟至唐前，这是岭南与中原交通格局底定的时期，形成之后即无变化。但这个时期却存在交通线由西向东移的情况。又由于主力交通线的东移，推动了岭南社会政治经济格局的变动，旧的交通节点城镇发展迟滞，新的交通节点城镇兴起。从前我对此点一直没有留意，读了《唐前岭南文明的进程》，恍然大悟。岭南固然有海通的优势，但这个优势放在大航海前的农耕时代，它也只能催生奢侈品及占量很少的香料和药品的贸易，经济上不具有重要性。岭南的开发主要还是"朝北看"，中原对岭南而言是一个主导性的存在。这样，政治中心所辐射出来的力量就占据主导地位，无论是政治的、军事的，还是文化的都是如此。中原所辐射出来的力量沿着古代交通大动脉——河流跨过山岭又沿岭南的河流通往各地。这种状况决定了处在交通线的枢纽地形成的城镇，得到较为迅速的发展。三国时期以前，中原的人与物大都沿湘江到湘桂走廊，越灵渠由漓江而下汇入桂江，再于梧州汇入西江，故处于该地的古称苍梧广信的地方就较早发展起来。这是因为其时的政治经济中心尚在黄河流域，人和物多沿汉水到达长江，走过洞庭湖入湘江一线。陈著提到汉末两晋时期士燮家族崛起广信，书的第二章有专门探讨"广信——最早的岭南学术中心"此一问题。士家盘踞岭南40年，家族人物众多，又兼虚怀接纳南徙的避难士人，形成一时兴旺的学术风气，对岭南作益良多。然而随着晋室南渡，影响岭南的政治中心东移，原来的交通线失去优势。由北江的起点（今韶关）溯浈水而上，翻越大庾岭再沿赣江通长江就到达六朝古都南京。政治中心的东移导致岭南交通格局的改观，这条线路当然不是晋室南渡之后才开辟出来，但得到充分应用并作为南北交通的大动脉至少也要从吴国盘踞江东的时代开始。由于这个变化，东晋南朝时期始兴（即今韶关）取代了广信的地位，崛起成为新的政治文化重镇。陈著第七章《始兴在南朝的迅速崛起》对此有生动的描述。冀朝鼎曾将中国的基本经济区一分为四，华北、长江中下游、四川盆地及岭南。实际上后两者地域相对狭小，又为崇山峻岭所阻隔，无论财富积累还是地缘都无优势，在历史中只能偏安一隅，不能形成争胜中原的掎角之势。因此它们的发展演变也要随中原政治势力的变化而转移。晋室南渡和南朝时期，正是中国基本经济区由华北平原转移至长江中下游平原的时期，中原大格局的变化于是连带推动岭南小格局的变化。从前默无名声的始兴一时风云际会，人物辈出，成为岭南政治和学术的重要枢纽，甚至后来出现张九龄这样的大唐宰相，其实也是渊源有自的。这是笔者读过陈著之后的一点心得。好书就应该这样，给人以意想之外的启发。陈桥生这本书给人的启发正所在多有。

例如他分析谢灵运和张九龄的诗时发现，"当作家处于权力中心的时候，他的创作往往流于平庸，趋于保守，处于边缘的状态；而当他被权力边缘化的时候，恰恰却迎来了其创作的丰盛期，确立起自身的个人风格，走向了文学的舞台中心。谢灵运如此，张九龄亦如此"。陈桥生的案例观察，其实就是古人说的"欢愉之辞难工，愁苦之言易巧"的道理。这倒不是因为权力与写作天生有什么敌对的关系，而是因为作家身在朝廷，被权势富贵所环绕，难免写应酬之作。应酬君王，应酬不朽功业，应酬升平气象，应酬来应酬去，束缚了自己的真情实感，屏蔽了自己真实内心，这样的"颂圣之作"自然好不到哪里去。而一朝失势，由权坛败下阵来，孤身一人，形影相吊，无人无事需要唱和应酬，身心获得自由，这个时候心口一致，诗作自然真挚动人。古人将这个道理总结为诗穷而后工。中国文学史上由屈原到曹雪芹皆是这个道理，鲜能例外。

读罢陈著，始觉陈桥生对岭南兼具同情与了解。因为有亲切的同情，更使他对岭南的了解体贴入微；又因为有深入的了解，而使他对岭南生出温润的同情。博士毕业即南迁，至今20年，不论原因，他与历史上的南徙士人亦有相近的轨迹，不同的是他把自己生活的土地当成家园，至少也是家园的一部分吧。这样他对岭南的观察就兼具了南北的优势。既有岭北中原文化的大视野，又有脚踏一方土地的真切体验。正因为如此，他观察探讨岭南文化时能够看到一些土生土长的岭南学人注意不到的地方；而他所论岭南文化又没有岭北人不时表现出来的隔，往往一语道破。前者如南来者笔下诗文所写的岭南，几乎无不是南蛮瘴疠的蛮荒形象，而土生土长的岭南学人却从无辩词。但陈桥生谈到西汉陆贾《南越行纪》描述南越"五谷无味，百花不香"时就发现，事实未必如此。他猜测这或许是陆贾"优越心理下的一种真实心理感受"。我认为他的猜测是有事实依据的。陆贾的身份是大汉使臣，任务是劝说南越王赵佗放下妄想，归顺中央朝廷。他用大汉声威的眼光贬抑南越"小朝廷"乃至于一草一木，这是人情的自然。事物的状态受观察者眼光所影响，这有无数的例证了。韩愈被贬，才出西京不远，走到秦岭的蓝关，就让侄孙"好收吾骨瘴江边"，岭南瘴疠之地的印象刻骨铭心。然而看他贬至阳山和潮州的所作所为，钓鱼、饮酒、食肉、谈佛一样都不少。《左迁至蓝关示侄孙湘》所描述的岭南形象，显然和他受贬谪时抑郁愤懑的感受有关，他的心理感受有理由使他蛮荒化贬谪之地。这同萨义德讲的现代殖民者把他们征服的东方描述为政治野蛮独裁、风景遥远神奇、民俗神秘诱人的"东方风情"，其道理是一致的。

　　陈桥生所研究的岭南固然是历史上的岭南，但他的眼光却很现代。他谈论岭南，好处是不隔。汉末中原多故，牟子避乱到交趾，于是有了《理惑论》。牟子主张三教共存共融，陈著以为这得力于他的岭南体验。陈桥生写道："中原文化视尧舜周孔为正经，佛道为异术，岭南则合义者从，愈病者良，博取众善以辅其身，没有固执拘泥，择其善者而从，思想自由开放，兼容并包。"岭学前辈刘斯奋将岭南精神总括为"不定一尊，不拘一格，不守一隅"的三不主义，真是英雄所见略同。如果不是对此中岭南精神深有体验，即便通读《理惑论》也是难以有此解会的。当然思想的形成是神秘的，后人几乎不可能以实证还原一种既成观念的产生的具体因果，但是从作者的亲身体验入手，至少可以给后人启示一条进入此种历史观念的恰当途径。

《岭南文史》2019年第4期

后　记

收在集子里包括代序在内的32篇评论文字，早的写于20世纪90年代，晚的直至2021年，不过多数还是最近厂年写的。由于统一体例的关系，定要有一个长序，谈谈本人的批评理念。我恐怕难以交得出十足的功课，就找了两年前发表在《中国文艺评论》，谈到批评问题的《批评史里说批评》来做代序，聊以塞责。近年报刊因版面和吸睛的需要，往往对作者写出来的句子有所加减，今次收入集中，觉得还是恢复稿本的本来面目为好，于是一仍旧观，就不一一注明了。凡篇末未有注明发表出处的，不是发表在《羊城晚报》等报纸，忘了日期，就是首次见诸印刷。

我本书斋人物，虽然忝列现当代文学之林，里面的当代是甚少涉猎的，很少做批评文字。自认眼光不够敏锐，文字也欠锋芒，不是做文学批评的好材料。就算笔涉当代批评，也不由自主往"研究"的方向倾斜。不是有意回避，而是多少还存了"过眼云烟"的偏见。怎料数年前被人"发掘"出来，兼了评协的闲职。用力也罢，应景也罢，总要"似模似样"，写的批评文章也就多了起来。我自己的信念是秉笔之人要说老实话。有些话可以不讲，但不能瞎讲。不经思考，不经大脑，随时流所趋，是要不得的。屈指数来，也写了不少。是耶，非耶？正待读者判断。

我疏于保存旧物，编集之际竟然手忙脚乱。好在黄志立博士帮忙搜罗，编成了大致的模样，再由我删削编排就容易得多了。在此致以诚挚的谢意。

2021年3月3日

粤派批评丛书

大家文存

《康有为集》　郑力民　编
《梁启超集》　付祥喜　陈淑婷　编
《黄遵宪集》　龙扬志　编

名家文丛·第一辑

《黄药眠集》　刘红娟　编
《钟敬文集》　包莹　编
《萧殷集》　傅修海　编
《梁宗岱集》　付祥喜　编
《黄秋耘集》　吴琪　编

名家文丛·第二辑

《刘斯奋集》　刘斯奋　著
《饶芃子集》　饶芃子　著
《黄树森集》　黄树森　著
《黄修己集》　黄修己　著
《黄伟宗集》　黄伟宗　著
《谢望新集》　谢望新　著
《李钟声集》　李钟声　著

名家文丛·第三辑

《蒋述卓集》　蒋述卓　著
《程文超集》　程文超　著
《林岗集》　林岗　著
《陈剑晖集》　陈剑晖　著
《郭小东集》　郭小东　著
《金岱集》　金岱　著
《宋剑华集》　宋剑华　著
《江冰集》　江冰　著
《徐肖楠集》　徐肖楠　著

专题研究·第一辑

《「粤派评论」视野中的「打工文学」》　柳冬妩　著
《中外粤籍文学批评史》　古远清　著
《粤派网络文学评论》　西篱　主编

专题研究·第二辑

《「粤派批评」与港澳台地区及海外华文文学研究史》　贺仲明
《粤派传媒批评》　陈桥生
《「粤派批评」与现当代文学史研究》　宋剑华